D1665835

Thomas Fritz · Blick und Beute

Thomas Fritz

BLICK UND BEUTE

Roman

MERLIN

*Ich hab' einen Gefangenen gemacht,
und der lässt mich nicht mehr los.*

Nestroy

Erster Teil. Dienstag

Alles an seinem Platz

Obwohl Jan Horvath die Siedlung verachtete, die vor ein paar Jahren am südlichen Stadtrand *aus dem Boden gestampft* worden war, gab es Augenblicke, in denen er sich der ungezwungenen Ruhe, die sie ausstrahlte, nicht entziehen konnte.

Natürlich konnte man in einer Einfamilienhaus-Hölle wie dieser eigentlich nicht leben. Er selbst, beteuerte er, wäre um keinen Preis hierher gezogen. Und doch – wenn er hinter der letzten, ein Stück abseits stehenden Scheune eines inzwischen eingemeindeten Dorfes den Autobahnzubringer verließ und in die leicht abschüssige, schnurgerade in den Acker gezogene Straße einbog, so dass mit einem Mal die Häuser rechts wie links aufgereiht vor ihm lagen: in der Unnahbarkeit des Morgens ließ ihn der Anblick mitunter seine Fahrt verlangsamen und versonnen dem Licht seiner Scheinwerfer folgen, bis es sich in der Ferne über dem Asphalt verlor.

War es, weil ihn ein Motiv fesselte, das er nie fotografiert hatte und doch längst hätte fotografieren müssen? Die Straße, menschenleer, vor einem Wäldchen endend, über dem der Mond hing? Vereinzelt Autos am Rand – man hatte Garagen hier draußen oder Carports? Die punktierte Linie der Laternen auf dünnen Masten, und in ihrem milchigen Schein die Möchtegern-Villen selber, die sich trotz der Verschiedenheit, auf die sich die Bauherren viel zugutehielten, allesamt ähnelten?

Ach, wenn es nur *das* wäre!

Die mit eingefärbten Kunststeinen gepflasterten Zufahrten, die sich mit ihren kümmerlichen drei oder vier Stufen vergeblich in die Brust werfenden Freitreppen vor den Eingängen, von einem kunstfertigen Schild mit der Hausnummer gekrönt, selbst auch die Regentonnen, die einfallsreichen Müllcontainer-Verkleidungen, ja den am Straßenrand abgekippten Sandhaufen und das daneben aufgestellte Sieb – all das sah Jan Horvath, seit sein Leben in lauter Einzelteile auseinandergebrochen war, mit Anwandlungen herzklopfender Beklommenheit. Zärtlich strich sein Blick über das an der Hauswand lehnende, gestern Abend vergessene Kinderfahrrad, umfasste die letzten Herbst angelegten Gärten mit ihren auf ein paar stakelige Triebe zurückgeschnittenen Sträuchern und verhakte sich am Klettergerüst, behutsam die Schaukel anstippend, die unter ihm hing. Und hinter den Zäunen die Wiese oder, auf der anderen Straßenseite, der Acker: die rohe, umgepflügte Erde!

Alles an seinem Platz.

Nur er selbst fehlte.

Jan Horvath fuhr auf – er war spät dran und musste achtgeben, sich nicht von ihr verschlingen zu lassen, wenn er in die schlaftrunkene Idylle eindrang: vom irrlichternden Familienleben in die Falle gelockt.

Zuerst war er nur schwer auf die Beine gekommen; dann hatten sich alle Autofahrer gegen ihn verschworen. Am Ring wurden die Scheiben der City-Lights geputzt; auf der gesperrten Fahrbahn standen zwei Eimer. Vor dem Küchengeschäft in der Stauffenberg-Allee wurde ein Laster entladen; und Ecke Turmstraße spielten die beiden Ampeln verrückt, so dass Jan Horvath, als das Signal umsprang, tatenlos zusehen musste, wie seine Grünphase kam und verging – kam und verging.

Jan Horvath gab Gas und fuhr, dreist in die Stille platzend, schneller als sonst an den Häusern vorbei. Als er die Nummer 34 erreicht hatte, hielt er an und stellte den Motor ab.

Offenbar war er schon erwartet worden. Jedenfalls wurde, kaum, dass er vorgefahren war, in einem der Fenster die Gardine beiseite geschoben, und ein vierzehn-, fünfzehnjähriges Mädchen erschien und hob zur Begrüßung die Hand.

Jan Horvath winkte zurück. Dann lehnte er sich über den Beifahrersitz, öffnete das Handschuhfach und tastete darin herum.

Ein paar Minuten musste er warten, so war das immer. Ute bestand darauf, dass ihre Tochter, bevor sie zur Schule ging, mindestens einen Toast zu sich nahm – ungefrühstückt ging es nicht aus dem Haus. Flo wiederum, nach dem Aufstehen appetitlos wie ihr Vater, zögerte, was sie nicht verhindern konnte, wenigstens so lange wie möglich hinaus. Das war schon damals so gewesen, als er noch dabei gewesen war und erfolglos um Verständnis für ihre zugeschnürten Mägen warb.

Die Schachtel mit Minzdragees, nach der er gesucht hatte, erwies sich als leer. Jan Horvath schüttelte sie und klopfte mit ihr gegen das Armaturenbrett, bevor er sie ins Handschuhfach zurückwarf und aufseufzend in den Sitz sank.

Als die Tür aufgerissen wurde und Flo ihren Rucksack auf die Rückbank schob, schrak er auf. Einen Augenblick lang sah er Ute – mit ihren jetzt kurz geschnittenen Haaren – hinter der Scheibe stehen, da ließ sich seine Tochter auch schon auf den Beifahrersitz fallen und berührte mit den Lippen seine stopplige Wange.

„Hi Papa."

„Guten Morgen, mein Spatz."

„Tut mir leid, dass du warten musstest."

„Noch genau … siebenundzwanzig Minuten", sagte Jan

9

Horvath, nachdem er auf die Uhr gesehen hatte. „Bete schon mal, dass wir gut durchkommen."

Flo verdrehte die Augen. „Die anderen kommen auch dauernd zu spät."

„Aber du nicht. Du weißt, ich habe es ihr versprochen."

„Ich weiß", stöhnte das Mädchen.

Zurück in der Stadt, kamen sie zu Jan Horvaths Überraschung gut voran. Die Spannung, unter der er für gewöhnlich stand, wenn er Flo morgens zur Schule fuhr, löste sich etwas.

„Wollen wir unser Spiel spielen?", fragte er.

„Lothar muss arbeiten", sagte Flo, so schnell, als habe sie bloß auf diesen Moment gewartet. Jan Horvath sah das Nummernschild des roten Peugeots, der vor ihnen fuhr, und lachte anerkennend: „L-MA 6857". Eine kleine Einschränkung konnte er sich trotzdem nicht verkneifen: „Das war keine Kunst, Flo. Der Wagen ist schon seit einer Ewigkeit vor uns, du hattest jede Menge Zeit, dir was auszudenken."

„Bei Leipzigern ist es sowieso keine Kunst", sagte Flo. „Lothar, Ludwig, Luise, Lola und Lucy kurven doch bloß deshalb hier rum, damit wir ihnen eine Beschäftigung verpassen."

Jan Horvath lachte wieder. „Komm! Du hättest auch ‚Lach mich an!' sagen können."

„Oh ja. Oder ‚Leck meinen – – –'"

„Nein!", schrie Jan Horvath schnell.

„Doch!", schrie Flo.

Jetzt lachten beide und stupsten ihre Schultern aneinander.

„Gabi grunzt laut heute", sagte Jan Horvath schnell, nachdem sie von einem silbrigen Opel überholt worden waren.

„Schon wieder die Gabi", bemerkte Flo trocken und

setzte ein „Gudrun grinst leider hinterhältig" nach. „Das macht man leise und stört nicht die Umgebung."

Bevor sie beschlossen hatten, die Nummernschilder zum Leben zu erwecken, hatten sie immer „Ich sehe was, was du nicht siehst" gespielt, in einer beschleunigten Version für Fortgeschrittene. Autos, vor einem, neben einem, hinter einem oder auf der Gegenfahrbahn waren aber ausgeschlossen gewesen.

An der Kreuzung vorm Bahnhof hielten sie hinter einem bayrischen Laster. „Spedition Leopold" entzifferte Jan Horvath die Aufschrift, als Flo bereits „Reinen Herzens schimpft Xanthippe" schmetterte, woraufhin ihr Vater sich geschlagen gab und sie zur Satzbildungskönigin des Tages erklärte.

„Schönheitskönigin wäre mir lieber", maulte sie zurück, und Jan Horvath tippte sich, während er beipflichtend nickte, an die Stirn.

Da ein anderer Wagen gerade wegfuhr, fanden sie direkt vor dem Tor zum Schulhof – das Gymnasium war ein gründerzeitliches Eckgebäude, das ein ganzes Straßenkarree beanspruchte – eine Parklücke, so dass Flo nur herauszuspringen brauchte und gleich über den Hof zum Eingang rennen konnte. Jan Horvath sah auf die Uhr, es war fünf vor acht. Flo würde gerade noch rechtzeitig im Klassenzimmer erscheinen.

„Also, bis morgen. Beeil dich!", sagte er.

„Bis morgen, Paps. Und – danke."

Die Tür flog zu, das Auto bebte. Jan Horvath sah Flo nach, wie sie rucksackschwenkend über den Hof stob. Hatte sie gerade die Hand gehoben? Winkte sie ihm? Nein, sie begrüßte nur zwei Mädchen ihres Alters, die es ebenso eilig hatten wie sie.

Und dann winkte sie ihm doch!

Mein Gott, wie lebendig, unbekümmert und überaus liebenswert seine Tochter doch war. Ob er sich früher selbst einmal derartig unbeschwert gefühlt haben mochte? Sie war ihm so ähnlich. Würde sie genauso Federn lassen müssen wie er?

Das Spiegel-Spiel

Ein paar Minuten, nachdem Jan Horvath seine Tochter abgesetzt hatte, musste er aufgrund einer sich seit Oktober hinschleppenden Umleitung ausgerechnet die Straße passieren, in der er wohnte. Als hätte er, der sich bereits zweimal quer durch die ganze Stadt gekämpft hatte, sich gerade erst auf die Socken gemacht!

Zu allem Überfluss war inzwischen auch diese Umleitung zu einem Engpass geworden, da das Haus auf der anderen Straßenseite überraschend einen Retter gefunden hatte. Vor dem mit grünlichen Planen verhängten Gerüst prasselte, Lärm und Staub verbreitend, Schutt durch ein dickleibiges Fallrohr; und ständig standen riesenhafte Container auf der Fahrbahn. Als Jan Horvath sich vorbei zwängte, setzte ein Kran gerade ein Klohäuschen ab. Missmutig warf er einen Blick zu seinem winterlich kahlen Balkon.

Dann machte er sich auf den Weg in „die Villa" – so nannte er spöttelnd den im ehemaligen „graphischen Viertel" gelegenen Bau, in dem die Fotografische Sammlung des Stadtgeschichtlichen Museums untergebracht war und noch so lange untergebracht blieb, bis der Ausbau des Hauptgebäudes abgeschlossen war. Wegen des bevorstehenden Umzugs wurde schon lange nichts mehr am Haus gemacht. Die einst stattlichen Räumlichkeiten waren noch immer so verlottert, wie sie es 1989 gewesen waren, und manche von ihnen hatten bereits für die Benutzung gesperrt werden müssen.

Auch wenn er allein fuhr, spielte Jan Horvath oft ein Spiel, das Spiegel-Spiel. Eigentlich war es kein richtiges Spiel, er nannte es nur so, weil es dazu diente, aufkommende Übellaunigkeit zu vertreiben, wenn er im Stau stand oder an Ampeln darauf warten musste, vorzurücken. Man hätte es auch einen Spleen, ein Hobby, ein Laster oder eine Obsession nennen können. Jedenfalls fiel es ihm schwer, der Versuchung, weiterzumachen, zu widerstehen.

Sobald der Verkehr seine Aufmerksamkeit nicht mehr beanspruchte, wanderte sein Blick zum Rückspiegel, in dem er ausgiebig und ungestört studieren konnte, wer im Fahrzeug hinter ihm saß – und sich in aller Regel unbeobachtet wähnte.

Das machte die Sache ein wenig heikel, Jan Horvath wusste das. Noch heikler war sie geworden, seit er ein Handy besaß, mit dem man auch fotografieren konnte. Ein Griff zur Seite, eine halb erhobene Hand, ein Tastendruck ... es war so verflucht leicht.

Dass diese Bilder zu nichts dienten, dass er nichts mit ihnen vorhatte, dass sie nichts weiter als schlecht geschnittene, von albernen Reflexen entstellte und hingestümperte Schnappschüsse waren, beruhigte ihn etwas. Anders als die zahllosen Fotos, die er früher aufgenommen und gehortet hatte, hob er sie nicht einmal auf. Vielleicht zappte er sich noch ein-, zweimal durch seine Sammlung – er hatte eine Speicherkarte eingesetzt, die viel Platz bot –, dann löschte er sie wieder. Nur selten, sehr selten schob er eins auf seinen Rechner. Ein paar exzentrische Verschrobenheiten. Manchmal eine Frau, die ihn, er wusste nicht, warum, tatsächlich vom ersten Blick an angezogen hatte. Manchmal ein Gesicht, aus dem eine Geschichte sprach, die man sich ausdenken musste.

Trotzdem kämpfte er dagegen an. Warum hatte er die Fo-

tografiererei aufgegeben, stolz auf seinen selbstverstümm-
lerischen Ingrimm? Um jetzt, mit diesen pausenfüllenden
Schmierzettel-Kritzeleien, wieder damit anzufangen?

Andererseits war ein Handy kein Fotoapparat, den man
nach Belieben zu Hause lassen konnte. Ein Handy musste
man bei sich haben, wenn man telefonisch erreichbar sein
musste oder wollte. Und um es nach dem Einsteigen in eine
Freisprechanlage zu klemmen, so tief gesunken in die Welt
der Wichtigtuer, Geschäftemacher und Ansprechpartner
für Notfälle aller Art war Jan Horvath noch nicht.

War er deswegen ein Voyeur? So weit wollte Jan Horvath
nicht gehen. Er war einfach neugierig. Neugierig, nicht
mehr und nicht weniger. Wer wollte, konnte die „Gier"
darin hören. Und im Übrigen, waren es denn Anstößigkei-
ten, die sein Blick unter missbräuchlicher Verwendung des
Rückspiegels ausspionierte?

Die Ausbeute war verschieden, es gab gute Tage und
schlechte Tage, wie sonst auch. Als er vorhin Flo abholen
gefahren war, hatte er am Kantplatz einen korpulenten
Mittfünfziger mit Bürstenschnitt und Schnauzbart erspäht,
der mit bedenklich wirkenden Hals- und Schulterverren-
kungen darum rang, sich in der Enge des Wagens (immerhin
ein Passat) aus seinem Jackett zu winden; ein Vorhaben, das
durch die Eile, zu der er sich durch das drohende Umschal-
ten der Ampel genötigt sah, vollends zum Scheitern verurteilt schien.

Sonst nur das Übliche: rhythmisch zuckende, aufs Lenkrad trommelnde, im Sitz auf und ab hüpfende Springinsfelde
beiderlei Geschlechts. Dem Verdursten entronnene, riesige
Wasserflaschen ausleerende Wanderer durch die Wüste des
urbanen Lebens. Sich schminkende oder ihr Make-up be-
gutachtende oder die Lippen so ausführlich bleckende Frau-
en aller Altersstufen, dass man den Eindruck hatte, sie wollten sich (besorgt) vom Noch-Vorhandensein ihrer Zähne

14

überzeugen. Nebeneinander gesperrte, verbiestert sich anschweigende, aus in Jahrzehnten erarbeiteter Unnachgiebigkeit keine Miene verziehende Rentner-Ehepaare. Aber auch singende Kinder mit singenden Müttern, denen das Auto offenbar das natürliche Gehäuse ihrer Zweisamkeit bot.

Jetzt schien ein wild gestikulierender Chef an der Kreuzung Klingsorstraße, der in Ermangelung leibhaftiger Mitarbeiter seine Freisprechanlage anbrüllte, schon fast der einzige Trost gewesen zu sein, den die Fahrt hergab. Da wurde Jan Horvaths Spiegel-Sucht doch noch belohnt: Am List-Haus schob sich, kurz bevor er – die Ampel stand schon auf Rot – hinter einem vorsintflutlichen eierschalfarbenen Straßenkreuzer zum Stehen kam, ein auch nicht mehr taufrischer Volvo hinter ihn auf die linke Spur.

Der auf der Rückbank befindliche Hund hatte seine Schnauze auf die Kopfstütze des Beifahrersitzes gelegt und bekam von der Fahrerin den Kopf gestreichelt. Diesmal konnte Jan Horvath nicht anders, er musste die beiden fotografieren.

Bevor die Ampel auf Grün sprang, schaltete er schnell um und betrachtete sie im Display. Dann freute er sich.

Hat man sowas schon gesehn?!

Lange sollte die Freude allerdings nicht dauern. Keine hundert Meter hinter der Kreuzung betrat ein Arbeiter im Blaumann die Fahrbahn und gebot der herandrängenden Fahrzeugkolonne Halt, indem er ihr eine Hand abwehrend entgegenreckte und sie mit der anderen zur Verlangsamung anhielt. Jan Horvath fluchte und trat auf die Bremse.

Durch eine schmale Toreinfahrt schob sich das Hinterteil eines Lastwagens von offenbar gewaltigen Ausmaßen.

Ein zweiter Mann zwängte sich an ihm vorbei, betrat ebenfalls die Fahrbahn und begann, dem Fahrer mit ausholenden Armbewegungen Signale zu erteilen. Ein paar Mal ruckte der blaue Kasten ein Stück vor – zentimeterweise, wie es Jan Horvath schien.

Und was, wenn es nun einfach *nicht ging*? Wenn der Wagen die Wand schrammte oder steckenblieb? Vielleicht sollte er, überlegte Jan Horvath, statt hier noch länger mit unklaren Aussichten herumzustehen, gleich versuchen, die Kurve zu kratzen und durch die Nachbarstraßen in die Villa zu gelangen?

An ein schnelles und gefahrloses Wenden war allerdings nicht zu denken. Zum einen hatten sie fast pausenlos Gegenverkehr. Zum anderen war die Lücke, in der er zwischen dem 70er-Jahre-Schlitten – einem Chevrolet, wie er inzwischen herausgefunden hatte – und seinem Hintermann eingeklemmt stand, viel zu eng, als dass er mit einem Ruck hätte ausscheren und einen Bogen schlagen können.

Übrigens war es jetzt nicht mehr die versonnene Hundestreichlerin, die hinter ihm stand, sondern ein schwarzglänzendes, dezent altmodisches Gefährt, dessen Namen er nicht kannte.

Um aus dem Rahmen zu fallen, leistete es sich einen aufragenden, die ganze blank gewienerte Front beherrschenden Kühlergrill, der aus einem in der Mitte geteilten, leicht geflügelten Kreuzgitter aus chromblitzenden Diagonalen bestand. Wie schon manchmal fragte sich Jan Horvath, was das für Leute sein mochten, die mit der Anschaffung eines aristokratischen Exoten wie diesem ihre Originalitätssucht befriedigten.

Beide Insassen waren Männer mittleren Alters, wobei der Beifahrer der jüngere von beiden zu sein schien. Er musste auch der eigentliche Fahrgast sein, der mit dieser Nobelkarosse herumkutschiert wurde. Dafür sprach sein kapriziöser Aufzug: klassische Garderobe mit weißem Hemd und Fliege, dafür aber eine ungebärdige schwarze Mähne, die ihm, in der Mitte gescheitelt, bis auf die Schultern fiel, und um Mund und Kinn herum ein sorgfältig gestutztes, seltsamerweise eher blondes Bärtchen. Schlageridole, Rocksänger, irgendwelche Größen aus dem Showbusiness, die liefen so herum! Einer von denen musste er sein. Jan Horvath erkannte ihn nicht, überlegte aber, welche Namen in letzter Zeit an den Litfaßsäulen gestanden hatten. Ihm fiel keiner ein.

Wer auch immer es war, er schien zu schlafen oder zu dösen, was vermutlich – wenn nicht der Wunsch, unerkannt zu bleiben – der Grund war, warum er eine Sonnenbrille trug. Der Fahrer jedenfalls, ein offenbar untersetzter, doch stämmig wirkender Mann mit kurzgeschorener eisengrauer Haarbürste, die seine abstehenden Ohren mit beeindruckender Unbekümmertheit zur Geltung kommen ließ, schien keine Probleme mit der Sonne zu haben, so wenig wie alle anderen. Nur der unfreiwillige Aufenthalt machte ihm zu schaffen – wie auch nicht!

Jan Horvath klopfte nervös auf den Knauf der Gangschaltung, denn der Laster, der schon halb auf der Straße gestanden hatte, zog sich gerade wieder in sein steinernes Gehäuse zurück – nicht so weit freilich, dass die Autos an ihm vorbeigekommen wären.

Wo war eigentlich die Dame mit dem Hündchen geblieben, fragte er sich. Jan Horvath überlegte, ob sie links abgebogen sein konnte oder jetzt einfach nur ein Fahrzeug weiter hinten in der Schlange stand, als sein Blick am Rückspiegel kleben blieb: Die beiden Männer hinter ihm, von denen der eine, von seinem Fahrer durch die Stadt chauffiert, eben noch zu schlafen schien, mussten von einer Minute auf die andere in Streit geraten sein. Und das auf eine so rasende, erbitterte und zügellose Weise, dass ihr Konflikt, über was auch immer, binnen kürzester Zeit in eine Art Handgemenge umgeschlagen war: eine regelrechte Prügelei, der anscheinend nur durch die Enge, in der sie stattfand, Grenzen gesetzt waren.

Hatte man so was schon gesehen?! Zwei erwachsene Männer, einer davon in Schlips und Kragen, die sich herumzerren, schubsen, stoßen, schlagen, am Schlafittchen packen und gegenseitig die Arme festhalten, als versuchten sie sich allen Ernstes gegenseitig zu überwältigen! In einem Auto! Mitten im morgendlichen Berufsverkehr!

Als dem Beifahrer im Getümmel die Brille herunterrutschte und sein Kontrahent, dessen martialischer Igel einer spiegelnden Glatze Platz gemacht hatte, sie ihm – es war wirklich nicht zu fassen – mit Gewalt wieder aufzusetzen versuchte, überlegte Jan Horvath schon, ob er sich nach den beiden durchgeknallten Kampfhähnen umdrehen sollte.

Seinen vorläufig noch unentdeckten Beobachtungsposten konnte er dann allerdings aufgeben. Außerdem hatte es der Laster diesmal so gut wie geschafft, Jan Horvath konnte zum ersten Mal den Schriftzug entziffern, der auf der blauen Plane prangte. Höchstwahrscheinlich würde es gleich weitergehen. Jan Horvath sah, so gut er konnte, die Straße entlang. Nahm denn sonst keiner von den beiden Verrückten hinter ihm Notiz?

Das Fenster auf der Beifahrerseite ruckte ein Stück nach unten, dann wieder nach oben, dann wieder nach unten, dann wieder nach oben. Einen Moment lang sah es so aus, als würde es dem prominenten Mister Namenlos gelingen, die Tür aufzureißen und auszusteigen.

Da der Glatzkopf das offenbar verhindern wollte, schien er die letzten Hemmungen zu verlieren. Mit der Rechten, die er seinen Nebenmann um den Hals geschlungen hatte, zerrte er ihn weg von der Tür und zu sich heran, wobei er ihm gleichzeitig mit der Linken das Kinn in die Höhe drückte, so dass der Kopf nach hinten abzuknicken schien. Die unüberlegten Stöße, eher ein wildes Gefuchtel als eine gezielte Abwehr, mit denen der so in die Mangel Genommene sich seinen Peiniger vom Leib zu halten versuchte, schienen ihm nichts auszumachen. Und als das Opfer seine hilflosen Attacken ganz einstellte, ließ er von seinem Kinn ab und verpasste ihm einen derartigen Hieb in den Bauch, dass der jetzt gänzlich Wehrlose nach vorn einknickte und in sich zusammensank.

Plötzlich hatte sich seine schwarze Haarpracht in Luft aufgelöst, und ein paar dünne dunkelblonde Strähnen klebten am Schädel. Jan Horvath brach der Schweiß aus. Was um Gottes willen *war* das dahinten? Was *machten* die da?

In diesem Moment erinnerten ihn mehrere wütend aufheulende Hupen daran, dass die Straße wieder frei war und er losfahren musste. Der Amerikaner vor ihm hatte sich bereits verabschiedet. Jan Horvath gab Gas.

Hinter ihm tauchte der malträtierte Unbekannte wieder auf, und Jan Horvath sah, dass der Fahrer ihm mit einem Taschentuch oder etwas ähnlichem übers Gesicht zu fahren versuchte.

Auch er war, wie Jan Horvath vor ihm, wieder angefahren, doch der Abstand vergrößerte sich etwas. Das kam vielleicht daher, dass der Fahrer jetzt beiseite gedrängt wurde und ein Gerangel ums Lenkrad entbrannt war. Der Wagen fing an zu schlingern. Plötzlich hielt der Fahrer etwas in der Hand und fuchtelte damit durch die Luft, vermutlich weil der Andere danach zu greifen versuchte. Es sah aus wie – – – War das wirklich eine Pistole gewesen?

Jan Horvath stockte der Atem.

Plötzlich bemerkte er das Rot auf dem Hemd des Mannes, der sich jetzt kaum noch oder gar nicht mehr regte, und wie es sich auf dem weißen Stoff auszubreiten begann.

Und genau in dieser Sekunde – eigentlich nur einem Sekundenbruchteil – , als Jan Horvath nach seinem Handy griff, um im Bild festzuhalten, was er sich selbst nicht würde glauben können, sobald er aus diesem Alptraum aufgewacht war, sah er auch den Chevrolet vor sich, auf den er jetzt zurollte ... das helle chromblitzende Heck.

Jan Horvath ließ das Handy fallen und ging auf die Bremse, dass es quietschte, aber es nützte nichts mehr. Obwohl er kaum noch Fahrt hatte, krachte es laut und scheppernd, als sein Golf auf den Vordermann auftraf. Der Aufprall zog Jan Horvath nach vorn, doch er hatte sich instinktiv gegen das Lenkrad abgestützt.

Im selben Augenblick scherte der Wagen hinter ihm aus der Schlange aus, fuhr auf die Gegenfahrbahn, beschleunigte heftig und preschte an ihnen vorbei. Die rote Ampel missachtend, jagte er dem noch in der Ferne erkennbaren Laster nach über die plötzlich für ein oder zwei Sekunden wundersam leere Kreuzung, die der Strom der auf beiden Seiten anfahrenden Fahrzeuge gleich darauf unter sich begrub.

Ein markanter Bart

Von seinem Spiegel schien sich auch ein zweiter Mann an diesem Dienstagmorgen kaum trennen zu können. Er hieß Armin Sylvester, war ein paar Jahre älter als Jan Horvath und etwa anderthalb Kopf größer. Seine hagere Gestalt, sein noch immer glattes Gesicht mit zumeist spöttisch gekräuselten Lippen unter einer Boxer-Nase sowie die Art, wie er das in die Stirn fallende Haar mit einer lässigen Kopfbewegung zur Seite schwenkte, gaben ihm etwas Jungenhaftes – auch wenn dieses Haar schon angefangen hatte, grau zu werden, als er noch keine dreißig war, und ihm seit

vielen Jahren dicht, doch schlohweiß um den Kopf hing.
Es handelte sich in seinem Fall allerdings um keinen Rück-, sondern um einen Badezimmerspiegel. Und um was für einen! Mit dem Rahmen aus poliertem, von farbigen Adern durchzogenen Halbedelstein schien es ihn aus irgendeinem First-Class-Schuppen hierher verschlagen zu haben. Ja, es hatte Jahre gegeben, als sein Besitzer nicht gewusst hatte, wohin mit dem Geld.

Sylvester stand vor der Scheibe und musterte mit angespannter Miene sein Bild. Er war unzufrieden: nicht mit dem Spiegel, aber mit dem Licht. Der Raum ließ nicht nur kaum Platz zwischen Badewanne, Waschbecken, Klo und Waschmaschine, er hatte auch kein Fenster.

Entschlossen, Abhilfe zu schaffen, hob er den Spiegel vom Haken, so dass die Öffnung des Rohrschachts, hinter der sich verdreckte Absperrhähne und, neuerdings, Wasseruhren befanden, nicht mehr verdeckt wurde, und trug ihn ins Wohnzimmer. Mangels anderer Gelegenheit lehnte er die unhandliche Platte an die Rückenlehne des Sofas, schräg genug, damit sie nicht umkippen konnte.

Wenn er sich jetzt vor die Polster kniete, hatte er sein Gesicht genau vor sich. Den Hals hin und her reckend, stellte er beruhigt fest, dass ihm, anders als im Bad, keine Einzelheit entgehen konnte, nichts, auf das es später möglicherweise ankam.

Wäre Anja, seine Schwester, hier gewesen, hätte er sich die Sorgen sparen und sich auf ihre Pingeligkeit in diesen Dingen verlassen können. Doch Anja war, während er hier hockte und sich darauf vorbereitete, das Haus zu verlassen, mit dem Zubringer unterwegs in die Stadt, um pünktlich in ihrem Friseursalon zu erscheinen. Er sah auf die Uhr, es stimmte. Gelandet musste sie jedenfalls schon sein.

Da er heute morgen auf sich allein gestellt sein würde, hatte sie ihm letzte Woche jeden Handgriff gezeigt, und er hatte unter ihrer Anleitung die ganze Prozedur bereits ein Mal hinter sich gebracht.

Warum also sollte jetzt etwas schiefgehen?

Sylvester stemmte sich hoch, holte die im Bad bereitgelegten Utensilien und platzierte sie auf dem Sofa.

Nachdem er die heute früh sorgfältig rasierte Haut mit der milchigen Flüssigkeit bestrichen hatte, die Anja als Klebstoff benutzte, drückte er den vorbereiteten Schnauzbart mit den Fingerspitzen zwischen Nase und Oberlippe fest, zuerst auf der einen, dann auf der anderen Seite.

Wenig später, als er probehalber grimassierend die Lippen verzog, konnte er sich davon überzeugen, dass der Bart nicht nur fest haftete, sondern sich raffte, seine Borsten hob und sich am Mundwinkel krümmte, als sei er angewachsen.

Er musste lachen. Er musste lachen, weil er so grauenvoll aussah mit diesem schwarzbraunen Sauerkraut unter der Nase – er hatte sich zeitlebens rasiert und höchstens an Wochenenden oder in den Ferien kurze Stoppeln stehen lassen. Er musste auch deshalb lachen, weil es so einfach war, sein Aussehen zu verändern. Ein Bart, ein paar struppige Augenbrauen, Perücke und Brille, und schon hatte man ein vollkommen anderes Gesicht. Niemand konnte einen mehr erkennen! Niemand wusste, wer man eigentlich war! Grinsend strich er sich über den drahtigen Pelz, als wolle er ihn glätten.

Dafür, dass es sich bei dieser Maskerade um eine reine Vorsichtsmaßnahme handelte, um eine höchstwahrscheinlich *überflüssige* Vorsichtsmaßnahme, war der Aufwand beträchtlich. Es war ihm aber trotzdem lieber so. Ein Risiko, das auszuschließen ging, sollte man auch ausschließen, seiner Meinung nach. Manche nannten das übervorsichtig und machten sich darüber lustig. Für ihn war es vernünftig, mehr nicht. Nicht umsonst spielte er Schach, seit er zwölf war. Man musste sich die Sache *vorher* überlegen und nicht hinterher wild herumrudern und mit knapper Not und heldenhaftem Einsatz retten, was nie hätte in Gefahr geraten dürfen!

Gewiss sprach alles dafür, dass ihn nachher in der Papierfabrik sowieso niemand entdecken würde. Das Werk war, abgesehen von dem Stück, das an den Kanal stieß, von einer dank der beim Bau verwendeten Klinker leidlich instand wirkenden Mauer umgeben und dadurch gegen Blicke abgeschirmt. Nur an der Straßenseite, wo das Haupttor war, wurde es von seit einer Ewigkeit nicht mehr gestrichenen Zaunsfeldern voller vor sich hin rostender Eichenblätter begrenzt. Von hier aus war der Hof, ein gepflastertes, später teilweise asphaltiertes Geviert, über das eingesunkene Schienen führten, einsehbar. Doch die gegenüberliegende Straßenseite war nicht bebaut, sondern schloss an ein verwahrlostes Waldstück an.

Ohne die Hundebesitzer, die ihre vierbeinigen Lieblinge von der Leine lassen wollten, und ohne die Lehrlinge, die sich eine Abkürzung zwischen ihrer Berufsschule und der Endhaltestelle der Straßenbahn durchs Gestrüpp getrampelt hatten, wäre die Straße kaum weniger menschenleer gewesen als das Betriebsgelände, in dem es seit Jahren keinen Betrieb mehr gab.

Doch die Hundebesitzer kamen – Sylvester hatte diese Beobachtung mehrfach überprüft und stets bestätigt gefunden – entweder sehr früh morgens oder am späteren Nachmittag. Die Schüler waren hier ohnehin nur zwischen halb und um acht anzutreffen, wenn sie es eilig hatten und in zwei oder drei in Lärm und Zigarettenrauch gehüllten Rotten die Straße entlang getrabt kamen, um anschließend im Gänsemarsch zwischen den Bäumen und mannshohem Unkraut zu verschwinden.

Was aber, wenn es der Zufall wollte, und ausgerechnet

heute Vormittag *doch* jemand dort aufkreuzte, wohin sich sonst niemand verirrte? Und wenn sich der Zeuge hinterher, wenn die Sache durch alle Zeitungen lief, an den Mann erinnerte, den er auf dem normalerweise abgesperrten Hof herumwirtschaften sehen hatte? Und eine Personenbeschreibung abgab? Dann war es doch wohl besser, er konnte sich deutlich an einen Brillenträger erinnern, mit schwarzem Haarschopf und markantem Schnauzer!

Wie am Schnürchen

Kurz vor halb neun hatte Sylvester das nur mit einer um die Streben geschlungenen Stahlkette und einem gewöhnlichen Vorhängeschloss gesicherte Tor aufgeschlossen und war auf den Hof gefahren. Den Schlüssel, der ihm das ermöglichte, besaß er längst. Er selber hatte das Schloss gekauft und dessen Vorgänger vor drei Wochen in einer nur wenige Minuten dauernden Nacht- und Nebelaktion geknackt und durch sein eigenes ersetzt. Es war, wie erwartet, nie bemerkt worden.

Vor dem zweiflügeligen Schiebetor zwischen der Durchfahrt zum hinteren Hof und der Verladerampe hatte er kurz gehalten und dann den blauen Ford Escort in die Halle gefahren.

Die ehemalige Papierfabrik „Eduard & Winter" war aus mehreren Gründen geeignet, den Bentley verschwinden zu lassen. Aller Voraussicht nach würde das Gelände in den kommenden Tagen von niemandem betreten werden, und dass sie beim Abstellen des Wagens – und beim „Umladen" seines Besitzers – beobachtet werden würden, war unwahrscheinlich. Der Weg durch die Stadt, den der Bentley zurücklegen musste, nachdem er die gewohnte Route verlassen hatte, war weniger lang als bei vergleichbaren Unterstellmöglichkeiten, und dass sie das spektakuläre Gefährt so schnell wie möglich von der Straße bekommen mussten, war ja wohl klar.

Ferner: Wurde der Wagen durch einen dummen Zufall trotz allem gefunden, durfte sein Aufbewahrungsort keine Rückschlüsse auf diejenigen zulassen, die das gute Stück dort versteckt hatten – beispielsweise weil sie sich aus dem einen oder anderen Grund mit den lokalen Gegebenheiten auskannten. Zwar hatte Sylvester einst während einer ABM-Phase an der Beräumung des Geländes mitgewirkt, doch das war nur für ein paar Tage gewesen, zur Aushilfe; und die Möglichkeit, dass man auf irgendeiner Liste mit Arbeitskräften auf seinen Namen stieß, erschien ihm als vernachlässigbare Gefahr.

Überhaupt hatte er Grund, zufrieden zu sein. Alles lief wie am Schnürchen. Dass er gar keine Ungeduld spürte, konnte er nicht behaupten, doch jeder Blick auf die Uhr am Handgelenk versicherte ihm, dass sie gut in der Zeit lagen. Nichts deutete darauf hin, dass nicht alles so verlief, wie sie es geplant hatten.

Und dieser Plan, der konnte sich sehen lassen. Er setzte auf Umsicht, Akribie, kritische Vorwegnahme möglicher Komplikationen. Er setzte auf eine elegante, ausgefeilte Logistik. Wenn die Entführung wie erhofft über die Bühne gehen und nach geglücktem Abschluss keine Folgen hinterlassen sollte – außer der einen, dass jemand um eine für ihn nicht nennenswerte Summe ärmer und sie selber um eine für sie märchenhafte Summe reicher geworden wären –, dann durfte ihnen nichts Unvorhergesehenes dazwischenkommen. Dann mussten sie sich Zeit nehmen, dann mussten sie ihr Vorhaben so oft im Kopf durchspielen, bis es *ausgereift* war. Und, sobald die äußeren Bedingungen stimmten, bloß noch in die Tat umgesetzt werden musste.

Ohne Gewalt ging das nicht, das war ihnen klar. Und Gewalt blieb Gewalt, auch wenn sie unblutig war. Daher waren sie entschlossen, ihrer Geisel nur das absolute Minimum an Ungemach – oder auch bloß Unbequemlichkeit – zuzumuten.

Infolgedessen hatten sie der Frage des zu verwendenden Betäubungsmittels die verdiente Beachtung geschenkt. War es zu stark, konnte es sich zu einer gesundheitlichen Belastung auswachsen, zu der es auf keinen Fall kommen durfte. War es zu schwach, erzwang es womöglich ein abruptes Eingreifen, das besser hätte unterbleiben sollen. Seelische Nebenwirkungen – Unruhezustände, Aggressionen – mussten ebenso ausgeschlossen bleiben wie körperliche.

Umfangreiche Testreihen hatten im Verein mit den Auskünften der in öffentlichen Bibliotheken zugänglichen Fachliteratur zwar auf gewisse Richtwerte schließen lassen. Doch stellten ihre Versuche ebenso unter Beweis, dass jeder von ihnen auf jedes Mittel und jede Dosis auf eigene Art reagierte – ganz abgesehen davon, dass ein und dieselbe Person von ein und demselben Mittel an dem einen Tag in Tiefschlaf versetzt wurde und an einem anderen lediglich in einen leichten Schlummer verfiel.

Wochenlang plagte sich Sylvester mit Zweifeln herum. Wegen seiner Neigung, Komplikationen vorauszusehen, hatte seine Schwester Anja ihn nicht selten als Pessimisten beschimpft: „Armin Pessimin". Doch hatte sie dabei stets etwas Wesentliches verkannt. Ihr Bruder Armin fürchtete Komplikationen, doch er mochte sie auch. Sie verschafften ihm Zufriedenheit – wenn er sie aufgespürt, und wenn er sie gelöst hatte.

Diese Zufriedenheit erfüllte ihn auch jetzt, als er an vereinbarter Stelle bereitstand und darauf wartete, dass das Projekt, das er so lange gehegt und gepflegt hatte, in die nächste Phase trat. Durch den Spalt zwischen den beiden ein Stück weit zusammengeschobenen Torflügeln die Ein-

fahrt im Auge behaltend, strich er mit Daumen und Zeigefinger über die beiden Enden seines Bartes, von der Nasen-
rinne zu den Mundwinkeln hin. Zuerst, weil er ihm noch
fremd war, dann jedoch, weil er das Gefühl hatte, dass er
sich zwar schlecht an den Bart, wohl aber an diese Geste be-
haglicher Bedächtigkeit gewöhnen könnte. Irgendwie passte sie zu ihm.

Ein Chevrolet Chevelle

Jan Horvath saß noch immer in seinem Wagen und rührte
sich nicht. Aber er war nicht mehr wie in Trance. Stattdessen lähmte ihn, was er überscharf vor sich sah: was passiert
war, und, schlimmer noch, was passieren würde.

Er musste aussteigen, das war klar. Er musste mit dem
Fahrer des Chevrolet reden und ihm Geld anbieten. Viel
Geld. Genug, dass er sich davon überzeugen ließ, auf die
Polizei zu verzichten.

So viel konnte seinem cremefarbenen Schlachtschiff
nicht passiert sein. Das ließ sich reparieren. Sobald sie sich
einig waren, mussten sie von hier verschwinden. Am besten
verständigten sie sich darauf, die Fahrzeuge zuerst von der
Straße wegzubekommen, um dann alles Notwendige zu bereden. Solange die Autos umständlich um sie herum kurven
mussten, erregten sie jede Menge Aufmerksamkeit. Mischte sich erst jemand ein, würde es schwer werden, die Sache
in aller Stille zu bereinigen.

Als Jan Horvath die Tür öffnen wollte, musste er allerdings feststellen, dass sie sich durch den Aufprall verzogen
hatte und im Rahmen festklemmte. Er stemmte sich mit
der Schulter gegen die Scheibe. Es half nichts.

Der Fahrer des Chevrolets, der längst ausgestiegen war,
schien bereits unruhig zu werden.

Der erste Eindruck verhieß nichts Gutes. Es war ein Hüne, um die fünfzig, wie Jan Horvath schätzte, und ein schwerer Brocken. Seinen lichten, trotzig zum Zopf gebundenen Haaren, dem ergrauten Bart und der kurzgeschnittenen Lederjacke mit Fransen und blinkenden Nieten nach zu urteilen, die schweren Stiefel nicht zu vergessen, die unter den Jeans hervorsahen, gehörte er zu einer Spezies, die Jan Horvath „Altrocker" nannte und sich für gewöhnlich auf Motorrädern vorstellte.

Unmissverständlich drohend kam er auf Jan Horvath zu.

Jan Horvath kurbelte das Fenster nach unten. „Tut mir leid, ich … ich komme nicht raus … " Zum Beweis ruckte er ein weiteres Mal an der Tür.

Der Altrocker sah ihn an und verzog keine Miene.

„Nimm die andre Seite, Mann."

Warum es verschweigen: der Mann gefiel Jan Horvath nicht. Aber er gehorchte und kletterte über den Ganghebel auf den Beifahrersitz. Tatsächlich ließ sich die rechte Tür problemlos öffnen.

Der Altrocker hatte sich inzwischen abgewandt und betrachtete kopfschüttelnd die Schäden am Heck.

Jan Horvath trat zu ihm. „Es tut mir wahnsinnig leid. Ich … ich weiß nicht, wie das passieren konnte. Ich dachte … ich dachte, Sie fahren noch über die Ampel."

Noch immer schweigend, strich der Altrocker mit seiner riesigen Pranke über die verbeulte Stoßstange, die vorspringenden, ebenfalls beschädigten Stoßfänger, die zersprungenen Rücklichter. Die Heckflossen selber schienen weitgehend intakt, konnten aber verzogen sein.

„Alles hin", hörte Jan Horvath ihn murmeln. „Alles im Arsch."

Nun – auch wenn er nicht abschätzen konnte, was die notwendigen Reparaturen, Lackierung inbegriffen, kosten würden, war Jan Horvath klar, dass der Mann übertrieb. Er wollte eine höhere Entschädigung rausholen, das war alles.

„Hören Sie", setzte Jan Horvath an und hoffte, dass sein rüder Unfallgegner merkte, dass er ihn durchschaute, und *nicht* merkte, wie sehr ihn sein lächerliches Getue erboste, „ich übernehme die Kosten. Alles. Egal, wie hoch. Die Schuld liegt bei mir, es gibt keinen Streit. Hier ist mein Ausweis, damit Sie sehen, dass ich nicht abhauen will. Sie können sich die Adresse selbst abschreiben. Lassen Sie uns hinter der Kreuzung rechts rein fahren und alles besprechen. Wir blockieren hier alles."

Der Altrocker hob die Schultern. „Da müssen wir eben mal vorher dran denken, was!"

Jan Horvath bebte. Zum Glück war ihm bewusst, dass er sich auf gar keinen Fall von diesem Ton und der unfreundlichen Art anstecken lassen durfte.

„Ich weiß", versuchte er abzuwiegeln. „Aber was soll ich jetzt machen? Soll ich mir einen Strick nehmen?" Er trat einen halben Schritt auf ihn zu. „Es tut mir wirklich sehr leid. Ich verspreche Ihnen, der Wagen wird sofort wieder in Ordnung gebracht. Ich gebe Ihnen das Geld direkt. Cash. Keine Versicherung und so. Kein Gutachten. Sie zeigen mir Ihre Rechnung, und ich gebe Ihnen das Geld zurück. Aber ich kann Ihnen natürlich, wenn Sie wollen, auch eine Anzahlung ... "

Jan Horvath brach ab, weil er in diesem Moment erkannte, dass er einen Fehler gemacht hatte. Der Mann hier, dieses in die Jahre gekommene Kraftpaket, hatte kaum Geld. Er hatte nur diesen Wagen, den er sich eigentlich gar nicht leisten konnte. Und jetzt spielte sich hier so ein Fatzke auf, als könne er mit dem Geld nur so um sich werfen!

„Hast du dein Handy dabei?"

Jan Horvath zuckte zusammen. Das Handy lag gut sichtbar auf dem Armaturenbrett. Er selber hatte es – da es offenbar beim Aufprall herunter gerutscht war – dort in Si-

29

cherheit gebracht, als er vorhin auf den Beifahrersitz klettern musste. Sollte er sagen, die Akkus seien leer?

„Ja, aber … wir können das unter uns klären … " Jan Horvath bezwang seinen Drang, aus der Haut zu fahren. Was für eine Schamlosigkeit, diesen lapidaren Auffahrunfall mit geringfügigen Blechschäden an die große Glocke zu hängen! Bloß weil ihm alles, was seinem geliebten Beinahe-Oldtimer zustieß, als die große Tragödie erschien! Wenn hier einer Grund zur Sorge hatte, dann doch wohl er!

„Hören Sie mir überhaupt zu? Ich versichere Ihnen, ich komme für alles auf. In drei Tagen ist Ihr Auto wieder wie neu. Lassen Sie uns über die Kreuzung und in die nächste Querstraße fahren, Sie nehmen meine Adresse auf, und ich unterschreibe ein kurzes Protokoll mit meinem Schuldeingeständnis, damit Sie etwas in der Hand haben. Wir halten hier doch nur den Verkehr auf."

Zum wievielten Mal sagte er das jetzt eigentlich?!

„Du rufst jetzt die Bullen an", befahl der Altrocker, unbeeindruckt von allem, was er ihm vorschlug. Und als habe er inzwischen weiter nachgedacht, schickte er ein schadenfrohes „Das wird teuer!" hinterher.

Was in Gottes Namen wollte dieses Arschloch von ihm? Jan Horvath war ratlos. Wollte er ihn ruinieren? Er kannte ihn doch gar nicht! Warum begegnete er ihm mit so kindischer Feindseligkeit und wich jedem vernünftigen Vorschlag aus?

Diese Hilflosigkeit machte ihn wahnsinnig. Jan Horvath verspürte die Lust, einfach aufzugeben, in sich aufsteigen; die sattsam bekannte Lust, dem idiotischen Schicksal den Bettel hinzuschmeißen und alles achselzuckend mit sich geschehen zu lassen, als ginge es einen nichts an. Gab es in dieser mit Brettern vernagelten Welt überhaupt ein anderes Entkommen, eine andere Form von Unverletzlichkeit?

„Hören Sie", sagte er. „Ich kann Ihnen sagen, wie es war.

Der Wagen hinter mir, dieser schwarze Ich-weiß-nicht-Was ... " Jan Horvath sprach leise und legte keinen Wert mehr darauf, überzeugend zu wirken.

„Der Bentley?"

Zum ersten Mal glaubte Jan Horvath, im stumpfen, undurchdringlichen Blick des Altrockers ein Fünkchen Interesse zu entdecken.

„Ach, das war ein Bentley? Der bei Rot über die Kreuzung ist, als ... als es passiert ist? Da muss etwas Furchtbares vorgefallen sein. Als er noch hinter mir stand. Ich habe gesehen ... ich habe gesehen – "

Es war nicht einfach, darüber zu reden. Nicht, wenn man sich dabei zuhören musste oder mit den Augen seines Gegenübers sah. Dann wusste man selber nicht mehr, was stimmte: ob es wirklich passiert war, oder ob man sich das alles nur eingebildet hatte.

Der Altrocker indes wartete nicht ab, ob er den angefangenen Satz zu Ende bringen würde oder nicht. „Das kannst du denen erzählen", rief er und wies mit dem bärtigen Kinn auf den Streifenwagen, der neben ihnen auf den Bürgersteig fuhr.

Piontek & Schmitz

Die beiden Polizisten waren auf dem Rückweg von einer Transporter-Kontrolle gewesen, als sie den Unfall bemerkten. Schlimm sah es nicht aus. Doch die Fahrer standen wie versteinert neben ihren Fahrzeugen. Offensichtlich warteten sie – vielleicht um Versicherungsstreitigkeiten aus dem Weg zu gehen – auf die Polizei. Die beiden Beamten beschlossen zu helfen. Zwar waren die Kollegen vermutlich bereits unterwegs, doch je früher die Fahrzeuge von der Straße kamen, desto schneller konnte sich der Verkehr normalisieren.

Jan Horvath begann augenblicklich, nachdem die beiden Uniformierten sich vorgestellt hatten, mit der Schilderung des Unfallhergangs. Der Altrocker hatte noch nicht einmal seinen Namen genannt. Er, Jan Horvath, setzte in so einem Fall lieber auf Höflichkeit.

Das heißt – viel zu schildern gab es ja eigentlich nicht. Nachdem sich die durch die Ausparkmanöver des Lasters verursachte Schlange in Bewegung gesetzt hatte, sei er erleichtert angefahren und habe dabei leider später als notwendig und vor allem später als sein Vordermann auf das umschaltende Ampelsignal reagiert. Er bedaure dieses Versehen und seine traurigen Folgen zutiefst, seine alleinige Schuld stünde außer Frage, und er käme für den entstandenen Schaden unmittelbar auf und verzichte darauf, seine Haftpflichtversicherung in Anspruch zu nehmen. Seine Kenndaten habe er dem Geschädigten bereits übergeben.

Die beiden Polizisten waren verwirrt. Besonders der größere von beiden, ein Wachtmeister Schmitz, schien sich angesichts so unzweideutiger Verhältnisse zu fragen, was sie hier eigentlich sollten.

Während sich sein Kollege, er hieß Piontek, die Papiere beider Beteiligten geben ließ, erkundigte er sich bei dem finster dreinblickenden Fahrer des beschädigten Chevrolets, ob er etwas dazu zu bemerken habe, bekam aber keine Antwort.

Piontek, ebenfalls Wachtmeister, sah von den Dokumenten auf.

„Dann gehen wir davon aus, dass Sie der Schilderung des Herrn Horvath zustimmen und mit der direkten Schadensregulierung einverstanden sind. Sie können dann die Kreuzung räumen und anschließend die Schäden zu Protokoll nehmen. Zur Sicherheit werden wir noch mal fotografieren. – In Ordnung? Herr Gabriel?!"

Einen Moment lang sah es so aus, als hätte der Angesprochene auch diese Aufforderung überhört, als er seinen gewaltigen Brustkorb aufpumpte, um sich mit einer Bemerkung zu Wort zu melden, die Jan Horvath traf wie ein Schlag in die Kniekehlen.

„Der ist doch bloß besoffen. Am frühen Morgen. Ist der im Tee. Macht hier einen auf Bitteschön Dankeschön, weil er einen sitzen hat. Mann, merkt ihr das nicht?!"

Die beiden Polizisten runzelten die Stirn und wussten nicht, wem sie zuerst einen missbilligenden Blick zuwerfen sollten: dem sich rüpelhaft im Ton vergreifenden Unfallopfer oder dem Unfallverursacher, der unbeschadet seines sicheren Auftretens und seiner vorbildlichen Umgangsformen plötzlich im Verdacht stand, gegen Paragraf 315 Strafgesetzbuch (vorsätzliche oder fahrlässige Gefährdung des Straßenverkehrs) verstoßen zu haben.

„Stimmt das, Herr Horvath?"

„Was? Dass ich betrunken bin?" Jan Horvath schnaubte verächtlich.

Doch Wachtmeister Schmitz ließ nicht locker.

„Herr Horvath, ich frage Sie und bitte Sie, mir zu antworten: Haben Sie vor Fahrtantritt Alkohol konsumiert?"

„Er soll Sie anpusten!", rief Gabriel dazwischen. „Sagen Sie ihm, dass er sie anpusten soll."

Wachtmeister Piontek mochte zierlich von Statur sein, doch ließ er sich selbst von einem Hünen wie Gabriel deswegen nicht vorschreiben, was er zu tun hatte, sondern warf ihm einen strafenden Blick zu. Wachtmeister Schmitz wiederholte seine Frage:

„Herr Horvath, haben Sie vor Fahrtantritt Alkohol konsumiert, ja oder nein?"

„Nein, ich habe heute Morgen keinen Alkohol konsumiert." Jan Horvath musste wenigstens mit übertrieben deutlicher Aussprache kundtun, dass er der absurden Aufforderung nur unter Protest nachkam.

„Dann hast du aber gestern Abend gewaltig einen in der Rübe gehabt", schwenkte Gabriel um.

„Ihre Meinung steht jetzt nicht zur Debatte", wies ihn Piontek auffahrend zurecht, und Jan Horvath schickte ihm einen dankbaren Blick.

„Und gestern Abend?"

„Weil dieser Mensch das behauptet?"

„Und gestern Abend?"

„Unsinn." Jan Horvath schluckte und versuchte zu lächeln. „Sicher habe ich gestern Abend ein Bier getrunken, aber ... Ich bin auf dem Weg zur Arbeit. Ich arbeite im Stadtgeschichtlichen Museum, wissen Sie. Ich leite dort eine Abteilung. Für Fotografie."

Jan Horvath glaubte den beiden Wachtmeistern anzumerken, dass sie es gern bei dieser Versicherung bewenden lassen würden, sich jedoch nicht dem Vorwurf aussetzen wollten, etwaige Hinweise auf eine Straftat, und das auf Grund persönlicher Vorbehalte, nicht ernst genommen zu haben.

„Sie hören, was Herr Horvath sagt. Gibt es etwas, worauf Sie Ihren Eindruck stützen, Herr Gabriel?"

Der Altrocker beugte sich vor, selbst neben einem langen Lulatsch wie Schmitz wirkte er immer noch wie ein Riese.

„Na klar. Ihr haltet zusammen. Das wäre ja auch ein Wunder."

„Überlegen Sie sich, was Sie sagen, Herr Gabriel", mahnte Wachtmeister Piontek, nicht ahnend, dass er damit das Fass zum Überlaufen brachte.

„Was ich sage? *Was ich sage?!* Ich sage, ja? ... wenn einer so trieft, ja? ... dass er von dort hinten ... ", er wies mit der Hand in unbestimmte Fernen, „von dort hinten, wo die Einfahrt ist ... dass der von dort Anlauf nimmt, ja? ... und ich stehe hier schon an der Ampel, ja? ... nicht zu übersehen, ja? ... und der gibt noch Gas, ja? ... und brettert volle Kanne auf mich drauf, ja? ... dass der sie nicht mehr alle hat ... *das* sage ich. Oder – er hat so einen drinne, dass er nicht mehr weiß, wo rechts und links und was Gas und was Bremse ist. *Das* sage ich."

Der Altrocker hatte sich in Rage geredet, sein Kopf war rot angelaufen, und er atmete schwer.

Die beiden Polizisten sahen sich an.

"*Volle Kanne*, das sieht aber anders aus, Herr Gabriel", wiegelte Piontek ab und tippte auf die Papiere, die er noch immer in der Hand hielt.

Dann jedoch wandte er sich an Jan Horvath.

"Was sagten Sie, wie groß war der Abstand zwischen Ihrem Wagen und dem von Herrn Gabriel?"

"Ich ... ich weiß nicht."

"Was heißt, Sie wissen es nicht?"

"Es ging alles so schnell – "

Jan Horvath merkte, dass er seine Unsicherheit nicht länger überspielen konnte.

"Er ist losgefahren, da bin ich auch losgefahren. Ich konnte ja nicht ahnen ... ich meine, ich habe nicht darauf geachtet – "

"Haben Sie dort an der Einfahrt gestanden, wie Herr Gabriel behauptet?"

"Ja, sicher. Hinter dem Laster. Wir haben doch alle hinter dem Laster gestanden. Mein Gott, ich habe doch gesagt, es ist meine Schuld, ich hätte besser aufpassen müssen, was soll ich denn noch?!"

Der Altrocker grinste.

"Herr Horvath", setzte Wachtmeister Schmitz – er hatte offenbar den Hut auf in ihrem Gespann – in betont ruhigem Tonfall an, "ich denke, es ist das Beste, wir machen es so: Sie fahren jetzt Ihren Wagen an die Seite. Auf den Bürgersteig, gleich hinter unseren. Und dann machen wir einen Atem-Alkohol-Test. Sie wissen, was das ist?"

„Ja, sicher", erwiderte Jan Horvath entnervt. „Aber das ist doch wirklich albern. Ich meine, bloß weil dieser Mann hier – "

Jan Horvath keuchte.

„Das wird sich ja dann gleich zeigen."

„Und ich?", erkundigte sich der Altrocker, als fühle er sein Engagement für Sicherheit und Ordnung im Straßenverkehr nicht genügend gewürdigt.

„Sie sehen zu, dass Sie in der Nähe einen Parkplatz finden und kommen dann zum Wagen und warten, bis wir so weit sind, Herr Gabriel." Den Polizisten war der Verdruss anzumerken. „Und dann machen wir ein Protokoll. Noch Fragen?"

„Ach, *er* muss nicht blasen, nein?" Jan Horvath hatte sich nicht mehr im Griff. „Er kann hier die Leute bezichtigen, er kann ihnen sogar seinen eigenen Suff anhängen. Aber blasen muss er natürlich nicht! Blasen tue ja schließlich ich!"

„Herr Horvath", mahnte Wachtmeister Piontek und holte tief Luft.

„Tut mir leid", murmelte Jan Horvath ertappt. Er versuchte sich auf Tricks zu besinnen, über die er in feuchtfröhlicher Runde schwadronieren gehört hatte, aber ihm fiel kein einziger ein.

Jan Horvaths Geheimnis

Als sie zu dritt im Streifenwagen saßen, holte Schmitz das flache, silbern glänzende Messgerät aus der Tasche und hielt es Jan Horvath hin, während er die Funktionsweise erläuterte.

Jan Horvath schob seine Hand behutsam beiseite.

„Bitte, einen Augenblick noch. Ich ... ich glaube, ich muss Ihnen etwas erklären. Ich weiß schon, es wird Ihnen vielleicht ziemlich abenteuerlich vorkommen, aber – – – "

Jan Horvath brach ab. Der Mensch namens Gabriel, Altrocker, Chevi-Fahrer und Ekelpaket, war neben dem Wagen erschienen und hatte sich schnurstracks zum Fenster herein gebeugt.

Jan Horvath ärgerte sich. Woher nahm dieser Mann das Recht, sich selbst hier noch einzumischen! Oder auch nur zuzuhören! Am liebsten hätte er gar nichts mehr gesagt, solange sich dieser Widerling nicht vom Acker geschert hatte. Nur machten die beiden Polizisten leider keine Anstalten, ihn zu vertreiben.

Was blieb Jan Horvath übrig – er holte tief Luft und berichtete alles, was er beobachtet hatte: die beiden Männer in der majestätischen Limousine, ihr plötzliches Handgemenge, die verrutschte Sonnenbrille und die abgefallene Perücke. Die Pistole. Das Blut. Und dass ihn die ganze haarsträubende Geschichte, deren Zeuge er unvermutet geworden war, offensichtlich so abgelenkt habe, dass er den schließlich anrollenden Verkehr nur mit einem halben Auge verfolgen und nicht genügend auf seinen Vordermann achtgeben konnte, der sich zuerst zügig entfernt habe, an der Ampel dann aber scharf abbremsend stehengeblieben sei.

Gabriel lachte.

Die beiden Beamten lachten nicht.

„Das ist alles?", erkundigte sich Piontek, als Jan Horvath bei der bedauerlichen Folge seiner Beobachtungen, dem Auffahrunfall, angekommen war.

„Ja, das ist alles."

„Der Wagen, der Bentley, wie Sie sagen – "

„Das meinte jedenfalls Herr Gabriel", verbesserte Jan Horvath und warf dem unbarmherzigen Goliath einen eisigen Blick zu.

37

„– der ist dann aber nicht mit Ihrem karamboliert? Nachdem Sie auf Herrn Gabriel aufgefahren sind, meine ich?"

„Nein, natürlich nicht ..." Jan Horvath versuchte, sich nicht verunsichern zu lassen.

„Sondern er ist, nehme ich an, über die Kreuzung, und weg war er?"

„Ja. Natürlich."

Piontek nickte nachdenklich und schwieg.

Jetzt ergriff Schmitz das Wort.

„Herr Horvath, Sie haben uns ja jetzt ausführlich geschildert, was Sie beobachtet haben. Sehr ausführlich sogar. Was ich mich die ganze Zeit frage, ist nur: Wenn das da so hochkriminelle Sachen waren, hinter Ihnen, warum haben Sie uns das eigentlich nicht gleich erzählt?"

„Oder ist es Ihnen jetzt gerade erst wieder eingefallen?", fügte Piontek hinzu.

„Ich dachte ... ich hatte Angst, Sie könnten es für eine Ausrede halten."

„So? Ach was."

Wachtmeister Schmitz hob die Augenbrauen, und Wachtmeister Piontek schüttelte den Kopf.

Jan Horvath sah sie an, und er sah ihre Gesichter rot anlaufen vor Anstrengung, das Lachen zurückzuhalten. So war das also. Sie hatten die ganze Zeit nur mit ihm gespielt und sich dabei königlich amüsiert: So erfinderisch hatte sich lange keiner mehr aus der Affäre zu ziehen versucht! Folglich dachten sie gar nicht daran, sich um die Einleitung irgendwelcher polizeilicher Maßnahmen zu kümmern. Sie kümmerten sich einzig und allein um ihn!

Die Zähne zusammengebissen vor Verachtung, holte er tief Luft und pustete in das weiße Mundstück, das Piontek von seiner Plastikumhüllung befreit, aufgesteckt und ihm vor die Lippen gehalten hatte.

Er wirkte ganz ruhig, war jedoch weiß wie eine Wand.

Der Wert, den das Display anzeigte, schien die Erwartungen noch übertroffen zu haben. Piontek hielt ihn mit einem vielsagenden Grinsen seinem Kollegen hin, bevor er ihn Jan Horvath präsentierte.

„0,2 Milligramm pro Liter. *Im Atem!*"

Und Schmitz fügte hinzu: „Da liegen Sie erfahrungsgemäß deutlich über 0,3 Promille Blutalkohol, wissen Sie das? Es wird eng, Herr Horvath. Sehr eng."

Gabriel triumphierte. Bevor Schmitz ausreden konnte, hatte er ein dröhnendes „Na, was sagt ihr jetzt!" in die Runde geschmettert und damit lautstark an seine Anwesenheit erinnert – wie auch daran, dass sie überflüssig war.

Schmitz stieg aus, beredete etwas mit ihm und ließ ihn, auf die Motorhaube gestützt, ein Formular unterschreiben. Jan Horvath konnte nicht hören, was sie besprachen, registrierte aber, nicht ohne Genugtuung, dass der Held des Tages gruß- und blicklos von dannen zog.

Als Schmitz wieder in den Wagen stieg, wandte Jan Horvath sich ihm zu. „0,3 Promille, das ... das kann einfach nicht stimmen. Ich gebe gern zu, ich habe gestern Abend ... ich habe ein paar Bier getrunken ... "

„Ein paar Bier ... Und eins heute Morgen, bloß so, für den Kreislauf?" Er zwinkerte ihm zu.

„Nein!" Jan Horvath war ehrlich empört. „Ich sagte Ihnen doch: heute morgen keinen Tropfen!"

„Und Schnaps?" Das war Piontek.

„Auch keinen Schnaps!" Jan Horvath fing an, laut zu werden.

Piontek beschwichtigte ihn. „Ich meine, gestern Abend."

„Ach so ... Ja ... ein, zwei Schlucke vielleicht. Aber das ist Stunden her ... das muss längst raus sein! Ich bin vollkommen klar! Hören Sie, ich lasse mir doch von Ihnen nicht einreden – "

„Wir reden Ihnen gar nichts ein", sagte Schmitz. „Wir messen bloß."

„Dann ist wahrscheinlich Ihr Pusteding kaputt."

„Das? Das ist die neueste Generation. Voll digital." Schmitz nickte respektvoll und verpackte das Messgerät, nachdem er das Mundstück abgezogen hatte, wieder in seinem Etui.

„Wenn's das erste Mal ist", sagte Piontek, um langsam zum Schluss zu kommen, „wird man Ihnen nicht gleich den Kopf abreißen."

„Restalkohol ist immer eine tückische Sache. So was weiß man doch, Herr Horvath, wenn man gern mal einen zur Brust nimmt. Wann sind Sie denn schlafen gegangen?"

Es war nicht zu fassen, sie behandelten ihn wie einen Trinker.

„Ich weiß es nicht!" Jan Horvath betonte jedes Wort. „Vielleicht um elf, vielleicht um halb zwölf … Ich kann doch wohl ins Bett gehen, wann ich will, oder?" Jan Horvath schluckte. „Hören Sie, ich brauche den Wagen –"

„Den Wagen? Den lassen wir jetzt erstmal schön stehen. Und Sie kommen mit uns mit, und wir machen eine Blutentnahme. Das Gericht braucht den Blutalkoholwert. Das hier", er schwenkte die Verpackung mit dem Messgerät, „erkennen die nicht an."

„Vielleicht ist es ja tatsächlich ein Irrtum, wie Sie sagen", meinte Piontek. „Dann sind Sie entlastet."

Jan Horvath hatte allen Ernstes daran gedacht, ihnen von seiner Tochter zu erzählen, die er in die Schule fahren musste. Er würde an ihr Mitgefühl appellieren, er würde um Gnade betteln. Noch waren sie unter sich. Nach der Blutentnahme führte kein Weg mehr zurück.

Aber dann sah er wieder ihre Gesichter, dieselben Gesichter, mit denen sie ihn vorhin hatten schildern lassen, was im Bentley passiert war. Die ungerührten, selbstherrlichen Gesichter der Obrigkeit, egal welcher. Die leeren Visagen derer, die, selbst bloß *Schütze Arsch im letzten Glied*, einen in der Hand haben durften. Und die einem nur allzu gern zeigten, *wo der Hammer hängt.*

„Das wird Ihnen noch leidtun", zischte Jan Horvath. „Ich weiß nicht, mit was für Nasen Sie sonst so zu tun haben. Die lassen sich das ja vielleicht gefallen, diese Tour. Aber ich nicht! Ich werde dafür sorgen, dass Ihre Vorgesetzten Sie dafür zur Verantwortung ziehen! Dass Sie diesen Wagen – auf den ich Sie hingewiesen habe –, dass Sie den wegfahren lassen haben. Bloß, weil Sie hier den dicken Maxen markieren müssen. Aber da sind Sie an den Falschen geraten, sage ich Ihnen! An den ganz Falschen!"

Er schnappte nach Luft.

„Oh – oh", murmelte Piontek.

Schmitz dagegen spitzte bedauernd die Lippen. „Wahrscheinlich ist es das Beste für uns alle, Herr Horvath, wenn die hier", er nahm Jan Horvaths abgegriffene Fahrerlaubnis, deren Plastikhülle eingerissen war, vom Klapptisch und hielt sie hoch, „gleich erstmal bei mir bleibt. Vorläufiger Einbehalt mit sofortiger Wirkung. Vermutlich kriegen Sie die sowieso nicht zurück."

„Was?!"

Jan Horvath hatte mit einer Geldstrafe, Punkten in Flensburg oder einem Monat Sperre gerechnet, den er in die Sommerferien zu legen hoffte.

„Paragraph 315. Wer im Straßenverkehr ein Fahrzeug führt, obwohl er infolge des Genusses alkoholischer Getränke nicht in der Lage ist, das Fahrzeug sicher zu führen und dadurch Leib und Leben eines anderen Menschen oder fremde Sachen von Wert gefährdet, wird mit einer Freiheitsstrafe bis zu fünf Jahren oder mit einer Geldstrafe bestraft."

„Und 69", ergänzte Piontek. „Wird jemand wegen Verletzung der Pflichten eines Kraftfahrzeugführers verurteilt, so entzieht ihm das Gericht die Fahrerlaubnis, wenn sich aus der Tat ergibt, dass er zum Führen von Kraftfahrzeugen ungeeignet ist."

„Aber ich brauche den Wagen doch!" Jetzt pfiff es nur noch ganz leise aus Jan Horvath heraus. „Ich brauche den Wagen."

„Neu beantragen, anders geht's nicht. Nach Ablauf der Sperrfrist. Und nach dem Idiotentest."

Die beiden Polizisten grienten sich an.

Jan Horvath starrte vor sich hin. Er hatte es geahnt. In der Sekunde des Aufpralls hatte er es schon geahnt. *Das wars.* Sein ganzes Leben – alles was von seinem Leben übriggeblieben war – hing an diesem Scheiß-Auto.

Er wirkte derartig geknickt, dass Wachtmeister Piontek, den unfreundlichen Auftritt hintanstellend, nicht anders konnte als ihn aufzumuntern. „Vielleicht wird's ja auch gar nicht so schlimm. Warten Sie erstmal die Verhandlung ab. Vielleicht kommen Sie ja mit drei Monaten Fahrverbot davon. Das ist nicht mal ganz unwahrscheinlich. Bei so einem Auffahrunfall. Wie gesagt, so lange Sie kein Wiederholungstäter sind –"

Jan Horvath schwieg. Die Sache war die, er hatte ein kleines Geheimnis. Nur die wenigsten wussten davon, und denen hier wollte er es ganz bestimmt nicht auf die Nase binden. Erfahren würden sie es noch früh genug! Er war, was Alkohol am Steuer betraf, kein ganz unbeschriebenes Blatt. Ein „Wiederholungstäter", das war er.

Er holte Jacke und Tasche aus dem Golf und schloss ihn ab, nachdem er den Kofferraum geöffnet und nachgesehen hatte, ob nichts drin liegengeblieben war, was er brauchte. Sein Blick streifte den Aufkleber, den Flo auf das Blech gepappt hatte, als sie noch ganz klein gewesen war: ein leuchtend rotes, weiß umrandetes Herz. Wie immer kontrollierte er am Türgriff, ob der Verschluss auch eingerastet war. Als sie abfuhren, fragte er: „Und was wird aus meinem Wagen?"

„Den lassen Sie von jemandem in die Werkstatt schaffen. Oder die Werkstatt holt ihn ab. Oder, überlegen Sie sich das, im Ernst, Sie melden ihn ab und lassen ihn gleich zur Autoverwertung bringen. Da kriegen Sie wenigstens noch Steuer und Haftpflicht zurück."

Ein Plätzchen am Pranger

Der festgestellte Blutalkoholwert betrug – stattliche oder schnöde – 0,38 Promille. Jan Horvaths Fahrerlaubnis wurde mit sofortiger Wirkung eingezogen. Er konnte, darauf machte ihn Schmitz aufmerksam, unter Einschaltung eines Rechtsbeistands gegen die Beschlagnahme Beschwerde einlegen, verzichtete jedoch darauf. Die Staatsanwaltschaft, so Schmitz, würde ohnehin in höchstens drei Tagen die vorläufige Entziehung anordnen. Der Rest läge dann bei der Verhandlung, von der jetzt noch keiner sagen könne, wann sie anberaumt werde.

Es war kurz nach halb elf, als Jan Horvath alles, was zur polizeilichen Aufnahme des Tathergangs notwendig gewesen war, absolviert hatte und vor der Dienststelle auf der Straße stand.

„Und jetzt?", hatte er Schmitz gefragt.

„Jetzt können Sie gehen."

Und Jan Horvath war gegangen.

Von stadtauswärts näherte sich eine Straßenbahn, hielt an der Haltestelle und fuhr nach kurzem Klingeln wieder an. Eine ältere Frau kam vorüber, die einen Kinderwagen schob und etwas zu dem laut quengelnden Kind sagte, das Jan Horvath nicht verstand.

Vor der Kaufhalle schräg gegenüber kletterten Schulkinder am Geländer der breiten Treppe, die zum Eingang führte. Am Fuß der Treppe stand ein Trüppchen Trinker mit Bierflaschen in der Hand. Eine einzelne Radfahrerin fuhr vorbei, der Jan Horvath nachsah. Ihr Haar wehte unter ihrer Mütze hervor – eine Fahne, die geschwenkt wurde zum Zeichen der Kapitulation.

Sein Handy fiel ihm ein, und Jan Horvath holte es aus der Tasche. Anrufe waren keine eingegangen. Er klickte die letzten Bilder an. Die Frau, die den Hund, der neugierig über die Kopfstütze sah, gestreichelt hatte, war gut zu erkennen. Und das Bild, das danach kam? Jan Horvath zögerte einen Moment, dann drückte er die Taste. Es zeigte, von Scheibenreflexen gestört und so in die Ecke verrutscht, dass das rechte Segelfliegerohr angeschnitten war, das Gesicht des Glatzkopfs, der den Wagen gefahren, sich mit dem Beifahrer geprügelt und schließlich geschossen hatte.

Der Verletzte war nicht zu erkennen, nur ein Stück Schulter.

Jan Horvath ließ das Handy in der Hosentasche verschwinden. Dann ging er zur Haltestelle hinüber und fuhr, am Augustusplatz umsteigend, in die Villa. Er legte sich zurecht, was er sagen wollte, doch niemand fragte ihn, warum er erst jetzt käme.

Nachdem der Computer hochgefahren war, las er seine Mails. Es war nichts darunter, was sofort hätte beantwortet werden müssen. Den zur Korrektur übersandten Satz eines kurzen Artikels im Stadtmagazin konnte er sich auch am Nachmittag ansehen. Er blätterte die Post durch. Anfragen, Bildeinsendungen, Begutachtungswünsche, Mahnschreiben – nichts, das Aufschub gewährte.

Er musste seinen Platz am Pranger einnehmen.

Er musste Ute anrufen.

Zuerst meinte die Schwester noch, ihn abwimmeln zu

können, offensichtlich durch ihre Chefin in ihrer ablehnenden Haltung ihm gegenüber bestärkt. Frau Doktor habe gerade einen Patienten im Sprechzimmer. Jan Horvath blieb hartnäckig. Sie versprach durchzustellen.

„Hallo. Ich bin's, Jan", sagte er.

„Ja? Was gibt's denn so dringend?", hörte er Utes Stimme.

„Du weißt, dass ich dich gebeten habe, mich nicht in der Praxis – "

„Es ist aber wichtig."

„Und?"

„Es ist wegen Flo. Ich kann sie morgen nicht abholen. Und auch übermorgen nicht."

Jan Horvath kannte die Pause, die jetzt folgte; er kannte sie nur zu gut. Utes Ton wurde noch eine Spur ernster.

„Jan, das geht nicht. Du weißt das. Meine Sprechstunde beginnt um acht, ich kann sie nicht hinfahren. Und mit dem Bus kommt sie zwanzig Minuten zu spät."

„Und Lukas?"

„Lukas ist unterwegs."

Natürlich, jede Erwähnung von Lukas wurde mit mindestens um fünf Grad zunehmender Vereisung bestraft.

„Ute, es geht einfach nicht. Ich habe ... ich habe heute Morgen einen Unfall gehabt. Das Auto ist in der Werkstatt, verstehst du."

„Dann musst du dir eins borgen, Jan. Die Werkstatt muss dir einen Ersatzwagen geben. Das ist doch heutzutage so."

„Nein, sie haben keinen frei. Die Reparatur war ja nicht geplant."

„Dann musst du zum Autoverleih gehen, verdammt noch mal. Oder frag einen von deinen Kumpanen."

„Das habe ich alles schon versucht, das kannst du dir doch vorstellen. Mir ist doch klar, dass ... dass ich euch damit in ganz blöde Schwierigkeiten bringe."

„Nein, das ist dir offenbar *nicht* klar!" Jetzt gab es keine

Nicht-gleich-in-die-Luft-gehen-Pause mehr. „Wir haben eine Vereinbarung, Jan. Darf ich dich daran erinnern! Flo könnte wie jede andere ihrer Mitschülerinnen ganz normal mit öffentlichen Verkehrsmitteln zur Schule fahren, wenn du dich nicht bereit erklärt hättest, sie jeden Morgen, *jeden Morgen*, auf dieses verdammte Gymnasium zu bringen. Einmal quer durch die ganze Stadt!"

„Aber *Flo* wollte es! *Sie* wollte unbedingt auf ihrem alten Gymnasium bleiben, als ihr weggezogen seid!"

„Weil *du* ihr sofort deine Hilfe angeboten hast! Jan, werde jetzt bitte nicht albern."

„Sicher habe ich ihr meine Hilfe angeboten. Weil ich mir vorstellen konnte, dass sie nicht auch noch ihre Klasse und ihre Freundinnen einbüßen wollte."

„Nachdem ihre garstige Mutter sie schon ihres liebreichen Vaters beraubt hat! Jan, ich habe für Diskussionen dieser Art keine Zeit."

Jan Horvath hörte, wie Ute jemandem etwas zurief. Dann sagte sie:

„Jan, es hat keinen Sinn. Ich habe von Anfang an gesagt: Es geht nur, wenn ich mich hundertprozentig darauf verlassen kann. Das war die Bedingung. Sonst hätten wir sie aufs Ringelnatz-Gymnasium gegeben, da hätte sie mit dem Bus fahren können beziehungsweise mit dem Fahrrad, genau wie Fanny. Ich muss mein Leben *auch* organisieren. Und Flo hätte den Abschied nach wenigen Wochen verschmerzt gehabt."

Jan Horvath lachte auf, wegen der „wenigen Wochen". Davon abgesehen, hatte Ute vollkommen recht.

„Wer ist denn Fanny?"

„Fanny Neumair. Fünf Häuser weiter. Sie hat nämlich auch hier Freundinnen, stell dir vor. Mitten auf dem Acker."

„Ute, ich … ich werde selber mit Flo reden und es ihr erklären. Es geht wirklich nicht. Sie soll … sie muss morgen mit dem Taxi fahren. Sie bekommt das Geld von mir zurück."

„Oh, wie bei feinen Leuten. Es freut mich zu hören, Jan, dass sich deine finanziellen Bedrängnisse zum Guten gewendet haben. Meinetwegen soll sie morgen ein Taxi nehmen. Aber eine Lösung ist das nicht."

„Nein", sagte Jan Horvath.

„Jetzt mitten im Schuljahr *kann* sie die Schule nicht wechseln."

„Ich weiß", sagte Jan Horvath.

„Gut." Es klang, als würde sie noch etwas hinzufügen wollen, aber sie sagte nur: „Ich muss hier weitermachen. Es wäre gut, wenn wir so bald wie möglich wüssten, wie es weitergeht."

„Ja, klar", sagte Jan Horvath.

„Dann tschüss erstmal", sagte Ute.

„Ja, tschüss. Ich rufe wieder an."

„Wenn's geht, zu Hause."

„Ich weiß."

Jan Horvath lauschte in den Hörer, als erwarte er, dass Ute noch etwas sagen würde, dann legte er auf. Es war wirklich keine Lösung. Es war ein Aufschub, mehr nicht. Ein Aufschub, damit er sich noch ein Weilchen das Hirn zermartern konnte, auf der Suche nach einem Ausweg.

Nach einem Ausweg, den es nicht gab.

Aber eine Welt zu gewinnen

Wie sein Leben im Verlauf einiger weniger Dienstagvormittagsstunden derartig aus dem Gleis hatte springen können, fragte sich jedoch nicht bloß Jan Horvath – betäubt von Verzweiflung, Hilflosigkeit und Selbstmitleid, den Blick auf Katastrophen gerichtet, die auf ihn zukamen und denen er nicht ausweichen konnte. Auch Ralf Gurski fragte sich das: der kleine stämmige Glatzkopf mit den Segelfliegerohren, einer überraschend schlagkräftigen Faust und einer erschreckend funktionstüchtigen Pistole. Nur hätte er sich die Frage beantworten können!

Aber wollte er das?

Das Lenkrad mit beiden Händen umklammernd, hatte er den schwarzen Bentley in den Lagerraum der Papierfabrik gefahren. Sofort hatte Sylvester die Rolltür zugeschoben und, kaum dass Gurski aussteigen konnte, die Beifahrertür aufgerissen.

Wie ein zur Seite wegkippender Sack kam ihm der haltlose Oberkörper entgegen, wobei die lose, wie ein zotteliger Lappen übergelegte Perücke zu Boden fiel. Als gäbe es die blutige Schweinerei vor seinen Augen nicht, versuchte er, die willenlose Masse Mensch aufzufangen. Halb in die Hocke gehend, stemmte er sich gegen sie an, konnte jedoch kaum verhindern, dass ihm die Last Zentimeter für Zentimeter aus den Armen rutschte. Er keuchte, sein Gesicht verzerrte sich. Gleich würde er loszetern!

„Was kann denn ich dafür, wenn eure Scheiß-Betäubung nicht wirkt!" Gurski war ebenfalls zum Heulen zumute.

„Weißt du, was das heißt?!" Statt zu brüllen, jammerte Sylvester nur laut. „Weißt du, was das heißt?! Mensch, Mensch, Mensch ... Du bist doch zum Scheißen zu blöd."

Ächzend bugsierte er den leblosen Körper zurück auf den Sitz, richtete sich auf und schlug mit der flachen Hand aufs Autodach.

„Mensch, Ralle, Ralle ... wir wollten den Jungen ein Weilchen aus dem Verkehr ziehen und schön abkassieren. Aber doch nicht umbringen!"

Sylvester kam um das Auto herum und lehnte sich mit dem Hintern an den nostalgisch schimmernden Kühlergrill. Ohne dass er wusste, was er tat, packte er seinen schönen Bart und riss ihn sich von der Haut, erst die eine Seite, dann die andere. Es tat höllisch weh, aber der Schmerz tat gut.

„Ja, meinst du, *ich* hab das gewollt?!"

Gurski flehte um einen einzigen verständnisvollen Blick.

„Ich möchte ja mal sehen, was *du* machst, wenn du neben so einem wild gewordenen Idioten im Auto sitzt. Und statt vor sich hin zu pennen, rastet der völlig aus und schlägt um sich wie verrückt! Sollte ich einen Unfall bauen, wäre dir das lieber gewesen? Ich dachte doch, dass ihn das zur Räson bringt, wenn er die Pistole sieht!"

„Ja!", schrie Armin. „Dann *zeige* sie ihm, Mann! Aber ballere nicht rum damit!"

„Dann hör auf, klugzuscheißen!"

Auf einmal hatte Gurski wieder die Pistole in der Hand. Sylvester wurde blass.

„Mach keinen Quatsch, komm."

„Ich zeige sie doch nur!" *Der* Punkt ging an ihn.

„Ist ja gut, Ralle. Ist ja gut."

Sylvester kam vor und hielt ihm die offene Hand hin. Gurski legte, behutsam, als könne sie explodieren, die Waffe hinein.

„Gar nichts ist gut, Armin. Meinst du, das weiß ich nicht?"

„Ist mir klar, Ralle. Ist mir klar."

„Hast du schon angerufen?"

„Wie denn, wenn ich sein Handy noch gar nicht hab."

„Aber der Brief steckt im Kasten?"

„Ja, sicher."

„Und Anja?"

„Ist gut gelandet. Sonst hätte sie sich gerührt."

„Und wenn du *nicht* anrufst?"

„Dann findet sie den Brief, wenn sie mittags die Post holt."

„Stimmt ... Trotzdem, wir müssen es abblasen, Armin."

„Und dann?"

„Wir lassen ihn verschwinden. Irgendwo im Tagebau. Ich kenne eine Menge Stellen –"

„Ach ja?" Sylvester senkte den Kopf, bis sich sein Blick mit dem von Gurski verhakte. „Und dann gehen wir nach Hause und spielen Canasta, bis die die Bude stürmen und uns einfahren lassen."

„Dazu müssen sie uns erstmal finden. Ich meine ... überleg doch mal, Armin. Wir haben doch gar nichts mit dem zu schaffen. Wir sind doch die totalen Nobodys. Ohne die Erpressung gibt es null Motiv. Null. Was soll die drauf bringen, irgendeinen Ralf Gurski oder irgendeinen Armin Sylvester zu verdächtigen? Hmm?"

Sylvester schwieg, die Finger an die Lippen gepresst, da, wo eben noch der Bart gesessen hatte. Nur sein Atem war zu hören.

„Wir wollten weg, Ralle. Wir wollten weit weg."

„Weiß ich doch. Aber – "

„Eigentlich hätte gar nichts schiefgehen können."

„Ja, wenn er nicht aufgewacht wäre."

„Dann hast du's ihn nicht lange genug einatmen lassen, verdammt noch mal." Sylvester wurde wieder laut. „Pfusch, Pfusch, Pfusch!"

Das *konnte* sich Gurski nicht gefallen lassen.

„Drei Minuten, wie du gesagt hast. Das Zeug war einfach zu schwach. Oder ... du hast dir irgendwelchen Scheiß andrehen lassen, Armin."

„*Du* hast fünf Stunden gepennt! Fünf Stunden! Oder irre ich mich? Von wegen zu schwach. Wir hatten schon Angst, du nibbelst uns ab."

„Was weiß denn ich, warum es ihn dann nicht umhaut!"

„Du warst fickerig, du wolltest losfahren ... Und als er weggenickt war, hast du ihm eins, zwei, fix die Haare drübergestülpt und bist abgedüst. Statt zu warten, bis er die volle Dosis drin hatte. Hoffentlich hast du den Fahrer nicht auch bloß ein bisschen benebelt, sonst liegt die Beschreibung deiner markanten Visage schon bei jedem blöden Bordstein-Sheriff."

„Das ist der totale Schwachsinn!" Gurski schrie, doch überzeugend klang es trotzdem nicht.

„Ralle, ich kenne dich doch. Die Perücke ist runtergerutscht, da brauchte ich sie noch nicht mal scharf angucken. Dabei hat dir Anja genau gezeigt – "

„Ja, weil er sie sich runtergefetzt hat, als er wach geworden ist! Dass ich es *überhaupt* hingekriegt habe, sie ihm wieder drüber zu stülpen! In voller Fahrt! Die eine Hand am Lenkrad, und mit der anderen fummelst du dem, und der hält nicht mal still, die Wolle auf den Kopf. Da hätte ich dich mal dabei sehen wollen, du Alleskönner!"

„Wer hat's denn vermasselt? Du oder ich?"

„Und du? Was hättest *du* gemacht? Wenn du im Stau stehst, und es ruckt sich nichts, und ums Haar steigt der Kerl dir aus? Was hättest du dann gemacht? Hmm? Was??"

Plötzlich war Sylvesters Stimme leise, leise und scharf.

„Ich denke, du hattest die Tür verriegelt?"

„Weißt du, was so ein Mistding für Knöpfe hat?!"

„Du wusstest also gar nicht ... Mann, Ralle! Ich fasse es nicht! Du solltest dich mit der Karre vertraut machen, bevor du ihn abholst!"

„Dann wärst du doch selber gefahren!"

„Dann stünde die Kiste jetzt jedenfalls nicht am Baum!"

„Armin!"

„Wenn's doch wahr ist!"

Sie mussten sich eine Pause zum Durchatmen gönnen, so heftig hatten sie sich angeschrien. Es war sinnlos, aber es tat gut. Eine Weile lang schwiegen sie einträchtig nebeneinander.

„Sag mal ... hat dich wer gesehen?" Sylvester klang jetzt nachdenklich.

„Wie – gesehen?"

„Als du mit ihm hergekommen bist. Unterwegs."

„Nein. Was weiß ich ... Er saß schließlich neben mir."

„Nein ... ob dich jemand gesehen hat, bevor du ihn wieder in die Perücke gepackt hast, will ich wissen. Ob jemand gesehen hat, dass er – – –"

„Ach so ... Glaube ich nicht."

„Aber?"

„Kein Aber."

„Du guckst so."

„Ja, ich gucke so, weil ... Mensch Armin, wir saßen im Auto. Und in ein Auto kann man reingucken. Ergo ... könnte theoretisch auch jemand mitbekommen haben, was los ist. Oder?"

„Aber du hast nichts bemerkt?"

„Nein doch. – Sag mal, meinst du, die sind jetzt schon hinter mir hergefahren?" Gurski stand das Entsetzen ins Gesicht geschrieben.

„Nein, nein ... Ich überlege nur gerade ... Solange die nicht wissen, dass er ... dass er nicht mehr unter den Lebenden weilt, solange spielt das auch gar keine Rolle."

Gurski starrte Sylvester an, als müsse er sich um dessen Verstand ernstlich Sorgen machen, doch der ließ sich davon nicht beeindrucken.

„Denk doch *ein* Mal mit! Die wissen, jemand hat ihn in seiner Gewalt und droht damit, ihn umzulegen – *drohen* muss man schließlich damit. Sie wollen aber sein Leben um jeden Preis retten, und deshalb lassen sie die Kohle rüberwachsen. Ich meine, so funktioniert doch eine Entführung nun mal. Das heißt, ob der Junge *tatsächlich* noch frisch und munter ist, ist für ihre Bereitschaft, das Lösegeld abzudrücken, insofern nicht ausschlaggebend, als sie das so oder so gar nicht wissen *können*. Sie sehen immer nur *ihre* Seite, verstehst du. Und gerade deshalb, weil sie *unsere* Seite nicht einsehen können, müssen sie davon ausgehen, dass hier alles im Lot ist."

„*Müssen* sie überhaupt nicht."

„Eben doch! Weil das die Geschäftslogik ist. Für uns hat doch die ganze Geschichte nur Sinn, so lange wir was haben, was wir eintauschen können. Für einen Toten gibt keiner mehr Geld aus ... oder jedenfalls nicht in dem Maße. Und *die* wissen, dass *wir* das wissen. Folglich kannst du doch – wenn du jetzt der Angehörige bist – davon ausgehen, dass ein Entführer, aus reinem Eigeninteresse, sein Opfer immer, den Umständen entsprechend, pfleglich behandelt – solange er natürlich keinen Druck ausüben muss, heißt das. Je schneller das Geld fließt, desto weniger Risiko für die Geisel. Und desto weniger Stress."

Er schlenkerte die Haare zur Seite. Seine Stimmung hellte sich auf.

„Du spinnst. Armin, ehrlich, ich frage mich, ob ich mich in dieser ganzen Scheiß-Scheiß-Scheiß-Situation auch noch auf den Arm nehmen lassen muss."

Aber Sylvester ließ sich nicht beirren.

„Ich weiß, was du sagen willst, Ralle. Die wollen immer irgendwelche Videos oder mit ihm telefonieren, damit sie sicher sind, dass er noch fit ist. Ist mir alles klar. Das müssen wir irgendwie tricksen ... ich weiß auch noch nicht, wie. Und bei der Übergabe ... ja, guck mich jetzt nicht so an! Das ist doch klar, dass ich da die Lösung noch nicht für weiß!"

Ralf Gurski kannte Armin Sylvester seit dreiundzwanzig Jahren. Nicht einmal die Zeit, als er mit Armins Schwester Anita – oder Anja, wie sie von allen genannt wurde – etwas hatte, konnte der Freundschaft Abbruch tun. In diesen dreiundzwanzig Jahren hatte er viele Pleiten vorhergesehen und doch nicht gelernt, sich von Armins schamloser Begeisterungsfähigkeit nicht anstecken zu lassen. Er hatte es versucht, das mit dem Nein-Sagen. Aber es hatte nicht geklappt. Nicht auf Dauer.

„Guck doch mal, Ralle. Ich sage ja nicht, dass das jetzt ein sicheres Ding ist. Ich sage nur: Was für Alternativen haben wir? Wenn wir jetzt aufgeben – türmen können wir nicht, das wäre nur mit der Kohle gegangen. Wir können nur blöd rumsitzen und beten, dass denen nicht eines schönen Tages was in die Finger fällt, was sie auf unsere Spur bringt. Hoffen und Harren – "

„Hör auf mit deinen Sprüchen", unterbrach ihn Gurski gereizt.

„Oder – wir kriegen die Karre noch mal zum Laufen. Solange sie nicht wissen, dass er tot ist, solange sie *das* nicht wissen, Ralle, haben wir eine Chance. Wir müssen es nur hinkriegen, dass sie erst zahlen und ihn dann in Empfang nehmen. Wenn wir schon in der Luft sind, Ralle. Dann macht es auch nicht mehr viel, ob sie uns wegen Erpressung suchen oder wegen Erpressung und Mord."

„Es war ein Unfall, Armin."

„Wenn du jemandem eine Pistole unter die Nase hältst, Ralle, um ihn zu veranlassen, genau das zu tun, was du ihm sagst, und der wehrt sich, und du drückst ab, dann ist das kein Unfall. Dann ist das – wenn du Glück hast, Ralle – erpresserischer Menschenraub mit Todesfolge. Zehn Jahre Minimum."

„Aber ich habe es doch nicht gewollt!"

„Aber in Kauf genommen! Ralle, es tut mir leid, dass ich das sagen muss, aber ... auf Blödheit gibt's keinen Rabatt."

„Und du meinst – "

„Ich meine, sehr viel verschlechtern können wir unsre Lage nicht mehr. Wir haben nichts zu verlieren, Ralle." Sylvester grinste. „Aber eine Welt zu gewinnen."

„Du verdammter Idiot!"

Doch richtig wütend klang das nicht. Es klang sogar beinahe zärtlich. Armin Sylvester legte den Arm um seinen Freund Ralf und zog ihn zu sich heran.

„Wir haben da jetzt ein Jahr dran gearbeitet. Alle drei. Und das war eine schöne Zeit. Weil wir ein Ziel hatten. Einen Plan. Eine Zukunft. Soll die jetzt wirklich *damit* aufhören?" Er schwenkte den Kopf nach hinten, um auf den Toten zu weisen, der auf dem Beifahrersitz saß.

„Und wenn er anfängt zu stinken?"

„Müssen wir ihn auslagern. Aber vielleicht geht ja auch alles ganz schnell. Denn eins steht fest: Jetzt müssen wir Druck machen. Richtig Druck. Wenn die ihn nachher wiederkriegen, müssen sie das Gefühl haben, er hätte ihnen erhalten bleiben können, wenn sie nur ihren Arsch bewegt hätten."

Gurski gab auf. Nicht, dass er davon überzeugt gewesen wäre, dass Armin recht hatte. Aber er schien zu wissen, was er tat. *Wenigstens er!*

Statt einen Schlafenden umzubetten, der, von Drogen benebelt, nichts davon mitbekam, zogen sie nun eine Leiche aus dem Bentley und schleppten sie zu Sylvesters blauem Ford.

Sonst ging alles wie besprochen. Als Sylvester das Handy aus der Jackentasche des Toten zog, fragte Gurski erschrocken, ob er jetzt anrufen wolle.

„Bei seiner Alten? Bist du verrückt", wies ihn Sylvester zurecht. „Nicht von hier aus. Womöglich orten die das schon im Nachhinein. Wenn die den Bentley finden – – – "

Er unterbrach sich und steckte das Handy ein. Gleich darauf verschwand er aufgeregt im Wagen und kroch endlose Minuten lang von einer Ecke in die andere, bis er mit zerknirschter Miene herausgeklettert kam.

„Ich hab's. Das Einschussloch. Ich dachte schon, die Kugel steckt noch bei ihm drin, aber leider ... " Enttäuscht ließ er die Hände nach unten fallen.

„Das war zu erwarten", sagte Gurski betrübt.

„Stimmt", sagte Sylvester und seufzte.

„Wir könnten ihn abfackeln", schlug Gurski vor. „Sicher ist sicher."

„Zu gefährlich", sagte Sylvester. „Aber vielleicht müssen wir das irgendwann."

Trotzdem reinigten sie den Bentley – wenn sie auch das verräterische kleine Loch im Dachfutter nicht beseitigen konnten – wie vorgesehen von Fingerabdrücken sowie Blut- und Schweißspuren, und zwar mit Hilfe sogenannter „Feuchter Tücher", die zum Säubern creme- und nicht nur *creme*verschmierter Baby-Hintern gedacht waren. Anja hatte dazu geraten, sie putzte so gut wie alles damit.

„Und jetzt los", sagte Sylvester. „Vielleicht erwischen wir Anja noch, bevor sie im Salon ist, es gibt noch allerhand für sie zu tun. Und dann muss ich endlich in Mallorca anrufen ... am besten vom Bahnhof aus. Da gibt's genügend Leute zum Befragen."

Als sie den jetzt leer, verloren und sehr vornehm in der abgeschabten Halle herumstehenden Bentley verlassen hatten und in ihrem altgedienten Ford saßen, sahen sie auf die Uhr. Alles in allem hatten sie eine reichliche halbe Stunde eingebüßt.

Vier Direktoren

Sorgen quälten an diesem Dienstagvormittag auch Madeleine Knöchel, seit einem Jahr Büroleiterin von Gregor de Kooning, Miteigentümer und Juniorchef der „de Kooning KG". Es beunruhigte sie, dass der Chef nicht wie üblich gegen halb neun – er wurde, wenn er in Leipzig war, jeden Tag Punkt acht Uhr in seinem Domizil abgeholt – im Büro erschienen war. Einen Termin konnte er nicht haben, das hätte sie gewusst. Es konnte nur etwas Privates sein. Nur was? Seine Frau Jenny war mit der Kleinen seit zwei Wochen in ihrer Finca auf Mallorca. Hoffentlich war es nichts mit der Gesundheit.

Dass er sich im Falle unangekündigten Fernbleibens nicht bei ihr meldete, war noch ungewöhnlicher. Meistens tat er es schon vom Auto aus, um die nächsten Stunden zu besprechen. Und dass er auch auf seinem „roten Telefon", einer Handynummer, die hier in der Niederlassung außer ihr höchstens einer Handvoll Mitarbeiter zugänglich war, nicht erreichbar gewesen war, blieb vollends unerklärlich.

Nicht einmal Katz, de Koonings Fahrer, hatte ihren Anruf entgegengenommen!

Als die zur Neun-Uhr-Runde gehörenden Herren – die Direktoren Fertigung, Zulieferung, Vertrieb sowie Forschung und Entwicklung – erschienen, wusste sie nicht, was sie ihnen sagen sollte. Verlegenheit machte sich breit. Um die Situation zu entspannen, beschlossen die vier, ihre Plätze am Tisch einzunehmen wie an jedem anderen Tag.

Da klingelte das Telefon.

Madeleine Knöchel hörte dem Anrufer zu, mit ausdrucksloser Miene. Nach dem Auflegen verharrte sie noch immer steif wie ein Stock und ohne lebendige Regung in ihrem sorgfältig geschminkten Gesicht neben dem Telefon – und das, obwohl vier Augenpaare sie erwartungsvoll anstarrten.

„Katz", sagte sie schließlich. „Als er heute Morgen den Wagen aus der Garage fahren wollte, wurde er überfallen. Man hat ihn betäubt, gefesselt und eingesperrt. Nachdem er zu sich gekommen war, hat er versucht, sich zu befreien; aber es ging nicht, er hat es gerade erst geschafft. Wir müssen davon ausgehen ... wir müssen davon ausgehen, dass man versucht hat, den Chef zu entführen."

Vier Direktoren, effizient, entscheidungsstark und gewohnt, sich keine Blöße zu geben, verzichteten darauf, ihre Fassungslosigkeit zu verbergen, und schwiegen entgeistert. Dann bestellten sie den Sicherheitsverantwortlichen zu sich, der zur Neun-Uhr-Runde nicht dazugehörte.

„Ich denke, wir sollten Jenny anrufen", warf Madeleine Knöchel ein, „ ... Frau de Kooning", verbesserte sie sich sofort.

Die vier Männer stimmten ihr zu, wollten jedoch zuerst das Votum des Sicherheitsspezialisten abwarten. Schließlich war er von Berufs wegen mit derartigen Horror-Szenarien befasst. Also sollte er auch seinen Teil der Verantwortung tragen!

Als er kam und von Madeleine Knöchel über Katz' Anruf informiert worden war, wurde er gebeten, erste Maßnahmen vorzuschlagen. Musste so schnell wie möglich die Polizei eingeschaltet werden? Und wenn ja: durch wen?

Doch der Sicherheitschef hielt sich bedeckt. „Das muss letzten Endes Frau de Kooning entscheiden. Oder die Eltern. Je nachdem, bei wem sich die Entführer mit ihren Forderungen melden."

„Das heißt, Sie gehen von einer Erpressung aus?"

Der Sicherheitschef sah verdutzt auf. „Sie meinen, es könnte ... was Politisches sein?"

„Ich meine erstmal gar nichts. Aber im Moment, scheint mir, kann man noch nichts wirklich ausschließen."

„Seit zwanzig Jahren geht es bei Entführungsfällen nur noch ums Geld."

„Nur noch, ist gut."

„Katz muss herkommen." Der Sicherheitschef versuchte, einen entschlossenen Eindruck zu machen.

„Schon auf dem Weg", gab Madeleine Knöchel zurück.

„Dann ist Frau de Kooning der nächste Schritt. Vielleicht haben sich ja die Entführer schon bei ihr gemeldet."

„Mag sein. Aber was ist mit der Polizei?! Wir verlieren mit jeder Minute Zeit. Noch stecken sie irgendwo in der Nähe – – – "

„Nur: wo liegt die Priorität der Familie?" Der Sicherheitschef sah sich fragend um. „Bei der Ergreifung der Täter? Das glaube ich nicht. Ich denke, für sie geht es in erster Linie darum, Herrn de Kooning möglichst unversehrt aus den Händen der Entführer zu befreien."

„Uns doch auch", stöhnte Madeleine Knöchel.

„Eben. Das kann durch das Eingreifen der Polizei, das kann aber *auch* durch das Eingehen auf die Lösegeld-Forderung geschehen. Möchte jemand von Ihnen, meine Herren, diese Entscheidung präjudizieren? Ich nicht. Und berücksichtigen Sie bitte Folgendes: Bei allen großen Entführungsfällen der letzten Jahre ist das Geld zunächst einmal geflossen. Und nicht wenig!"

„Aber genau damit ermutigt man diese Halunken ja noch!"

„Setzt man sie jedoch unter Druck, hat *er* es am Ende auszubaden!"

„Sehen Sie." Amüsiert verfolgte der Sicherheitschef die Diskussion. „Das A und O eines Entführungsfalles ist: Die Täter müssen, auch wenn sich die Schlinge bereits um sie zusammenzieht, die Möglichkeit einer raschen Realisierung ihrer Absichten greifbar nahe sehen. Sobald man ihnen, und sei es unbeabsichtigt, die Aussicht verbaut, ihr erstrebtes Ziel tatsächlich zu erreichen, bringt man Leib und Leben der Geisel in Gefahr."

„Das klingt, als müssten wir uns darum kümmern, diese Verbrecher bei Laune zu halten!"

Die Direktoren blieben sich uneins, doch leuchtete ihnen die Strategie des Sicherheitszuständigen ein. Die Einschaltung der Polizei konnte sich als verhängnisvoller Fehler herausstellen, der an ihnen kleben bleiben würde. Die

Nicht-Einschaltung der Polizei ebenso. Nur wenn sie die Entscheidung an Jenny de Kooning weitergaben, waren sie auf der sicheren Seite.

Sie baten Madeleine Knöchel, eine Verbindung herzustellen. Sie kam jedoch nicht zustande, der Anschluss war besetzt.

Das Heft des Handelns

Er war besetzt, weil Jenny de Kooning seit einer geschlagenen halben Stunde mit ihren Schwiegereltern telefonierte, genauer: mit ihrem Schwiegervater.

Walter de Kooning war kein diplomatischer Typ, und das, was er geworden war, war er – seiner Ansicht nach – geworden, *weil* er kein diplomatischer Typ war.

Zuerst, als sie ihm das Schreiben vorlas, das sie soeben aus dem Briefkasten geholt hatte, hatte er getobt: „Das hat er jetzt davon! Die sind verrückt dort, alle! Es war eine Schnapsidee, von Anfang an!

In den Osten zu gehen! Ich habe es ihm tausendmal gesagt! Aber er kann nicht auf mich hören, er kann es einfach nicht! Ein Fall für den Psychiater ist das! Meinetwegen das Werk, obwohl, schon das musste nicht sein. Es hätte auch hier anständige Standorte gegeben, zu den gleichen Bedingungen.

Aber dass ihr dort hin zieht, ohne Not, aus blödsinnigen Propagandagründen, damit irgendwelche nichtsnutzigen Journalisten nichtsnutzige Artikel über ihn schreiben, das war hirnrissig. Hirnrissig, Jenny. Ein de Kooning muss sich nicht dieses alberne Vorzeige-Image zulegen und, wann immer es geht, in einer Talkshow rumsitzen. Verdienen wir damit unser Geld?! Wollen wir gewählt werden?! Wann hast du mich je im Fernsehen gesehen, hmm? Und wenn, dann

bestimmt nicht freiwillig! Und ein Schlösschen zum Geld-
versenken hättet ihr hier auch gefunden, nehme ich an."

„Papa!" Jenny de Kooning hatte ihn reden lassen wollen,
schaffte es aber nicht. „Findest du, dass das ein guter Moment ist, um den ganzen Kohl aufzuwärmen? Sie haben
Gregor gekidnappt, und wenn sie morgen nicht ihre verdammten Millionen kriegen, bringen sie ihn um. Begreifst
du das nicht?!"

„Wieso überhaupt ‚2,3 Millionen‘? Was ist das für eine
komische Summe? Zwei Millionen, drei Millionen, vier
Millionen, das verstehe ich. Aber wieso 2,3? Wieso nicht
2,1? Oder 2,7?"

„Fragst du das jetzt *mich*? Meinst du ernsthaft, dass ich
dir darauf eine Antwort geben kann? *Papa!* Was ich von dir
wissen möchte, ist, was ich denen sagen soll, wenn sie wieder anrufen! Alles andere ist mir *scheißegal!*"

Ein Wort wie dieses, das sie sonst nicht gebrauchen würde, war genau das richtige, um dem alten Herrn den Wind
aus den Segeln zu nehmen.

„Haben sie denn was geschrieben, wie sie das kriegen
wollen? Und wo? In Leipzig? Doch wohl nicht in Mallorca,
oder?"

„Sie haben das geschrieben, was ich dir vorgelesen habe!
Kein Wort mehr und kein Wort weniger! ‚Alles andre am
Telefon.‘ Aber was *sage* ich ihnen? Das ist jetzt die Frage!"

„München wäre mir lieber, das kannst du wissen. Da
würde ich die Jungs von der Kripo schon ein bisschen auf
Trab bringen. In Leipzig kenne ich natürlich niemanden."

„*Sie* werden bestimmen, wo, wann und wie die Übergabe erfolgt. Und ich glaube kaum, dass sie sich von dir um-
stimmen lassen werden, bloß weil du in München die besseren Kontakte zum Innenministerium hast!"

„Und die Polizei *dort* ... du hast sie doch angerufen,
Jenny?"

„Ich habe *dich* angerufen. Unter anderem mit der Frage, ob ich die Polizei einschalten soll, obwohl sie ausdrücklich schreiben ‚Keine Polizei!' Kannst du mir nicht *ein* Mal zuhören?"

„Ja, klar ... Mein Gott, ‚Keine Polizei!' Das ist doch Wahnsinn! Du bist dort dermaßen schutzlos ... und Helen erst recht! Wenn sie dir den Brief in den Kasten gesteckt haben, dann heißt das doch, dass einer von denen da war, vor deiner Tür sozusagen. Und wenn sie dich nun auch noch ... ich darf gar nicht dran denken! Und das Kind! Du musst herkommen, Jenny. Du musst so schnell wie möglich herkommen."

„Ich fliege nach Leipzig."

„Was?!"

„Ich fliege nach Leipzig. Ich muss wenigstens in seiner Nähe sein."

„Ganz ruhig jetzt, Jenny. Lass uns kurz überlegen ... Schieferacker! Genau! Schieferacker muss her. Er ist der einzige ... Wir sind doch alles Laien, Jenny. Wir machen Fehler. Darauf warten sie nur."

„Ich denke, Schieferacker ist längst pensioniert?"

„Sicher, aber er hat den Durchblick. Wenn einer, dann er. Ich vertraue ihm, Jenny. Und du solltest es auch tun!"

„Mit einer Entführung hat er auch keine Erfahrung! Niemand hat sie! Niemand von uns jedenfalls!"

„Weil nie etwas passiert ist, so lange er die Zügel in der Hand hielt! – Für mich ist der Fall ganz klar, Jenny: Sobald du hier bist, holen wir ihn dazu. Sie können mit dir verhandeln, aber du hast uns sofort im Hintergrund. Schnelle Abstimmung, schnelle Reaktion. Wir brauchen einen Stab, der funktioniert."

„Ich fliege nach Leipzig, Papa. *Nach Leipzig!* Und zwar gleich, mit der 13-Uhr-Maschine. Ich wollte einfach bloß einen Rat von dir, bevor wir zum Flughafen fahren. Einfach bloß einen Rat!"

„Jenny! Und wenn sie ... und wenn sie dich anrufen wollen?"

„Sie rufen auf dem Handy an."

„Das kannst du nicht wissen."

„Doch! Weil sie vorhin *auch* auf dem Handy angerufen haben!"

„Woher haben sie überhaupt deine Nummer?"

„Wenn sie Gregor haben, dann haben sie auch meine Nummer, Herrgott nochmal, Papa! Denk doch mal nach! Oder fragst du dich jetzt, woher *er* sie weiß?!"

„Gut, ich komme auch nach Leipzig. *Wir* kommen nach Leipzig. Ich bringe Schieferacker mit."

Jenny de Kooning atmete tief durch.

„Frag ihn, was er zur Polizei sagt. Hörst du? Gleich Polizei, oder erst zahlen und dann Polizei? Ich weiß einfach nicht, was das Richtige ist. Und kein Schwein kann dir in so einer Situation sagen ... Ruf mich an, wenn du ihn erwischt hast, ja?"

„Aber dass du zahlen willst, da bist du dir sicher."

„Ich will Gregor!! *Da* bin ich mir sicher! Deinen Sohn!"

Sie schrie, sie schrie so laut, dass Helen angelaufen kam.

Es ging nicht mehr. Sie hatte sich zusammengenommen. Sie hatte Helen nichts merken lassen; sie hatte sie auf den Arm genommen und ihr erklärt, dass sie zurückfliegen müssten, weil Mama Zahnweh habe und der nette Dr. Ludwig zu Hause in Leipzig alles ganz schnell wieder gut machen würde. Jetzt konnte sie nicht mehr. Das Weinen schüttelte sie, sie brachte kein Wort mehr heraus, nicht einmal zu dem Kind, das sich an sie schmiegte und ihren Arm streichelte.

„Jenny? Ich bin gleich da", hörte sie die Stimme ihres Schwiegervaters aus dem Hörer dringen. „Wenn ihr landet, bin ich da. Ich hole euch am Flughafen ab. Behalte jetzt die Nerven, Jenny, bitte. Wir holen Gregor da raus. Es wird nicht lange dauern. Ich schwör's dir. Jenny? Jenny??"

Doch er bekam keine Antwort mehr. Einen Moment lang hörte er noch zu, wie sie am anderen Ende der Leitung schluchzte, dann legte er auf. Er war nicht herzlos, aber jetzt musste gehandelt werden. Es war nicht die erste Krise in seinem Leben. Bis jetzt hatte er sie alle gemeistert.

Die Kunst des Frisierens

Nicht mehr lange, dann würde sie wirklich nach Paris fahren, so viele Tage oder Wochen, wie sie wollte, jedenfalls nicht bloß für eine Nacht in einem schäbigen Hotel. Sie würde unter den Kastanien in den Tuillerien Kaffee trinken, von Sacre-Cœur zum Montparnasse hinüberblicken und, an ein Brückengeländer gelehnt, dem Wasser zusehen, wie es unter ihr hervorkam und dann weiterfloss, dem atlantischen Ozean entgegen, an den britischen Inseln vorbei und auf die Küsten Amerikas zu.

Anita Thieme hatte schon beim Umziehen ihren Kolleginnen von ihrem Kurz-Trip in die Seine-Metropole vorgeschwärmt. Das war kein Problem gewesen, weil sie dank zahlreicher Reiseführer längst auf die Stadt ihrer Sehnsucht vorbereitet war. Auch dass die Damen, die ihr ihre Haarpracht anvertrauten, sie womöglich über ihre Erlebnisse am letzten Wochenende ausfragen würden, hatte sie bedacht.

Das einzige, womit sie nicht gerechnet hatte, war, dass sie plötzlich – sie hatte gerade Frau Aschenbrenner, eine ihrer Stammkundinnen (und die einzige, mit der sie je über ihre Jahre am Theater gesprochen hatte) auf dem Stuhl sitzen – ihren Bruder Armin samt seinem unvermeidlichen Freund Ralle vor den Schaufensterscheiben stehen sah.

Wollten die nicht in der Wohnung auf sie warten?

Mühsam ihre Unruhe überspielend, bat Anita Frau Aschenbrenner um einen Augenblick Geduld. „Mein Bruder. Hat offenbar geglaubt, dass ich verschütt gehe in der großen Stadt. Darf ich mal kurz – ?"

Ohne die Antwort abzuwarten, verschwand sie hinter der Tür. Ihre drei Kolleginnen warfen sich über Kamm, Fön und Schere hinweg einen unmissverständlichen Blick zu: Das hätte sich mal eine von ihnen erlauben sollen, die Kundin im Stuhl sitzen zu lassen und auf die Straße zu rennen!

Sylvester zuckte zurück, als er seine Schwester aus dem Laden stürmen sah. Er hatte nicht vergessen, dass sie ihn ermahnt hatte, ihren Salon mit seiner Anwesenheit zu verschonen, da man ihm – und zwar nicht nur seinem Haarschnitt – ansehe, dass er für gewöhnlich *woanders* verkehre. Sie hatte „meinen Salon" gesagt, seine anspruchsvolle Schwester, ohne einen Gedanken daran zu verschwenden, dass sie ohne ihn bloß eine mittelmäßig bis schlecht bezahlte Angestellte wäre, wie alle anderen auch.

„Was ist los, hmm?" Anja stand, zwei Köpfe kleiner als er, dicht vor ihm und sah ihn aufgeregt an.

„Anja – "

„Wo ist de Kooning? Wieso lasst ihr ihn einfach allein?"

„Anja, bitte mach jetzt keine Szene. Deine Weiber da drin lassen dich nicht aus dem Blick."

„Ihr habt ihn gar nicht, nein?"

„Anja ... Es ist alles im Lot, aber ... Wir brauchen deine Hilfe. Jetzt. Sofort. Bitte entschuldige dich für ein, zwei Stunden und komm mit."

„Seid ihr jetzt völlig übergeschnappt?!"

„Ich werde dir alles erklären. Aber nicht jetzt. Und nicht hier."

„Ich kann hier nicht einfach wegrennen."

„Dir wird schon was einfallen. Zahnschmerzen. Du musst zum Arzt."

„Bist du bescheuert? Du kreuzt hier auf, und fünf Minuten später muss ich zum Arzt? Ja, hast du sie denn noch alle?! Warum hast du nicht angerufen?"

„Unserer Mutter geht's schlecht. Das kannst du sagen. Sie ist böse gestürzt. Da ist es logisch, dass ich dich abholen komme."

„Frau Aschenbrenner muss ich noch fertig machen. Da nützt alles nichts."

„Dauert das lange?"

„Zehn Minuten. Viertelstunde."

„Der Wagen steht um die Ecke. Vor dem Bäcker. Wir warten im Auto."

„Armin! Guck mich an! Es ist doch was ... ! Er hat ... er hat die Narkose nicht vertragen? Armin!"

„Gleich, Anja. Gleich."

Endlich saßen sie im Auto. Anja schnappte nach Luft, so hatte sie sich beeilt. Zum Glück hatten die drei Mädels die Geschichte anstandslos geschluckt. Doch worauf wartete Armin jetzt noch, warum fuhr er nicht los? Warum saß er kerzengrade in seinem Sitz, starrte durch die Scheibe und hielt das Lenkrad fest, als müsse er es am Losfliegen hindern?

„Armin?!"

„Wir müssen dir was sagen, Anja." Seine Stimme war heiser, als er sie ansprach. „Du hattest recht, es ist was passiert. Etwas Schreckliches. De Kooning ist tot."

Fünf Finger hat die Hand

Und die Polizei? *Außen vor* geblieben war sie jedenfalls nicht. Während Walter und Paula de Kooning aus München und Jenny und Helen de Kooning aus Palma am frühen Dienstagnachmittag kurz hintereinander am Flughafen

Leipzig-Halle eintrafen – Walter und Paula de Kooning mit einer Chartermaschine und in Begleitung eines nach der Operation der zweiten Hüfte am Stock humpelnden Hanns Schieferacker –, traf sich der operative Stab der Sonderkommission „de Kooning", um die kommenden Stunden strategisch vorzubereiten.

Die Leitung hatte Dr. Rubens übernommen, als Chef der Polizeidirektion ranghöchster Beamter vor Ort. Er musste das machen, ob ihm wohl dabei war oder nicht. Bei Fällen dieses Aufmerksamkeitsgrades gab es kein Zurück, auch wenn der Erfolgsdruck erbarmungslos war und man sich blamieren konnte bis auf die Knochen. Leute, die darauf warteten, gab es genug. Auch im eigenen Haus. Wich er der Bewährungsprobe jedoch aus, billigte er seinen Kritikern von vornherein Oberwasser zu. Dann würde er seinen Ruf als Westimport und Instant-Kader bestätigen, der als Ziehkind irgendwelcher Beamten im Justizministerium im Eilverfahren den vorprogrammierten Aufstieg absolvierte. Oder wie sonst hatte man mit vierunddreißig schon eine ganze Direktion unter sich?

Deshalb hatte er sich mit Arno Lubetzki den seiner Meinung nach fähigsten Mann im Präsidium an die Seite geholt. Dass er es mit ihm nicht leicht haben würde, nahm er in Kauf. Lubetzki war ein Eigenbrötler, der schon zu DDR-Zeiten eine bemerkenswerte Karriere-Unlust an den Tag gelegt und damit seinen Dickkopf beschützt hatte. Ganz versauern ließ man ihn nicht, dazu hatte er zu viel Erfolg. Jetzt konnte ihn erst recht nichts mehr verlocken, sich einem Vorgesetzten anzudienen. Man musste ihn machen lassen. Offen gestanden waren der Mann und seine skeptische Art Dr. Rubens unheimlich. Aber unter diesen Umständen musste er persönliche Aversionen zurückstellen. Und das konnte er auch!

Lubetzki wiederum hatte sich Kommissar Olbricht als

Assistenten ausbedungen, einen jüngeren Kollegen, der den schwerblütigen Hinterwäldler auf irgendeine Art ins Herz geschlossen hatte, und mit dem auch der Alte selber auszukommen schien.

Außerdem hatten das LKA in Dresden und das BKA von seinem Berliner Sitz jeweils einen Spezialisten abgestellt, der die umfassende Einbindung ihrer Dienststellen gewährleisten sollte. Sie hießen Pavlak (BKA) und Schwiesau (LKA).

Dr. Rubens war darüber wenig begeistert, nicht bloß, weil sie auf Pavlak warten mussten, und er lieber schon angefangen hätte. Es war gut, heikle Aktionen aus mehreren Blickwinkeln zu prüfen. Es war gut, Erfahrungen zu bündeln. Es war *nicht* gut, unter Dauer-Beobachtung zu stehen.

Mit Pavlak, der endlich eingetroffen war, waren sie fünf. Fünf Finger hat die Hand, dachte Dr. Rubens, als er ansetzte, um den derzeitigen Informationsstand zu rekapitulieren. Vielleicht war das ein gutes Zeichen?

„Gregor de Kooning wird jeden Morgen um acht von seinem Fahrer zu Hause abgeholt. Der Mann heißt Katz, Enrico, dreiundvierzig. Er ist seit dreieinhalb Jahren de Koonings Fahrer, also fast die ganze Zeit, die de Kooning in Leipzig ist.“

„Hier steht, dass Katz schon vernommen worden ist. Warum haben wir seine Aussage nicht bei den Unterlagen?“ Schwiesau hielt die Papiere hoch, die ihm vor Beginn der Sitzung ausgehändigt worden waren.

„Sie wird gerade abgeschrieben“, erklärte Lubetzki.

Dr. Rubens hüstelte. „Der Wagen, ein Bentley Arnage ---“ Erneut wurde er unterbrochen. Die Erwähnung der sagenumwobenen Luxuskarosse löste unter den Anwesenden eine Welle anerkennender Laute aus, in der zwischen einem hellen Pfiff und einem scheppernden „Boah!“ alles vertreten war. Dr. Rubens atmete tief durch; so tief, dass jeder seine stumme Missbilligung spüren musste.

„Der Wagen steht über Nacht in einer Garage auf dem Privatgrundstück des Fahrers. Als Katz heute morgen um 7:30 Uhr die Garage betritt, zu diesem Zeitpunkt hat seine Frau mit den beiden Kindern bereits das Haus verlassen, um sie zur Schule zu bringen, den Jungen ins Erich-Kästner-Gymnasium, die Kleine in die Robert-Schumann-Schule, wird er von hinten angefallen und per Inhalation betäubt: Womit, wissen wir nicht. Die Blutuntersuchung läuft, diesbezügliche Spuren am Tatort waren nicht aufzufinden. Der oder die Täter entfernen sich mit dem Fahrzeug und lassen Katz in der wieder verschlossenen Garage zurück. Als er zu sich kommt, ist er an Händen und Füßen gefesselt, der Mund mit Klebeband verklebt. Schließlich schafft er es, mit Hilfe von Kriechbewegungen zu einem in der Garage befindlichen Metallregal zu gelangen, an dessen Kante beziehungsweise an einem dort vorhandenen Grat er das Seil, das seine Hände fesselt, aufscheuern kann. 9:25 Uhr ruft er im Büro von de Kooning an und meldet den Überfall. Er nimmt sich ein Taxi und trifft eine halbe Stunde später selbst in der ‚de Kooning'-Niederlassung ein. Kurz darauf werden wir verständigt."

„Und de Kooning sieht seinen Wagen vorfahren – ", dachte Pavlak den Ablauf der Vorgänge halbblaut weiter.

„Und erkennt ihn auf den ersten Blick. Holla, das ist ja ein echter Bentley, das wird wohl meiner sein ... "

Dr. Rubens bat Hauptkommissar Schwiesau, seine Launigkeit auf ein dem Ernst der Lage gerecht werdendes Maß einzuschränken, und fuhr fort: „Ja, es sieht so aus, als wäre de Kooning, nachdem der Wagen vorgefahren war, ohne alle Irritationen aus dem Haus gegangen und eingestiegen, woraufhin der Wagen mit ihm davon fuhr."

„Und dass nicht Katz, sondern jemand anders am Steuer saß, hat er nicht bemerkt?!" Schwiesau verzog sein Gesicht gekonnt zu einer skeptischen Grimasse.

„Möglicherweise nicht gleich. Die Köchin jedenfalls versichert, dass alles vollkommen normal abgelaufen sei."

„Allerdings ist der Wagen bereits nach ein paar Sekunden aus ihrem Blickfeld verschwunden, weil der Weg durch den Park einen Bogen schlägt", ergänzte Olbricht.

Pavlak, mit den Unterlagen noch nicht vertraut, schlug vor, zu den Tätern zu kommen.

„Die Forderung beläuft sich auf 2,3 Millionen Euro. Der oder die Täter haben sich telefonisch bei der Ehefrau des Opfers gemeldet, die sich zu diesem Zeitpunkt noch auf Mallorca aufhielt. Sie müsste aber inzwischen", Dr. Rubens sah auf die Uhr, „ja, sie müsste inzwischen wieder in Leipzig sein."

„Sie fährt vom Flughafen direkt nach Hause, um für weitere Anrufe erreichbar zu sein. Unsere Leute sind schon dort und haben für Aufzeichnung und Fangschaltung alles vorbereitet." Lubetzki mochte keinen Zweifel an der Handlungsfähigkeit der Leipziger Kollegen aufkommen lassen. „Sobald sie da ist, wird auch das Handy präpariert."

„Auf dem Handy wurde sie auch auf Mallorca angerufen", warf Dr. Rubens ein.

„Ach! Haben wir die Nummer?"

„De Koonings Handy, wie zu erwarten."

„Der Netzbetreiber müsste doch aber feststellen können, von wo aus angerufen wurde."

„Die Anfrage läuft."

„Und die Stimme? Kann sie was dazu sagen?"

„Nicht näher beschreibbare Männerstimme, offenbar verzerrt." Dr. Rubens zuckte bedauernd die Schultern. „Interessant könnte aber sein, dass Jenny de Kooning telefonisch lediglich aufgefordert wurde, zum Briefkasten zu gehen und ein dort deponiertes Schreiben mit der eigentlichen Forderung in Empfang zu nehmen. Es war nicht frankiert und kann also nur von einem Komplizen persönlich eingesteckt worden sein."

„Oder von einem entlohnten Überbringer ohne Kenntnis des Zusammenhangs. Irgendeinem Jugendlichen, der sich ein paar Euros verdienen wollte."

„Auch möglich."

„Aber wozu überhaupt?"

„Und wenn der mallorquinesische Außenposten inzwischen auch wieder heimgekehrt ist wie die gnädige Frau? Vielleicht sollten wir die Passagierlisten überprüfen?"

„Das Schreiben enthält, wie ich sehe, noch keinerlei Übergabe-Direktiven. Hat es inzwischen einen neuen Kontakt zwischen den Tätern und Frau de Kooning oder sonst jemanden von den Angehörigen gegeben?"

„Nein, bis jetzt nicht. Wir warten drauf."

„Hat Frau de Kooning eigentlich die spanische Polizei verständigt oder hat sie gleich hier angerufen?", erkundigte sich Pavlak.

„*Sie* hat gar nicht bei uns angerufen. *Wir* haben uns an sie gewandt, nachdem wir von de Koonings Stellvertreter informiert worden sind."

Pavlak runzelte vielsagend die Stirn.

„Das heißt, sie wurde vor vollendete Tatsachen gestellt ... Und ich habe mich schon gewundert. Dass die Familie sofort die Polizei einschaltet, ist eher untypisch. Und – wie hat sie reagiert?"

„Herr Lubetzki, Sie haben mit ihr telefoniert?"

„Sie war irritiert, natürlich. Aber auch erleichtert, würde ich sagen. Die Entscheidung war von ihr genommen ... Natürlich besteht sie darauf, dass auf unserer Seite alles unterlassen wird, was die Täter provozieren oder die Freilassung ihres Mannes in irgendeiner Form hinauszögern könnte."

„Will sie zahlen?"

„Ganz sicher. Übrigens wird sie von ihrem Schwiegervater unterstützt. Der alte Herr hat die Fäden in der Hand, glaube ich. Er ist ebenfalls unterwegs nach Leipzig."

Eine Pause entstand. Pavlak stöhnte auf und brummte: „Die schlechte Nachricht ist klar. Die gute ist: Das sieht, wenn ihr mich fragt, alles nicht nach einem terroristischen Hintergrund aus."

Dr. Rubens blickte fragend in die Runde, als wartete er darauf, dass jemand widersprach.

„Keine Einwände? Gut. Ich kann nicht verhehlen, dass ich froh bin, wenn in dieser Hinsicht Einigkeit besteht. Gregor de Kooning ist, wie Sie wissen, ein ausgesprochen exponierter Vertreter der deutschen Wirtschaft. Sie wissen auch, dass das nur zum Teil mit dem hohen Stellenwert des von ihm geführten Konzerns zusammenhängt. Seit der Wiedervereinigung hat er sich wie nur wenige Industrielle für den Aufbau einer leistungsfähigen Wirtschaft hier im Osten stark gemacht. Und dabei seinen Worten durchaus Taten folgen lassen. Mit seiner Forderung nach eigendynamischer wirtschaftlicher Vitalität und seiner ‚Land am Tropf'-Kampagne, eines vehementen Plädoyers für das Herunterfahren der Transferleistungen, hat er sich auch im Osten nicht nur Freunde gemacht. Es wäre für unser Land ...", einen Moment lang sah er verunsichert um sich, als wäre er sich plötzlich unschlüssig, ob sich die Anwesenden in ein „wir" zusammenschließen ließen, „es wäre für unser Land mehr als fatal, wenn er jetzt zur Zielscheibe eines politisch motivierten Angriffs geworden sein sollte. Das sieht übrigens auch der Ministerpräsident so. "

„Was ist eigentlich mit dem Bentley?", ließ sich Schwiesau vernehmen. „Wieviele von den Dingern habt ihr denn hier zugelassen?"

„Einen – den." Doch Lubetzki winkte ab. „In der Nachbarschaft wurde der Wagen noch bemerkt, so wie jeden Tag. Niemand dachte sich was dabei. Dann in der Stadt verliert sich seine Spur. Alle Beamten sperren die Augen auf. Sogar die Politessen. Die Auswertung der Starkästen braucht noch einige Zeit, es sind 29, aber ... es wäre ein wunderbarer Zufall, mehr nicht. Ich für meinen Teil gehe davon aus, dass der Wagen längst weg von der Straße ist."

„Das bringt mich auf eine Grundsatzfrage", schaltete sich Dr. Rubens ein. „Wie halten wir es mit der Öffentlichkeit?"

Auch in dieser Frage bestand Einhelligkeit. Die vorläufig verhängte Informationssperre wurde bestätigt. Alle Ermittlungen mussten verdeckt geführt werden, so dass die Betroffenen keine Rückschlüsse auf den Zusammenhang, in dem die Informationen standen, ziehen konnten. Die Überwachung (der Familie, des Hauses, der Niederlassung) sowie jede mobile Beschattung mussten maximale Unsichtbarkeit wahren. Auch intern galt die oberste Geheimhaltungsstufe, jedwede Verletzung des Vertraulichkeitsgebots wurde ausdrücklich mit disziplinarischen Konsequenzen bedroht. Nur so hatte es Sinn, mit den Medien ein Moratorium zu vereinbaren, wie es im Fall Reemtsma funktioniert und Erfolg gezeitigt hatte.

Dr. Rubens war zufrieden. Auch die Staatskanzlei war an so wenig Öffentlichkeit wie möglich interessiert. „An Katz, am Bentley, an den Mobilfunknetzen und an allen Routine-Sondierungen bleiben wir dran. Auch an den Mallorca-Flügen. Und ansonsten – "

„Ansonsten", versuchte sich Schwiesau das Schlusswort zu sichern, „muss die Familie versuchen, sie so oft wie möglich und so weit wie möglich aus der Deckung zu locken."

„Haben wir einen Psychologen zur Unterstützung?", rief Pavlak dazwischen.

„Ist bereits draußen bei der Familie", erwiderte Lubetzki.

„Bereitwilligkeit signalisieren, mit Geldscheinen wedeln, und gleichzeitig ein paar kleine Komplikationen einbauen. Und noch eins: Lebenszeichen nicht vergessen! Das kann ihnen keiner verdenken, da können sie auch skeptisch sein und Nachbesserung verlangen. Lebenszeichen sind hoch effektiv, da haben die zu tun mit. Am besten jeden Tag eins. Ja, sie kriegen, was sie wollen. Sie sind schon so dicht dran." Schwiesau markierte mit Daumen und Zeigefinger einen winzigen Abstand. „So dicht! Aber dazu müssen sie raus aus ihrem Bau."

Alle nickten, mehr oder weniger ihre Verdrießlichkeit verbergend. *Das* hatten sie schon auf der Polizeischule gelernt.

Schwiesau war ein behäbiger, leutseliger Sachse, der sich auf seine Umgänglichkeit viel zu Gute hielt und das Zeug zur Stimmungskanone besaß. Er sprach mit heiserer Stimme, kaute auf seinen Lippen herum und zwirbelte die Spitzen seines Schnurrbarts. Wenn er nachdachte, massierte er sich die Kopfhaut oder wickelte sich eine Haarsträhne um die Finger.

Pavlak dagegen war ein Nordlicht wie es im Buche stand, kämpfte jedoch verbissen gegen seine Neigung zu spitzfindigen Ahnungen und einen Hang zur Einsilbigkeit an. Stets hatte er das Gefühl, dass er ins Hintertreffen geriet, wenn er nicht auf sich aufmerksam machte. Wenn man ihn ließ, wiederholte er in sich gekehrt die Ausführungen seiner Vorredner, bevor er nach einem nachdenklichen Schmatzen seine Sicht hinzufügte. Er stöhnte gern unvermittelt und inbrünstig auf. Er hatte ein fleischiges Gesicht und sehr fleischige Lippen. Außerdem war er fett.

Dr. Rubens mochte sie beide nicht. Natürlich ließ er sich das nicht anmerken. Dafür war er zu professionell.

Lubetzki mochte sie auch nicht.

Asse im Ärmel

Das Los eines Verkehrspolizisten im Streifendienst ist nur bedingt beneidenswert. Der größte Nachteil besteht darin, dass man im Drei-Schicht-Betrieb des Dienstplans rund um die Uhr im Einsatz ist. Der größte Vorteil ist, dass man nach der Frühschicht einen langen freien Nachmittag hat – heute zum Beispiel einen langen freien Dienstagnachmittag. Miroslav Schmitz verbrachte ihn, wie die meisten freien Nachmittage, in seinem Garten.

Nicht, dass dort um diese Jahreszeit viel zu tun gewesen wäre. Umgegraben hatte er schon im Herbst, Laub geharkt, Sträucher umgesetzt und die Bäume verschnitten schon im Februar. Aber die Laube! Zum Aufbringen eines neuen Anstrichs war es zwar noch zu kalt, für die gründliche Entfernung alter, abblätternder Farbschichten aber war das Wetter durchaus geeignet.

So stand Schmitz, angetan mit einer Wattejacke aus Volkspolizeibeständen, breitbeinig auf einer kleinen Bockleiter und bearbeitete die Bretter unterhalb der Dachrinne mit Drahtbürste und Sandpapier, als er unvermutet angesprochen wurde. Die Leiter fing an zu kippeln, so fuhr er herum.

Es war Piontek.

Schmitz hatte mit allem, nur nicht damit gerechnet.

„Hallo", sagte Piontek vorsichtig und reckte den Hals.

„Was ist los, Thilo?"

„Ich komme gerade aus der Sauna. Und weißt du, was sie da erzählen? De Kooning ist entführt worden."

„De Kooning? Von dieser Elektronik-Bude?" Schmitz kam von der Leiter gestiegen und wischte sich die Hände an einem Lappen ab.

„Hier in Leipzig."

„Ach … " Schmitz versuchte sich an einem arglosen Staunen.

„Ein Wahnsinns-Bohei mit SoKo und höchster Geheimhaltung."

„Und wer hat's dir erzählt?"

„Thierbach. Im Umkleideraum. Offenbar kam die Meldung erst durch, als wir schon weg waren." Er machte eine Pause. „Sie haben seinen Fahrer betäubt und ihn dann mit seinem eigenen Bentley entführt."

Schmitz schwieg. Seine Miene verriet, was ihm durch den Kopf ging.

„Das gibt Ärger, Slavik."

„Ach was." Schmitz zog sich die Unterlippe über die Zähne. „Der soll mir mal kommen, der diesem Vogel geglaubt hätte. In *der* Situation! Das war doch klar, dass der uns die Taschen vollhaut!"

„Wir hätten uns gar nicht erst reinhängen sollen. Wenn wir einfach weitergefahren wären – – – "

„Jetzt fang du auch noch an! Das hat doch keiner ahnen können. Keiner! Mann, Thilo, jetzt spiel man nicht gleich verrückt. Der hat da was vor sich hin gebrabbelt, und wir haben gedacht, der macht Quatsch – na und? Wer soll uns denn daraus 'n Strick drehen, sag mir das."

„Er war Zeuge. Er hat sich als Zeuge an uns gewandt, und wir haben das nicht weitergegeben."

„Er hat sich nicht *an uns gewandt*! Er sollte ins Röhrchen pusten und hat uns eine Räuberpistole aufgetischt – "

„Jetzt tu doch nicht so. Wenn wir das gleich durchgegeben hätten, hätten die de Kooning längst rausgeholt. Das weißt du genauso gut wie ich."

„Ach was." Schmitz machte eine wegwerfende Handbewegung. „Wer weiß, was dann passiert wäre."

„Slavik, bitte! Bist du dir im Klaren, wer de Kooning ist? Das ist die absolute Chefetage. Und wenn der Horvath aussagt, er habe uns beide bereits früh um halb neun informiert, dass vor genau zehn Minuten in dem hinter ihm be-

76

findlichen Bentley ein Mann offensichtlich mit Gewalt daran gehindert wurde – "

„Hör auf! Hör endlich auf!" Schmitz brüllte und versuchte, ihm das Wort abzuschneiden, doch Piontek ließ sich dadurch nicht aufhalten. Jetzt nicht mehr!

„ – dann sind wir die Triefnasen der Nation, Slavik. Dann lassen die uns über die Klinge springen. Bei so einem Fall werden immer Sündenböcke gebraucht. Schon damit das Innenministerium zeigen kann, dass es seinen Laden im Griff hat. Ich frage mich, ob dir das wirklich nicht klar ist!"

„Bist du jetzt fertig?" Schmitz verzog beleidigt den Mund. „Und was sollen wir deiner Meinung nach tun?"

„Ich weiß nicht. Ich weiß nur, dass die uns ganz schnell am Arsch haben. Und wenn die Geschichte erst richtig aus dem Ruder läuft, und die Zeitungen kriegen davon Wind, dass wir das hätten verhindern können, wenn wir unser bisschen Grips – – – "

Leeren Blicks starrte Thilo Piontek in eine düstere Zukunft.

„Thilo!" Schmitz fasste ihn an beiden Schultern und rüttelte ihn sanft. „Jetzt bleib doch mal ruhig! Hinterher ist man immer schlauer. Und außerdem ist überhaupt nicht gesagt, dass der Horvath uns in die Pfanne hauen will. Dem kam das doch selber alles total ... total abwegig vor. Der hat doch am allerwenigsten an eine Entführung gedacht."

„Der ist auch nicht bei der Polizei."

„Thilo ... ! Alter Schwarzseher! Noch hat der doch gar keine Ahnung. Und wenn die eine Nachrichtensperre verhängt haben, wie soll der dann überhaupt mitkriegen, was hier läuft?"

„Irgendwann steht es in der Zeitung."

„Bis dahin weiß der selber nicht mehr, ob er das nicht alles bloß geträumt hat."

Piontek stöhnte. Tat ihm Schmitz leid, mit Dummheit

geschlagen, wie er war? Oder tat er *sich* leid, weil er seinerseits mit Schmitz geschlagen war? Schwer zu sagen. Doch was immer es war – es lähmte ihn. Wenn es nach ihm gegangen wäre, dann wäre er jetzt einfach in diesem lächerlichen Schrebergarten stehengeblieben und hätte gewartet, bis der Scharfrichter kam.

Schmitz dagegen dachte gar nicht daran, aufzugeben. Irgendwo steckte noch ein Ass im Ärmel, bestimmt. Er wusste im Moment bloß noch nicht, wo.

Jan im Gehäuse

Kurz nach sieben kam Jan Horvath nach Hause. Aber was heißt „nach Hause"? Seiner festen Überzeugung nach besaß er schon seit längerem kein Zuhause mehr.

Dabei hatte es eine Zeit gegeben, in der er die Wohnung, die er jetzt betrat, für seine einzig mögliche Behausung gehalten hatte. Sie war seine mit selbstgezimmerten Regalen befestigte Zufluchtsstätte gewesen: die Burg, in der er sich mit den Seinen gegen das an die Mauern brandende Leben verschanzen konnte.

An Bewährungsproben hatte es nicht gefehlt. Zuletzt hatten sie nach Jahren friedvollen Verfalls monatelang grauenhafte Sanierungsarbeiten, den Austausch der Fenster, der Sanitärinstallationen und sämtlicher elektrischen Leitungen, den Abriss der Öfen und den Einbau einer Zentralheizung sowie das Abschleifen der Parkettböden „lebendigen Leibes" über sich ergehen lassen müssen.

Ständiges Aus-, Um- und Einräumen hatte ihnen fast den Verstand geraubt. Auf den verrutschenden, sich im Luftzug bauschenden Plastikplanen, die ihre Habe verhüllten, sammelte sich jeden Tag aufs Neue der Dreck – genaugenommen verschiedene, miteinander wetteifernde Arten von

Dreck, unter denen rötlicher Bohrstaub den Sieg davon trug. Mit der Zeit keimten Zweifel, ob es richtig gewesen war, sich *gegen* den vom Vermieter angebotenen Umzug zu entscheiden, bloß weil es ihnen vor unendlich vielen Jahren und in einem anderen Land gelungen war, eine winzige Neubauwohnung gegen diese herrlichen vier Zimmer einzutauschen.

Und wozu das alles? Nur damit kaum, dass sie alle Plagen überstanden hatten, das wahrhaftige Unglück über ihn, Jan Horvath, hereinbrechen und sein Gehäuse so gründlich verwüsten konnte, dass es sich niemals wieder davon erholen würde.

Oder doch? Seit Ute und Flo ausgezogen waren, unterlag Jan Horvaths Verhältnis zu seiner Bleibe wiederkehrenden Wandlungen.

Es gab Tage, an denen die Vernunft die Oberhand gewann und er entschlossen war, sich eine kleinere Wohnung zu suchen, auch wenn diese auf Grund der Neuanmietung kaum kostengünstiger sein würde. Doch bot ein Umzug die geeignete Gelegenheit, sich auch in anderer Hinsicht neu einzurichten: nämlich einen Schlussstrich unter die Vergangenheit zu ziehen und das Leben in selbst gerichtete Bahnen zu lenken.

Ja, es gab Tage blanker Selbstüberhebung, an denen es ihm möglich schien, die überfällige *Perestroika* sogar in den angestammten Räumen zu bewerkstelligen, indem er sie, frisch renoviert, neuen Bestimmungen zuführte. Im Anschluß an diese Maßnahmen würde er Herr über ein Schlaf-, ein Wohn-, ein Arbeitszimmer und, endlich, ein eigenes Atelier sein – denn dass Flos leerstehende Kammer, zwischenzeitlich als Abstellraum genutzt, in eine Werkstatt für den Fotografen, der in ihm seiner Wiedergeburt entgegen harrte, verwandelt werden könnte, hatte er sich bereits frohlockend ausgemalt. Da sie neben der Küche lag, war sie ohne viel Aufwand mit Wasseranschlüssen zu versehen.

Und dann gab es Tage wie diesen, da er seine Wohnung mit der bitteren Genugtuung betrat, diese Ruinenlandschaft von trostloser Weitläufigkeit sei genau die Umgebung, die er verdient habe. Die Qual auskostend, schritt er durch den Flur und die drei mit Flügeltüren verbundenen Zimmer und besichtigte die Lücken, die der Abtransport der Ute zugefallenen Möbel hinterlassen hatte. Helle, von Staubrändern gesäumte Rechtecke kündeten von den Bildern, die hier gehangen hatten, und unter ihnen wussten die Überbleibsel seines früheren Lebens nichts miteinander anzufangen.

Jan Horvath war es recht. Jedenfalls weigerte er sich, Spuren zu verwischen, die an das einzige erinnerten, was ihm von siebzehn Jahren geblieben war: den Trennungsschmerz.

Übrigens weigerte er sich mit der gleichen Hartnäckigkeit, Spuren zu beseitigen, die der andere, von haltlosen Anwandlungen von Zuversicht gepeinigte Jan Horvath hinterließ. Etwa wenn er dem althergebrachten Einerlei der Raufasertapeten ein in frischen Farbtönen auftrumpfendes Ende zu bereiten gedachte – den Versuch jedoch nach wenigen Probestrichen ausgesetzt hatte. Farbeimer, Sieb und Rolle blieben liegen, bis alles eingetrocknet und unbrauchbar war.

Und wenn! Die ein- und aussetzende Tatkraft konnte weit eindrucksvollere Folgen zeitigen als ein paar Kleckse an der Wand. Galt es etwa, einen Schrank, eine Kommode oder den Schreibtisch zu verrücken, mussten die Behältnisse zuvor leergeräumt und ihr Inhalt andernorts aufgestapelt werden. Vorläufig liegengeblieben, wartete er dort auf den günstigen Moment, um ohne menschliches Zutun auseinanderzurutschen und sich über das Parkett zu ergießen.

Hatte Jan Horvath nicht die Restbestände einer in tagelangem Tauziehen in zwei Hälften zerteilten Bibliothek aus den Regalen geräumt, um die Bücher, denen ihre natürlichen Nachbarn entrissen worden waren, anschließend in die stupide Ordnung des Alphabets zu zwängen?

Doch angesichts der jeweils von einem dünkelhaften Buchstaben angeführten, bunt zusammengewürfelten Haufen kamen ihm Zweifel, ob er den Gefährten guter und schlechter Tage so viel pompös als Gerechtigkeit ausgegebene Gleichmacherei zumuten dürfe. So lungerten sie einstweilen auf dem Boden herum, und Jan Horvath kamen sie manchmal vor wie ein Opernchor, der eigens, um die Bühne seines Niedergangs zu bevölkern, aus allen Ritzen gedrungen war.

Die Abwesenheit

Und heute? Jan Horvath schlich durch die Wohnung und wusste noch weniger mit sich anzufangen als sonst. Das Familienleben füllte den Abend mit Pflichten. Sie sperrten einen ein, doch sie boten auch Schutz.

Wie leer alles war!

Nachdem er die Wodka-Flasche neben dem Sofa entdeckt und beim Altglas abgestellt, sowie einige fast noch peinlichere Spuren des gestrigen Abends beseitigt hatte, überlegte er, ob er essen gehen sollte. Nein! Man ging nicht essen, wenn man büßen musste und sich weiden wollte an seinem Leid.

Er verschlang zwei Brote und machte eine Flasche Bier auf.

Hatte er geregelt, was sich regeln ließ? Ja. Mit Flo hatte er telefoniert und die morgige Taxifahrt abgesprochen. Seinem Freund Leon hatte er das Versprechen abgerungen, ihn am Donnerstag und Freitag in die Siedlung und dann zurück in die Stadt zu fahren. Dann kam das Wochenende, und was danach werden würde, wusste er noch nicht.

Auch wie es mit dem Auto weitergehen sollte, hatte er noch nicht entschieden. Einstweilen hatte er es einfach an Ort und Stelle stehen lassen. Wenn jemand Anstoß daran nahm, konnte er sich auf die beiden Polizisten berufen.

Mehr konnte er im Augenblick nicht tun.

Jan Horvath setzte sich an seinen Schreibtisch und fuhr den Rechner hoch. Er sah nach den Mails. Dann öffnete er mehrere Ordner, in denen er seine Fotos archiviert hatte. Was für hilflose Versuche, der vergehenden Zeit ein paar Augenblicke zu entreißen! Augenblicke der Wahrheit womöglich, aus dem trüben Fluss des Augenscheinlichen geangelt.

Was hatte er nicht alles angefangen! Wie so viele hatte er – noch vor dem Studium war das – kistenweise marode Straßenzüge geknipst, und die Transparente, die sie vergessen machen sollten, auch. Anschließend schlug ihn die Entdeckung des Alltags in den Bann. Für Porträts hatte er seinen Bekanntenkreis malträtiert, und um zu zeigen, was niemand sehen wollte, hatte er sich ein Stück weit in soziale Randgruppen und prekäre Milieus gewagt. Er hatte sich auf inszenierten Surrealismus kapriziert, Nacktheit eingeschlossen, und auf Mitmenschen, die sich selbst inszenierten: in Indianertrachten, Turniertanzgruppen oder im anderen Geschlecht. Auratische Interieurs, sparsam möbliert, gab es einige, ebenso mit viel Aufwand arrangierte Rumpelkammern, in denen auf einen Haufen getürmte Relikte der Vergangenheit Assoziationen auslösen sollten. Eine Zeitlang hatte er nur Fenster aufgenommen, von innen und außen. Stilleben war ihm kein einziges geglückt – das bedauerte er. Dafür war ihm die Faszination durch Gleisanlagen inzwischen völlig abhanden gekommen. Detailaufnahmen machten die Kamera zur Lupe und feuerten die Wahrnehmung an. Auf die Spitze getrieben, entdeckten sie das Weltreich der Abstraktion.

In dem Jahr, als die Geschichte verrückt spielte, hatte er das Verrückt-Spielen der Geschichte fotografiert, wissend, dass es nie wieder so sein würde wie jetzt. Aber die Bilder hatten sich aufgelöst, zurückgeblieben waren die sattsam bekannten Sujets.

Es gab Maler, die sich an monochromen Flächen abarbeiteten, und ein Bildhauer wie Giacometti hatte offenbar nichts so gehasst wie das Volumen einer plastischen Form. Komponisten experimentierten mit Musik an der Grenze der Hörbarkeit. Warum sollte es nicht Fotografen geben, die den Abbildungsdienst so radikal verweigerten, dass sie keinen Gegenstand mehr widerspiegelten – sondern sein Fehlen?

Jan Horvath hatte sich herausgefordert gefühlt, das Verschwinden zu fotografieren. Urvertraute Stadtansichten zum Beispiel konnten durch einen Gebäudeabriss frappierend entstellt werden. Wenn man jedoch die entstandene Baulücke ansah, eine mehr oder weniger gründlich beräumte Fläche, von provisorischen Zäunen gesichert, umfasst vom sich hinter gefallenen Mauern eröffnenden Blick – sah man dann in dem ungewohnten Bild das frühere, im Gedächtnis vorhandene nicht mit? Und konnte man das, was man da sah oder mitsah, fotografieren? Als eine flackernde Leere, von Erinnerungen illuminiert? Als eine lichterfüllte Abwesenheit?

Er begann, diesen Lücken und Löchern nachzuspüren. Verbissen fotografierte er, alle Techniken, die er beherrschte, anwendend, die von abgerissenen Häusern hinterlassenen Flächen – Flächen, auf denen sich jetzt ein Haus aus Luft erhob, ein Geisterhaus, das außer ihm niemand sah.

Jan Horvath verstand, dass es schwer war, etwas Unsichtbares zu fotografieren, vielleicht sogar unmöglich. Er nahm es seinen Freunden nicht übel, die sich die Aufnahmen besahen und über sein neues Faible für Baudokumentationen staunten. Wollte er Wahrnehmungsstrategien durchkreuzen? Studierte er Verfremdungseffekte? Ging es ihm darum, einen Anblick festzuhalten, der, wenn das neue Gebäude erst stand, nie mehr nachzuholen sein würde?

Er sagte nicht Ja und nicht Nein. Eines Tages, hoffte er, würden sie sehen, was er sah: den Abdruck des Verschwindens, wie eine ausradierte Zeichnung auf nur scheinbar leerem Papier.

Der Zyklus schwoll an. Er nannte ihn „Ödland der Zeit".

Das war das letzte Mal, dass er „ein Projekt" gehabt hatte. Danach hatte er aufgehört. Es war leicht gewesen. Manchmal verlangte er eine Erklärung von sich, oder jemand anderes wollte eine Erklärung von ihm. Dann erfand er etwas.

Die einzige Serie, auf die er sich etwas zu Gute hielt, galt Flo. Unablässig hatte er seine Tochter fotografiert, Porträts aller Altersstufen zeigten ihr sich veränderndes, allmählich erwachsener werdendes Gesicht. Doch immer war es ernst und still, nie probierte es, ein Gefühl auszudrücken, und nie öffnete es sich ganz. Konzentriert, fast bohrend sah Flo dem Betrachter in die Augen, als frage sie ihn: „Was willst *du* denn von mir? Warum guckst du zurück?" Manchmal hatte er sie mit einem Hut oder einem zum Turban gedrehten Handtuch ausstaffiert, und einmal, als sie zehn oder elf war, hatte sie sich geschminkt wie eine Frau.

Trotzdem hatte er nicht weitergemacht. Weil alles Vergangenheit war, schlimmer noch, weil es gar nicht mehr existierte! Ja, das Kind auf dem Foto, das er jetzt anstarrte, existierte nicht mehr. Es war in der Flo von heute unwiederbringlich verschwunden. Das war völlig normal – er wusste das. Aber er kam nicht zurande damit.

Die Glücksfee kommt

Als es klingelte – nicht das Telefon, sondern an der Wohnungstür –, war Jan Horvath überrascht, ja beinahe ein bisschen erschrocken. Er rechnete nicht mit Besuchern. Alle Freunde wussten, dass er es verabscheute, zu Hause überfallen zu werden.

Sollte er überhaupt reagieren? Nach einer kurzen Pause klingelte es erneut. Missgestimmt ging er zur Tür – bereit, den abendlichen Störenfried abzufertigen, wie er es verdient hatte.

Die Kette ließ er vorsichtshalber eingehängt.

Umso erstaunter war er, als er sah, wer vor der Tür stand: Piontek und Schmitz, die beiden Männer, die er heute Morgen in einem denkbar unangenehmen Zusammenhang kennengelernt hatte. Nur trugen sie inzwischen keine Uniform mehr, sondern hatten sich mit Jeans und Anoraks als Zivilisten verkleidet.

„Ja?", fragte Jan Horvath, immer noch verblüfft, durch den Türspalt hindurch. Herr Schmitz – jetzt konnte man doch wohl von *Herrn* Schmitz sprechen – lächelte ihn an.

„Dürfen wir vielleicht kurz reinkommen?"

Jan Horvath hakte die Kette aus, erkundigte sich jedoch, bevor er die Tür aufzog, worum es ginge.

„Das würden wir Ihnen", Herr Schmitz strahlte vertrauenerweckend, während sein Kopf in Richtung Wohnungsinneres wies, „lieber drinnen sagen."

„Na schön", erwiderte Jan Horvath und ließ die beiden Männer herein. Dass er sich keinen Reim auf ihr Erscheinen machen konnte, sollten sie ihm ruhig ansehen.

Piontek winkte ab: „Keine Sorge, wir sind gleich wieder weg." – „Und: Wir kommen nicht mit leeren Händen", fügte Schmitz hinzu, wobei er die Augen aufriss.

„Ach so?" Jan Horvath verzog säuerlich das Gesicht.

„Haben Sie meine Fahrerlaubnis mit?"

Die beiden Männer warfen sich einen Blick zu.

„Sozusagen!"

„Da bin ich ja gespannt", erklärte Jan Horvath in einem Ton, der vom Gegenteil zeugte.

„Können wir uns vielleicht einen Augenblick setzen?"

„Meinetwegen auch das. Aber dann wäre es schön – "

„ – wenn wir zur Sache kommen, ist doch klar."

Sie waren im Wohnzimmer angelangt, und Jan Horvath räumte zwei Stühle leer und schob sie zum Tisch.

„Die Sache ist nämlich die", hob Schmitz an, während er den Reißverschluss seiner Jacke nach unten zog und sich auf das Polster sinken ließ, „wir haben über das, was Sie uns erzählt haben – "

„Wegen dem Auto hinter ihnen", ergänzte Piontek.

„ – wir haben uns das nochmal durch den Kopf gehen lassen. Vielleicht stimmt es ja gar nicht, dass das nur eine Ausrede war."

„Vielleicht ist es ja wirklich so gewesen."

„Allerdings ist es so gewesen", bemerkte Jan Horvath trocken. „Sonst hätte ich es Ihnen nicht erzählt."

„Eben. Das ist es ja, weshalb wir hier sind. Wir haben Ihnen da, fürchte ich, unrecht getan." Schmitz faltete die Hände und nahm ein weiteres Mal Anlauf. „Und deshalb wollten wir Ihnen vorschlagen, dass wir die ganze Sache ... vergessen. Keine Messung, kein Alkohol, kein Fahrerlaubnisentzug. Es bleibt bei dem Auffahrunfall, und basta."

„Und wir bringen Ihnen morgen Ihren Führerschein zurück."

Benommen starrte Jan Horvath die überraschenden Besucher an und wusste nicht, was er sagen sollte.

„Und das geht so einfach?"

„Einfach nicht."

Schmitz atmete geräuschvoll aus. „Wir müssten uns darauf verlassen können, dass niemand, *niemand*, jemals ein Sterbenswörtchen davon erfährt."

„Das ist klar", sagte Jan Horvath schnell.

„Und auch nicht von dem Bentley", schluckte Piontek.

„Genau. Das ist die Bedingung. Wir vergessen die Sache mit dem Alkohol, Sie vergessen die Sache mit dem Bentley." Schmitz lachte. „Ihnen ist einfach nichts besonderes aufgefallen."

„Zumindest haben Sie uns gegenüber nichts erwähnt."

„Am besten haben Sie ihn gar nicht erst bemerkt."

„Sie haben einfach verzögert reagiert."

„Zu spät gebremst."

„Zu zaghaft."

„Den Bremsweg falsch eingeschätzt."

„Es gibt so vieles, was einen einen Moment lang ablenken kann."

Jan Horvath zuckte die Schultern, während er überlegte, warum er auf einmal von den absurden Vorgängen hinter ihm keine Notiz genommen haben sollte, wenn genau sie es doch waren, die die beiden Ordnungshüter – wenn auch verspätet – von der Redlichkeit seiner Aussage überzeugt hatten.

„Oder haben Sie schon jemandem von dem Bentley erzählt?"

„Was?"

„Ob Sie bereits jemandem von dem Bentley erzählt haben?", wiederholte Schmitz seine Frage, die jetzt nicht mehr beiläufig klang.

„Nein. Nein, habe ich nicht." Jan Horvath schüttelte den Kopf.

„Sehr gut."

Es stimmte sogar. Jan Horvath hatte wirklich, wenn er von den Ereignissen des Vormittags sprach, den dubiosen Krimi unerwähnt gelassen, den er sich im Rückspiegel hatte mitansehen müssen. Spektakuläre Ereignisse machten ihn misstrauisch, und dass er selber mitten in einem gesteckt haben sollte, kam ihm schwer glaubhaft zu machen vor.

„Es ist nur ein Angebot", hielt Schmitz fest. „Die Entscheidung liegt bei Ihnen. Sie können Ja sagen, oder Sie können Nein sagen. Ganz wie Sie wollen."

„Ja. Ja, natürlich. Natürlich sage ich Ja", beeilte sich Jan Horvath, die in die Gestalt zweier Biedermänner – lang und schwammig der eine, der andere klapperdürr – untergetauchte Glücksfee nicht länger zu enttäuschen.

„Und wir können uns darauf verlassen?"

„Wenn ich mich auf Sie verlassen kann."

Während Jan Horvath die beiden zur Tür brachte, wollten sie von ihm wissen, ab wann morgen früh ihm ein Besuch recht wäre.

„Wie, morgen früh?", fragte er verunsichert.

„Wegen der Fahrerlaubnis. Wir bringen sie Ihnen vorbei. Wie sieht's denn mit um acht aus?"

Jan Horvath dachte an Flo. Morgen fuhr sie mit dem Taxi zur Schule.

„Um acht passt sehr gut."

„Dann bis morgen, Herr Horvath."

„Und schönen Abend noch."

„Ihnen auch."

Jan Horvath blieb vor der Tür stehen, während sie die Treppe hinunterstiegen. Auf dem Absatz wandten sie noch einmal den Kopf zu ihm hoch. Jan Horvath bemerkte es und nickte ihnen zu.

Dann rief er Ute an und gab Entwarnung.

Die Zeitung von morgen

Leon – eigentlich Leonhard, Leonhard Hensel – hatte in wohliger Einsamkeit beim Merlot im „Maître" gesessen, als ihn sein vom Veitstanz befallenes Handy aus der Lektüre riss. Jan Horvath rief an. Als er hörte, dass Leon in ihrem Stammcafé war, kündigte er an, in einer halben Stunde bei ihm zu sein.

„Jetzt? Ohne Auto?", fragte Leon überrascht.

„Ich nehme das Rad."

Natürlich war Leon erleichtert, als er erfuhr, dass seine frühmorgendliche Chauffeursverpflichtung abgeblasen wurde. Und dass Jan Horvath seinen Führerschein wiederbekam, war nur erfreulich zu nennen. Trotzdem ließ er sich nicht gern auf die Achterbahnfahrt fremder Gefühle nötigen. Eben noch am Boden zerschmettert, aalte sich Jan Horvath jetzt in seiner wundersamen Errettung, als habe das Schicksal ihm nur deshalb mit dem Finger gedroht, weil er ihm besonders am Herzen lag.

Verdutzt verlangte Leon eine Erklärung.

„Ja, was passt dir denn *daran* nun wieder nicht?", gnatzte Jan Horvath.

„Ich finde es wunderbar. Mensch Jan! Ich verstehe nur nicht, wie sie dir erst eins-zwei-drei die Fleppe wegnehmen und sie anschließend genauso eins-zwei-drei wieder rausrücken können."

„Ein Fehler. Ein Messfehler. Das Gerät spinnt."

„Aber wenn sie den Blutalkohol genommen haben?"

„Wahrscheinlich haben sie die Werte verwechselt. Ich meine, die Probe. Von wem welche Probe war. Mann, das weiß *ich* doch nicht so genau! Und es ist mir auch vollkommen wurscht! Ich habe doch von Anfang an gesagt, dass das unmöglich so viel sein kann. 0,38 Promille! Nie im Leben."

„Wie haben sie das denn gemerkt? Hast du Einspruch erhoben? Oder haben sie das von alleine festgestellt?"

„Stell dir vor."

„Na prost Mahlzeit. Ein Saustall ist gar nichts dagegen."

Warum hörte Leon nicht auf, in ihm herumzubohren? Jan Horvath merkte, wie sich sein Nacken verkrampfte.

„Mein Gott, und ich dachte, wir haben was zu feiern."

„Haben wir ja auch."

Jan Horvath, auch sonst kein Knauser, bestellte Wodka – kalt, dass die Gläser vereisten. Bei der zweiten Runde erklärte Leon, passen zu müssen. Jan Horvath sah ein, dass man das Schicksal nicht herausfordern dürfe.

Es ging auf halb zwölf, als ein Zeitungsverkäufer ins Lokal kam und, die Blicke der Gäste suchend, um die Tische herum ging. Ohne ein Wort zu sagen, hielt er die druckfrische Zeitung von morgen in der Hand. Er kam jeden Abend. Jan Horvath pflegte ihn nicht zu beachten.

Als er sich an ihrem Tisch vorbei schob, fiel ihm jedoch das Foto auf der Titelseite ins Auge – wahrscheinlich, weil jedes Foto der Welt seinen Blick auf sich zog.

Es war ein Porträt. Es war das Porträt eines Mannes, den Jan Horvath kannte.Und er wusste auch, woher. Es war ein Porträt des Mannes aus dem Bentley.

„Jan?", fragte Leon.

Jan Horvath fingerte die Münzen aus seinem Portmonnaie und ließ sich die Zeitung geben. Als er sie aufschlug, sah er auch den unteren Teil des Fotos, der abgeknickt gewesen war.

Der Mann auf dem Bild, im Anzug, mit weißem Hemd und Fliege, den Rücken an die Wand gelehnt auf dem Boden sitzend, hielt ein Schild in der Hand: „Lasst mich nicht im Stich!", in hingekritzelten, aus der Reihe tanzenden Großbuchstaben.

Und im schwarzen Kasten unter dem Foto folgender Text:

„Gregor de Kooning (38), Juniorchef der ‚de Kooning KG' und einer der renommiertesten Industriellen Deutschlands, wurde gestern morgen nach einem Überfall auf seinen Fahrer in Leipzig entführt. Hat er sich mit seinem Engagement für die Re-Industrialisierung des Ostens oder seinem Pamphlet ‚Land am Tropf' Feinde gemacht? Das sächsische Innenministerium hat einen Krisenstab eingerichtet."

Außerdem gab es, sehr viel kleiner, noch ein zweites Foto. Ein Foto aus besseren Tagen: Gregor, Jenny und Helen de Kooning im Park ihres Anwesens, eine Familie in Ringelpullis und kurzen Hosen, vom sommerlichen Ballspiel verschwitzt.

Als Jan Horvath die Zeitung sinken ließ, sah Leon, dass sein eben noch putzmunterer Freund blass geworden war.

„Jan? Was ist los?", fragte er, während er, selbst einigermaßen verblüfft, die Meldung überflog.

„Nichts", sagte Jan Horvath.

Immer noch betrachtete er de Koonings Gesicht, die Haartolle, die jetzt ordentlich zur Seite gekämmt war, die Brille (keine Sonnenbrille), den gepflegten, kurz geschorenen Bart um Lippen und Kinn.

„Findest du nicht, dass er irgendwie ... irgendwie komisch aussieht?", fragte er Leon. „Seine Augen ... Er guckt so ... so starr."

„Du bist gut." Leon nahm ihm die Zeitung ab und betrachtete das Bild aus der Nähe. „Wie würdest *du* gucken, wenn einer vor dir steht, in der einen Hand einen Fotoapparat, in der anderen eine Knarre?"

„Ich würde die Augen zumachen", sagte Jan Horvath.

„Und dir wünschen, dass er weg ist, oder was?", lachte Leon.

Jan Horvath nickte.

Zweiter Teil. Mittwoch

Im Morgengrauen

Madeleine Knöchel stand im Badezimmer und überließ sich den Vibrationen ihrer elektrischen Zahnbürste, als sie das Klingeln des Telefons aus ihrer Benommenheit riss. De Kooning! Der überraschende Anruf hatte bestimmt etwas mit der Entführung zu tun!

Jetzt wusste sie, dass sie an den Apparat gehen musste, doch der Schreck hielt sie weiter am Waschbecken fest. Tatenlos hörte sie zu, wie ihr Telefon sie mit jaulendem Alarmgeläut zu sich befahl. (Der Chef hatte ihr die durch „Design und Funktionsvielfalt" bestechende Novität der „de Kooning KG" erst vor wenigen Tagen überreicht. Trotz willigen Studiums der Gebrauchsanleitung war es ihr nicht gelungen, die vom Werk eingestellte Sirene gegen einen moderateren Klingelton auszutauschen.)

Als sie sich schließlich überwand, den Hörer aus der Ladestation nahm und gerade ihren Namen nennen wollte, schnitt ihr eine Männerstimme das Wort ab: „Frau de Kooning soll das Geld in eine Reisetasche packen und in den ICE nach Dresden, 14:12 Uhr ab Hauptbahnhof, einsteigen. Allein. Mit ihrem Handy."

Dann knackte es, und die Leitung war tot.

Madeleine Knöchel spürte den Pfefferminzgeschmack der Zahnpasta im Mund, während sie fieberhaft überlegte, wen sie anrufen sollte. Jenny de Kooning? Bei diesem Gedanken fing ihr Herz an zu rasen, und ihre Kehle war wie zugeschnürt.

Dem Kommissar gegenüber, der gestern in der Fabrik mit ihr gesprochen hatte, hatte sie weniger Hemmungen.

Lubetzki. Arno Lubetzki. Das Kärtchen mit seiner Nummer hatte sie lose in ihre Brieftasche gelegt.

Dass er so schnell am Apparat war, überraschte sie. Ein paar peinliche Atemzüge lang brachte sie kein Wort hervor, bevor sie knapp berichtete, was der Unbekannte am Telefon verlangt hatte.

Lubetzki gab ihr ebenso knapp zu verstehen, dass sie sich vollkommen richtig verhalten habe. Dann bat er sie, ihm die Nummer des Anrufers durchzusagen.

„Wie – die Nummer?"

„Konnten Sie die Nummer nicht sehen?"

„Die Nummer ... ich habe nicht darauf geachtet, ehrlich gesagt. Ich war ja vollkommen überrascht – – – Und es ging alles ganz schnell."

„Macht nichts. Die Nummer ist mit Sicherheit noch gespeichert. Ich komme jetzt schnell zu Ihnen und lese sie aus."

Dass sie nicht auf die Nummer geachtet hatte, ärgerte sie ein bisschen.

„Frau Knöchel?"

„Ja, gut", sagte sie.

„Jetzt bräuchte ich bloß noch die Adresse."

„Marbachstraße 12."

„Dann bis gleich."

Wenn sie draußen in der Niederlassung gewesen wäre, hätte Madeleine Knöchel genau gewusst, welche Tasten sie drücken musste, damit die Nummer des letzten Anrufers auf dem Display erschien!

Willens, die Schlappe auszuwetzen, angelte sie sich die Gebrauchsanleitung vom Schreibtisch und suchte den deutschen Teil. Den Zeigefinger der Linken in der Broschüre, drückte sie die angegebenen Knöpfe: zuerst die Speichertaste, dann die rechte Pfeiltaste, dann „OK", dann die linke Pfeiltaste. Das Wort „Menue" erschien. Sie drückte die grüne Taste. Eine Nummer! Es war die von Kathy, ihrer in Frei-

93

burg verbliebenen Freundin, mit der sie gestern Abend telefoniert hatte. Sie hatte die Wahlwiederholung erwischt.

Wahrscheinlich musste sie es von vorn versuchen. Sie drückte die rote Taste, bis nur noch die Uhrzeit zu sehen war, als ihr klar wurde, dass sie soeben alles gelöscht haben könnte. Erschrocken stellte sie das Telefon zurück und ließ die Gebrauchsanweisung unter mehreren ähnlichen Beiheften in der Schreibtischschublade verschwinden.

Lubetzki war schneller da, als sie erwartet hatte. Sie musste ihn ein paar Minuten vor der Tür warten lassen, weil sie noch unter der Dusche stand, als es klingelte.

Dann, in einen Bademantel gewickelt, zeigte sie ihm den Apparat, als scheue sie sich, das mit brisanten Informationen verseuchte Gerät auch bloß zu berühren. Er nickte ihr zu, als er sich vorbeischob, offenbar gewohnt, gleich zur Sache zu kommen.

Ein paar Fehlschläge einstecken musste auch er. Sein Gesicht verdüsterte sich.

„Haben Sie hier irgendwas herumgetastet?"

„Um Gottes willen!" Sie riss entsetzt die Augen auf.

Lubetzki erkundigte sich, ob sie die Bedienungsanleitung noch habe. Madeleine Knöchel hob ratlos die Schultern und riss vor Ungewissheit so lange die Augen auf, bis sie sicher war, dass er es bemerkt hatte. Lange Minuten wühlte sie in der Schreibtischschublade herum, bevor sie begann, Stapel von Unterlagen aufzutürmen, unter denen sie schließlich das vermisste Heft hervorzog. Der Kommissar war froh, konnte aber kaum verhehlen, dass er unsortierte Menschen wie sie anstrengend fand.

Während er sich in die Angaben vertiefte, kochte sie Kaffee. Sie sah, dass er die Stirn runzelte. Über dem in acht Sprachen Missverständnisse verbreitenden Begleitheft brütend, atmete er schwer. Madeleine Knöchel wagte es kaum, ihn nach Milch und Zucker zu fragen.

Ans Aufgeben durfte einer wie er nicht denken, als Mann nicht und erst recht nicht als Polizist. Sie schwieg, um ihn nicht zu stören. Als es ihm nach einer Reihe von Versuchen gelungen war, dem Apparat die Nummer des Anrufers zu entreißen, geizte sie nicht mit bewundernden Blicken.

Die Nummer war allerdings, das sah Lubetzki auf den ersten Blick, wieder nur die von de Koonings Handy. Als er anschließend den Standort des Anrufers abfragte – für die Lokalisierung der Rufnummer war seit gestern Abend alles vorbereitet – stellte sich das Plattenbauviertel an der Zwickauer Straße heraus: Sieben mächtige Elfgeschosser, zwischen denen sich ein Dutzend Sechsgeschosser tummelte. Achthundert Wohnungen, von denen vermutlich sechshundert bewohnt waren.

Und wenn der Entführer den Anruf bereits mit dem boshaften Hintergedanken dorthin verlegt hatte, die Ermittler in den Sumpf zeitraubender Routineaufgaben zu locken? Offenbar gehörte das zu seiner Strategie. Warum sonst hatte er ausgerechnet einen ICE und den Hauptbahnhof zum Schauplatz des nächsten Aktes erkoren? Lubetzki verwettete seinen Kopf, dass er inzwischen längst wieder in der Stadt abgetaucht war.

Zu den Talenten, die Gregor de Kooning an Madeleine Knöchel schätzenswert gefunden hatte, gehörte die Gabe, sich von Erregungszuständen, die um sie herum hochkochten, nicht anstecken zu lassen. Arno Lubetzki allerdings wäre schlichte brüderliche Stinkstiefeligkeit um einiges lieber gewesen als Fräulein Knöchels besänftigende Charme-Offensive! Barsch bügelte er ihre Frage ab, wer Frau de Kooning informieren solle. Selbstverständlich würde *er* Frau de Kooning informieren!

Als die Entspanntheit in Person sich aber auch noch erkundigte, was ihm denn so *die Suppe verhagelt* habe, explodierte er: „Dann schalten Sie doch mal das Radio ein".

Kopfschüttelnd und mit einem kaum verständlichen „Auf Wiedersehen!" verließ er die Wohnung.

Madeleine Knöchel war betrübt. Sie hatte ihn, als er sich gestern Nachmittag bei ihr vorgestellt hatte, liebenswürdiger eingeschätzt. Aber – wenn sie jetzt auch schon fast ein ganzes Jahr hier war: Mit den Einheimischen kannte sie sich noch immer nicht aus. Man konnte sich täuschen in ihnen, und wie!

Natürlich stellte sie, als Lubetzki weg war, tatsächlich das Radio an. Die Meldung von de Koonings Entführung lief auf allen Wellen. Und das offenbar schon eine ganze Weile: Es war jetzt sieben, und die Moderatoren hatten bereits die ersten Experten am Telefon. Alle prominenten Entführungsfälle der letzten zehn Jahre ließen sie Revue passieren, und das Für und Wider eines politischen Hintergrunds wurde – obwohl es für derartige Zusammenhänge bislang keinen Anhaltspunkt gab – ausgiebig diskutiert. War der Osten unsicherer als der Westen? Gewaltbereiter? Sollte man künftig von No-Go-Areas für die gefährdete Minderheit der Super-Reichen sprechen?

Madeleine Knöchel war perplex. Die Verabredung, der Öffentlichkeit gegenüber Stillschweigen zu wahren, und zwar ausnahmslos, war unmissverständlich gewesen. Alle hatten sie einleuchtend gefunden. War die Taktik innerhalb weniger Stunden um hundertachtzig Grad herumgerissen worden?

Das konnte sie sich nicht vorstellen. Nein, irgendetwas musste schiefgelaufen sein – Lubetzkis Unmut kam ihr mit einem Mal nachvollziehbar vor. Warum hatte er bloß kein Wort gesagt?!

Dann überlegte sie, wer die undichte Stelle gewesen sein konnte. Dass es jemand aus der Firma war, stand für sie fest, an die Familie oder den Polizeiapparat dachte sie nicht. Die Hand ins Feuer hätte sie für keinen der Direkto-

96

ren gelegt, und auch für den Sicherheitschef nicht. Für den sowieso nicht!

Dann fiel ihr Katz ein. Katz hatte gestern, kaum dass er in der Niederlassung angekommen war, den Ausschlag gegeben, als es darum ging, ob auch ohne Abstimmung mit der Familie die Polizei eingeschaltet werden solle oder nicht. Er hatte die Entscheidung sogar erzwungen, indem er drohte, sich notfalls auf eigene Faust an die Polizei zu wenden, was ihm als persönlich betroffenem Opfer des Überfalls niemand verwehren könne.

Katz neigte ohnehin dazu, sich auf seine Nähe zum Chef allerhand einzubilden – einer Nähe, die bei Lichte besehen lediglich darin bestand, dass sie nebeneinander im Auto saßen. Sich, wie es sich gehörte, in den Fond zu verfügen, hatte Gregor de Kooning, *enfant terrible*, das er nun einmal war, nicht gepasst.

Jetzt hatte Katz offenbar das Gefühl, der Überfall habe sie noch enger aneinander geschweißt: als habe er geradezu ihnen beiden gegolten. Vielleicht leitete er daraus die Berechtigung ab, sich so zu verhalten, dass ein Teil der Neugier, die der Fall de Kooning erregen würde, auf ihn überspringen musste?

Madeleine Knöchel beschloss, ein Auge auf ihn zu haben.

Eine salomonische Lösung

Jan Horvath wusste über Gregor de Kooning wenig, und das wenige, was er wusste, wusste er nur, weil es nahezu unmöglich war, *nichts* über ihn zu wissen – nicht, solange man Zeitungen las, Radio hörte oder ab und zu den Fernseher anschaltete. Aber *interessiert* hatte er sich für ihn nie. Auch nicht für seine unternehmerischen Heldentaten im

Kampf gegen die Versteppung des Ostens oder für seine draufgängerischen Auftritte als Ketzer, Querulant und – inmitten seines Industriellen-Clans – Tabu-Verletzer vom Dienst.

Längst weit entfernt vom Ruhm, mit dem er in jungen Jahren, die Kamera vorm Bauch und die Bilder großartiger Fotografen vor Augen, geliebäugelt hatte, übte sich Jan Horvath in Verachtung jeglicher Art von Prominenz. Sollten sich die Wellenreiter des Zeitgeists doch im Rampenlicht abstrampeln, um seine Aufmerksamkeit auf sich zu lenken. Sollten sie doch buhlen um seine Gunst, bis ihnen der Schweiß das Make-up vom Gesicht schwemmte – dass er, der kleine Jan Horvath, ungerührt die Schultern zuckte und ihnen die Anerkennung verweigerte, nach der sie so lechzten, konnte ihm niemand verwehren.

Auch Gregor de Kooning hatte Jan Horvath stets mit möglichst lässiger Nicht-Beachtung gestraft. Und unter anderen Umständen hätte ihm dessen Entführung – abgesehen von der kuriosen Tatsache, dass sie gleichsam vor seiner Haustür in Szene gesetzt worden war – kein Quentchen Anteilnahme abverlangt. Kein Quentchen mehr jedenfalls, als es die Seltsamkeiten und Entsetzlichkeiten sonst taten, die die letzte Seite der Zeitung mit rätselhafter Unverfrorenheit vermischte.

Vielleicht ... vielleicht hätte sich in ihm sogar eine ganz kleine klammheimliche Schadenfreude geregt! Die Seele eines Menschen, der für lebenslange Benachteiligung und die fruchtlosen Qualen des Neides eines schönen Tages entschädigt zu werden hofft, ist nicht frei von trivialer Unappetitlichkeit. In ihrer tiefsten Tiefe konnte sie es sogar als eine Art tröstender Gerechtigkeit ansehen, dass ausgerechnet die sehr reichen, die unvorstellbar reichen Leute damit leben mussten, dass ab und an einer von ihnen von gewissenlosen Bösewichtern weggefangen, in ein Versteck verfrachtet und nur gegen viel Geld und meistens nicht ganz unbeschädigt zurückgegeben wurde.

Was also hinderte Jan Horvath daran, den gravitätischen Bentley und seine beiden Insassen auf sich beruhen zu lassen? Was in Gottes Namen verleitete ihn dazu, sich der zufälligen, einer dubiosen Vorliebe für Rückspiegel verdankenden Zeugenschaft verpflichtet zu fühlen – und dabei womöglich sogar jene glückliche Fügung aufs Spiel zu setzen, die ihm in Gestalt zweier unerschrockener Wachtmeister der Verkehrspolizei seine bereits eingebüßte Fahrerlaubnis wiederzubeschaffen gedachte?

War es das bunte Familienbildchen? Gregor, Jenny, Helen, beim Spielen im Garten, vorm Pool, ein privater Augenblick aus Selbstvergessenheit und Familiensinn? War es diese *abgelutschte* Vater-Mutter-Kind-Idylle, an der Jan Horvath kleben geblieben war wie die Fliege am Leimpapier?

Er wusste es nicht. Er wusste nur, dass er es nicht fertig brachte, de Koonings flehentliche Bitte, nicht im Stich gelassen zu werden, zu überhören. An wen war sie denn gerichtet, wenn nicht an ihn? Er, Jan Horvath, hatte schließlich mitangesehen, wie der Entführer mit der Geisel umgesprungen war. Er hatte mitangesehen, wie de Kooning zusammengeschlagen worden war, und er hatte mitangesehen, wie ihm das Blut übers Hemd gekleckert war. Jetzt, auf dem Bild in der Zeitung, war von der Verletzung nichts zu erkennen. Doch Jan Horvath konnte sich nicht vorstellen, dass es damit so glimpflich abgegangen sein sollte – vorstellen konnte er sich dagegen, dass sich die Entführer keinen Deut darum scheren würden, dass der Mann einen Arzt brauchte!

Und – er hatte den Entführer nicht nur gesehen. Er hatte ihn sogar fotografiert!

Das Foto auf seinem Handy, das war der springende Punkt.

Es war jämmerlich, sicher. Mit der Zeitung in der Hand aus dem „Maître" zurückgekehrt, hatte Jan Horvath noch lange vor dem Computer gesessen und das für einen Profi wie ihn beschämend in den Bildrand verrutschte „Porträt eines gemeingefährlichen Entführers mit Segelfliegerohren" mit den gängigen digitalen Mätzchen auszubessern versucht. Wie meistens hatte er geringfügige, doch unstrittige Erfolge erzielt.

Trotzdem – wer ihn kannte, diesen Mann, dachte Jan Horvath, den Blick nicht vom Monitor wendend, der würde ihn erkennen. Und um seine angeschnittene Verbrechervisage mit polizeilichen Straftäter-Registraturen abgleichen zu können, dafür reichte das Bild allemal.

Folglich konnte es der Polizei tatsächlich von Nutzen sein. Ob dieser Nutzen groß oder klein war, ließ sich nicht sagen. Es war auch nicht wichtig. Jedenfalls konnte es mithelfen, den oder die Täter aufzuspüren und den gefangen gehaltenen de Kooning zu befreien und ihn dahin zu bringen, wo er sehr wahrscheinlich hingehörte: in ein Krankenhaus.

Konnte er, Jan Horvath, unter diesen Umständen so tun, als gäbe es dieses Foto nicht? Nein, das konnte er nicht.

Und *das* konnten auch die Herren Piontek und Schmitz nicht wollen!

De Kooning hin oder her, Jan Horvath hatte nicht die geringste Lust, sich seine Fahrerlaubnis und alles, was bedauerlicherweise an ihr hing, wieder zu verscherzen. Im Gegenteil! Er hatte sogar überlegt, ob es nicht das Beste war, sich arglos zu stellen und sich dann, wenn die Papiere da und die beiden Herren weg waren, bei der Polizei zu melden. Doch abgesehen davon, dass er womöglich die dafür erforderliche Kaltblütigkeit nicht aufbrachte: der Unfall war aufgenommen. Der Blutalkoholwert lag vor. Sie mussten die Akten frisieren. Wurde er wortbrüchig, hatten sie ihn ganz schnell wieder *am Arsch*.

Deshalb war Jan Horvath erleichtert, als ihm eine salomonische Lösung einfiel. Er musste die beiden gar nicht hinters Licht führen. Er musste sie bloß überzeugen. Und zwar damit, dass er ihnen bewies, dass sie durch das Foto auf keinen Fall bloßgestellt werden konnten. Mochte ihre Angst vor der Blamage noch so groß sein – und sie hatten eine Heidenangst, wenn man sah, was sie auf sich nahmen: War gewährleistet, dass ihnen niemand ans Leder konnte, wieso sollten sie dann ein Problem damit haben, dass Jan Horvath diesen de Kooning partout nicht *im Stich lassen* wollte? Vielleicht gefiel es ihnen sogar.

Wie gesagt, er brauchte sie bloß davon zu überzeugen. Wie das ging, hatte er sich genau überlegt.

Die Glücksfee geht

Pünktlich um acht standen Piontek und Schmitz, jetzt wieder in Uniform, vor Jan Horvaths Tür. Er öffnete und bat sie herein. Auf dem Tisch, zu voller Größe aufgeschlagen, lag die Zeitung von gestern Abend, oder, wie man jetzt sagen musste, die Zeitung von heute.

Die beiden Beamten starrten sie an und zögerten, sich zu setzen. Schließlich holte Schmitz Jan Horvaths Papiere aus der Brusttasche und legte sie neben die beiden Fotos von de Kooning.

„Dann sind Sie ja im Bilde."

Er lächelte schief.

„Sie wollen jetzt aber nicht behaupten, dass Sie das gestern Abend noch nicht gewusst hätten?"

Jan Horvath hatte nicht den Eindruck, dass das unfreundlich klang.

„Nein ...", Piontek druckste herum. „Aber gestern Morgen ... "

„Warum haben Sie dann nichts davon gesagt?"

„Das ging nicht." Schmitz hatte sich offenbar vorgenommen, diese Diskussion gar nicht erst aufkommen zu lassen.

„Nachrichtensperre", ergänzte Piontek nickend. „Das müssen Sie verstehen."

„Und an der Sache geändert hätte das auch nichts. Oder?" Der Argwohn in Schmitz' Blick war nicht zu übersehen. Jan Horvath beschwor sich, locker zu bleiben.

„Naja, irgendwie ... für mich schon."

„Es ist Ihre Entscheidung", sagte Schmitz schnell. „Wir nehmen Ihren Führerschein gern wieder mit."

Er hob ihn hoch und machte sich anheischig, ihn wieder einzustecken.

„Bitte ... Sie missverstehen mich", versuchte Jan Horvath ihn aufzuhalten. „Ich ... seit ich das gesehen habe, komme ich nur nicht los von der Vorstellung ... ‚Lasst mich nicht im Stich!'" Er versuchte, seinem Ton eine eindringliche Note zu geben. „Das geht Ihnen doch nicht anders! Ich meine, der arme Kerl, der hockt jetzt in irgendeinem Versteck ... und das angeschossen! Ich habe ja gesehen ... das habe ich Ihnen ja erzählt, dass ich gesehen habe ... Und jetzt, ohne medizinische Versorgung ..." Jan Horvath bemühte sich, seine innere Aufgewühltheit zu bekunden, indem er sich unfähig zeigte, in ganzen Sätzen zu sprechen.

„Auf dem Foto ist nichts festzustellen", sagte Schmitz und beugte sich, ein Auge zusammengekniffen, über die Zeitung.

„Ich habe ihn bluten sehen", rief Jan Horvath, empört über so viel Dickfelligkeit.

„Ja, natürlich ... das bestreitet ja keiner", wiegelte Piontek ab. „Und glauben Sie nicht, dass wir ihn ... dass uns egal ist, was aus ihm wird. Ganz im Gegenteil! Es wird alles getan, um ihm zu helfen. Verlassen Sie sich darauf. Unsere Leute sind dran. Sie werden sehen, sie holen ihn da raus."

„Hören Sie ..." Jan Horvath hob den Blick und wählte den vertraulichsten Ton, zu dem er fähig war. „Ich ... ich habe den Mann gesehen. Den Fahrer. Neben de Kooning den. Den Entführer. Und ... ich habe ihn nicht nur gesehen, ich habe auch ein Foto von ihm gemacht. Mit dem Handy. Vielleicht wäre das wichtig, für die Fahndung zum Beispiel?"

Jan Horvath sah sie an. Und als die beiden keine Antwort gaben, fügte er hinzu: „Ich würde es anonym machen. Ich schicke das Foto an die Polizei. Ein anonymer Brief. Ohne weiteren Hinweis. Es gibt überhaupt keinen Zusammenhang zu dem Unfall oder zu Ihnen. Verstehen Sie, was ich meine? Niemand kann auf die Idee kommen, dass Sie davon etwas gewusst haben. Darum geht es doch, oder?"

Eine Pause trat ein.

„Und wenn man Sie doch findet? Nee, das ist mir zu heiß." Schmitz schob die Unterlippe vor und schüttelte den Kopf.

„Sie glauben doch wohl nicht, dass die wissen, da draußen läuft irgendwo ein Zeuge herum, und nicht alle Hebel in Bewegung setzen, um ihn aufzutreiben. Halten Sie die Polizei nicht für blöd, junger Mann. – Komm, Thilo."

Die Fahrerlaubnis verschwand in der Uniformjacke.

Jan Horvath wurde blass.

„Moment ... Moment, bitte. Dann lasse ich das mit dem Foto. Wenn Sie das so wollen ... dann lasse ich das. Ich dachte nur ... ich dachte, Sie hätten ebenfalls Interesse daran, jeden möglichen Hinweis zu nutzen ... vorausgesetzt, dass wir uns damit nicht schaden, natürlich. Aber wenn Sie das anders sehen ... auch gut. Dann lasse ich das."

Zur Bekräftigung seiner Entschlossenheit zog Jan Horvath mit den Händen einen Schlussstrich durch die Luft.

„Können wir uns darauf verlassen?"

Piontek schien offenbar nicht abgeneigt, Horvaths Umschwenken zu akzeptieren, bemerkte aber, dass sein Freund Schmitz noch unentschlossen war, ob er dessen Beteuerung Glauben schenken sollte.

„Hundertprozentig. Das ist doch klar."

Jetzt sahen sie beide Schmitz an. Genau konnte man nicht wissen, was ihm durch den Kopf ging, wenn auch seine reglose Miene nichts Gutes verhieß. Ein paar unerquickliche Minuten verflossen, bis er sich, die Arme auf den Tisch gestützt, von seinem Sitz hochstemmte und zu Jan Horvath beugte.

„Vergiss es!"

Er machte kaum den Mund auf beim Sprechen. „Du denkst, wenn du erst deine Fleppe wieder hast, dann können wir dir nichts mehr, stimmt's. Dann machst du, was du für richtig hältst, und fertig ist der Lack."

Er hielt inne. Jan Horvath wollte protestieren, brachte aber kein Wort heraus.

„Aber da wird nichts draus."

Er richtete sich auf und tippte sich mit den Fingern auf die uniformjackenbewehrte Brust. „Die fühlt sich ganz wohl hier. Die behalte ich noch ein bisschen. Dann werden wir ja sehen."

„Slavik!" Piontek schien von der unerwarteten Wendung der Dinge nicht weniger überrascht als Jan Horvath. „Du hast doch gehört, was er gesagt hat. Er hält sich an unsere Abmachung. *Er hält sich dran.*"

„Und wenn nicht? Hmm?"

„Reitet er sich selber rein! Überleg doch mal! Wir sitzen in einem Boot!"

„Bloß, so lange ich die Papiere habe, bin ich der Kapitän."

Schmitz hob die Augenbrauen und schnalzte mit den Lippen, wie um seiner Pfiffigkeit die anerkennende Geste zu gönnen, die er sich verdient hatte.

Das war zu viel. Jan Horvath schleuderte das Korsett diplomatischer Geschicklichkeit mit einem einzigen – befreienden – Ruck in die Ecke.

„Ich sage Ihnen, was Sie jetzt machen werden. Sie werden die Fahrerlaubnis – *meine* Fahrerlaubnis – auf diesen Tisch legen, und dann werden Sie abdampfen und Ihre Unterlagen bereinigen, wenn Sie das nicht schon getan haben. Und falls nicht, dann rufe ich jetzt Ihren Vorgesetzten an und berichte ihm, was für ein Geschäft mir seine beiden sauberen Hüter von Recht und Gesetz vorgeschlagen haben, um ihre einzigartige Dussligkeit zu vertuschen, ohne die de Kooning bereits längst wieder auf freiem Fuß wäre. Und dann haben Sie ein disziplinarisches Problem an der Hacke, um das ich Sie wirklich nicht beneide, meine Herren. Dann reißt man Ihnen nämlich, verzeihen Sie den Ausdruck, den Arsch bis zum Stehkragen auf."

Piontek wirkte erschrocken. Schmitz griente.

„Ach ja? Und hast du auch einen Beweis? Sag mal! Dass wir dir irgendwas angeboten haben? Dass du uns gestern Morgen irgendwas von einem Bentley erzählt hast? Hast du *irgendeinen* Beweis?"

Er lehnte sich zurück. „Leute, die Polizisten verunglimpfen, weil die ihre Pflicht erfüllt haben, die ihnen Schandtaten andichten oder unsittliche Angebote, bloß weil sie ihnen am liebsten, Rache ist süß, eine reinwürgen wollen – die gibt es leider nur zu oft. Massenhaft gibt es die. Da sind wir direkt spezialisiert drauf. Was, Thilo?"

Er lachte schallend und versetzte seinem Kompagnon einen Hieb auf die Schulter, dass Piontek die schreckgeweiteten Augen noch ein Stück weiter aufriss.

„Soll er mal machen, unser kleiner Suffke."

Sich darüber klar zu werden, dass er tatsächlich nichts gegen die beiden in der Hand hatte, das Handy aus der Tasche zu ziehen und sie an seinem Tisch, in seinem Zimmer, vor der Zeitung mit de Koonings Hilfeschrei abzulichten, war für Jan Horvath eins. „Dass Sie mich besucht haben, hätten wir damit schon mal dokumentiert. Was hat Sie wohl zu mir geführt? Ein gestern von mir in Ihrem Streifenwagen vergessener Kugelschreiber, den Sie mir freundlicherweise zurückbringen wollten?"

Jetzt lachte Schmitz nicht mehr.

Stattdessen beugte er sich über den Tisch und riss Jan Horvath das Handy aus der Hand, das er, bevor Jan Horvath seinen Arm zu fassen bekam, in seiner Hosentasche verschwinden ließ.

„Hol's dir, wenn du's wiederhaben willst", lachte er. Und zu Piontek gewandt fügte er hinzu: „Wenn er den Kerl mit dem Handy geknipst hat, dann können wir uns das Foto nachher gleich mal *angucken*, was?" Er zwinkerte seinem Kollegen zu, damit der verstand, was er mit „angucken" gemeint hatte.

Jan Horvath hatte sich, was die beiden Wachtmeister anlangte, viele Illusionen gemacht – über Schmitz' Bereitschaft, zur Not auch zuzuschlagen, machte er sich *keine* Illusionen. Ein klägliches „Es ist *mein* Handy", war das einzige, was er herausbrachte.

Schmitz schenkte ihm ein mitleidiges Lächeln. „Hör auf, Fehler zu machen", sagte er. „Und überleg dir, mit wem du dich anlegst. Dann kriegst du auch dein Handy zurück, das dir gestern bei uns im Streifenwagen aus der Tasche gerutscht ist. Und vielleicht sogar deine Fahrerlaubnis. Du musst bloß langsam wissen, was du willst."

Jan Horvath blieb am Tisch sitzen, während die beiden Wachtmeister aufstanden und gingen. Als er hörte, wie die Wohnungstür ins Schloss fiel, saß er noch immer am Tisch. Sogar noch, als er, trotz des Baulärms von gegenüber, hörte, wie unten das Auto anfuhr.

Er grübelte noch immer, wie es zu diesem Fehlschlag hatte kommen können, als sich ein Gedanke herausschälte, der in keiner bisherigen Überlegung aufgetaucht war: Eine einzige, kleine, winzige Chance hatte er vielleicht noch! Gestern, als er den beiden Beamten schilderte, was in dem Bentley hinter ihm vorgefallen war, hatte sich dieser lang-mähnige Berserker namens Gabriel – er erinnerte sich, wie der Ärger in ihm hochgekocht war – mit schadenfroher Miene zu ihnen in den Wagen gebeugt – völlig ungeniert.

Er musste alles mit angehört haben.

Er war, womöglich, ein Zeuge. Ein Zeuge war etwas, was sogar einen wie Schmitz veranlassen konnte, ihn gegen eine lumpige Fahrerlaubnis einzutauschen.

Daran hatte er nicht gedacht, dieser Schlaumeier!

Bloß, wie sollte er Gabriel ausfindig machen? Und ge-setzt, er könnte ihn irgendwo auftreiben – wäre er dann be-reit, ihm zu helfen?

Jan Horvath stand auf und legte die Zeitung zusammen. Als er de Kooning sah, das Pappschild in den Händen, die krakelige Schrift, kam er sich fast wie ein Leidensgefährte vor.

Besuch im Schloss

Dass er sich einem Schloss näherte, merkte Arno Lubetzki bereits, als es noch gar nicht zu sehen war.

Es war die Art, wie sich der Weg durch den Park schlän-gelte, um Baumgruppen herum, deren Kronen selbst jetzt, Ende März, die Gebäude hinter ihnen den Blicken entzo-gen. Einen See links, einen terrassierten Hang rechts liegen lassend, lief er vor einem her und gebot, ihm zu folgen.

Seit das schmiedeeiserne Tor, von der Geisterhand diskret verborgener Motoren bewegt, seine Flügel aufgeschwenkt und ihn eingelassen hatte, fühlte sich Lubetzki von dem al-ten Pflaster wie von einem stocksteifen, mit jeder Geste geizenden Diener geführt, dem er so lange hinterhertraben musste, bis er mit einem schmallippigen „Bitte!" geruhen würde, eine Tür aufzustoßen und die Herrschaft zu präsentieren.

Hier kam man nicht einfach hin, hier wurde man empfangen! *Wenn* man empfangen wurde!

Lubetzki kannte, von Dienst wegen, einige reiche Leute. Auch auf einem der Schlösser, die die DDR baufällig bis abrissreif überstanden hatten und jetzt von Nachkommen einstiger Besitzer oder passionierten Liebhabern historischer Gemäuer dem Verfall entrissen wurden, war er schon gewesen: aus leider unschönem Anlass. Doch Anlagen wie diese hier kannte er nur aus der Zeit, als Elke noch lebte und sie Reisen gemacht und Sehenswürdigkeiten abgeklappert hatten. In riesigen Filzpantoffeln waren sie einer Museumsangestellten hinterher geschlurft und hatten sich mit Informationen überhäufen lassen, die sie anschließend sofort vergaßen. Er hatte die Leute studiert, und Elke die Möbel und das Porzellan. Und später hatten sie sich gefragt, wie ihnen das Leben bei Hofe gefallen hätte – vorausgesetzt natürlich, sie wären fürstlichen Geblüts und dazu verdonnert, sich von morgens bis abends zu amüsieren.

Das Gebäude selbst, ein Barockbau, der von Wiesen umgeben auf einer kleinen Anhöhe stand, wirkte seltsam hochgereckt, sogar zierlich. Zwei-, dreimal hatte man es in erdigem Gelb zwischen den Ästen durchschimmern sehen, und dann, wenn man um eine letzte Kurve herum kam, hatte es seinen Auftritt. Die in sich gekehrte Anmut, mit der es sich erhob, drei Stockwerke überm Sockelgeschoss, die Fassade von hohen, blinkenden Fenstern gegliedert und von einem steilen Schieferdach gekrönt, matt glänzend im Licht – das ließ sogar einen nüchternen, mit den Jahren zur Skepsis neigenden Mann wie Lubetzki innehalten.

Wie frisch vom Himmel gefallen sah es aus.

Als die Tür geöffnet wurde und jemand auf die Treppe hinaustrat, beeilte sich Lubetzki, seine Fahrt fortzusetzen. Offenbar hatte man ihn schon kommen sehen. Und es gehörte sich nicht, ein fremdes Zuhause anzustaunen wie manchmal, selten, ein junges Mädchen, unterwegs in der Stadt.

Der Mann, der die Stufen hinunter kam, neben dem Wagen wartete, bis Lubetzki ausstieg, und ihn dann begrüßte, war Walter de Kooning. Er stellte sich vor und bat den Kommissar ins Esszimmer, wo die Familie beim Kaffee saß – falls er nicht zuvor mit seinen Kollegen zu sprechen wünsche, die die Nacht über im Haus geblieben waren.

Lubetzki schüttelte den Kopf. Es wäre ihm sehr lieb, wenn er sich zuerst mit den Angehörigen verständigen könne. Und – es gäbe Neuigkeiten!

„Neuigkeiten?", fragte de Kooning besorgt. „Sie meinen doch hoffentlich keine schlechten!"

„Um Gottes willen, nein. Er hat angerufen. Bei Frau Knöchel. Heute Morgen."

Walter de Kooning stellte dem Kommissar seine Frau Paula – Lubetzki schätzte sie auf Anfang sechzig, sie schien ein paar Jahre jünger zu sein als er – und seine Schwiegertochter Jenny vor. Außerdem bat er darum, dass sein Freund und Kollege Hanns Schieferacker bei dem Gespräch zugegen bleiben dürfe, da die Familie seit langem gewohnt sei, in Situationen wie dieser seinen Rat einzuholen.

Er bot ihm Kaffee an, schien aber eher froh, dass Lubetzki dankend ablehnte. Offensichtlich lag ihm daran, schnell zum Thema zu kommen. „Kommissar Lubetzki hat Neuigkeiten für uns", erteilte er ihm das Wort.

Die Aufforderung, mit einer Reisetasche voll Geld in den ICE nach Dresden zu steigen, löste nicht nur bei Jenny de Kooning widerstreitende Gefühle aus. Einerseits kam Bewegung in die Sache, das hilflose Aufeinander-Hocken und Umeinander-Kreisen ging seinem Ende entgegen.

Andererseits erschraken alle – als würde ihnen erst in diesem Moment wieder bewusst, dass sie sich mitten im Krieg befanden, wenn auch in einem Augenblick trügerischer Ruhe. Wahrten sie nicht bloß den Anschein – am Frühstückstisch sitzend bei Kaffee, Orangensaft, frischen Toasts, Honig und Eiern, Schinken und Käse, unter einem metergroßen Foto eines im Licht flimmernden südländischen Anwesens, vermutlich die mallorquinischen Besitzungen – das Leben im Haus nehme seinen gewohnten Gang?

„Und warum hat er nicht bei mir angerufen?"

Jenny de Kooning war die erste, deren Stimme die spannungsgeladene Stille durchbrach.

„Ich nehme an, weil er damit rechnete, dass die Polizei Ihr Telefon präpariert hat, Jenny." Hanns Schieferacker wandte sich seiner Tischnachbarin zu. „So wie alle anderen Telefone im Haus. Und an den Privatanschluss von der Knöchel hat keiner gedacht. Oder was sagen Sie, Kommissar?"

Lubetzki sah Schieferacker an. Natürlich hätte er die gleiche Erklärung abgegeben. Trotzdem gefiel es ihm nicht, wie dieser Mann sich in seine Angelegenheiten mischte und eine Frage wegschnappte, die eindeutig für ihn bestimmt gewesen war.

„Sicher, das denke ich auch", brummte er mürrisch, bevor er die Zeitung aus der Tasche holte und auf den Tisch legte: „Und dann gibt es *noch* eine Neuigkeit. Oder kennen Sie sie schon?"

Die Art und Weise, wie der Blick der vier auf dem Bild ihres Sohnes, Ehemannes und – wenn man es so nennen konnte – Klienten festhaftete, machte eine Antwort überflüssig.

Jenny de Kooning wurde von einem Schluchzen geschüttelt. Ihr Schwiegervater legte den Arm um sie. „Du wirst sehen, Jenny, heute Abend ist er wieder bei uns."

„Wissen Sie schon, wie das Bild an die Zeitung gekommen ist?", fragte Schieferacker den Kommissar.

„Sie sagen, per Mail. Es kam zusammen mit dem anderen Bild. Kennen Sie das zufällig? Es sieht wie ein privates Familienfoto aus."

Walter de Kooning dachte nicht daran, auf Lubetzkis fragenden Blick einzugehen. „Vermutlich hatten sie es im Archiv liegen."

„Sie sagen Nein."

„Dann muss es irgendwo veröffentlicht gewesen sein. Die Knöchel soll das nachschlagen lassen. Im Pressearchiv. Ich sage ihr gleich Bescheid."

„Dass die sich nicht an unsere Vereinbarung halten würden, wenn sie so ein Material in die Finger bekommen, war fast zu befürchten. Jetzt ist der Damm gebrochen. Jetzt müssen alle anderen nachziehen, sonst stehen sie wie die Trantüten da. Bald werden sie Ihnen auf die Pelle rücken. Und ich fürchte, das ist genau das, was die sich von ihrer Aktion versprechen, die Entführer."

„Sie haben schon angerufen. Mehrmals." Schieferacker schnaubte vor Wut. „Diese Leute schrecken vor nichts zurück. Ich habe jedem eine Klage angedroht, der irgendein Familienmitglied in irgendeiner Form belästigt. Informationen gibt der Pressesprecher, und sonst niemand."

„Davon weiß ich gar nichts", staunte Jenny.

„Darum musst du dich auch nicht kümmern."

Walter de Kooning stand hinter seiner Schwiegertochter und wirkte sehr entschlossen. „Du musstest schlafen, Jenny. Du hast eine ganz andere Rolle zu spielen. Die schwerste von allen. Wir werden alles tun, um dir dabei soviel Rückhalt wie möglich zu geben. Aber im entscheidenden Moment bist du auf dich allein gestellt. Helfen können wir dir da nicht."

„*Wir* werden Ihnen helfen", sagte Lubetzki.

„So?", schaltete sich Schieferacker ein. „Können Sie das? – Mit diesen Lumpen von der Presse werden wir schon fertig, Jenny. Aber die, mit denen Sie jetzt in den Ring steigen müssen – wir dürfen die nicht unterschätzen. Ich glaube, der Kommissar hat recht: Die wissen genau, was sie machen. Die haben dieses Foto in die Öffentlichkeit lanciert, weil sie davon ausgehen, dass die Journaille sie ab sofort mit Informationen versorgt. Das sind jetzt ihre Spione, sozusagen. Die arbeiten jetzt für sie."

„Und zwar, indem sie uns bei unserer Arbeit behindern", stöhnte Lubetzki.

„Und dass sie die Geldübergabe in die Eisenbahn verlegen, ist auch nicht gerade ein Schachzug, der auf mangelnde Intelligenz schließen lässt. Oder?"

Schieferacker sah zu Lubetzki hinüber, wartete seine Reaktion jedoch nicht ab. „Schon der Bahnhof mit hunderten von Menschen, wie wollen Sie den unter Kontrolle bringen? Das gleiche im Zug ... Und dann hundert Kilometer Bahnstrecke oder was weiß ich wieviel ... Vielleicht soll das Geld irgendwo abgeworfen werden, es ist unmöglich, auf alle denkbaren Positionen vorbereitet zu sein. Nein, wir haben es hier mit Profis zu tun. Hoffen wir, dass sie sich an die Spielregeln halten."

„Was heißt das, Herr Schieferacker?"

Doch der bärbeißige bayrische Herrenreiter überging die Frage.

„Die Familie ist bereit, zu zahlen, Herr Lubetzki. Wenn Gregor frei ist, haben Sie selbstverständlich jede Befugnis, diese Verbrecher einen Kopf kürzer zu machen." Schieferacker stieß höhnisch die Luft aus. „Aber solange er sich in der Gewalt der Kidnapper befindet, direkt oder indirekt, hat die gefahrlose Befreiung der Geisel absolute Priorität. Das ist jetzt ganz offiziell, und ich hoffe, Sie wissen, was das heißt."

Lubetzki kannte den Ton. Die Chefs hatten gewechselt, aus den Chefs von gestern waren die Chefs von heute geworden. Ihre Sprache hatte sich verändert, der Ton war der gleiche geblieben. Er duldete keinen Widerspruch. Die Umgänglichkeit, das Interesse am Meinungsstreit, das war nur ein Spiel. Man tippte mit der Hand an die Mütze, man knallte die Hacken zusammen, man schlug die Augen zu Boden. Dann ging man. Vielleicht fielen die Schlösser vom Himmel. Aber es wohnte schon jemand darin.

„Ja", sagte Lubetzki. „Ja, ich weiß, was das heißt. Sie können sich auf mich verlassen."

In diesem Moment legte Jenny de Kooning ihre Hand auf seinen Unterarm.

„Versprechen Sie mir das?"

Ihr Blick war weich, fast flehend. Jetzt war sie nur eine Frau, die Angst um ihren Mann hatte.

„Ja", sagte er. „Ja, das verspreche ich Ihnen."

Warum hatte er das gesagt? Alle schwiegen, und Arno Lubetzki erschrak über sich selbst.

„Findet ihr nicht, dass Gregor so ... merkwürdig guckt?"

Erst jetzt, als er ihre Stimme hörte – etwas Schleppendes darin, einen undefinierbaren Beiklang von Verzagtheit – fiel Lubetzki auf, dass Paula de Kooning bis eben geschwiegen hatte.

„Du siehst doch, dass es ein ganz schlechtes Foto ist." Walter de Kooning hob die Zeitung hoch und schlug mit der Hand auf das Bild. „Wahrscheinlich von einem Billig-Handy."

„Das meine ich nicht."

Paula de Kooning hob den Kopf, und als sich ihre Blicke trafen, fragte sich Lubetzki, wie ihm die Sorge hatte entgehen können, die diese Frau hinter ihrer beherrschten Miene verbarg, wohl, weil das so von ihr erwartet wurde, und sie das so gewohnt war.

„Er guckt ... er guckt so starr. So ... so leblos. Man könnte denken – "

„Paula, bitte!"

Man merkte Walter de Kooning an, dass es ihm lieber gewesen wäre, wenn seine Frau ihre Ansichten für sich behielt.

„Nein, Mama hat recht. Er guckt wirklich ganz komisch ... das ist mir auch schon aufgefallen."

Jenny nahm ihrem Schwiegervater die Zeitung aus der Hand und betrachtete das Foto erneut. „Kann das die Nachwirkung der Betäubung sein? Oder sie setzen ihn die ganze Zeit unter Drogen. Statt ihn zu fesseln. Damit er sich nicht wehren kann."

Ihr Ton verriet, dass ihr daran lag, den Verdacht ihrer Schwiegermutter zu zerstreuen, bevor er sich ausbreiten konnte, womöglich sogar auf sie.

„Du kennst doch Gregor, Mama! Kannst du dir vorstellen, dass ihn jemand dazu bringt, still in seiner Ecke zu hocken? Der Mann ist noch nicht geboren."

„Jemand mit einer Pistole vielleicht", warf Schieferacker ein.

„Du wirst sehen, sie haben ihm bestimmt etwas gegeben. Damit er sich ruhig verhält und keinen Ärger macht. Mein Gott, vielleicht kriegt er gar nicht richtig mit, was eigentlich passiert ist. Das wäre ja ein Segen für ihn."

Sie sah Paula de Kooning aufmunternd an, doch ihr Lächeln misslang.

„An Drogen haben wir auch schon gedacht", sagte Lubetzki. „Er wirkt tatsächlich ziemlich neben sich, wie er da in die Kamera guckt. Möglicherweise kennen sich die Täter mit narkotisierenden Substanzen aus. Das Mittel, mit dem sie den Fahrer außer Gefecht gesetzt haben, spricht jedenfalls dafür. Trotzdem lässt sich nicht genau sagen, wie er das verkraftet. Wenn sich die Entführer bei Ihnen mel-

den, Frau de Kooning, sollten sie unbedingt darauf bestehen, mit Ihrem Mann zu sprechen. Und wenn es nur ein
paar Worte sind."

„Meinen Sie, die melden sich nochmal bei mir?"

„Das werden sie müssen. Wenn Sie mit dem Geld im
Zug sitzen, müssen sie Ihnen doch sagen, wohin mit den
schönen Millionen."

„Und wenn sie das Geld haben, dann lassen sie Gregor
frei?"

„Das steht zu hoffen."

„Aber es gibt keine Sicherheit."

„Nein. Nein, die gibt es nicht."

„Aber die Wahrscheinlichkeit erhöht sich, wenn sie das
Geld haben – und wenn sie davon ausgehen können, dass
sie damit entkommen." Schierackers Ton bekam eine
prinzipielle Note. Sie ließ keinen Zweifel daran, welchen
Wert er dieser Präzisierung beimaß.

„Ich weiß, das wird Ihnen nicht gefallen. Deshalb spreche ich es an. Die Familie besteht darauf, dass das polizei-
liche Vorgehen bei der Geldübergabe – da ich nicht an-
nehme, dass sie sich tatsächlich zurückhalten werden – im
Vorhinein mit ihr abgestimmt wird. Ein Zugriff, bevor Gregor de Kooning auf freiem Fuß ist, bleibt definitiv ausgeschlossen."

„Ich werde es ausrichten. Haben Sie vielleicht sonst
noch Wünsche?"

„Sollten wir sie Dr. Rubens lieber direkt übermitteln?"

„Am besten, Sie verraten ihm bei dieser Gelegenheit
gleich, wie Sie sich die Gewährleistung von Frau de Koonings Sicherheit bei der Geldübergabe vorstellen. Ich nehme an, Sie haben da bereits exakte Vorgaben in petto."

Lubetzki lehnte sich zurück und dehnte zufrieden die
Arme. „Endlich mal jemand, der mir ein bisschen Arbeit ab-
nimmt." Als er sich zu Walter de Kooning umdrehte, ver-

suchte er ein Lächeln. „Gilt eigentlich Ihre Einladung zu einer Tasse Kaffee noch?"

„Gewiss." Jemand wie Walter de Kooning ließ sich von einem Arno Lubetzki nicht provozieren. „Aber er dürfte inzwischen kalt geworden sein."

Die Werkstatt des Vertrauens

Abgesehen davon, dass Besuche bei ihm mit Kosten einhergingen, mit denen er nie gerechnet hatte, pflegte Jan Horvath zum Chef seiner Autowerkstatt ein beinahe herzliches Verhältnis.

Zwischen lauter Verheerungen war er der einzige Gewinn, der von seiner, wie er früh, doch nicht früh genug wusste, unseligen Affäre übriggeblieben war – denn von Elisa, die Ulli Wilke vom Surfen kannte und mit ihrem kapriziösen Alfa bereits in seiner kleinen Bude Unterschlupf gefunden hatte, hatte er den Tipp damals gehabt.

Seitdem fühlte er sich, was die Fahrzeugfrage anlangte, in Sicherheit. Alte Kästen wie seiner boten immerzu Anlässe für Reparatur- und Erneuerungsmaßnahmen. Also brauchte man jemanden, der die unbedingt notwendigen Reparaturen ausführte und die nicht unbedingt notwendigen bleiben ließ – ohne Kapital aus der Tatsache zu schlagen, dass nur er den Unterschied feststellen konnte.

Auf Ulli Wilke konnte er sich in dieser Hinsicht verlassen. Auch noch, als Elisa und ihn, abgesehen von vermutlich keineswegs deckungsgleichen Erinnerungen an den Wahnsinn eines halben Jahres, nichts weiter mehr verband als ihre Autowerkstatt.

Was im Bentley geschehen war, ließ Jan Horvath auch Ulli Wilke gegenüber unerwähnt. Der Fahrerlaubnisverlust dagegen – beziehungsweise was zu ihm geführt hatte –

ließ sich nicht verschweigen, da er den Wagen vom Abstellplatz abholen lassen musste.

„Oh Mann", schnaubte Ulli Wilke teilnahmsvoll, während er sich die Hände an einem Lappen abwischte, um sich eine Zigarette aus der Schachtel zu fingern. „Schöne Scheiße. Und jetzt?"

„Die Bullen meinen, ich kann ihn gleich verschrotten lassen."

„Na, da gucken wir erst mal drauf. Wenn Sie so langsam waren, wie Sie sagen, kann doch gar nicht viel hinüber sein."

„Die Fahrertür geht nicht mehr auf. Und wenn der Rahmen verzogen ist – ?"

„In Kasachstan fährt der noch zwanzig Jahre."

Während Jan Horvath den Schlüssel vom Schlüsselbund löste und in seiner Brieftasche nach den Fahrzeugpapieren kramte, schnitt er das Thema an, das ihm am Herzen lag. Er würde gern noch einen Versuch starten, sich mit dem Chevi-Fahrer zu einigen. Nur hätte er seine Adresse nicht. Nun hätte der ja das zerschrammte Teil sicher in eine Werkstatt gebracht. Bestimmt in keinen von den Vertragsschuppen. Ob er, als Kollege, nicht zufällig eine Idee hätte, in welcher Bude man so einen Schlitten schon vor lauter Oldtimer-Begeisterung unter die Schrauber nimmt?

„Zufällig doch." Ulli Wilke grinste und drückte seine Kippe am Rand einer Konservendose aus, bevor er sie hineinfallen ließ. „Was für ein Chevi war's denn?"

„Oh Gott … ein Riesending, mit so Heckflossen … "

Jan Horvath beschrieb den Wagen wie ein märchenhaftes Ungetüm, dem Fachmann das Vergnügen gönnend, das Herumstochern in Fahrzeugdetails mit generöser Geringschätzung begleiten zu dürfen.

Ulli Wilke lächelte vielsagend und ging telefonieren.

Als er wiederkam, hatte er die Werkstatt, der Manfred

Gabriel sein Ein und Alles zur Reparatur anvertraut hatte, tatsächlich gefunden. Wie Jan Horvath vermutet hatte, war es ein kleiner Zwei-Mann-Betrieb, draußen in Eutritzsch, in einer Querstraße der Delitzscher.

Die Adresse – Gabriels Adresse – hatten sie ihm am Telefon allerdings nicht sagen wollen. Ulli Wilke zuckte nur die Schultern. Die Leute waren jetzt so. Das musste er hinnehmen – auch wenn er selber das ganze Daten-Theater *hochgradig albern* fand.

Im Krisenstab

Dass die Geldübergabe ausgerechnet in einem vollbesetzten ICE oder, keinen Deut besser, auf dem Hauptbahnhof stattfinden sollte, hatte Dr. Rubens, wegen der breiten Palette möglicher Komplikationen, auf die man sich einstellen musste, vom ersten Augenblick an mit größtmöglichem Unbehagen erfüllt.

Ein Gelände mit derartig vielen Menschen, egal ob Zug oder Bahnhof, ließ sich nicht sichern – nicht, wenn die Sicherungskräfte gleichzeitig unsichtbar bleiben mussten!

Dr. Rubens sah, nach dem Foto in der Zeitung, bereits die zweite Panne auf sich zukommen, und das bei einem Fall, der *gar* keine Panne vertrug, *überhaupt keine*. Trotzdem – sobald Lubetzki von den de Koonings zurück war, mussten sie Maßnahmen einleiten. Die meisten von ihnen würden dazu geeignet sein, später als Fehler zu erscheinen. Also kam es darauf an, sich als deren allseits erinnerlicher Anreger zurückzuhalten und die Verantwortung auf möglichst viele Schultern zu verteilen. „Freiwillige vor!", murmelte Dr. Rubens düster, und dann seufzte er tief.

Lubetzkis Bericht von der Forderung der Familie vereinfachte die Lage nicht, doch hatten die ihm zur Seite gestellten „Spezialisten" von BKA und LKA, Pavlak und Schwiesau, ohnehin nichts anderes erwartet.

Schnell war klar, dass man für Jenny de Kooning ein sich abwechselndes Gefolge aus scheinbaren Mitreisenden bilden musste, von dem immer einige, und wenn es bis nach Dresden war, in ihrer Nähe blieben. Außerdem konnten die Ausgänge sowie die Bahnsteige, an denen im fraglichen Zeitraum Züge abgingen, unauffällig besetzt werden. Weitere Beobachter in der Bahnhofshalle oder im Zug zu postieren, war kein Problem.

Schwieriger würde es sein, sich anbietende Übergabepositionen im Streckenverlauf – Brücken, Langsamfahrbereiche in der Nähe von Straßen oder ähnliches – entsprechend zu besetzen.

„Einen Vorteil gibt es", warf Pavlak in die Debatte, „wenn der Zug erstmal rollt, hat sie vor Dresden-Neustadt keine Umsteigeoption."

„Es kann natürlich auch sein, dass das Spiel in Dresden weitergeht. Wir müssen also sowohl ein präpariertes Taxi, als auch die weitere Beschattung in Zivil als auch die Kontrolle des Bahnhofs vorbereiten."

Man sah Schwiesau deutlich an, dass ihn der damit verbundene Aufwand alles andere als entzückte.

„Der Bahnhöf*e*", verbesserte Pavlak, und seine Betonung des Plurals hatte eine sarkastische Note, von der man schwer sagen konnte, was darin überwog, Mitleid oder Spott.

„Wir brauchen nicht so zu tun, als ob wir eine Wahl hätten", ließ sich Dr. Rubens vernehmen.

„Nehmen wir an, wir kriegen sie tatsächlich vor die Flinte. Dann heißt ‚Freilassung der Geisel', dass wir so lange hinter ihnen her tuckern, bis sie das Versteck von de Kooning preisgegeben haben?", erkundigte sich Schwiesau.

„Und bis wir wissen, dass er tatsächlich dort ist."

„Menschenskinder, reicht es dann nicht, wenn wir Tasche und Geldbündel impfen? Diese Sender sind doch heutzutage dermaßen klein – "

„Wird von der Familie abgelehnt", entgegnete Lubetzki. „Wenn sie die Sender finden, könnten sie sich gerechtfertigt fühlen, die Freilassung platzen zu lassen. – Außerdem hat das nun wirklich *jeder* blöde Erpresser mitgekriegt, dass er als erstes die Tasche austauschen muss."

„Fernsehen bildet", maulte Pavlak.

„So? Dann würde ich gern mal wissen, warum eigentlich der Anschluss von der Knöchel nicht überwacht wurde?", ließ sich Schwiesau die Vorlage nicht entgehen.

„Herr Lubetzki?", fragte Dr. Rubens scharf.

„Weil keiner dran gedacht hat", brummte Lubetzki missmutig. „Wir konnten doch nicht auf jeden Privatanschluss eines Firmenmitarbeiters eine Fangschaltung legen."

„Die Knöchel ist nicht jeder".

„Woher kennen sich die Erpresser eigentlich so gut in der Firma aus?"

„Meinen Sie, das könnte auf jemanden im Firmenumfeld deuten?"

„Ein Chef macht sich in seinem Apparat schon mal Feinde. Außer natürlich bei der Polizei." Schwiesau schüttelte so scheinheilig den Kopf, dass sogar Dr. Rubens lächeln musste – wenn auch säuerlich.

„Immerhin wusste er auch über de Koonings Gewohnheiten, was die Abholung durch seinen Fahrer betrifft, Bescheid … "

„Apropos, hat die Nachfrage wegen der Absetzung der Foto-Mail was ergeben?"

„Ein leicht schmuddeliges Internet-Café mit vermutlich sporadischen Nutzereinträgen, und die beruhen lediglich auf den Angaben der Gäste. Wir haben sechsundvierzig Namen, die möglicherweise durch die Bank Phantasienamen sind. Sechsundvierzig! Olbricht tut, was er kann, aber ich sehe schwarz."

„Wenn wir jetzt schon bei ‚Verschiedenes‘ sind: Wir müssen dringend entscheiden, wie wir nach der Veröffentlichung des Fotos mit der Presse weitermachen. Wir haben eine Flut von Anfragen vorliegen. Und es ist klar, dass sich jetzt niemand mehr Zurückhaltung auferlegen lässt. Wenn wir nicht auf jedem Meter belagert werden wollen, brauchen wir einen PK-Termin, den wir ihnen nachher vorwerfen können."

„Sollten wir die Informationsstrategie nicht sowieso mit de Koonings Pressechef abstimmen? Sonst sagt der eine Hü und der andere Hott. – Das Beste wäre, wenn Sie sich", Lubetzki wandte sich jetzt direkt an den Dienststellenleiter, „gleich selbst mit dem alten de Kooning in Verbindung setzen. Beziehungsweise mit seinem Anwalt ... oder was weiß ich, was der ist. Schieferacker. Hanns Schieferacker. Er kümmert sich, soweit ich das mitbekommen habe, auch um die Abschirmung der Familie."

„Das werde ich tun, ja."

„Was heißt ‚er kümmert sich um die Abschirmung der Familie‘? Das ist doch wohl einzig und allein Sache der Polizei."

„Was Anrufe anlangt, kaum. Das Gelände wird von unseren Leuten gesichert, wenn Sie das beruhigt."

Dr. Rubens sah, dass er etwas tun musste, wenn sich die Runde nicht in Hickhack und Gezeter verlieren sollte.

„Schön, meine Herren", rief er, indem er sich vorsorglich erhob, „die Aufgaben sind verteilt. Dann lassen Sie uns die Vorbereitungen für heute Nachmittag in Angriff nehmen."

„Einen Moment noch, bitte." Lubetzki hob die Hand. „Paula de Kooning, die Mutter ... sie hat die Befürchtung geäußert, ihr Sohn ... auf dem Foto ... Er sieht aus, sagt sie, als sei er nicht mehr am Leben. Und ich muss zugeben, als sie das sagte ... Ich weiß, dass wir von Drogen ausgehen. Trotzdem meinte ich, Sie sollten das wissen."

Lubetzki sah zu Dr. Rubens. „Auch mir scheint es nicht ausgeschlossen, dass Gregor de Kooning, als das Bild aufgenommen wurde, bereits tot war."

„Das würde allerdings *einiges* ändern", seufzte Schwiesau.

„Aber wir wissen es nicht", wischte Pavlak Schwiesaus Bemerkung vom Tisch.

„Eben. Wir wissen es nicht." Dr. Rubens presste die Lippen aufeinander. „Deshalb ist es vollkommen müßig, sich darüber Gedanken zu machen, wie sich die Lage für uns darstellen würde, wenn der Schutz der Geisel ...", er suchte eine geeignete Wendung, „wenn der Schutz der Geisel nicht mehr die conditio sine qua non unseres Handelns wäre.

Fakt ist: Wir wissen es nicht und können es nicht wissen. Solange es keinen Gegenbeweis gibt, solange gehen wir davon aus, dass wir Gregor de Kooning unversehrt aus der Gewalt der Entführer befreien. Eine andere Haltung gibt es nicht."

„Ich weiß", sagte Lubetzki. „Deshalb ist es ja so ein scheußlicher Verdacht. Er ist so ... sinnlos."

„Dann verstehe ich nicht, warum wir uns jetzt davon demoralisieren lassen müssen! Ich denke, wir haben genug zu tun. Befassen wir uns mit dem Machbaren. Und mit dem Notwendigen!"

Dr. Rubens hörte sich reden und glaubte kein Wort.

Sein ganzes Leben hatte Walter de Kooning mit Geld zu tun gehabt, mit viel Geld. Summen, die die 2,3 Millionen Euro, die aufgestapelt vor ihm lagen, bei weitem übertrafen, waren über seinen Schreibtisch gewandert. Doch das war nie Bargeld gewesen. Schon das Wort „Bargeld" kam ihm jetzt, während er die Päckchen, mit farbigen Banderolen verschnürt, in der Reisetasche verschwinden ließ und feststellte, dass sie mehr aufnehmen konnte, als er ihr zugetraut hatte, komisch vor. „Bargeld ... ", es war, als hafte etwas Anrüchiges an diesem Begriff. Und er fragte sich, was es sein konnte, das diesen Haufen Papier so anders wirken ließ als die Zahlen, mit denen er sonst tagein, tagaus hantiert hatte. Dass man ein paar von diesen Scheinen nehmen, in einen Laden oder ein Restaurant oder, in Gottes Namen, in ein Bordell gehen und damit bezahlen konnte? Was war das für ein Gefühl, eine kleinere oder größere Menge Geldscheine lose in der Brieftasche liegen zu haben oder als zusammengerolltes Bündel aus der Hosentasche ans Licht zu befördern, um mit bedächtigen Fingerbewegungen ein paar von ihnen abzuzählen?

Walter de Kooning konnte sich nicht daran erinnern. Wann hatte er überhaupt das letzte Mal etwas eigenhändig bezahlt? Je reicher er geworden war, desto mehr schien das Geld aus seinem Leben verschwunden zu sein – bis es ihm auf diese verhängnisvolle Weise noch einmal wiederbegegnen sollte.

„Pass auf dich auf", war alles, was er Jenny zuraunte, als er ihr die vollgestopfte, mit straff gespanntem Reißverschluss verschlossene Reisetasche in die Hand drückte. Er hätte ihr gern noch etwas Persönlicheres gesagt, aber Schieferacker stand neben ihm, da passte es nicht.

Er umarmte sie kurz.

Als er sie ins Taxi steigen sah, fragte er Schieferacker, ob der Fahrer „einer von denen" sei. Er sagte „einer von denen", als scheue er sich, zu sagen: „ein Polizist".

„Natürlich", sagte Schieferacker. „Und das ist den Entführern vollkommen klar."

Nachdem Jenny de Kooning am Bahnhof das Taxi verlassen hatte, nicht ohne den Fahrer, für den Fall, dass sie beobachtet werden würden, zu bezahlen, kaufte sie sich eine Fahrkarte.

Vor ihr in der Schlange warteten ein Rentnerpaar und eine zierliche Asiatin mit einem, wie es Jenny vorkam, rätselhaften, in blaue Plastikplane verschnürten Gepäckstück. Sie stand auch sonst nicht gern an, aber jetzt fiel es ihr doppelt schwer, die nötige Geduld aufzubringen. Betont beiläufig sah sie sich unter den Anwesenden um und überlegte, wer von ihnen sich einzig und allein zu ihrer Beobachtung hier aufhielt. Dann holte sie ihr Handy aus der Tasche und vergewisserte sich, dass das Display alles korrekt anzeigte.

Ihr Zug ging am Bahnsteig zwölf. Er würde aber, wie sie der Anzeigetafel entnahm, erst fünf Minuten, bevor er nach Dresden weiterfuhr, ankommen. Kein Wunder also, dass er noch nicht dastand.

Wer bereits dastand, war ein schlaksiger Kerl in einem halblangen Anorak, der sich neben dem Coffee-to-go-Stand unter die Wartenden gemischt hatte und, hinter einer Illustrierten verschanzt, im Minutentakt die Neuzugänge unter den Dresden-Reisenden musterte.

Jenny dachte gerade, dass es mit den Verkleidungskünsten der Polizei wohl doch nicht soweit her sei, als ihr einfiel, dass es sich bei dem Betreffenden ebenso gut um einen der Entführer handeln konnte. Gregor hatte Fotos von ihr auf dem Handy; da sie sein Telefon hatten, wussten sie natürlich, wie sie aussah und konnten sie leicht im Auge behalten.

Die Tasche über die Schulter gehängt, schlenderte sie den Bahnsteig entlang, da der Wagen 23, in den sie sich setzen sollte, laut Wagenstandsanzeiger kurz vorm Ende der Halle halten würde.

Der Mann im Anorak machte keine Anstalten, ihr zu folgen.

Auf dem Nachbargleis fuhr ein Doppelstockzug ein, ein Regionalexpress, der der Ansage zufolge in wenigen Minuten nach Magdeburg zurückfahren würde. Jenny beobachtete das Gewühl der Aus- und Einsteigenden, in dem eine Frau mit Kinderwagen regelrecht festzustecken schien.

Kurz nachdem ihr Zug angekündigt worden war, fuhr er auch schon ein. Wieder füllte sich der Bahnsteig mit einem Schwall Menschen, die zum Ausgang drängten und es schwer machten, gegen den Strom vorwärts zu kommen.

Zum Glück hatte es Jenny nicht weit, die hintere Tür des Wagens 23 befand sich nur ein paar Meter von ihr entfernt. Sie umklammerte die Tasche und schob sich vorwärts.

Da das Telefon bis jetzt ruhig geblieben war, schien eine Hauptsorge der Polizei, sie könne kurzfristig in einen anderen Zug umdirigiert werden, grundlos geworden zu sein. Oder wollten sie die Entführer erst in letzter Minute, bevor der Zug anfuhr, wieder aussteigen lassen, um sie mit neuer Order in eine andere Richtung zu schicken?

Als Jenny sich zu dem ihr angegebenen Platz vorgearbeitet und gesetzt hatte, die Reisetasche zwischen ihren Füßen, holte sie das Handy aus der Jackentasche und beschloss, es in der Hand zu behalten.

Immer noch drängten nachrückende Fahrgäste durch den Gang und behinderten sich gegenseitig dabei, zu ihrem Platz durchzukommen oder ihr Gepäck zu verstauen. Jenny sah nach draußen auf die Bahnhofsuhr, deren Minutenzeiger jedes Mal, wenn der rote Sekundenzeiger die zwölf erreicht hatte, mit einem winzigen Ruck vorwärts sprang.

Es war 14:09 Uhr. Noch drei Minuten, dann würde sie auf dem Weg nach Dresden sein.

Inzwischen hatte sich auch der Betrieb auf dem Bahnsteig gelegt. Auch der Zug auf dem Nachbargleis schien abfahrbereit, der Zugbegleiter patrouillierte bereits vom Zugende vor zur Lok, um noch offen gebliebene Türen zuzuwerfen.

Da kam ein einzelner Mann, im Anzug, ohne Mantel, den Bahnsteig entlang gehetzt, offenbar um den Zug gegenüber, koste es, was es wolle, noch zu erwischen. Statt gleich in den letzten Wagen zu springen, auch wenn dessen Tür bereits verschlossen war, schien er jedoch unbedingt eine der wenigen noch offen stehenden Türen erreichen zu wollen.

Jenny sah ihn näherkommen, bis er fast auf der Höhe ihres Fensters war. Als er sich, schon im Einsteigen, aus unerfindlichen Gründen noch einmal umsah, erkannte sie ihn.

Es war Gregor.

Im Zug gegenüber

Da sich die wechselseitigen Schuldzuweisungen, die noch Wochen später zwischen der Polizeidirektion und der Familie hin und her gehen sollten, häufig auf diesen Augenblick und ihr anschließendes eigenmächtiges Ausscheren aus der verabredeten Vorgehensweise bezogen, hatte Jenny de Kooning die Abfolge der Ereignisse mehrfach minutiös schildern müssen.

Was war geschehen?

Als sie Gregor erkannt hatte, war Jenny aufgesprungen und hatte mit der flachen Hand an die Scheibe gehämmert.

Da er nicht reagierte, sondern tiefer im Wageninneren verschwand, bis er, nachdem der Schaffner auch diese Tür zugeworfen hatte, gar nicht mehr zu sehen war, hatte sie, das Handy immer noch in der Hand, die Reisetasche geschnappt, um auszusteigen, was sich jedoch wegen der noch im Gang befindlichen Passagiere als schwierig erwies.

Erst versperrte ihr ein seitlich an die Bank gelehnter Tragegestell-Rucksack den Weg, in dessen Fächern sein vor ihm auf dem Boden kauernder Besitzer unbedingt etwas finden musste. Dann eine ältere Dame, die einen Rollkoffer hinter sich her zog und partout nicht verstand, warum die junge Frau sie nicht zuerst zu ihrem Platz gehen ließ, bevor sie weiter durch den Gang stürmte. Zuletzt hätte sie beinahe noch die Wagentür scheitern lassen, die auf wiederholten Knopfdruck keine Reaktion zeigen wollte.

Endlich stand sie auf dem Bahnsteig – und in ein und demselben Moment sah sie Gregor am Fenster stehen und seinen Zug anrollen.

Ein paar Meter lief sie mit, als könne sie noch aufspringen oder als würde der Zugführer, wenn er sie so sah, den Zug noch einmal zum Stehen bringen.

Wo steckten überhaupt diese verdammten Polizisten, sahen sie nicht, was hier los war?!

Aber der Zug rollte weiter, und der Abstand zwischen ihr und Gregor, der sie gesehen haben musste und ihr offenbar Zeichen zu geben versuchte, wurde von Sekunde zu Sekunde größer.

Sie machte ein paar letzte, taumelnde Schritte, dann blieb sie stehen. Die Tasche fiel ihr aus den Händen, sie keuchte, und die Tränen liefen ihr, schwärzliche Streifen hinterlassend, übers Gesicht.

Ihr eigener Zug, der ICE nach Dresden, fuhr jetzt an. Von der Bahnhofshalle her näherte sich ein Elektrokarren. Da klingelte das Handy.

Sie nahm an und hörte eine Stimme, die sie nicht kannte, eine Stimme, die nichts weiter sagte als den einen Satz: „Schick die Bullen weg!"

Fahrer dringend gesucht

Jan Horvath hatte sich vorgenommen, gleich um halb drei, wenn Flo aus der Schule zurück war, bei ihr anzurufen, um sich zu erkundigen, ob heute früh alles geklappt hatte. Zwar gab es, wie er Flo kannte, kaum Grund anzunehmen, es hätte dabei etwas schiefgehen können, doch wollte er gern zeigen, dass er auch im Falle, dass er sich von einem Taxifahrer vertreten lassen musste, sicher sein wollte, dass sie gut gelandet war.

Doch dann war es schon fast halb vier, als er endlich zum Telefon griff. Und schuld daran war in der Hauptsache Leon.

Der nämlich hatte, nachdem er gestern Abend aus der Verabredung, Donnerstag und Freitag die Schulbus-Fahrten für Jan Horvath zu übernehmen, überraschend entlassen worden war, nichts eiligeres zu tun gehabt, als einen Auftrag ausgerechnet in Güstrow an Land zu ziehen, so dass er Jan Horvath, als er ihm den neuerlichen Schicksalsumschwung gestand, nicht helfen konnte.

Und was nun?

„Ich gebe dir meinen Wagen, Jan. Ich fahre sowieso mit dem Zug. Ich brauche nur die kleine Ausrüstung, da ist es kein Problem."

„Das Problem ist nicht der Wagen, sondern die Fahrerlaubnis. Die sie nämlich einkassiert haben, wie du weißt."

„Jan, das war ein blöder Zufall gestern. Lass dich davon nicht in Panik versetzen. Wie oft hat dich denn schon die Polizei gestoppt, um sich deine Fahrerlaubnis zeigen zu lassen? Am hellerlichten Tag? Mich, ehrlich gesagt, noch nie."

Jan Horvath schwieg.

„Menschenskinder, jetzt hab dich mal nicht päpstlicher als der Papst."

„Leon, ich danke dir für das Angebot, aber ... "

„Aber was? Ich versteh's nicht. Was hast du denn noch zu verlieren, wenn die Fleppe sowieso weg ist?! Ich, ich *habe* was zu verlieren, aber ich scheiß mir nicht in die Hose deswegen."

„Leon, ich guck erst mal, ob ich noch jemanden finde. Wenn nicht, dann ist es so, dann komme ich bei dir vorbei und hol mir den Schlüssel. Bis wann, hast du gesagt, bist du zu Hause?"

„Halb acht. Besser wäre um sieben."

„Gut. Bis sieben. Ich ruf vorher noch mal an."

Und dann hatte sich Jan Horvath durch den Freundeskreis telefoniert. Es war keine günstige Zeit, jetzt am Nachmittag, und trotz Handys hatte er nur in drei Fällen jemanden erreicht.

Als der letzte der drei, Jan Horvath kannte ihn noch aus der Oberschulzeit, die Anfrage nutzen wollte, um seinem Freund zu erläutern, dass die täglichen Tochter-Transporte ohnehin unangemessen waren und er mit seiner Nachgiebigkeit, seiner Harmoniesucht und seinem ungerechtfertigten schlechten Gewissen ohnehin nur ausgenutzt wurde, hatte Jan Horvath genug. Genug vom Erklären, genug vom Lügen, genug vom Betteln – genug vom Reden mit irgendjemandem. Dankbar besann er sich auf Leons Angebot.

„Na siehst du", sagte Leon.

Flo freute sich, als sie hörte, dass ihr Vater sie morgen früh wieder selber abholen käme. Dann schilderte sie den Taxifahrer, einen jener gutmütigen Sachsen, die sich, statt auf ihre Gutmütigkeit, lieber auf ihre unschlagbare Intelligenz etwas einbilden, und dann – Jan Horvath staunte nicht schlecht – berichtete sie, worüber sie sich unterhalten hatten während der Fahrt: nämlich über de Koonings Entführung.

„Hast du schon was gehört davon?", erkundigte sie sich, als hielte sie es angesichts der notorischen Weltabgewandtheit ihres Vaters für wahrscheinlich, dass die wirklich aufregenden Neuigkeiten des Tages noch gar nicht an sein Ohr gedrungen waren.

„Durchaus", brummte Jan Horvath. „Wie seid ihr denn darauf gekommen?"

„Er hatte eine Zeitung, da war sein Bild drin. ‚Lasst mich nicht im Stich!' Er sitzt auf dem Boden, und in den Händen hat er so ein Schild, da stand das drauf. Schauerlich, was? Und in den Nachrichten kam es auch dauernd. Kannst du dir vorstellen, der Typ, der Fahrer, war sowas von abgedreht, der hat sich sogar gefreut! Wenns nach ihm ginge, hätte der schon längst mal 'ne Abreibung verdient. ‚Bloß, dass es nicht nach dir geht, du Plattnase!' Aber keine Angst, das habe ich natürlich nicht gesagt."

Alles, was Jan Horvath im Laufe dieses Tages über de Kooning erfahren hatte – und das war eine Menge, wie er fand –, hatte Flo längst gewusst; und es amüsierte sie, dass ihrem Vater nicht klar war, dass sie sich in der Schule andauernd mit solchen „das wirtschaftliche und geistige Leben" prägenden *Häuptlingen* der Gegenwart auseinanderzusetzen hatten.

Sogar über „Land am Tropf" hatten sie im Politikunterricht debattiert, allerdings ohne das Buch vorher gelesen zu haben. Stattdessen hatte sie der Lehrer mit den wichtigsten Thesen vertraut gemacht.

„Und?", fragte Jan Horvath.

„Naja", sagte Flo. „Irgendwas ist dran, oder?"

„Wenn das heißen soll, dass wir dir dein Taschengeld entziehen sollen, bin ich dafür!"

„Ungefähr *das* schien der Taxifahrer auch verstanden zu haben."

„Ah ja ... und was will de Kooning wirklich?"

„Mein Gott ... mehr Selbständigkeit eben. Mehr Initiative. Dass man sich halt Gedanken macht, wie man aus dem Schlamassel rauskommt, und nicht bloß immer beleidigt in der Ecke hockt und rumjammert, dass man mit den paar Kröten nicht hinkommt."

„Also so ein richtiger, toller, gesunder Kapitalismus, der die Menschen fit macht, frei, kraftvoll und erfindungsreich, ja? Raus aus dem Zoo und rein in die Wildnis!"

„Findest du dieses Rumgehänge wirklich besser? Was ist denn so schlimm dran, wenn man ein bisschen was auf die Beine zu stellen versucht? Und dass die Leute nicht aus dem Knick kommen, solange die Kacke nicht wirklich am Dampfen ist – "

„Flo, bitte!", bat Jan Horvath, sein Vergnügen an der ungezierten Art der wahrlich aufgeweckten Vierzehnjährigen verbergend, um eine weniger drastische Ausdrucksweise.

„ – dann eben: solange die blanke Not sie nicht zwingt, aktiv zu werden." Flo servierte die gehobene Formulierung, indem sie sich gekonnt in Frl. Dr. Pinnebösel verwandelte – so hießen bei den Horvaths nämlich die Brillen bewehrten Jungfern aus gutem Haus und von älterer Bauart.

„Das hast du selber immer gesagt. Und nur weil de Kooning mehr Kohle hat als unsereins, soll es auf einmal nicht mehr stimmen!"

Jan Horvath musste zugeben, dass sich Flos Argumentation, allen neoliberalen Plattitüden zum Trotz, die bloß deshalb so schwunghaft gehandelt wurden, weil die reichen Leute ihr schlechtes Gewissen loswerden wollten, nicht leicht zurückweisen ließ.

Wie sollte man ihrer unschuldigen Zuversicht den Unterschied zwischen der schönen Leichtigkeit durch die Luft segelnder Wahrheiten und der lehmverschmierten Schwere der Menschenwesen erklären? Und gesetzt, man könnte es – wäre es überhaupt wünschenswert? Dass am Ende alles nicht so einfach ist, wie es anfangs scheint, lehrte einen das Leben noch früh genug.

„Also gut, Flo, du hast mich überzeugt. Ich werde mir das Buch kaufen. Und wenn du mich besuchen kommst, werden wir es gemeinsam durcharbeiten. Gründlich, geduldig und mit viel Spaß."

„Ja, Wahnsinn", bemerkte Flo trocken. „Aber erst, wenn der Typ wieder frei ist."

„Das ist er bestimmt bald." Jan Horvath hüstelte, seine Kehle war trocken. Er dachte an das Foto in seiner Tasche, das Bild des Entführers, das er den ganzen Tag lang der Polizei vorenthielt. Was würde Flo sagen, wenn sie davon erfuhr!

„Papa?"

„Ich … ich frage mich sowieso, was das für Leute sind, die immer noch glauben, sie kassieren das Geld und werden nicht geschnappt."

„Idioten", verkündete Flo.

Jan Horvath sagte nichts.

Als sie aufgelegt hatten, fiel ihm ein, warum Gregor de Kooning einem Mädchen wie Flo gefallen musste – und warum er, Jan Horvath, ihn nicht ausstehen konnte. Weil er ein Mischlingswesen war, wie die Sphinxe oder Kentauren der alten Legenden: Die krude Mischung aus einem Pastor und einem Popstar.

Früher war diese absurde Kreuzung wahrscheinlich nicht fruchtbar gewesen, aber inzwischen war man im 21. Jahrhundert angelangt. Da sausten die Keime nur so durch die Luft, und wenn man genügend Geld ausstreute und einen Fernseher drüber stülpte, kam irgendwann so ein Monster rausgekrochen und begann augenblicklich, der Nation Ratschläge zu erteilen. Und die jungen Mädchen jubelten ihm dabei zu!

Nur war das alles leider kein Grund, ihn verrecken zu lassen.

Cool

Außer auf dem Bahnhof, wo er zum Greifen nahe an seiner Frau vorbeigefahren war, war Gregor de Kooning, wie die Ermittlungen ergaben, an diesem Mittwoch noch ein zweites Mal in Erscheinung getreten: Er hatte sich nämlich – so stellte es sich bei der Rückverfolgung der Nummer heraus, unter der Jenny de Kooning nach geplatzter Übergabe angerufen worden war – am späten Vormittag, zwischen elf und zwölf, im E-Plus-Shop im Allee-Center höchstselbst ein neues Handy gekauft, nebst einer Cash-Card im Wert von 30 Euro.

Das alles war unerklärlich und widersprach jedem Schema vergleichbarer Entführungsfälle.

Dass die Geisel, offenbar unbewacht, auf dem Bahnhof herumgeturnt war, ließ sich ja womöglich noch mit irgendwelchen verunglückten Freilassungsplänen der Entführer erklären, obwohl auch da Fragen über Fragen blieben: Warum war de Kooning unter diesen Umständen nicht geflohen beziehungsweise hatte sich unter den Schutz der Polizei gestellt? Warum war er, allein, in den Regionalexpress nach Magdeburg gestiegen? Warum verlor sich seitdem seine Spur wieder?

Was konnte die Entführer überhaupt bewogen haben, die Geldübergabe und die Geiselfreilassung zeitlich und räumlich so dicht zusammenzulegen, wenn sie doch in aller Regel so viel Abstand wie möglich dazwischen rauszuholen versuchten, um sich einen Fluchtvorsprung zu sichern? Hatten sie tatsächlich angenommen, dass die Polizei nicht eingeschaltet worden war?

Und was war dann passiert, dass sie darauf verzichtet hatten, das bereits vor ihrer Nase befindliche Geld an sich zu bringen?

Trotzdem wirkten diese Rätsel noch so, als könne es, um ein paar vorderhand uneinsehbare Ecken herum, eine Lösung für sie geben. Dass die Entführer dagegen mit Gregor de Kooning durchs Allee-Center spaziert waren und ohne Not das Risiko auf sich nahmen, die Geisel einzubüßen, Unterpfand ihrer Erfolgserwartung wie ihrer Sicherheit, und das nur zu dem Zweck, eine bis dahin unbekannte Telefonnummer zu erlangen und dabei eine ins Leere laufende Spur zu hinterlassen, welche verquere Logik sollte das rechtfertigen?!

Es war doch kein Zufall, dass noch nie zuvor ein Entführer auf so eine Idee gekommen war! Blieb nur die Möglichkeit, dass ihnen hier jemand einen Streich spielen wollte, und *sie* wussten nicht, was sie tun oder was sie lassen mussten, um nicht darauf reinzufallen.

Falls es überhaupt eine ins Leere laufende Spur war!

Kommissar Lubetzki jedenfalls konnte sich nicht vorstellen, dass in der eher abgelegenen E-Plus-Filiale ein derartiger Betrieb geherrscht haben sollte, dass ein möglicher Bewacher de Koonings, so beiläufig er sich auch zu gebärden versuchte, nicht hätte auffallen müssen.

Allerdings schwand seine Zuversicht schnell dahin,

nachdem er sich seinen Assistenten geschnappt hatte und mit Olbricht ins Allee-Center gefahren war, um die Verkäuferin über ihren Kunden und, vor allem, seinen Begleiter (oder, warum nicht, seine Begleiterin) zu befragen.

Das Mädchen war einundzwanzig, wirkte aber wie zwölf. Nicht körperlich natürlich, da stellte sie ihre sogenannte „voll erblühte" Weiblichkeit eindrucksvoll unter Beweis. Doch wenn sie redete – beziehungsweise *nicht* redete – oder auch bloß zuhörte – beziehungsweise *nicht* zuhörte – konnte man schwer glauben, einen erwachsenen Menschen vor sich zu haben. Sie bekam kaum den Mund auf; und wie sie etwas verkaufen konnte, blieb schleierhaft. Lubetzki fragte sich, auf welch geheimnisvolle Weise sie die Leistung erbrachte, deretwegen ihr Arbeitgeber ihr einen Monatslohn bezahlte.

„Ist es denn nur, dass sie Kunden anlockt mit ihrer hübschen Visage?"

An den Kunden Gregor de Kooning konnte sie sich immerhin erinnern. Ja, sie hatte ihn heute so um die Mittagszeit bedient. Das hatte sie ja vorhin dem anderen Polizisten auch schon gesagt. Mit der Frage, ob ihr an ihm nichts aufgefallen wäre, konnte sie allerdings nicht viel anfangen.

„Wirkte er vielleicht ... irgendwie nervös?"

Sie lächelte träge. „Nö ... "

„Wusste er gleich, welches Handy er wollte, oder haben Sie ihn beraten?"

Ihre beringte Augenbraue bewegte sich einen Millimeter nach oben, ihre Kiefer mahlten. „Schon ... "

Lubetzki begann, ungeduldig zu werden. „Was jetzt? Wusste er, welches Handy er wollte –"

„Mhm."

„Und dann haben Sie den Vertrag ausgefüllt, und er hat unterschrieben."

„Mhm." Dann gab sie sich einen Ruck. „Ich meine: Ja."

„Haben Sie sich seinen Ausweis vorlegen lassen?" Olbricht versuchte, seinem Chef zu Hilfe zu kommen.

Ihr Gesicht verriet Spuren misstrauischer Aufmerksamkeit, und ihr Ton wurde noch abwartender. „Klar ... "

„Und der Name de Kooning – ist Ihnen da nichts aufgefallen dran?"

Jetzt lächelte sie. „Naja ... "

„Naja was?"

„Naja, dass er ... er klingt ausländisch, nicht?" Ganz sicher, dass sie damit nicht schieflag, schien sie jedoch nicht zu sein.

Lubetzki durchlitt einen Anfall von Resignation, bevor er sich ermannte, weiter in sie zu dringen. „Und wer außer ihm war noch im Laden?"

„Noch einer." Sie pustete sich eine Haarsträhne aus der Stirn und holte tief Luft, offenbar entschlossen, ein braves Mädchen zu sein und dem armen Kommissar zu helfen.

„Ein Mann. Aber der ist dann gegangen."

„Was? Warum?"

„Na ... ich musste ja den Vertrag ausfüllen."

„Sie meinen, das hat ihm zu lange gedauert?"

Sie nickte und zuckte mit einer für ihre Verhältnisse dramatischen Bewegung die Schultern.

„Ich musste das ja alles erst mal ausfüllen."

„Und dann ist er gegangen, und hat den anderen, de Kooning, allein gelassen in Ihrem Laden?"

Wieder schien sie einen langen prüfenden Blick lang eine Falle zu wittern, bevor sie ein Kopfschütteln andeutete.

„Der mit dem Telefon ist gegangen, und er auch."

„Beide gleichzeitig?"

Sie nickte und zuckte die Schultern.

Lubetzki stieß einen sarkastischen Laut aus, als er sagte: „Das heißt, er ist genau in dem Moment gegangen, als der Mann vor ihm fertig war und er dran gewesen wäre! Und das fanden Sie nicht irgendwie ... seltsam? Darüber haben Sie sich gar nicht gewundert?"

„Gewundert schon."

Die Fragen nach Größe und Alter erbrachten eine mittlere Größe und ein mittleres Alter.

Lubetzki wollte schon aufgeben und die unvermeidliche Abschlussfrage nach „besonderen Kennzeichen" unbeantwortet verhallen lassen, als er in ihren vom Spalier tuschestarrer Wimpern bewachten Augen etwas wie ein Leuchten entdeckte.

„Na?", fragte er.

„Die Ohren", murmelte sie, von deren faszinierender Scheußlichkeit aufs Neue entsetzt. „Dem klappten die Ohren nach vorn."

Lubetzki ließ sich eine Kopie des Vertrags geben, damit man die Unterschrift abgleichen konnte; dann verabschiedeten sie sich.

„Ob die unter Drogen stand?", wandte sich Lubetzki an seinen Assistenten, als sie wieder im Auto saßen. Olbricht lachte. „Ach was, die war doch bloß *cool*! So muss man sein, wenn man jung ist heutzutage."

„Sie auch?", fragte Lubetzki.

„Leider nicht", seufzte Olbricht. „Ich bin achtundzwanzig."

Sie schwiegen eine Weile, und dann meinte Lubetzki versonnen: „Ein Gutes hat es, das mit dem Handy. Ich sag's nicht gerne, aber ... ich hatte schon befürchtet, er sei tot."

Olbricht blickte ihn verdutzt an. „Tot?! Wieso das denn? Nachdem ihn Frau Jenny vor nicht mal zwei Stunden auf dem Bahnhof hat rumturnen sehen?"

Lubetzki kniff die Augen zusammen und überlegte, ob er dazu etwas sagen sollte. „Ich habe sie heute Morgen beobachtet, als es um das Foto ging, in der Zeitung ... Ich glaube, sie hat Angst. Sie hat eine furchtbare Angst, dass er ... dass ihm etwas zugestoßen ist. Und deshalb *wünscht* sie sich das, dass er lebt." Er sah Olbricht an. „Verstehen Sie? Die wünscht sich das so sehr, die würde jeden, der auch nur entfernt an ihn erinnert, Hauptsache, die Haarfarbe stimmt, und er trägt eine Brille, mit ihm verwechseln. Gegen ihre Angst. Verstehen Sie, was ich meine?"

„Schon ... Ich frage mich bloß, was dabei rauskommt, wenn wir sagen: Die glaubt zwar, ihn gesehen zu haben, aber vielleicht sollte sie lieber ihren Augen nicht trauen? Ist dann nicht jeder Zeuge wertlos?"

„Jeder Zeuge kann sich täuschen."

„Also zum Beispiel auch die Tussi eben. Vielleicht war es ja gar nicht de Kooning, vielleicht war es ja ... was weiß ich, wer es war."

„Erstens, die Tussi hat kein Interesse, sich zu irren. Und so blöd, dass sie das Gesicht vor sich und das Gesicht im Ausweis nicht miteinander vergleichen kann, ist sie vielleicht auch wieder nicht."

„Die tiefen Tassen hat sie nicht erfunden."

„Ja, aber ein Passbild – !"

„Passbildern vertrauen Sie also?" Olbricht lachte.

„Irgendwomit muss man doch anfangen."

In Gabriels Reich

Am Tor, das zur Autowerkstatt führen musste, fehlte zwar ein entsprechender Hinweis, doch die Hausnummer stimmte; und das flache, mit einem Vordach vergrößerte Gebäude im Hof eines bis auf wenige Wohnungen leerstehenden Mietshauses sah ganz so aus, als ob hier ein – bescheidener – Gewerbebetrieb Unterschlupf gefunden haben könnte. Außerdem lehnten mehrere Reifenstapel an der Wand.

Da das Tor beziehungsweise die Tür, die in das Schiebetor eingelassen war, sich aufziehen ließ, war Jan Horvath, nach probeweisem Niederdrücken der Klinke, eingetreten.

Der Raum war nicht sehr hoch und bekam außer durch die zum Hof gehenden Fenster durch eine Dachverglasung Licht, die auf einer früher einmal weiß gestrichenen Stahlverstrebung auflag, von der, eine Art Viereck bildend, mehrere Neonröhren herabhingen.

Ein Radio lief.

An den Wänden waren Spanplatten befestigt, auf denen Schraubenschlüssel, Schraubenzieher, Zangen, Hämmer und andere Werkzeuge angeordnet waren. Im rechten Winkel zur Werkbank, Ablage für verknüllte Lappen, stand ein hochlehniges altes Kanapee mit abgescheuertem Samtbezug. Daneben ragten zwei mannshohe Stahlflaschen auf. In der Fensternische standen Ölkännchen, Aschenbecher und leere Bierflaschen, außerdem das Radio.

Nachdem er die Tür hinter sich zugezogen hatte, war Jan Horvath unschlüssig stehengeblieben, als warte er darauf, dass einer der Monteure, die bis eben hier herumgewirtschaftet haben mussten, erschien und ihn aufforderte, näher zu treten.

Von Gabriels eierschalfarbenem Chevrolet keine Spur.

Hinter den beiden Fahrzeugen, die in der Werkstatt standen, eins davon mit hochgeklappter Motorhaube, entdeckte er eine Tür.

Irgendwo, vermutlich hinter ihr, klingelte ein Telefon. Es klingelte und klingelte.

„Hallo?", rief Jan Horvath nach einer Weile, wie um sich zu beweisen, dass er alle Möglichkeiten ausgeschöpft hatte und sich nichts vorzuwerfen brauchte, wenn er jetzt aufgab.

Als er jedoch die Tür aufdrückte, um hinauszutreten, hätte er sie beinahe jemandem an den Kopf geschlagen. Der

Mann, ein hagerer Kerl um die vierzig, mit mürrischer Miene und, man sah es, wenn er sprach, ruinösem Gebiss, war ebenso erschrocken wie er. Bevor Jan Horvath erklären konnte, wer er war und was er hier zu suchen hatte, streckte er ihm den Döner entgegen, den er in der Hand hielt, und dröhnte: „Raus oder rein?" Jan Horvath machte einen Schritt zur Seite, damit der Mann an ihm vorbei treten konnte.

Dann folgte er ihm wieder hinein.

„Mein Name ist Jan Horvath. Ich ... ich wusste ja nicht, dass niemand da ist, deshalb bin ich ... Die Tür war offen."

Jan Horvath wusste nicht, ob er weiter reden oder lieber abwarten sollte, bis der Mann, heißhungrig wie er sich den Mund vollstopfte, den letzten Bissen verschlungen hatte.

„Ich war heute Morgen in der Werkstatt von Ihrem Kollegen Ulli Wilke. Er hatte Sie dann angerufen. Es ging um einen Chevrolet, von einem gewissen Manfred Gabriel." Jan Horvath wurde unsicher.

„Sie sind doch Lutz Hermann?"

„Und? Was *ist* mit der Kiste?"

Jan Horvath berichtete von dem Auffahrunfall und erklärte, wie wichtig es für ihn wäre, sich mit Manfred Gabriel kurz besprechen zu können. Und – Ulli Wilke hätte ihm gesagt, dass der beschädigte Chevrolet in seiner, Lutz Hermanns, Werkstatt gelandet sei.

„Was wollen Sie da besprechen, hmm? Sie sind schuld, die Kosten gehen voll auf Ihre Haftpflicht. Oder wollen Sie selbst zahlen? Überlegen Sie sich das! Da kommt was zusammen, das können Sie glauben. Baujahr '67, wissen Sie, was das heißt?"

Plötzlich veränderte sich sein Gesichtsausdruck. „Aber falls Sie uns irgendwas anhängen wollen, von wegen hier werden alte Geschichten im Blech oder im Lack gleich mit ausgebügelt und Ihnen dann auf die Rechnung gepackt – die

Polizei hat alle Schäden aufgenommen, exakt, und genau diese Schäden werden auch behoben. Das können Sie alles nachprüfen. Da gibt es nichts."

Er nahm einen der auf der Werkbank liegenden Lappen, suchte eine saubere Stelle und wischte sich den Mund ab.

„Ich will gar nichts unterstellen, darum geht es gar nicht", wehrte Jan Horvath ab. „Ich wollte nur mit Herrn Gabriel reden, weil … ich habe mich gestern etwas missverständlich ausgedrückt, glaube ich. Ich würde da gern etwas richtigstellen."

Nachdem sich der Mechaniker auch die Finger gesäubert hatte, fischte er eine flache Büchse mit Tabak und eine Packung Zigarettenpapier aus dem Latz seiner Arbeitshose und begann, sich eine Zigarette zu drehen.

„Ich will Ihnen auch nichts unterstellen. Aber man hat so seine Erfahrungen. Beim Geld hört die Freundschaft auf."

„Ich habe gestern leider vergessen, mir Herrn Gabriels Adresse geben zu lassen. Und ich dachte, Sie könnten mir vielleicht weiterhelfen."

„Warum fragen Sie nicht die Polizei?"

„Da war ich schon. Die pochen auf ihre Vorschriften. Angeblich dürfen sie die Adresse nicht rausgeben."

„Sehen Sie. Und ich auch nicht."

Der Mechaniker griente. Offenbar freute es ihn, einen von seinem Wohlwollen abhängigen Bittsteller zappeln zu sehen.

Doch es kam anders. Es war, als habe Jan Horvath, kaum dass die Erpressungsschraube angezogen wurde, schlagartig jegliches Interesse an Manfred Gabriel, der Wiederlangung seiner Fahrerlaubnis und seiner Errettung als Vater einer geschiedenen Tochter verloren – eine Selbstschutzmaßnahme, die Ute hatte zur Raserei bringen können.

Dann eben nicht!

Er hätte jetzt aufstehen und weggehen können. Aber er

zog es vor, noch etwas zu sagen. „Was haben Sie eigentlich gegen mich, Herr Hermann?", wandte er sich dem Mechaniker zu. „Habe ich Ihnen irgendetwas getan? Ich komme hierher, und ich will nichts weiter, als Sie um einen ganz kleinen Gefallen zu bitten, um eine Auskunft. Und Sie – warum wollen Sie mich am ausgestreckten Arm verhungern lassen? Brauchen Sie das? Verschafft Ihnen das Befriedigung? Kommen Sie sonst nicht auf Ihre Kosten?"

Der Mann starrte ihn an, unfähig, sich zu einer Antwort aufzuraffen.

„Schade", sagte Jan Horvath.

„Gucken Sie doch mal ins ‚Dart-House' in der Zschocherschen, vielleicht finden Sie ihn da." Und als hätte er das Gefühl, etwas ausbügeln zu müssen, rief er Jan Horvath, der schon auf den Hof getreten war, noch ein bekräftigendes „Bestimmt sogar!" hinterher.

Entführung leicht gemacht

Armin Sylvester saß auf dem Sofa und sah – abgesehen von der Brille, die er inzwischen abgesetzt hatte – Gregor de Kooning immer noch ziemlich ähnlich. An den Haaren ließ sich nicht viel ändern, die waren gefärbt. Aber warum er nicht wenigstens den, wie Ralle stichelte, „oberschwulimäßigen" Bart gleich wieder abgezogen hatte, nachdem er in Wiederitzsch aus dem Zug gestiegen und von Gurski eingesammelt worden war, wusste er selbst nicht. Vielleicht war es die Zufriedenheit mit seinem verwegenen Auftritt, die er, in voller Montur, noch ein bisschen auszukosten gedachte. Vielleicht war es die Erschlaffung nach all den Aufregungen, die ihn faul und gleichgültig werden ließ.

Bedächtig öffnete er eine weitere Flasche Bier. Es ging auf

fünf, und seiner festen Überzeugung nach würde heute nicht mehr viel passieren.

Sie konnten Feierabend machen.

Schließlich würden die de Koonings eine gewisse Zeit brauchen, bis sie den Schock des heutigen Nachmittags verdaut und die richtige Schlussfolgerung gezogen hatten: nämlich die, dass die Polizei Gregors Befreiung lediglich komplizierte und am Ende bis zum Sankt-Nimmerleins-Tag hinausschob. Dann – erst dann – würden sie sich auch auf eine kurzfristig anberaumte Geldübergabe einlassen, ohne sich über die Bedingungen, was Gregors Freilassung anbelangte, allzu sehr den Kopf zu zerbrechen.

Wenn alles gut lief, saßen sie vielleicht schon morgen Abend im Flugzeug. Wenn nicht, hatten sie auch für Freitag und Samstag an verschiedenen Flughäfen und bei verschiedenen Gesellschaften Flüge gebucht. Armin Sylvester nahm einen weiteren Schluck und wischte sich den Schaum aus dem Bärtchen. Abgesehen von dem bedauerlichen „tragischen Unfall" hatten sie allen Grund, zufrieden zu sein.

Nur Freund Ralle sah unverändert schwarz. Selbst wenn er, nachdem Armin ihn angebrüllt hatte, seine Unkereien eine Weile unterbrach, merkte man ihm an, dass er den Glauben an ihren Erfolg verloren hatte und eine düstere – *ziemlich* düstere – Zukunft auf sie zukommen sah.

Einzig Anjas Geschicklichkeit, mit der sie Gregor de Kooning zuerst von den Toten erweckt und später in Gestalt von Armin Sylvester sogar hatte wiederauferstehen lassen, hatte ihm Anwandlungen von Zuversicht beschert: dass die verloren geglaubte Partie durch raffinierte Manöver und eine unverschämte Portion Glück doch noch zu gewinnen sein würde.

Als er jetzt vom Klo kam und sich in den Sessel rutschen ließ, vor sich hin starrte und verbissen schwieg, konnte man die Trostlosigkeit, die er verströmte, förmlich riechen.

143

„Noch 'n Bier, Ralle?", versuchte Sylvester ihn aufzumuntern.

„Danke", murmelte Gurski mit Grabesstimme.

„Danke Ja oder Danke Nein?"

„Danke Nein."

„Mensch, Ralle!"

„Ich kann mich eben nicht an den Anblick gewöhnen."

„Ja meinst du, ich guck da gern drauf. Aber irgendwo *mussten* wir ihn doch deponieren. Und die Badewanne hat Isolierung, da hält sich das Eis länger. Außerdem liegen die Platten drauf."

„Jetzt erzähle mir nicht, dass du nicht siehst, dass da 'n Mensch drinnen liegt. Bloß wegen deinem Polystrol-Zeug!"

„Ja *schade*, dass sie die Gerichtsmedizin noch nicht outgesourct haben, sonst könntest du da bestimmt ein Kühlfach mieten." Sylvester musste selbst lachen über seine Idee. „Tage-, wochen- oder monatsweise. Gegen gutes Geld. Aber für dich wär's mir das wert."

„Du und dein Galgenhumor, Armin! Aber warten wir mal ab, wie's nächste Woche damit aussieht."

„Es *ist* kein Galgenhumor, Ralle. Ich hab's im Griff. *Wir* haben's im Griff."

„Und warum haben wir dann nicht einfach die Tasche geschnappt und sind abgedüst, hmm? Wir waren schon so dicht dran ... Armin, ich hab die Bündel sich schon durch den Stoff drücken sehen. Und dann – weg! Weit weg!"

„Ach, Ralle. Du bist so blöd ... das ist direkt schon wieder liebenswert. Was habe ich immer gesagt? Ich hab gesagt, wir sind studierte Leute, wir machen's nicht wie die Dilettanten, wir bringen uns auf den Kenntnisstand vorher. Beim ersten Mal *muss* es schiefgehen. Muss!

Was meinst du, warum ich das alles durchgeackert habe? Albrecht, Oetker, Schlecker, Kronzucker, Reemtsma, und und und? Erst im Netz, dann in den Zeitungen? Weißt du,

144

wie oft ich in der Bibliothek gehockt habe? Ein Jahr lang, Ralle. Ein Jahr! Ich könnte ein Lehrbuch drüber schreiben, sage ich dir: ‚Entführung leicht gemacht, für Anfänger und Fortgeschrittene'. Mit einem Spezialkapitel ‚Was Sie bei der Auswahl Ihrer Mitstreiter beachten sollten' – nicht sauer sein, Ralle.

Und das Fazit ist: Die erste Übergabe muss platzen. Die zweite Übergabe muss platzen. Dann stehen die so unter Druck, weil sie glauben, dass sie's selber verpfuscht haben, sie oder die Bullen oder beide zusammen ... Dann ist denen ihr Geld genauso schnuppe wie die Gerechtigkeit, dann denken die nur noch an ihr schlechtes Gewissen. Weil, ihr armes Schatzilein leidet Höllenqualen, seit gestern, seit vorgestern, seit vorvorgestern, länger als nötig jedenfalls, *weil sie es nicht hingekriegt haben, ihn rauszupauken.*

Dann kannst du mit ihnen verhandeln, mit diesen Groß-kotzen. Dann fressen sie dir aus der Hand. Leider stehen wir selber unter Zeitdruck, wie du weißt. Deshalb müssen wir diesen ... Reifungsprozess etwas beschleunigen. Und deshalb war die Nummer auf dem Bahnhof wichtig. So wichtig, dass wir sie riskieren mussten."

Ralf Gurski hörte Armins aufbauende Prognosen immer noch gern, auch wenn ihr Optimismus nicht mehr auf ihn abfärbte. Doch das änderte sich, als etwas passierte, mit dem niemand gerechnet hatte und das Armins Hoffnungs-geflunker unversehens recht zu geben schien.

Am Abend nämlich, Anja war gerade aus dem Salon ge-kommen, hatte Armin den Akku in Gregor de Koonings Handy geschoben und es eingeschaltet – angeblich, um rauszukriegen, wer alles mit seinem seltsam unerreichba-ren Besitzer Kontakt aufzunehmen versucht hatte.

Kaum war das Handy hochgefahren, rasselte es kurz und zeigte eine neue SMS an. Nach kurzem Überlegen machte Armin sie auf. Eine Nachricht auf der Mailbox hätte dazu dienen können, ihren Aufenthaltsort zu bestimmen, aber eine SMS?

Sie war nicht lang. Er rief Ralle und Anja, damit sie mit eigenen Augen lesen konnten, was auf dem Display stand:

„Keine Polizei mehr.

Diese Nummer ist sauber.

Glauben Sie mir.

Rufen Sie mich an.

Jenny de Kooning."

„Ach was. Die wollen uns reinlegen", sagte Gurski. „Eine blöde Falle ist das."

„Glaubst du?", fragte Anja.

„Ich sag' dir, was ich glaube", sagte Sylvester und zwinkerte ihr zu. „*Ich* glaube, das Süppchen ist schon fertig gekocht. Jetzt muss es nur noch ein Weilchen ziehen."

Erst die Dämmerung und dann die Nacht

Im Schloss war die Stimmung gedrückt; aufgebracht und niedergeschlagen zugleich. Bis in die späten Abendstunden spürte man Enttäuschung, aufgestaute Wut und den Rumor ohnmächtiger Verzweiflung in der Luft; einen Rumor von schriller, durchdringender Lautlosigkeit.

Daran hatte auch Lubetzkis von vornherein wenig aussichtsreicher Versuch, die Wogen zu glätten und für Verständnis, Vertrauen und ein weiterhin abgestimmtes Procedere zu werben, nichts ändern können. Die Gefühle waren kurzzeitig aufgewallt, die Stimmen laut geworden; mehr hatte er nicht erreicht.

Der alte de Kooning, seine Schwiegertochter und der unvermeidliche Herr Schieferacker hatten den Kommissar, der auf Dr. Rubens persönliche Bitte hin den Blitzableiter gespielt hatte und eigens zu diesem Zweck bei den de Koonings vorstellig geworden war – diesmal mit wohlweislicher Verstärkung seines Kollegen vom BKA –, mit heftigen Vorwürfen empfangen.

„Sie und Ihre Leute!"

Sein Sohn hätte jetzt bereits hier zwischen ihnen sitzen können, in diesem Zimmer, an diesem Tisch, wenn „Ihre Leute" mit ihrem dilettantischen Aktionismus nicht alles verdorben hätten! Sie, die Polizei, der es trotz vollmundiger Ankündigungen offensichtlich nicht gelungen sei, unentdeckt im Hintergrund zu bleiben, trage die volle Verantwortung für das Scheitern des Austauschs und somit für Gregor de Koonings Verbleib in der Gewalt der Entführer, was selbst dann, wenn er, was sie alle hofften, die Schrecken der Gefangenschaft unbeschadet überstünde, eine sinnlose und völlig unnötige Verlängerung seiner Leidenszeit bedeute.

Wie übrigens auch ihrer!

Doch habe man nicht den Eindruck, dass darauf polizeilicherseits die erforderliche Rücksicht genommen werde. Da sich die Versprechungen, Gregor de Koonings Freikommen auf keinen Fall zu behindern, als wertlos herausgestellt hätten, und da die Familie sich somit habe bitter belehren lassen müssen, dass man sich zu Unrecht auf ihre Professionalität verlassen habe, kündige man hiermit jede Zusammenarbeit auf.

Mit anderen Worten: Die Familie de Kooning verlange, dass sich die Polizei ab sofort und in jeder Form aus der Angelegenheit zurückziehe und damit den Weg für einen zügigen Freikauf der Geisel frei mache.

Lubetzki und Pavlak hatten schlechte Karten, und sie wussten das. Die Auswertung lief noch. Noch konnten sie nicht einmal angeben, woran es gelegen hatte, dass die Entführer von den Maßnahmen der Polizei Wind bekommen und es auf einen Abbruch der Geldübergabe ankommen lassen hatten.

Die beiden Beamten beteuerten ihr Verständnis für die Lage der Familie und warnten zugleich davor, auf eigene Faust mit den Entführern zu verhandeln und dabei die in vergleichbaren Fällen gewonnenen Erfahrungen auszuschlagen.

Auch liefen sie Gefahr, die Verfolgung und Ergreifung der Täter, zu der die Polizei von Rechts wegen und unabhängig von den Wünschen der Familie de Kooning verpflichtet sei, ungewollt zu erschweren oder sogar zu vereiteln, womit sie sich in letzter Konsequenz selbst strafbar machen könnten.

Walter de Kooning hatte sich sichtlich Mühe gegeben, seine Empörung zu zügeln, doch zu guter Letzt platzte ihm doch noch der Kragen.

„Junger Mann", fuhr er Pavlak an – warum gerade ihn, der kaum etwas gesagt hatte, wusste Lubetzki nicht; vermutlich, weil für ihn, wenn überhaupt, nur der Ranghöhere der beiden als Ansprechpartner in Frage kam.

„Hören Sie auf, mir Ratschläge zu erteilen, da bitte ich drum. Sie haben Ihre Chance gehabt. Ein weiteres Desaster brauchen wir nicht. Wir brauchen Erfolg. Fahren Sie in Ihr Präsidium und teilen Sie Ihren Vorgesetzten mit, was wir Ihnen gesagt haben. Über alles andere zerbrechen Sie sich mal nicht den Kopf. Wir werden das regeln. Wenn es so weit ist, bekommen Sie Bescheid. So, und jetzt ziehen wir's nicht in die Länge."

Er stand auf, die Fingerspitzen gegen die Tischplatte gestemmt. „Vergessen Sie nicht, Ihre beiden Kollegen im Erdgeschoss und Ihren Technikkram mitzunehmen. Wir passen selbst auf uns auf. Sollte es von Ihrer Seite Gesprächsbedarf geben, wenden Sie sich an Herrn Schieferacker. Er ist bevollmächtigt, unsere Interessen wahrzunehmen. Gegebenenfalls macht er mit Ihnen einen Termin."

So hatten sie abziehen müssen, Lubetzki und Pavlak,

wie geprügelte Hunde. Eine Stunde später waren auch die beiden Techniker verschwunden, die für den Fall der Kontaktaufnahme seit gestern im Schloss stationiert gewesen waren.

Aus den Zimmerecken kroch die Leere hervor, schleifte über die blanken Böden, sammelte sich in den Fluren und flatterte langsam die Treppen hinab. Eine Leere, durchtränkt vom Unheil, das hier eingedrungen war und das man nicht verstehen konnte, so wenig wie einen Druck im Kopf oder in den Lungen.

Auch Jenny de Kooning spürte sie, während sie reglos an einem der hohen Fenster stand und nach draußen sah. Man konnte weit sehen von hier oben, bis zum See, in dem sich der Himmel spiegelte. Man konnte zusehen, wie die Dämmerung kam, zuerst die Dämmerung und dann die Nacht.

Walter de Kooning saß mit Schieferacker in Gregors Arbeitszimmer, um Festlegungen zu treffen, wie seitens der Familie und vor allem seitens des Konzerns mit der Öffentlichkeit umgegangen werden sollte.

Jenny klopfte an und trat ein.

„Störe ich?"

„Unbedingt."

Walter de Kooning verzog scherzhaft das Gesicht und wies auf den Sessel neben sich.

Jenny nahm Platz. Die Stille verriet, dass die Männer ihre Besprechung lieber unterbrachen, als sie in ihrer Gegenwart fortzusetzen. Oder waren sie schon vorher an einem toten Punkt angelangt?

„Und jetzt? Diese Warterei bringt mich um."

„Sie werden sich melden", versuchte Schieferacker, Jenny zu beruhigen. „Sie müssen sich melden. Sie haben Gregor, aber sie wollen das Geld."

Er zeigte auf die Tasche, die immer noch so auf Gregors Schreibtisch stand, wie sie Jenny dort abgestellt hatte, nachdem sie, wie betäubt, vom Bahnhof zurückgekommen war.

„Das Problem ist, dass es nicht leicht sein wird, sie davon zu überzeugen, dass die Polizei raus ist. Sie werden das austesten wollen. Und das kostet Zeit. Ganz abgesehen davon, dass die Polizei, auch wenn sie sich, was wir hoffen wollen, strikt hinterm Spielfeldrand aufhält, leicht Zweifel daran erwecken kann, dass wir mit deren Manövern nichts zu schaffen haben. Und Misstrauen, das weiß jeder, schwindet langsam und wächst schnell."

„Sie glauben, die halten sich nicht dran? Die funken uns trotzdem dazwischen?"

„Dann muss ich mit dem Innenminister sprechen", kündigte Walter de Kooning an. „Es muss doch möglich sein, diese Leute an die Leine zu legen."

„Ich fürchte, nein. Dass sie sich raushalten, kann nur heißen, dass sie darauf verzichten, uns in ihre Strategie einzubauen. Aber beobachten – beobachten müssen sie das Ganze. Dafür sind sie die Polizei."

„Und was schlagen Sie vor?!" Jenny war wütend. „Wir müssen doch irgendetwas unternehmen! Ich habe schon überlegt, ob ich mich über das Fernsehen an die Entführer wenden soll."

„Um ihnen *was* zu sagen? Dass sie bei Ihnen anrufen sollen, die Nummer wird nicht mehr überwacht? Nein."

„Sie haben Gregors Handy", sagte Jenny nach einer Weile. „Ich rufe sie an."

„Das Handy wird ausgeschaltet sein, sonst könnte man sie orten. Das sind keine Anfänger."

„Dann spreche ich auf die Mailbox. Vielleicht hören sie die ab."

„Auch unwahrscheinlich."

Schieferacker schüttelte nachdenklich den Kopf. „Aber eins könnte klappen. Schicken Sie ihnen eine SMS."

Ein Befreiungsschlag

Jan Horvath war bereits auf dem Weg zum „Dart-House", als er kurzentschlossen einen Schlussstrich unter all die Pros und Contras zog, die den ganzen Tag um ihn herum geschwirrt waren und sich schließlich zu einem einzigen verfitzten Geschlinge zusammengezogen hatten.

Schuld war die Straßenbahn; die Straßenbahn, in die er am Hauptbahnhof umsteigen musste und die nicht kam und nicht kam. Zur Untätigkeit verurteilt, stapfte Jan Horvath wütend von einem Ende der Haltestelle zum andern, bis er plötzlich stehenblieb. Hatte er sich zu einem Entschluss durchgerungen? Jedenfalls machte er kehrt, durchquerte die Bahnhofshalle und stieg die Treppe hinauf. Zielstrebigen Schritts lief er die Reihe der Bahnsteige ab, vor denen sich jeweils rechter Hand die öffentlichen Telefone befanden.

Mit einigen konnte man sogar Faxe versenden.

Es dauerte nicht lange, bis Jan Horvath gefunden hatte, was er suchte. Er kramte die Telefonkarte aus dem Portmonnaie, scheinbar nutzloses Überbleibsel jener Zeiten, als er doch tatsächlich gemeint hatte, sich der Anschaffung eines Handys verweigern zu können.

Dann holte er die Zeitung von gestern Abend aus der Tasche, blätterte die Seite mit dem „Lasst mich nicht im Stich!"-Foto um und suchte im Impressum eine Fax-Nummer. Da war sie! Er fädelte das gestern ausgedruckte Porträt des Bentley-Fahrers mit den Segelohren in den vorgesehenen Schlitz. Beschriftet hatte er es schon vor dem Losgehen: mit Filzstift, in Druckbuchstaben, stand „de Koonings Entführer" darauf. Datum und Uhrzeit der Aufnahme hatte das Handy automatisch vermerkt.

Ein Zwitschern ertönte. Gleich darauf begann der Apparat, das Bild gemächlich und ratternd durch sich hindurch

151

zu ziehen, um an anderer, weit entfernter Stelle ein Bild dieses Bildes mit der gleichen Gemächlichkeit und dem gleichen Rattern wieder auszuspucken.

Das war's.

Ob er auf Piontek und Schmitz hätte lieber hören sollen; ob es noch möglich wäre, mit Gabriels Hilfe zum Beispiel, sie zum Einlenken zu bewegen; oder ob die Tatsache, dass der unbekannte Zeuge seinen Hinweis losgeworden war, ohne dass Rückschlüsse auf ihn oder sie gezogen werden konnten, sie von seiner Verlässlichkeit überzeugen und für eine Neuauflage ihres Angebots erwärmen könnte – von einer Minute auf die andere war es sinnlos geworden, sich darüber das Hirn zu zermartern.

Es war, wieder einmal, ein Befreiungsschlag gewesen. Kopflos wie alle Befreiungsschläge, die den Ausbruch aus der Enge, in die man sich hatte treiben lassen, wagten, weil etwas ganz anderes als der Kopf vorübergehend das Regiment übernommen hatte.

Jan Horvath spürte, wie die Angst vor der eigenen Courage sich in ihm breitzumachen begann. Er hatte sich einiges zerstört mit diesen Ausbrüchen trotziger Unbesonnenheit, vermutlich sogar seine Ehe. Hätte er sich Elisas Annäherungsversuchen nicht bloß halbherzig widersetzt – um sie sich weder zu verscherzen, noch sich Schuldgefühle aufzuladen –, hätte er über seine windelweichen Ausweichmanöver der einen wie der anderen Frau gegenüber auch nicht mit sich zu hadern brauchen. Um am Ende aus lauter Groll über seinen Mangel an männlichem Draufgängertum die Flucht nach vorn anzutreten: dorthin, wo das Nichts war.

Das „Dart-House" lag unauffällig in einer Zeile aneinander gequetschter Wohnhäuser versteckt und machte einen verlebten, aufgetakelten Eindruck. Ein paar Treppenstufen, die hoch zur Eingangstür führten, und daneben ein Schaufenster, in dem vor einer verräucherten Gardine, die kaum Licht nach draußen fallen ließ, Sportpokale, Bierwerbung und eine an zwei Schnüren aufgehängte Dart-Scheibe zu sehen waren.

Drinnen zwang ihn ein Pulk ähnlich hünenhafter, klobiger Gesellen wie der, nach dem er suchte, sich durchzudrängen. Ein paar von ihnen, mit ihren Bärten und langen Mähnen um kahle Schädel herum, konnten gut und gern als Gabriels Zwillingsbrüder durchgehen.

Als er an der Theke vorbei war, wurde es besser. Jan Horvath steuerte auf einen leeren Tisch zu, von dem aus er den Raum gut überblicken konnte. Sich dort niederzulassen, wo bereits jemand saß, damit er ihn, ohne aufdringlich zu wirken, ansprechen und nach Gabriel fragen konnte, erschien ihm verfrüht. Es konnte gut sein, dass sein Mann noch kam.

Wie sehr ihn das „Dart-House" an die Kneipen von früher erinnerte! Täuschte er sich, weil er schon lange nicht mehr in so einer Vorstadt-Spelunke gehockt hatte? Oder sah es hier immer noch so aus, wie es schon zu DDR-Zeiten ausgesehen haben musste? Tische, Stühle, Lampen, der Fußbodenbelag mit aufgedrucktem Parkettmuster, alles das schien noch von damals zu stammen und einfach weiterbenutzt worden zu sein. War es nicht auch mit dem abendlichen Betrieb einfach immer weitergegangen?

Wahrscheinlich war es immer noch derselbe Wirt, der vorn am Tresen ausschenkte. Wahrscheinlich hatte es hier nie einen Wechsel gegeben. Und niemandem hatte sich die

Frage nach der fälligen Rundum-Erneuerung gestellt, die draußen das ganze Land umgekrempelt hatte.

Oder war er in eine Nostalgie-Zelle geraten? Nein, es wimmelte von West-Trophäen: von den Dart-Scheiben bis zu den Auto-Modellen, die die umlaufenden Borde zugeparkt hatten. Von Zigaretten-Reklamen bis zu dem einen trüben Schein verbreitenden Dagobert Duck auf einem Hocker neben der Tür, die zum Klo führte.

Aber vielleicht war es ja gerade das, überlegte Jan Horvath, während er sein drittes Bier leerte, was den Leuten an diesem Schuppen gefiel: Hier war immer noch 1989. Hier war immer noch die so lächerlich hilflose, frisch entmachtete Rest-DDR, über die soeben, höher als die ganze Mauer, die erste Welle des Westens geschwappt war. Und überall ihr buntglänzendes Treibgut zurückgelassen hatte – jedes Stück ein überfälliger Fußtritt in den Hintern der Politbürokraten.

Wie lange das her war!

Eigentlich, dachte Jan Horvath, müsste man das alles fotografieren!

Manni und Marylin

Als er vom Klo zurückkam, hatte sich jemand, da inzwischen kaum noch Stühle frei waren, an seinen Tisch gesetzt. Es war ein ausnahmsweise nicht ganz so baumlanger Kerl, mit kugelrunden Augen im kugelrunden Gesicht, das von mächtigen, spitz in Richtung Mundwinkel vorstoßenden Koteletten eingefasst wurde. Aus irgendeinem Grund behielt er seinen Anorak an.

Schnell hatte Jan Horvath, als hätte er über seinen Betrachtungen oder während er draußen war, etwas verpassen können, noch einmal die Reihen abgesucht. Manfred Gabriel war nirgends zu finden.

Vielleicht kam er ja heute auch *nicht*. Selbst wenn es stimmte, was Hermann angedeutet hatte, dass das „Dart-House" seine Stammkneipe war, musste das ja nicht heißen, dass er *jeden* Abend da war.

Jan Horvath, dem es schwer fiel, nicht enttäuscht zu sein, sah auf die Uhr. Bis zehn würde er noch warten und sich dann auf die Socken machen, damit er morgen früh fit war.

Das nächste – und, hatte Jan Horvath beschlossen, für ihn ganz gewiss letzte – Bier bekamen sie beide gleichzeitig gebracht, sein neuer Nachbar und er. Als Jan Horvath das Glas hob, hob der Nachbar ebenfalls sein Glas.

„Na dann, Prost!", wünschte Jan Horvath.

„Prost!", wünschte der Nachbar zurück. „Du bist nicht oft hier, oder?"

„Nein. Zum ersten Mal eigentlich. Und ... und du?"

„Ich bin hier immer."

„Ah ja ... "

Günstiger konnte die Gelegenheit nicht werden. Jan Horvath holte tief Luft. „Dann kennen Sie ... dann kennst du bestimmt auch Manfred Gabriel."

„Klar", sagte Kugelrund und zuckte die Schultern.

„Er ist aber heute nicht da."

„Nee", sagte Kugelrund, und seine runden Augen, sein rundes Gesicht und sein runder Körper reichten nicht aus, um sein Bedauern auszudrücken. „Der kommt heute auch nicht mehr. Glaube ich nicht. Dem geht's ganz dreckig, dem Manni. Richtig geknickt ist der. Stell dir vor, dem ist gestern so eine Arschgeige in sein Auto gekracht. Einfach so, anne Ampel."

„Ach was", bemerkte Jan Horvath heiser und wusste nicht, wo er hingucken sollte.

„Ein Chevrolet Chevelle! Ein Bild von einem Auto. Heißt ‚Marylin‘. Bist du schon mal mit so was gefahren? Nee, bist du nicht. Der Manni hat mich einmal mitgenommen ... Ich sage dir, damals hamse noch Autos gebaut ... das waren keine Autos. Kutschen waren das! So was gibt's heute gar nicht mehr. Und wird's auch nicht mehr geben. Nie mehr.“

„Du kennst den ziemlich gut, hmm?“

„Wen jetzt?“

„Den Manni.“

„Kann man sagen.“

Sie tranken einen Schluck.

„Und du? Woher kennst'n du den Manni?“

Spätestens jetzt hätte er beichten müssen, wer er war – Jan Horvath wusste es, brachte es jedoch trotzdem nicht fertig.

„Von ... von Lutz Hermann“, sagte er und nickte zur Bestätigung.

„Ach ja, der Lutze ... Der muss die Kiste jetzt wieder flott kriegen. Eine Heidenarbeit. Schon die Ersatzteile – das ist ja nicht wie bei so 'nem Stino-Kasten. Der Chevi ist Baujahr 67! 67! Das sind vierzig Jahre! So lange gab's die ganze DDR bloß.“

Kugelrund unterbrach sich und warf Jan Horvath einen unruhigen Blick zu. „Du bist doch von hier?“

Jan Horvath nickte.

Kugelrund, erleichtert, nickte auch.

„Vierzig Jahre, das ist 'n Oldtimer. Praktisch ist das 'n Oldtimer. Ob sie den überhaupt wieder hinkriegen, steht inne Sterne. Ich darf gar nicht dran denken – – – “

Kugelrund wirkte so besorgt, dass Jan Horvath sich verleiten ließ, seine bösen Befürchtungen beschwichtigen zu wollen.

„Na, bloß gut, dass dem Manni selber nichts passiert ist.“

Kugelrunds runde Augen wurden auf einmal ganz spitz, so spitz wie seine Koteletten.

„Was heißt hier ‚dem Manni selber' ... du hast sie wohl nicht alle!" Er schnappte nach Luft. „Der Manni ist ... nicht mehr derselbe Mann ist der! Der läuft rum, als wären ihm Vater und Mutter gestorben! Und der Rest vonne Verwandtschaft gleich mit dazu!"

Und nachdem er sich beruhigt und dabei eingesehen hatte, dass sein Nachbar schließlich nicht wissen konnte, um welch ein Gefährt es sich handelte, hatte Kugelrund sich seiner Ahnungslosigkeit erbarmt und Jan Horvath erzählt, wie das damals gewesen war, als sich die beiden gefunden hatten, Manni und „Marylin".

In der Nacht vom 30. Juni auf den 1. Juli 1990 nämlich, der Nacht, als die Westmark kam, hatten sie alle hier gesessen, im „Dart-House", das damals noch „Elster-Klause" hieß, und den Mailänder Sieg nachgefeiert, Deutschland gegen Niederlande, den Einzug ins Viertelfinale – und den Einzug ins richtige Geld und ins richtige Leben.

Und früh waren sie alle zusammen zur Sparkasse marschiert und hatten sich angestellt. Eigentlich hatten sie ja die ersten sein wollen, aber im Zuge der auf das große Fest einstimmenden Feierlichkeiten doch den Aufbruch verpasst. Also reihten sie sich ein, und als es auf Mittag ging, kriegten sie ihr Geld. Das heißt, sie *kriegten* es nicht sofort, aber sie *hatten* es wenigstens, sie hatten es nämlich auf ihrem Konto. Sie brauchten es jetzt nur noch abzuheben und konnten damit kaufen, was sie wollten.

Die meisten wollten ein Auto. Ein gebrauchtes natürlich, gut und billig. Manni wollte ein Motorrad. Ein *richtiges* Motorrad. Aber darauf musste er erst noch sparen.

Das Dumme war nämlich, dass ihm die funkelnagelneuen viertausend Westmark auf seinem Konto gar nicht gehörten. Die gehörten seiner Mutter. Im Gegensatz zu ihrem Sohn, der nie Geld hatte, am allerwenigsten auf seinem Konto, hatte sie nämlich einiges mehr als die viertausend Mark, die sie eins zu eins umgetauscht bekommen sollte. Und natürlich fand sie es schade, vom Rest, der in Wahrheit gar kein Rest war, sondern noch einmal so viel und etwas darüber, die Hälfte einzubüßen. Folglich bat sie ihren Sohn, die viertausend Mark, die er ebenfalls eins zu eins umgetauscht bekommen würde, jedoch gar nicht besaß, für sie auf *seinem* Konto zu deponieren und „umzustellen". Und das war falsch.

Manni, eigentlich pleite, kam also *bloß mit*, als sie alle zusammen zur Kleinmesse zogen, wo in den letzten Wochen Gebrauchtwagenhändler mit ihren unermesslich vielen und verschiedenen Fahrzeugen Aufstellung genommen hatten, um die neue Kundschaft zu erwarten, die mit dem heutigen Tag in die Lage versetzt worden war, ihre von jahrzehntelangen Entbehrungen angestachelten Gelüste auszutoben.

Dort blieben sie, und zwar den ganzen Tag. Da sie nichts übersehen und sich hinterher ärgern wollten, beschlossen sie, zuerst *alle* Autos in Augenschein zu nehmen. Sie prüften sie mit kritischem Blick und fachsimpelten über das jeweilige Preis-Leistungs-Verhältnis. Manni, der *bloß mit* war, betrachtete mit in sich gekehrter Miene die Motorräder und schnalzte dann und wann mit der Zunge.

Und dann passierte es: Als sie die letzte Reihe erreicht hatten und einen Bogen schlugen, um wieder nach vorn zu gelangen, lächelte ihnen plötzlich Marylin entgegen.

Und Manni blieb wie angewurzelt stehen.

Natürlich war das noch gar nicht wirklich Marylin. Es war nur ein uralter, vom Zahn der Zeit benagter Straßenkreuzer, der den Rest seiner Lebenskraft damit verpulverte, „Amerika! Amerika! Amerika!" zu rufen. Bestimmt hatte er schon die letzten zehn Jahre nur noch herumgestanden und nicht mehr auf die Straße gedurft.

Aber Liebe, *echte* Liebe, macht blind. Manni stand da, sah Lack und Chrom, von Gitarrenakkorden und Mundharmonikaklängen unterstützt, zurückwachsen über den Rost und murmelte: „Den baue ich mir auf!"

Erst einmal wurde es allerdings hart. Er musste 2.000 DM zurückzahlen, die er sich – wie er das sah – bei seiner Mutter geborgt beziehungsweise – wie sie das sah – ihr gestohlen hatte.

Nun, das war noch harmlos. Mehr als das Dreifache musste er für jenen Freund eines Freundes aufbringen, der zwanzig DDR-Jahre lang gut davon leben konnte, dass er in seinem ausgeräumten Kuhstall alte bis uralte Autos „geklempnert" (das heißt vom Rost zerfressene Metallteile heraus- und ihren neuen Ersatz wieder hineingeschweißt) hatte, und sich an seinem vermutlich letzten Auftrag so lange wie möglich festhielt.

Weitere tausend gingen ins Nachbardorf, wo die Scheune zur Spritzlackiererei umgerüstet worden war. Bei der Fahrt vom Dorf A zum Dorf B stellte sich leider heraus, dass Kühler und Lichtmaschine ausgewechselt werden mussten; außerdem war die Bremsleitung geplatzt.

Manni seufzte, doch den Glauben gab er deswegen nicht auf. Und waren es nicht öfter im Leben die Sorgenkinder, die einem erst recht ans Herz wuchsen?

Dann endlich war es soweit. Der Wagen, eierschalfarben gespritzt, wie er es in seinen besten Jahren gewesen sein musste, fuhr vor dem „Dart-House" vor. Manni hatte zwar Schulden, aber er hatte auch ein Auto wie keiner sonst in dieser ganzen Stadt. Sie überlegten, welchen Namen sie ihm geben sollten; und irgendwann hatte einer „Marylin" gesagt.

Und Manni hatte genickt und gelächelt, gelächelt und genickt.

„Verstehst du jetzt, warum's ihm scheiße geht?", fragte

Kugelrund teilnahmsvoll. „Der hätte lieber einen Finger eingebüßt."

Jan Horvath sah seine Felle davonschwimmen und nahm all seinen Mut zusammen.

„Mir geht's ja auch um den Chevrolet. Ich bin nämlich Fotograf, und ich wollte gern Aufnahmen machen von ein paar ungewöhnlichen Autos, Autos, die man in unseren Straßen nicht erwartet, weißt du. Ein bisschen ... surreal. Deshalb hatte mir Lutz Hermann auch diesen Tipp gegeben. Ich hab bloß blöderweise ... ich hatte mir die Adresse aufgeschrieben, aber irgendwie den Zettel verschmissen. Ob du mir die noch mal sagen kannst?"

Kugelrund hob bedauernd die Augenbrauen.

„Nee du, leider nicht. Weil, die weiß ich nämlich gar nicht. Wozu denn auch, wir sehen uns ja hier."

„Schade", sagte Jan Horvath, und versuchte, weniger zerknirscht auszusehen, als er sich fühlte.

„Aber das ist kein Problem", beruhigte ihn Kugelrund. „Du gibst mir einfach deine Nummer, und wenn ich Manni sehe, sage ich ihm Bescheid, und er meldet sich bei dir."

Jan Horvath starrte unglücklich vor sich hin.

„Ist wirklich kein Problem. Ich mach das gerne."

„Ja, prima", sagte Jan Horvath tapfer.

Kugelrund schnappte sich einen Bierdeckel und zückte den Kugelschreiber, den er in der Brusttasche seines Anoraks aufgetrieben hatte. „Zettel haben wir hier, und Stift auch. Und du bist der – ?"

„Jan. Jan Horvath", sagte Jan Horvath, während er sich vorstellte, wie begeistert Manfred Gabriel sein würde, wenn er erfuhr, dass der Verursacher all seiner Leiden sich hier eingeschlichen hatte, um seine Freunde auszuquetschen.

„Jan Horvath", wiederholte Kugelrund. „Und die Nummer ist – ?"

„3-88-91-44". Jan Horvath holte tief Luft. „Lerchenfeld-straße 41."

„Und das Handy?"

„Handy habe ich keins", sagte Jan Horvath. Und dann, eilig, als wäre ihm gerade aufgefallen, dass er dicht davor war, es zu vergessen:

„Danke. Das ist nett."

Dritter Teil. Donnerstag

Wer kennt diesen Mann?

Armin Sylvester war immer früh aufgestanden, sein ganzes, bis zu seiner unvorhergesehenen Beendigung genau vierzehn Jahre und acht Monate währendes Berufsleben lang. Im Vaterland der Werktätigen gehörte das Gold im Mund der Morgenstunde zu den Rohstoffen, auf die die Volkswirtschaft nicht zu verzichten gedachte.

Zwar genossen die Ingenieure in der Entwicklungsabteilung ebenso wie die Verwaltungsangestellten und die Betriebsleitung den Vorzug, später als die Schichtarbeiter beginnen zu dürfen. Doch um sieben fing auch für sie der Arbeitstag an. Wenn man, wie Sylvester, lieber in der Nachbarstadt wohnen blieb und dafür die tägliche Fahrt mit der Bahn oder dem Motorrad in Kauf nahm, musste man trotzdem kurz vor sechs aus dem Haus – und folglich spätestens um fünf aus den Federn.

Das musste er seit dreizehn Jahren nicht mehr. Doch ein Frühaufsteher war er dennoch geblieben, auch als er nur noch aufstand, um zu ungewöhnlicher Stunde spazieren-zugehen.

Als Sylvester an diesem Donnerstagmorgen aus dem Haus trat und sich auf den Weg zum S-Bahnhof machte, war es kurz vor halb sieben. Er ging schnell, denn es war kalt. Zuerst kam er an mehreren Wohnblöcken, später an einer flachen Ladenzeile vorbei. Hier waren schon deutlich mehr Menschen unterwegs. Die meisten von ihnen hasteten an ihm vorbei; offenbar wollten sie den Zug erreichen, der in wenigen Minuten in Richtung Innenstadt/Hauptbahnhof fuhr.

Sylvester hatte es nicht eilig. Wenn der Zug erst weg war, würde es auch am Zeitungskiosk leerer sein als jetzt.

Und das war es wirklich. Vor ihm stand nur eine ältere Frau, die gerade ihr Wechselgeld ausgehändigt bekam, hinter ihm niemand. Der Mann im Kiosk legte, als er ihn erkannte, die „Bild-Zeitung" und die „Leipziger Volkszeitung" auf den Ladentisch. Sylvester nickte, verlangte jedoch außerdem noch die „Süddeutsche", die „Frankfurter Allgemeine", die „Welt" und das „Neue Deutschland".

Der Kiosk-Verkäufer bemühte sich, sich seine Verwunderung nicht anmerken zu lassen, und auch Sylvester versuchte, so zu tun, als sei sein heutiger Groß-Einkauf die selbstverständlichste Sache der Welt. Den Packen unter den Arm geklemmt, zog er in Richtung Bäckerei davon.

Noch immer gut gelaunt begann er – den Kaffeebecher vor den Lippen, von dem er gedankenverloren den Dampf wegblies und aus dem er ebenso gedankenverloren ab und zu einen Schluck schlürfte – seinen Stapel Neuigkeiten abzuarbeiten.

Das „Neue Deutschland", das zuoberst lag, erwies sich als unergiebig, bis auf einen Kommentar, der Sylvester aus der Seele sprach. Er erklärte nämlich verurteilenswerte Übergriffe wie die Entführung Gregor de Koonings als nahezu unvermeidliche Folge der von Grund auf verfehlten, von eitlem Populismus bestimmten Wiedervereinigungspolitik, die die ostdeutsche Wirtschaft ruiniert und große Teile der Bevölkerung ihrer Einkommen und damit ihrer natürlichen Lebensgrundlage beraubt habe. Allerdings sei Kriminalität der falsche Weg, um gegen die das Land auseinander reißende Kluft zwischen Arm und Reich vorzugehen. Letzten Endes diene sie nur dazu, den Abbau demokratischer Grundrechte und den Ausbau Deutschlands zum Hochsicherheitstrakt voranzutreiben, zu Nutz und Frommen des weltweit operierenden Großkapitals.

163

Auch die „Welt" spekulierte über einen politischen Hintergrund der Entführung, ohne sich dabei auf einen bestimmten Zusammenhang festlegen zu wollen. Gleichzeitig erinnerte sie mit einer Aufstellung der berühmtesten Entführungsfälle der letzten zwanzig Jahre daran, dass all diese Untaten immer nur durch ein und denselben sogenannten „niederen Beweggrund", nämlich gewöhnliches Bereicherungsstreben, motiviert gewesen seien – Folge aggressiven Sozialneids derjenigen, die zwar große Ansprüche, doch keine entsprechenden Leistungen vorzuweisen hätten.

„FAZ" und „Süddeutsche" glichen sich darin, dass sie die am Vorabend den Agenturen zugeleitete Presse-Erklärung der „de Kooning KG" abdruckten und sich ansonsten in Zurückhaltung übten.

Dafür nahm die „LVZ" ihre Pflichten als Platzhirsch ernst und ergänzte die offiziellen Bulletins um einen Artikel, der die Ansiedlung der „de Kooning KG" in der Messestadt als Meilenstein erfolgsorientierter sächsischer Wirtschaftspolitik würdigte, die den Standort Leipzig im Zeitalter der Globalisierung zukunftstauglich gemacht habe. Unter einer Luftaufnahme des Werksgeländes mit seinen riesigen Hallen und dem gläsernen, an einen überdimensionalen Monitor gemahnenden Verwaltungsgebäude erinnerten Fotos an die Grundsteinlegung, das Richtfest und die Einweihung des neuen Firmenkomplexes. Für das „human feeling" sorgte ein Interview mit SAX-TV-Moderator Tim Sonntag, der de Kooning in seiner Reihe „Sonntags Besuch" vor der Kamera gehabt hatte und von dem unkonventionellen Jung-Industriellen auch anderthalb Jahre und siebzig prominente Zeitgenossen später noch sichtlich beeindruckt war.

Die „Bild-Zeitung" kam zum Vorschein, die letzte des Stapels. Auf ein Viertel zusammengelegt, musste sie erst auseinandergefaltet werden, bis sie ausgebreitet auf dem Tisch lag.

Und in diesem Moment erstarrte Sylvester. Der Laden, die Stadt, die ganze Welt drehten sich plötzlich; sie zogen sich um ihn zusammen und schnürten ihm die Luft ab, bis das Schwarz ihn von allen Seiten umschloss.

Genauer gesagt, ihn und ein einziges winziges Loch.

Und durch diesen einen übriggebliebenen Tunnel kam ihm, mit hoher Geschwindigkeit, etwas entgegen ... ein Gesicht! Ein Gesicht, mit dem er nicht gerechnet hatte – und das er trotzdem augenblicklich erkannte.

Ralles Gesicht.

Ralles Gesicht, mit schweißglänzender Glatze, mit aufgerissenen Augen, mit Segelfliegerohren.

Ein anonymer Zeuge

Ralf Gurski lag, den Kopf zwischen Kissen vergraben, die Beine in die Decke verknotet, auf dem Sofa, als Sylvester ins Zimmer platzte und den Schlafenden weckte.

„Ralle? Ralle, wer ist das? Hmm? Wer ist das hier, Ralle?", rief er, während er mit der einen Hand seine Schulter rüttelte und ihm mit der anderen die Zeitung vor die Nase hielt. „Hier, lies, Ralle. ,Wer kennt diesen Mann?' Na? Kennst du den, Ralle? Hast du den schon mal gesehen? Guck ihn dir mal an! Vielleicht fällt's dir ja dann ein ... Na los!"

Jetzt brüllte er sogar. „Angucken sollst du ihn dir!"

Die vor Schreck aufgerissenen Augen verklebt und keinen klaren Gedanken hinter der in Falten gezogenen Stirn, schob Gurski die Zeitung von sich weg, so weit, dass er etwas erkennen konnte.

„Und?"

Armins Frage klatschte ihm wie eine Backpfeife ins Gesicht.

„Das bin ich", murmelte Gurski betreten.

„Ja, das bist du!"

Armin warf die Zeitung auf die Bettdecke. „Und zwar am 20. März, um 8:26 Uhr. Du kannst nachgucken, es steht drauf."

„Am 20. März ... ", überlegte Gurski.

„Vorgestern!"

Allmählich dämmerte es Gurski, worum es ging. Dienstagmorgen, der schwarze Bentley, und er am Lenkrad ... Und neben sich, aus der Betäubung auftauchend, der außer Rand und Band geratene de Kooning.

Aber wo kam dieses Foto her? Plötzlich hatte er eine Erleuchtung.

„Diese Scheiß-Blitzer", sagte er. „Überall stellen die ihre scheißblöden Blitzer auf."

Sylvester nickte anerkennend. An ein Blitzer-Foto hatte *er* auch zuerst gedacht. Bloß, dass *er* sofort dahintergekommen war, dass das nicht stimmen konnte!

„Ach! Und wie kommt dein Blitzer-Porträt in die Zeitung, hmm? Ich nehme an, du hast eine Erklärung dafür."

Sylvester zog seine Jacke aus und schleuderte sie in den Sessel.

„Weißt du, was das heißt? *Ralle!* Das heißt: Es gibt jemanden, der dich gesehen hat. Der *euch* gesehen hat. Der mitgekriegt hat, dass da drin die Hölle los war, verstehst du? Denn sonst hätte er erstens nicht fotografiert, und zweitens das Foto nicht an die Zeitung geschickt. *Es gibt einen Zeugen, Ralle!* Das heißt es."

Gurski nickte. Armins Schlussfolgerungen sausten ihm um den Kopf, so schnell, dass er Mühe hatte, ihnen zu folgen.

„Ich habe dich gefragt, Ralle. Ich habe dich gefragt, ob

euch jemand gesehen hat. Und du hast gesagt: Nein!"

Er musste tief Luft holen, aber es ging nicht, oder nur schubweise.

„Du hast gesagt: Nein!"

„Armin ... ", versuchte Gurski, ihn zu beruhigen, „Armin, ich habe doch bloß gesagt – – – " Weiter kam er nicht.

„Du hast gesagt: Nein!"

Sylvester musste die Nase hochziehen, um wieder sprechen zu können.

„Ralle, wenn der gesehen hat, was passiert ist ... dass er tot ist, de Kooning ... wenn die *das* wissen ... dann sind wir im Arsch, Ralle."

„Aber die wissen das nicht."

Gurski richtete sich auf und tastete mit den Füßen über den Boden. „Überleg doch mal, Armin." Er wusste selber nicht, woher er auf einmal seine Zuversicht nahm. „Wenn die wüssten, was los ist, dann wäre doch die de Kooning gestern nicht zum Bahnhof gekommen. Jedenfalls hätte sie nicht, als sie dich gesehen hat – "

„Das kann alles eine Falle gewesen sein." Sylvester winkte ab. „Sobald sie wissen, dass sie ihn sowieso nicht mehr retten, geht's denen nur noch darum, uns zu schnappen. Und außerdem – "

„Außerdem?"

„Außerdem haben sie's ja gestern vielleicht wirklich noch nicht gewusst. Aber *heute* bist du in der Zeitung."

Gurski kratzte sich das Kinn. Schade, aber ... vom Tisch wischen ließ sich Armins Einwand nicht.

„8:26 Uhr." Sylvesters Ton wurde nachdenklich. „Die Frage ist, was er gesehen hat. *Was genau.* Hat er nur beobachtet, dass ihr im Clinch miteinander wart, de Kooning und du? Oder auch den Schuss?"

„Soll das jetzt eine Frage sein, Armin?"

„Ja *sicher* ist das eine Frage!"

„Aber wie soll *ich* das wissen, Armin", warb Gurski drucksend um Verständnis – sein Bedarf an Wutausbrüchen war für heute gedeckt.

Sylvester sah ihn scharf an.

„Weißt du, wer das gewesen sein kann?"

„Wer ,wer'?"

„Der euch gesehen hat!"

„Nein ... Wie denn, Armin! Meinst du, da hatte ich Augen für?! Ich wusste so schon nicht, worum ich mich zuerst kümmern soll ..."

„Denk doch mal nach! Versuch, dich zu erinnern."

„Aber woran?!"

„An den Typen, der dich geknipst hat, mein Gott!"

Gurski stöhnte.

„Ralle, wir gehen es Schritt für Schritt durch. Du bist von vorn drauf ... er muss also im Wagen vor dir gewesen sein. Dann hat er sich umgedreht, und – "

Gurski schwieg.

„Guck mal. Katz' Haare hast du schon nicht mehr auf. Es muss also gewesen sein, nachdem ihr euch schon gefetzt habt. Wahrscheinlich habt ihr irgendwo gestanden ... Ralle, du hast doch gesagt, dass ihr hinter diesem Laster gestanden habt! Als er aussteigen wollte und so. Als es ... als es passiert ist."

„Ja, stimmt."

„Wer stand da vor dir, Ralle?"

Der graue Golf! Gurski schluckte. Und davor das Ami-Schiff. Sie standen vor ihm, deutlich wie im Traum.

„Der, der vor dir stand, der muss es gewesen sein, Ralle. Dem seid ihr aufgefallen. Dann hat er sein Handy genommen und dich geknipst. Vielleicht hat er auch de Kooning fotografiert ... "

„Dann hätten sie das Bild auch abgedruckt." Gurski schüttelte den Kopf.

„Wenn's die Bullen nicht zurückhalten. Oder *er* hält es zurück."

Die Hände zur Faust gerollt, rieb Sylvester nervös seine Finger.

„Wir müssen wissen, was hier läuft, Ralle."

Gurski holte tief Luft.

„Der Wagen vor mir, das war dieser Golf. Ein grauer Golf. Uralt. Mit so einem blöden Aufkleber am Heck. Der dann auf diesen Ami-Schlitten gekracht ist. Vor der Ampel. Da habe ich dir doch von erzählt!"

„Davon hast du *nichts* erzählt!"

„Der Laster ist raus, alle fahren an, an der Ampel steigt der Ami auf die Klötzer, und der Golf kracht drauf. Vielleicht – – – "

Sylvester sah, wie sich Gurskis Miene verfinsterte.

„Vielleicht was?"

Der Fahrer hatte sich sogar einmal nach ihm umgedreht, inzwischen war sich Gurski ziemlich sicher.

„Der Golf stand die ganze Zeit vor mir. Ein einzelner Mann drin."

„Die ganze Zeit, das soll heißen – "

Gurski nickte.

„Er hätte also alles mitkriegen können."

Jetzt konnte Gurski nicht einmal mehr nicken.

„Auch den Schuss."

Gurski stemmte sich hoch und gab an, aufs Klo zu wollen.

„Wir müssen ihn finden", verkündete Armin, so knapp und klar, als gäbe es sowieso keine andere Lösung.

„Ich bin gleich wieder da, ja?"

Als Gurski vom Pinkeln zurückkam, war Sylvester mitten in der Arbeit, und seine Laune fing an, sich aufzuhellen.

„Anja kommt," berichtete er, „ich habe sie gerade angerufen. Sie muss dir ein anderes Gesicht machen. Das Foto

169

ist zwar schlecht, aber wer dich kennt, erkennt dich trotzdem. Und dann musst du den Mann auftreiben, den aus dem Golf. Wenn er einen Unfall hatte, dann steht die Karre jetzt in irgendeiner Autobude ... du musst ein bisschen rumtelefonieren, dir wird schon was einfallen. Wir müssen wissen, was er weiß. Und was die Polizei weiß. Wenn du ihn hast, bringst du ihn her. Aber nicht so, dass wir ihn anschließend in die Wanne packen müssen, ist das klar?"

„Aber ich ... du kannst so was viel besser als ich."

„Anders geht's nicht, verstehst du. Weil ich die Kohle holen muss."

Er pumpte sich die Lungen mit Luft voll und ließ sie langsam und genüsslich entweichen. „Vielleicht heben wir dann heute Abend schon ab, Ralle."

„Aber dann müssen wir uns doch um den Heinz mit dem Foto gar nicht mehr kümmern." Die Hoffnung, der Kelch könne noch einmal an ihm vorübergehen, zog wie ein Leuchten über Gurskis Gesicht.

„*Gerade deshalb!* Mensch Ralle! Sollen wir den Bullen in die Arme rennen? Willst du das? Wenn ich die Sache vernünftig kalkulieren soll, muss ich wissen, welche Faktoren ich zu berücksichtigen habe. Und das A und O dabei ist: Geht die de Kooning davon aus, dass sie ihren Herzallerliebsten heil und gesund wiederkriegt, wenn sie die Kröten rausrückt, oder nicht. Wenn nämlich nicht, dann – – – Ja, guck nicht so, so sieht's aus, Ralle."

Sylvester packte ihn am Arm. „Das heißt, wenn wir überhaupt eine Chance haben, dann, weil du den vorher ausgequetscht hast."

Er rüttelte ihn. „Du weißt, du hast was gutzumachen, Ralle."

„Ja", stöhnte Gurski und sah zu Boden.

Im Schloss saßen sie, vor allem Helens wegen darauf bedacht, so zu tun, als habe sich nichts Ungewöhnliches ereignet, beim Frühstück, als Lubetzki anrief. Jenny war als erste am Apparat. Der Kommissar wirkte geradezu aufgeregt, als er berichtete, dass es einen Zeugen für de Koonings Verschleppung geben müsse, da eine Aufnahme des mutmaßlichen Entführers aufgetaucht sei: natürlich nicht bei der Polizei, sondern wiederum in der Zeitung.

„Ist Ihnen klar, was das heißt?" Lubetzkis Besorgnis war nicht zu überhören. „Die Täter könnten nervös werden, unberechenbar. Aber vielleicht sollten wir das nicht am Telefon besprechen."

Da er ihnen ohnehin das Foto zeigen wollte, für den Fall, dass sie den Mann darauf erkannten, hatte Jenny eingewilligt, dass er vorbeikam – auch wenn sie befürchtete, dass die Antwort auf ihre tollkühne SMS von gestern Abend womöglich gerade eintraf, wenn der Kommissar im Haus war.

Bis auf Helen, die sich über den Regen beschwerte und nicht einsehen wollte, warum man ihn nicht abstellen könne, wenigstens so lange, bis sie mit Minchen – Minchen war ihr Rauhhaardackel – eine Runde gedreht hatte, war allen am Tisch anzumerken, wie anstrengend es war, gute Miene zum bösen Spiel zu machen.

Schlecht geschlafen hatten sie alle; Paula de Kooning trotz des Schlafmittels, das sie sich in Anbetracht des Ausnahmezustandes erlaubt hatte. Walter de Kooning war sogar, Mitternacht war lange vorüber, noch einmal aufgestanden, um sich in der Küche ein Stück Käse abzuschneiden. Das machte er oft, wenn er nachts wach wurde, weil er, wie er behauptete, dann leichter wieder einschlafen könne.

Im Flur hatte er Jenny getroffen, die gerade aus Helens Zimmer kam. Besorgt hatte er sich erkundigt, ob etwas mit dem Kind wäre, aber Jenny hatte ihn beruhigt: „Nein, sie schläft. Ich musste bloß ... ich musste einfach sehen, dass alles in Ordnung ist mit ihr."

Er wolle nur schnell in die Küche, um den Kühlschrank auszurauben, hatte er erklärt. Jenny hatte gefragt, ob es ihn störe, wenn sie mitkäme.

„Wenn du niemandem sagst, was ich alles verschlinge!"

Dann allerdings hatten sie lange da unten gesessen.

„Wenn das alles vorbei ist", hatte Walter de Kooning gesagt, „dann kommt ihr zu uns nach Grünwald. Bis ihr etwas eigenes gefunden habt, meine ich. Auch am Starnberger See kommen Grundstücke zum Verkauf, ich werde veranlassen, dass man uns Angebote schickt. Da würde es euch bestimmt gefallen. Auch Helen. Glaubst du nicht, Jenny?"

„Es geht nicht ums Gefallen, das weißt du doch", wiegelte Jenny ab. „Für Gregor war es eine grundsätzliche Entscheidung, hierher zu ziehen. Auch wenn wir uns dann außerdem noch in das Haus verliebt haben."

„Ja, aber hier könnt ihr nicht bleiben. Jetzt nicht mehr. Ihr müsst auch an Helen denken. Im September kommt sie zur Schule. Soll sie hier zur Schule gehen? Zusammen mit den Kindern von ... was weiß ich für Leuten?"

„Sie ist keine Prinzessin, Walter. Und sie soll auch keine werden."

„Ja-ja. Nur wie das praktisch aussehen soll, frage ich mich."

„Jemand wird sie in die Schule fahren und nach dem Unterricht wieder abholen. Das geht schon auf Grund der Wege nicht anders."

„Und in der Zwischenzeit? Wie wollt ihr auf sie aufpassen, da draußen, wenn sie allein ist? Ihr könnt es nicht. Niemand kann das." Er schüttelte den Kopf.

„Wollt ihr jeden Tag Angst um sie haben? Angst, dass so etwas wieder passiert? Nur, dass sie sich dann Helen schnappen? Sie in ein Auto zerren, in irgendein Kellerloch verfrachten, einen leerstehenden Schuppen, eine abgewrackte Fabrik? Nur, weil ihre Eltern mehr Geld haben als sie? Nein, Jenny", ergriff er ihre Hand, „so einfach ist das nicht. Arm und Reich, das ist nicht mal zu Hause leicht. Wenn wir uns *eine* Stadt teilen müssen, *eine* Schule, in Straßen, U-Bahnen, Opernhäuser, Kirchen – dann geht das nur, weil wir auf der Hut sind. Weil wir einen Teil unseres Geldes dafür ausgeben, dass auf unsere Sicherheit geachtet wird, und das möglichst so, dass wir nicht ständig daran erinnert werden.

Lass uns die Illusionen über Bord werfen, Jenny. Sie wissen, wo wir angreifbar sind, und wir wissen es ebenso. Deshalb können wir uns wehren. Auf vielen Ebenen, Jenny, und mit vielen Mitteln."

„Findest du nicht, dass du jetzt ein bisschen übertreibst, Walter? Irgendwelche Verbrecher, Kriminelle, haben Gregor entführt, ja – aber deswegen leben wir hier doch nicht wie in Feindesland!"

„Nein? Dann schau dich doch mal um! Wenn die Menschen in dem Moment, wo sie uns nichts wegnehmen können, weil wir uns nichts wegnehmen *lassen*, ihr ganzes bisschen noch verbliebener Energie darauf richten, uns das Leben zwischen ihnen, mit ihnen, wenigstens zu vergällen – dann entsteht genau das, was du ,Feindesland' nennst. Dann schickt man Soldaten da hin, aber nicht seine Familie."

Seine Stimme war kaum lauter, der Druck seiner Hand kaum stärker geworden, und doch merkte Jenny, wie ein lange zurückgehaltener Zorn in ihm zu lodern begann.

„Das sind Selbstmord-Attentäter! Ja! Selbstmord-Attentäter, denen es nur noch darum geht, diese Welt unbewohnbar zu machen. Sie zu verpesten … mit Angst! Angst, über einen Marktplatz zu schlendern. Angst, einen Bahnhof zu betreten, ein Stadion, ein Kaufhaus, den Zoo. Angst, die Kinder in die Schule zu schicken. Hier ist etwas im Gange, Jenny, halte mich nicht für übergeschnappt, das ist der Anfang vom Ende unserer Zivilisation. Und hier geht es los! *Hier!* Wo ihr in euerm Schlösschen hockt und den Kopf in den Sand steckt."

Jenny kannte ihren Schwiegervater seit bald zwanzig Jahren, so hatte sie ihn noch nie erlebt. So – verwundbar. Vorsichtig legte sie ihre andere Hand auf die, mit der er sie festhielt, noch immer.

„Aber was ist die Alternative, Walter? Sollen wir uns einigeln, hinter Schlagbäumen, Stacheldraht, Patrouillen mit Schäferhunden, wie die Bonzen in ihrem komischen Wandlitz? Sollen wir Helen einsperren in einen goldenen Käfig? Sie muss doch ein normales Leben führen können!"

„Ein normales Leben, ja ... aber nicht hier. Kommt zurück, Kinder. Kommt nach Hause."

„Du meinst also, die Alternative heißt Starnberger See?"

„Ja. Natürlich. Das muss auch Gregor einsehen."

„Ich weiß nicht ... Er hat sich immer gesträubt, sich den Osten madig machen zu lassen, damals, als alle auf uns eingeredet haben, bloß nicht hierher zu ziehen. Er hat sich gesträubt, sich anstecken zu lassen von eurer Panikmache. Was er als Panikmache empfunden hat. Da wollte er etwas dagegen setzen. Vertrauen."

„Vertrauen ... !"

„Ja, Vertrauen. Vertrauen ist Stärke, hat er immer gesagt. Vertrauen schlägt Breschen in die Mauern, die hier überall rumstehen. Du weißt, warum er den ganzen Security-Kram abgelehnt hat, nicht in der Niederlassung, aber hier draußen. Weil er keine Lust hat, sich einschüchtern zu lassen."

„Ich weiß", hatte Walter de Kooning abgewinkt. „Ich kenne das alles. Nur habe ich ihn nicht bewundert für seinen ... nennen wir es: juvenilen Übermut. Bloß, jetzt ist das alles Schnee von gestern. Das stammt alles aus der Zeit *davor*. Bevor sie ihn weggefangen haben, diesen Heh-was-kostet-die-Welt. Jetzt hat er etwas gelernt. Hoffe ich. Jetzt wird er nachgeben. Jetzt bleibt ihm nichts anderes mehr übrig."

Und als Jenny nichts erwiderte, hatte er hinzugefügt: „Ich würde mich sehr freuen, euch wieder in der Nähe zu haben. Dich, Gregor, Helen. Und Paula auch."

Und weil sie immer noch nicht wusste, was sie jetzt sagen sollte, hatte Jenny seine Hand gedrückt, seine Hand, die auf ihrer lag, schwer, seine Altmännerhand.

Schiss

Die Wachtmeister Piontek und Schmitz entdeckten Jan Horvaths inzwischen hunderttausendfach durch die deutschen Städte, Dörfer und Gemeinden geisterndes Handy-Foto am Connewitzer Kreuz. Ein bei Rot zwischen den haltenden Autos hin und her turnender, über die aus dem Streifenwagen gestreckte Hand zuerst weidlich erschrockener Straßenverkäufer hatte ihnen die Zeitung durchs Fenster gereicht.

Piontek saß am Steuer und musste auf den Verkehr achten, Schmitz tobte vor sich hin. „Guck dir das an!" Er schlug die Fingernägel gegen das Papier. „Ich glaub's einfach nicht."

„Nun krieg dich mal wieder ein", brummte Piontek. „Was hast *du* denn gedacht? Dass er keine Kopie auf den Rechner legt? Oder dass er sich nicht mehr traut, Mucks zu sagen, bloß weil du ihm sein Handy abgenommen hast? Das war doch klar, dass er das ernst meint. Wir hätten nicht so auf stur schalten sollen."

„Du meinst, *ich* hätte nicht so auf stur schalten sollen, ja?"

„Ja, verdammt."

Schmitz presste die Lippen aufeinander, entschlossen, dem durchsichtigen Versuch, ihm die Schuld an der verfahrenen Situation in die Schuhe zu schieben, nicht einmal die Ehre einer Erwiderung zu erweisen.

„Dir wäre es also lieber gewesen, wenn wir ihm die Papiere dagelassen hätten, damit uns dieses kleine Arschloch ab sofort erpressen kann, wegen der zu seinen Gunsten frisierten Akten – nur, damit ich dich richtig verstehe?!"

„Du brauchst nicht gleich die beleidigte Leberwurst zu spielen", entgegnete Piontek, ohne auf Schmitz' gereizten Ton einzugehen. „Das habe ich nicht gesagt. Ich hätte es lediglich vernünftiger gefunden, wenn wir die Tür einen Spalt weit offen gelassen hätten, statt sie ihm vor der Nase zuzuschlagen. Jetzt hat er nichts mehr zu verlieren, und außerdem ist er auch noch krachsauer. Ich an seiner Stelle würde mir auch überlegen, ob ich den beiden Bullenschweinen nicht *wenigstens* noch eins reinwürge."

Pionteks Ton ließ Schmitz noch fuchtiger werden. „Fakt ist eins: die Unterlagen sind wieder tipptopp. Unfallaufnahme, Atemalkohol, Blutalkohol, alles. Da kann er behaupten, was er will, das sind alles haltlose Bestechungsvorwürfe. Verleumdungen sind das. Und dafür habe *ich* gesorgt, wie du dich vielleicht erinnerst. Alles, was er uns anhängen kann, ist folglich, dass er behauptet, auf den Bentley – "

„– beziehungsweise die Entführung – "

„– ja verdammt! Auf den Bentley beziehungsweise die Entführung hingewiesen zu haben. Und das streiten wir ab."

„Stimmt ja", erinnerte sich Piontek grienend, „das streiten wir ab."

Schmitz warf ihm einen misstrauischen Blick zu, bevor er fortfuhr: „Das Handy hat er im Wagen liegenlassen, und wir haben gewartet, dass er sich meldet, um es abzuholen. Ich frage mich, was zum Teufel dir eigentlich so die Düse gehen lässt."

„*Mir* geht die Düse? *Du* hast dich doch über das Foto in der Zeitung erbost. Warum eigentlich? Doch nicht etwa deshalb, weil du Schiss davor hast, dass Horvath auspackt?" Piontek stieß höhnisch die Luft durch die Nase, es klang fast wie ein Pfiff. „‚Das streiten wir ab!' Wenn ich das schon höre! Seit zwei Tagen halten wir Informationen zurück und behindern damit die Ermittlungen – sag mir mal schnell, warum? Und wenn ich mir vorstelle, dass de Kooning den Löffel abgibt, weil kein Mensch weiß, dass er eine Kugel abgekriegt hat, bloß Horvath und wir – – – da solltest du besser gleich abstreiten, dass du Dienstag überhaupt im Dienst gewesen bist."

„Erstmal müssen sie ihn finden. Hier steht ausdrücklich: ‚Ein anonymer Zeuge'." Schmitz faltete raschelnd die Zeitung zusammen und hielt ihm den Text hin, der unter dem Foto abgedruckt war.

Piontek schob die Zeitung beiseite. „Und wenn er Gabriel aufspürt?"

„Was hat denn Gabriel damit zu tun!"

„Gabriel stand neben dem Wagen, als Horvath … als er uns informiert hat. Weißt du das nicht mehr? Das Fenster war offen. Er hat alles gehört. Er könnte Horvaths Bericht bestätigen."

Schmitz schwieg, und nach einer Weile gab er zu: „Stimmt. An Gabriel haben wir nicht gedacht."

„Ach was."

„Meinst du, er findet ihn?"

„Wenn er ihn sucht."

„Aber es ist nicht gesagt, dass Gabriel sich auf seine Seite schlägt. Er konnte ihn nicht ausstehen."

„Da hast du natürlich recht", sagte Piontek, so spöttisch, dass Schmitz verstummte. „Uns allerdings auch nicht."

Dr. Anatol Rubens war die Anspannung, unter der er stand, deutlich anzumerken, als er mit geringfügiger Verspätung, für die er um Entschuldigung bat, zu der vierköpfigen Runde stieß, die ihn am Besprechungstisch seines Dienstzimmers erwartete.

Kein Wunder, die Lage war, nachdem die Polizei aus dem Haus und womöglich aus dem *Fall* de Kooning ausquartiert worden war, kompliziert genug. Die Familie fühlte sich hintergangen und beanspruchte Befugnisse außerhalb von Recht und Gesetz. Die Öffentlichkeit erwartete Ergebnisse und reagierte gereizt, weil man sie warten ließ. Und im Ministerium in Dresden waren weder der Minister noch sein Referent zu erreichen gewesen, vermutlich mit vollem Bedacht.

Und jetzt musste auch noch dieses Foto auftauchen!

„Wissen wir schon etwas über den Zeugen?", fragte Dr. Rubens, während er die Zeitung, die er in der Hand gehalten hatte, auf den Tisch warf.

Lubetzki schob sie beiseite und fasste das Wenige, was sich bereits sagen ließ, in knappen Worten zusammen. Das Bild, anscheinend achtlos, in großer Eile oder unter ungünstigen Umständen mit einem Foto-Handy geknipst, sei gestern um 18:42 Uhr von einem öffentlichen Apparat am Bahnhof der Zeitung zugefaxt worden, was die Bildqualität und damit die Erkennbarkeit des Abgebildeten leider weiter verschlechtert habe. Offenbar sei dem Zeugen seine Anonymität aber wichtiger gewesen, was auch erkläre, warum er sich an die Zeitung und nicht an die Polizei gewandt habe.

„Ja, leider", seufzte Dr. Rubens.

„Ein Zeuge, der sich entzieht, das könnte auf einen Aussteiger deuten." Stolz auf seine Idee, strich sich Schwiesau Barthaare von den Lippen.

„Das könnte auf einen Aussteiger deuten", schaltete sich Pavlak ein. „Aber wenn ich mir das Bild angucke, die Reflexe ... das ist doch durch die Frontscheibe fotografiert. Bloß eben zur Seite verrutscht. Ich habe im ersten Moment sogar an einen Blitzer gedacht."

„Ich auch", rief Lubetzki dazwischen.

„Und da frage ich mich natürlich: Wenn es einer von den Entführern war, warum, und übrigens auch wie, soll der mitten in der laufenden Aktion seinen Kumpel fotografiert haben? Es sei denn, er ist mit einem zweiten Wagen vor dem Bentley hergefahren, was natürlich möglich wäre. Aber wozu knipst er dann seinen Komplizen? Schon mit dem Hintergedanken, ihn auszuliefern? Ich weiß nicht ... " Pavlak wiegte den Kopf wie einer, der insgeheim froh ist, sich noch ein Weilchen in seine Skepsis abducken zu können.

„Zumal einer, der zur Truppe gehört und jetzt abspringen will, mit Sicherheit auch an andere Aufnahmen rangekommen wäre, auch an eine, die eine zuverlässige Identifikation gewährleisten würde", schloss sich Lubetzki an.

„Wobei er mit dieser Aufnahme natürlich seine Glaubwürdigkeit unterstreicht", gab Schwiesau zu bedenken.

„Apropos Identifikation", wollte Dr. Rubens wissen, „hat denn der Abgleich mit den Datenbänken was gebracht?"

„Nein, nichts", bedauerte Lubetzki.

„Aber ein Zeuge, der sich einerseits ungefragt zu Wort meldet, andererseits unerkannt bleiben will – dafür muss es doch einen Grund geben!"

Dr. Rubens war unzufrieden, und das sollte man ruhig hören.

„Ein Ablenkungsmanöver der Entführer?"

Man merkte Olbricht immer noch an, dass es ihn Überwindung kostete, sich in dieser Runde zu äußern.

„Und mit welchem Ziel bitte, junger Mann?", erkundigte sich Schwiesau ungehalten.

„Desorientierung des LKA", brummte Lubetzki, bevor er Olbricht Rückendeckung gab: „Als wenn das so absurd wäre! Erstens, die Täter – falls Sie sich noch an die gestrige Ausgabe erinnern – nutzen die Medien und ihre Nachrichtengeilheit offensiv für ihre Zwecke. Zweitens, jede falsche Fährte kostet Zeit und bindet Mittel. Drittens, wenn sich jede Nase einbilden kann, sie weiß, wie der Täter aussieht, und bloß die Armleuchter von der Polizei kriegen es mal wieder nicht auf die Reihe, den Mann zu finden, dann setzt uns das unter einen Erfolgsdruck, der zu kurzatmigen Entscheidungen, Aktionismus, Vernachlässigung der Sicherheit der Geisel und anderen Fehlern verführt."

„Wohl wahr", seufzte Dr. Rubens.

„Und viertens fällt eine hartnäckige Liebe zum Hauptbahnhof auf."

„Ja-ja", maulte Schwiesau, „danke, Botschaft angekommen. Trotzdem – Lubetzki, Sie sind doch genauso lange dabei wie ich: Es ist tückisch und, verdammt nochmal, ein Anfängerfehler, jede Unerklärlichkeit als einen genau das bezweckenden Schachzug des oder der Täter zu interpretieren."

„Auch ich muss sagen, ich warne eher ein bisschen vor der Ablenkungs-Hypothese", bemühte sich Pavlak, die Gemüter zu beruhigen. „Und zwar deshalb, weil wir den Druck nicht unterschätzen dürfen, der sich im Fall, es gibt diesen Zeugen tatsächlich, auf den Tätern aufbaut.

Es ist doch ganz klar: Die sehen sich, oder zumindest einen von ihnen, in der Zeitung und haben plötzlich das Gefühl, wir sind ganz dicht an ihnen dran – egal, ob das jetzt stimmt oder nicht. Natürlich wollen sie immer noch das Geld, aber gleichzeitig wird die Geisel zwangsläufig zum – letztlich einzigen – Garanten ihrer bedrohten Sicherheit.

Was das heißt, wissen wir alle. Im Regelfall geht es mit der Gefährdung, die für die Geisel besteht, rapide nach oben. Eine Freilassung der Geisel nach erfolgter Geldübergabe wird zunehmend unwahrscheinlicher; die Geisel soll die Flucht decken und bleibt in Gewahrsam beziehungsweise wird weiter mitgeschleppt. Eine gewaltsame Befreiung wird tendenziell unausweichlich, verbunden mit den Risiken, über die wir jetzt nicht reden müssen. Sowie mit der beliebten Frage, warum die Polizei nicht genau diese Entwicklung rechtzeitig unterbunden hat."

Dr. Rubens murmelte: „Weil sie die Polizei zum Teufel gejagt haben", und stützte die Stirn in die Hand.

Lubetzki schwieg, und selbst Schwiesau ergänzte, die Finger aufspreizend, das düstere Szenario mit für seine Verhältnisse leiser Stimme: „Möglichkeit eins: Der Zeuge hat die Konsequenzen nicht absehen können. Möglichkeit zwei: Er hat sie in Kauf genommen. Möglichkeit drei: Er hat es auf sie angelegt."

„Aber warum?!", fragte Lubetzki.

„Kann man den Mann nicht finden?", fragte Dr. Rubens.

Da klingelte das Telefon. Es war nicht der erhoffte Rückruf aus Dresden – Dr. Rubens hatte es eigentlich schon vorher gewusst. Wenigstens brauchte er die vier Beamten nicht aus dem Zimmer zu komplimentieren.

Die Meldung war gerade hereingekommen und von Lubetzkis Kollegen sofort durchgestellt worden. Altmetalldiebe nämlich, wusste Dr. Rubens, nachdem er aufgelegt hatte, mit ungläubiger Pedanterie zu vermelden, Altmetalldiebe hätten in der vergangenen Nacht den noch aus den Gründerjahren stammenden eisernen Gitterzaun der ehemaligen Papierfabrik „Eduard & Winter" aus den Pfeilern gebrochen und abtransportiert.

Daraufhin sei heute früh eine Gruppe von acht Jugendlichen, sechs Jungen und zwei Mädchen, statt die Schule auf-

zusuchen, auf das jetzt offenstehende Fabrikgelände abge-
schwenkt und beim nicht ganz gewaltfreien Herumstöbern
überraschend auf eine schwarze Luxus-Limousine gestoßen, die sie mit fragwürdigem, auf diesbezügliche Erfahrungen Rückschlüsse zulassenden Geschick schließlich
zum Laufen gebracht habe. Als ein Streifenwagen erschien,
um den von einem wachsamen Bürger mit Hund gemelde-
ten Zaundiebstahl aufzunehmen, seien sie mit dem Wagen,
in den sich alle acht gequetscht hatten, brüllend und sin-
gend über den Hof karriolt und erst nach mehrmaliger Aufforderung zu stoppen gewesen.

Bei dem Gefährt habe es sich um den seit vorgestern ge-
suchten Bentley gehandelt. Als die Beamten den Wagen näher in Augenschein nahmen, um festzustellen, inwieweit
er durch jugendliches Rowdytum Schaden erlitten habe,
sei ihnen am Himmel über der linken Tür etwas aufgefallen, was sich bei anschließender Begutachtung durch die
hinzugezogenen Kollegen der Spurensicherung vor wenigen Minuten, jedoch zweifelsfrei, als ein Einschussloch erwiesen habe. Weitere Ergebnisse der eingeleiteten krimi-
naltechnischen Untersuchung stünden noch aus.

Dr. Rubens sah sich um, nicht ohne die Genugtuung, sie
alle, die Schlaumeier, einmal genauso rat- und sprachlos zu
sehen wie sich selbst.

„Also, meine Herren?"

„Uns bleibt auch *nüscht* erspart ... " Das war Pavlak.

„Solange wir nicht wissen, ob die Kugel, bevor sie über
der Tür steckengeblieben ist, an Herrn de Kooning vorbei
oder durch Herrn de Kooning hindurch geflogen ist – "

Dr. Rubens räusperte sich. Lubetzki schaltete sich schnell
ein: „Schwiesau hat recht. Weder wissen wir, ob de Kooning
überhaupt verletzt ist, noch in welchem Grade. Auf der anderen Seite können wir nicht einmal ausschließen, dass er
nicht mehr am Leben ist. Trotzdem müssen wir mit diesen

Möglichkeiten rechnen."

„Wisst ihr, was ich hasse?", platzte Pavlak heraus. „Schrottdiebe, Halbstarke und – Möglichkeiten."

„Tot kann er wohl schlecht sein, wenn er gestern über euren Bahnhof gehüpft ist", ereiferte sich Schwiesau. „Und ein Handy hat er sich doch offenbar auch gekauft und dabei, wenn ich das Protokoll von Kollegen Lubetzki richtig verstehe, durchaus nicht den Eindruck eines sich durch die Gegend schleppenden Schwerverletzten gemacht."

„Apropos Handy – liegt die Schriftuntersuchung vor?", wollte Dr. Rubens wissen.

„Das ja … ". Lubetzki seufzte verlegen. „Und es fallen sogar mehrere Unstimmigkeiten auf, die Zweifel aufkommen lassen, dass die Unterschrift tatächlich von de Koonings Hand stammt."

„Ach!" Dr. Rubens reckte den Kopf in die Höhe. „Und das erfahre ich erst jetzt?!"

„Bloß kann die Graphologin nicht ausschließen, dass diese Unstimmigkeiten der extremen Belastungssituation geschuldet sind, in der sich de Kooning befand. Dafür gibt es keinen Vergleichsmaßstab."

„Machen wir uns nicht verrückt, bitte. Der Mann wird einen Warnschuss abgegeben haben. Um ihn einzuschüchtern. Ich meine, welchen Sinn soll es für einen Erpresser haben, die Geisel zu erschießen?"

Wortloser Zustimmung sicher, blickte Schwiesau in die Runde. „Trotzdem bleiben immer noch genug Unsicherheitsfaktoren übrig. Und in dieser Situation will die Familie alleine verhandeln? Wenn ihr mich fragt, das ist Wahnsinn. Das können wir nicht zulassen."

„Vielleicht sollten *Sie* mit ihnen reden, Schwiesau", meinte Pavlak spitz. „Oft fehlt es ja nur an den richtigen Worten."

„Jedenfalls müssen wir alle Möglichkeiten nutzen, um

sie von unserer Kompetenz zu überzeugen." Dr. Rubens wollte nicht belehrend klingen, im Gegenteil, er war bereit, jedem Beifall zu spenden, der sich einbildete, den Konflikt mit den de Koonings entschärfen zu können. „Da sind alle Ideen gefragt."

„Gefragt sein dürfte vor allem jemand", wand Pavlak ein, „dem die hohen Herrn überhaupt ihr Ohr zu leihen geneigt sind. Wir sind doch für die alle bloß Fußvolk."

„Was sagt eigentlich das Justizministerium dazu?", wollte Schwiesau wissen.

„Das wüsste ich auch gern", räumte Dr. Rubens ein.

„Immerhin gibt es neue Fakten", sagte Lubetzki. „Vielleicht geben sie der Familie Anlass, ihre Position zu überdenken. Ich habe mit Jenny de Kooning telefoniert. Ich werde gleich nachher zu ihr fahren."

„Sehr gut, tun Sie das", atmete Dr. Rubens auf.

„Setzen, Eins", stichelte Pavlak. „Hoffentlich ist der Alte nicht dabei."

„Ich schlage vor, beide Varianten vorzubereiten." Wenn er das letzte Wort haben konnte, scheute Schwiesau vor so gut wie gar nichts zurück. „Falls die Familie bei ihrer Weigerung bleibt, müssen wir unverzüglich zur Hintergrundüberwachung wechseln. Mit hoher Flexibilität, um plötzliche Bewegungen ad hoc nachvollziehen zu können. Wenn etwas passiert, interessiert sich niemand dafür, dass die uns aus dem Haus gejagt haben, das ist doch wohl jedem hier klar."

Es *war* jedem klar, gab ein mehrstimmiges, an- und abschwellendes Durchatmen zu verstehen.

„Wenn Sie den Eindruck haben, dass sie auf Ihren Rat hören, dann legen Sie ihnen nahe, ein Lebenszeichen zu verlangen. Am besten mit ihm selber zu sprechen", trug Dr. Rubens Lubetzki noch auf.

„Und hier, was unseren Kollegen Kraftfahrer anlangt?",

fragte Pavlak und tippte auf die Zeitung. „Es kann sein, dass Hinweise kommen. Und der ganze Apparat wartet auf Anweisungen, wie mit der Fahndung umzugehen ist."

„Nur verdeckt, alles nur verdeckt!" Dr. Rubens beeilte sich, die angeforderten Direktiven nachzutragen. „Gut, dass Sie mich daran erinnern. Alle Informationen gehen direkt an mich, beziehungsweise an uns. Es gibt keine Personenkontrolle und erst recht keinen Zugriff ohne meine ausdrückliche Anweisung. Auch nicht bei Fluchtgefahr! Ich erwarte, dass das bis zur letzten Streife durchgestellt wird!"

„Das könnte Reibungsverluste bedeuten."

„Dann ölen Sie das Getriebe."

„Jedenfalls braucht sich hier keiner zu fragen, wer den Hut auf hat."

„Der, der den Kopf hinhält, Pavlak."

Bis morgen, Flo

Der Termin stand seit Monaten fest, doch gehörten Konzepte und Anträge zu den Aufgaben, die Jan Horvath gern vor sich her schob, bis die Deadline erreicht war. Und jetzt war es so weit: Bis Ende der Woche mussten seine Vorschläge, was die Fotografische Sammlung zum nächsten am Horizont heraufziehenden Großereignis, dem Jahrestag von Montagsdemos und Mauerfall, beizusteuern gedachte, auf dem Tisch des Kulturamts liegen. Diesmal hatten sie, die Schlafmützen im Rathaus der „Heldenstadt", mit ihren Planungen offenbar nicht früh genug anfangen können. Und wen setzten sie damit unter Zeitdruck? Ihn!

Davon abgesehen, hatte er sogar ein Projekt: eins, das ihm wirklich am Herzen lag. Schon länger schwebte ihm eine Retrospektive vor, die die Fotografen vereinte, die aus der Leipziger Hochschule hervorgegangen oder durch sie beeinflusst waren. Und das war jetzt die Gelegenheit! Wenn man für diese Bestandsaufnahme eine vernünftige Onlinepräsenz auf die Beine gestellt kriegte, konnte das sogar die Basis für das Portal für DDR-Fotografie sein, das er in gewissen Momenten als seine zukünftige Hinterlassenschaft sah. *Wenigstens das!*

So fühlte er sich zuerst gestört, als das Telefon klingelte, doch als er hörte, wer der Anrufer war, schlug seine Stimmung um: Es war Flo.

„Ist ja ein Wunder, dass man dich mal erwischt", maulte sie, in dem vergnügten Ton, in dem nur sie maulen konnte. „Ich habs zigmal auf dem Handy versucht. Erst ist gar keiner rangegangen, und dann hatte ich einen völlig fremden Typen in der Leitung, 'n richtigen Blödmann. Sag mal, haut irgendwas nicht hin damit?"

„Ist … mir noch gar nicht aufgefallen … Ich war ja heute immer im Büro. Ich werde mal drauf achten." Jan Horvath versuchte, sich keine Blöße zu geben.

„Zu Hause war ich auch schon. Bei dir, meine ich. Nach der Schule. Ich hab 'n Zettel unter der Tür durchgeschoben."

„Aber … warum das denn, Flo? Hör mal … gibt's ein Problem?"

„Bei mir nicht! Aber zu Hause bist du auch nicht rangegangen. Ich dachte schon, vielleicht bist du krank."

„Wie … kommst du auf sowas? Nein, mir geht's gut. Bloß viel zu tun. Wie immer."

„Heute früh warst du auch schon … so komisch."

„Komisch?"

„Bedrückt."

Jan Horvath schwieg.

„Ist es wegen Mama?"

„Nein. Nein, Flo." Wie sollte er es nur schaffen, sie zu

beruhigen? „Manchmal ist man eben nicht so gut drauf. Und dann der Unfall und so. Du wirst sehen, morgen bin ich wieder der Alte."

„Na, wollen wir's mal hoffen." Flo schien einen Augenblick nachzudenken. „Und es gibt bestimmt nichts, womit du mich verschonen willst? Das brauchst du doch nicht."

„Ich weiß", sagte Jan Horvath und zog die Nase hoch, um seine Rührung zu verbergen.

„Also, wenn ich wirklich nicht bei dir vorbeikommen soll, dann schere ich mich jetzt nach Hause. Zu Mama, meine ich. – Bis morgen, Paps."

„Bis morgen, Flo. Und – danke für den Anruf. "

Madeleine Knöchel

Nach dem Tod seiner Frau hatte Arno Lubetzki die Lust am Leben, wie man so sagt, verloren. Nicht, dass er deswegen unglücklich gewesen wäre, im Gegenteil. Das Schrumpfen seiner Bedürfnisse kam ihm ganz natürlich vor. So war das doch, wenn man alterte. Es war seine Art, Elke hinterher zu laufen, mit sehr kleinen Schritten.

Nach außen hin führte er sein früheres Leben fort. Das Alleinsein stellte keine Forderungen, die er nicht erfüllen konnte. Sohn und Tochter waren, der Sohn der Arbeit, die Tochter der Liebe halber, nach Süddeutschland verzogen. Er sah sie selten, und wenn sie telefonierten, wurden die Gespräche auf beiden Seiten geführt, als gälte es, einer Pflicht zum regelmäßigen Informationsabgleich Genüge zu tun.

Und so, im übriggebliebenen Takt vergangener Jahre, aß und schlief er, erledigte Einkäufe und Wäsche, sah sich Filme an, die er schon kannte, fuhr zum Angeln an den Waldsee, den sein Verein bewirtschaftete, und traf sich jeden zweiten Freitag mit Nachbarn aus der Siedlung zum Skat.

Nur im Dienst konnte es passieren, dass er wie früher bei der Sache war. Doch auch das hatte nichts mit Leidenschaft zu tun. Es war nur, weil er das immer noch beherrschte: diese seltsame Arbeit. Wie bei einem Handwerker war das, dem die jahrzehntelange Erfahrung noch in den Fingern saß.

Sein inneres Unbeteiligtsein betraf auch die öffentlichen Angelegenheiten, die gerade. Die vollmundigen Verlogenheiten der Politik befremdeten ihn, heute nicht anders als damals. Außerdem machte es ihm sein Desinteresse leichter, sich mit manchen Ungerechtigkeiten abzufinden, die, nicht bloß im Staatsdienst, bei der Neubesetzung der Chefetagen vorgekommen waren und immer noch vorkamen.

Von Gregor de Kooning und seinem spektakulären Einsatz für den Osten hatte er deshalb nur wenig mitbekommen – zu wenig, wie er jetzt fand. Folglich hatte er Olbricht gebeten, sich mit SAX-TV in Verbindung zu setzen und ein Video der Sendung zu besorgen, die Tim Sonntag damals mit und über de Kooning produziert hatte. Das Interview in der Zeitung hatte ihn neugierig gemacht.

Umso überraschter war er, als ihn, er hatte gerade zum Auto gehen wollen, Madeleine Knöchel anrief. Sie habe jetzt nämlich endlich herausgefunden, woher das Bild stamme – gestern, in der Zeitung, die de Koonings im Garten. Es habe leider etwas länger gedauert, da sie Stein und Bein geschworen hätte, es müsse irgendwo abgedruckt gewesen sein, und wieder und wieder die falschen Ordner durchwühlt habe. Wie sie sich habe belehren lassen müssen, stamme das Bild jedoch definitiv *nicht* aus einer Illustrierten, sondern aus einer einstündigen Fernseh-Reportage der Reihe „Sonntags Besuch" –

„ – am 19. September auf SAX-TV", unterbrach sie Lubetzki.

„Das wissen Sie schon?" Madeleine Knöchel klang hörbar enttäuscht.

„Nein, das mit dem Bild nicht."

„Es sind ja so viele Bilder in einem Film ... ich habe mich einfach nicht richtig erinnert."

„Kann passieren."

„Naja ... Kennen Sie die Sendung?"

„Wenn Sie diese speziell meinen, dann nicht", gab Lubetzki zu. „Und wenn Sie nicht diese speziell meinen, dann auch nicht, ehrlich gesagt."

„Es heißt immer, sie wäre unglaublich beliebt. Und der Chef war damals von Sonntag – der Moderator heißt Tim Sonntag, deshalb ‚Sonntags Besuch', wissen Sie, die lieben ja solche Titel –, der Chef war jedenfalls ziemlich angetan von ihm."

„Ich habe ein Interview mit Sonntag gelesen, heute in der ‚LVZ'. Er wirkt sehr sympathisch. Sehr ... "

„Authentisch?"

„Ja, sehr authentisch."

„Er hat mich damals auch interviewt. Aber nur ganz kurz. – Soll ich Ihnen eine Kopie schicken? Eine DVD?"

„Könnten Sie das für mich tun?"

„Es ist nicht so, dass ich gar keine Technik beherrsche, Herr Kommissar. Außerdem habe ich etwas gutzumachen."

„Etwas gutzumachen habe wohl eher ich. Wann könnte ich sie denn abholen kommen?"

„Aber ... ich bin hier draußen in der Niederlassung – "

„Sagen Sie einfach eine Zeit."

„Dann – in fünf Minuten."

„Gut", brummte Lubetzki, der mindestens zwanzig brauchen würde. „Ich lasse nur schnell einen Düsenantrieb einbauen."

„Dann sage ich Bescheid, dass die Landebahn geräumt wird. Bis gleich."

„Bis gleich", murmelte Lubetzki und sah auf die Uhrzeitanzeige. Lange aufhalten durfte er sich damit nicht, wenn er die de Koonings nicht warten lassen wollte in ihrem Schloss.

Als er das Handy einsteckte, überlegte er, ob er Olbricht Bescheid sagen sollte, dass er sich um die Sendung nicht mehr zu kümmern brauche, entschied sich aber dagegen. Wenn der ihm angeboten hätte, die Abholung der DVD zu übernehmen, hätte er das kaum abschlagen können.

Ungute Ahnungen

Mit ihrer Befürchtung, die Anwesenheit des Kommissars könne sie daran hindern, schnell auf ein Signal der Entführer zu reagieren und mit ihnen die erforderlichen Absprachen zu treffen, hatte sich Jenny de Kooning umsonst herumgeschlagen. Die Antwort auf ihren gestrigen SMS-Vorstoß traf erst ein, als Lubetzki bereits wieder zurück in die Stadt gefahren war – und sie mit lauter unguten Ahnungen allein gelassen hatte.

Dabei hätte sie zufrieden sein müssen! Dank der Schützenhilfe des alten Sturschädels Schieferacker war es ihr gelungen, keinen Millimeter von der entscheidenden Forderung abzurücken: Die Polizei habe sich aus den Bemühungen der Familie um Gregors Freikauf herauszuhalten und dürfe erst nach seiner hoffentlich wohlbehaltenen Rückkehr die Verfolgung der Täter aufnehmen!

Das hatte er einstecken müssen, der Herr Kommissar, trotz seiner Einwände, Befürchtungen und unheilvollen Szenarien, die er mit der kaum verhohlenen Absicht, sie zum Einlenken zu bewegen, vor ihr ausgebreitet hatte. Sie war festgeblieben und hatte sie zurückgewiesen, besonnen und bestimmt: seine mit Fallbeispielen und Erfahrungswerten gefütterten Bedenken.

Nur festgehakt hatten sie sich trotzdem. Besonders beunruhigte sie, was Lubetzki in puncto Fahndungsdruck gemeint hatte – den die Polizei, wäre sie nicht durch die Zeitungsveröffentlichungen vor vollendete Tatsachen gestellt worden, niemals hätte entstehen lassen. Angesichts der Gefahr, in der sie sich sahen, konnten die Täter sich gezwungen fühlen, die Geisel auch nach erfolgter Geldübergabe nicht aus der Hand zu geben. Aus ihrer Sicht war es sogar vernünftig, Gregor so lange in ihrer Gewalt zu behalten, bis ihre Flucht geglückt war und sie sich vor Ergreifung und Strafe sicher wähnten.

Und wie sollte dann sie – sie allein – den Entführern gegenüber durchsetzen, dass sie das Geld nur einsacken durften, wenn sie Gregor tatsächlich laufen ließen? Und wie sollte sie das tun, ohne dass sie sich diesen Verbrechern als weitere Geisel aufdrängte, die als Schutzschild gegen die zu erwartenden Nachstellungen nützlich sein würde?

Man konnte es drehen und wenden, wie man wollte: Man musste größenwahnsinnig sein, wenn man auf die Unterstützung der Polizei verzichtete! Und was, wenn sie durch ihre Angst, ihr Ungeschick, ihren Mangel an Entschlossenheit alles verdarb?

Seit dem Anruf der Entführer – sie hatten sich auf der angegebenen Nummer gemeldet, wenigstens wusste sie so, dass es keine Trittbrettfahrer waren, denen sie auf den Leim ging – ließen sie ihre düsteren Vorahnungen nicht aus dem Griff. Jenny hatte an den Bahnhof von gestern gedacht, wenn sie sich vorstellte, wie alles vonstattenging. Jetzt wurde sie in das menschenleere Areal des ehemaligen Reichsbahnausbesserungswerkes zitiert! Sie kannte die verfallenen Hallen, die auf den Abriss warteten, vom Vorbeifahren. Irgendwann, wenn es wieder aufwärts ging in Deutschland, sollte dort eine ganze „City in der City" entstehen.

Aber natürlich hatte sie einsehen müssen, dass Gregor ihr nur in einem unzugänglichen, sicheren Versteck übergeben werden konnte. Oder war ihr das nur deshalb so nachvollziehbar erschienen, weil die Entführer ausdrücklich von der „Übergabe" gesprochen und sie damit ihrer Hauptsorge enthoben hatten?

Ihre Forderung oder richtiger: ihre Bitte, zwei Sätze mit Gregor sprechen zu dürfen, *zwei Sätze!*, hatten sie mit der Bemerkung abgefertigt, bald könne sie so viele Sätze mit ihm reden, wie in ihren Mund passten. Oder in seine Ohren! Sie saßen am längeren Hebel, und das wussten sie auch – so wie Jenny wusste, dass sie am kürzeren saß. Aber was half es schon, dieses Wissen!

Bereits im Mantel, die Autoschlüssel in der Hand, war sie zu Schieferacker gegangen. „Es geht los", hatte sie gesagt und ein Gesicht gezogen, als müsse sie sich über ihre Ängstlichkeit lustig machen.

„Drücken Sie mir die Daumen!"

„Wohin fahren Sie?", hatte er wissen wollen, und sie hatte kurz überlegt, ob sie das lieber für sich behalten sollte. Aber dann hatte sie es ihm gesagt; und obwohl es keinen wirklichen Grund dafür gab, ging eine gewisse Beruhigung davon aus.

Ein heimlicher Anruf

Keine Minute, nachdem Jenny de Kooning, die Reisetasche auf der Rückbank ihres Wagens, das gemessen auf und zu schwenkende Tor zum Schlosspark hinter sich gelassen hatte, erreichte Arno Lubetzki bereits die Meldung über ihren Aufbruch.

Während die Fahrzeuge, die Jenny de Kooning folgten, nach oft geübtem Schema wechselten, bekam er in kurzen

Abständen ihren jeweiligen Standort durchgegeben, so dass es – bis jetzt noch – leicht war, ihren Weg auf dem Stadtplan zu verfolgen, der in der Einsatzleitung fast eine ganze Wand einnahm. Auf Knopfdruck ließ er verschiedene Beleuchtungen und Hervorhebungen zu, entweder ganzer Viertel oder einzelner Straßen.

Wie vermutet, bog Jenny de Kooning, nachdem sie die Bundesstraße erreicht hatte, in Richtung Zentrum ab. Bis die eigentliche Stadt begann und das dichte Straßennetz jederzeit Richtungsänderungen möglich machte, würde sie mindestens zehn Minuten brauchen, eher eine Viertelstunde.

Trotzdem wäre es Lubetzki lieber gewesen, Schwiesau und Pavlak, vor allem aber Dr. Rubens wären hier, so dass sie sich schnell untereinander abstimmen und auf eingehende Meldungen reagieren konnten. Er sah auf die Uhr, erst auf seine eigene, dann auf die an der Wand. Wenn es vorhin keine Ausrede gewesen war, dass sie unterwegs waren, musste man sich inzwischen fragen, wo sie blieben.

Lubetzki begann, unruhig zu werden. Deshalb wollte er Olbricht, als er ihn den Kopf durch die Tür stecken sah, bitten, selber nach den Kollegen zu sehen – doch der war nur erschienen, um ihn, Lubetzki, ans Telefon zu rufen: Hanns Schieferacker sei am Apparat und bestehe darauf, mit ihm zu sprechen – sofort.

„Na schön, stellen Sie's mir hierher durch", gab sich Lubetzki geschlagen. Olbricht verschwand, und als es klingelte, nahm Lubetzki skeptisch und mehr als eine Spur widerwillig den Hörer ab.

Auch wenn er sich nicht vorstellen konnte, was diesen großspurigen, rechthaberischen Starrkopf, den sich Leute wie die de Koonings leisteten, damit er ihn, Arno Lubetzki, auf Granit beißen ließ, veranlasst haben konnte, ihn anzurufen, erwartete er nichts als neuen Ärger: weitere Forderungen, Beschränkungen und Drohgebärden.

Entsprechend groß war seine Überraschung, als ihm, ohne ein Wort der Erklärung, dafür jedoch mit einem herablassenden „Na endlich!", eröffnet wurde, Jenny de Kooning sei von den Entführern ins Reichsbahnausbesserungswerk beordert worden und befinde sich auf dem Weg dorthin.

„Und das sagen Sie *mir*?", fragte Lubetzki.

„Nur Ihnen", entgegnete Schieferacker. „Fragen Sie mich nicht, warum. Es kann mich den Kopf kosten. Wär schön, wenn Sie das nicht ausnützen würden."

„Und Sie wollen uns nicht bloß in die Irre schicken? Kleines Ablenkungsmanöver?"

„Nein."

„Woher weiß ich das? Als wir vor noch nicht zwei Stunden miteinander sprachen – "

„Ganz einfach: weil Sie mir glauben."

Lubetzki biss sich auf die Lippen. Der Arroganz dieses Mannes war einfach nicht beizukommen.

„Hat sie sonst noch was gesagt? Eine Uhrzeit? Bestimmte Umstände? Wie halten sie Kontakt?"

„Über Handy. Mehr weiß ich nicht."

„Und die Übergabe? Wann und wo soll Gregor de Kooning freigelassen werden?"

„Dort. Gleich dort."

„Haben Sie mit ihnen gesprochen?"

„Mit den Entführern? Nein."

„Seit wann ist sie unterwegs?"

„Vielleicht seit zehn Minuten."

„Warum haben Sie uns dann nicht gleich angerufen?"

Schieferacker schwieg.

„Herr Schieferacker?"

„Ich bin da."

„Noch einmal: Warum sagen Sie mir das?"

„Passen Sie auf sie auf."

Dann hatte er aufgelegt.

Dr. Rubens sah, anders als Lubetzki, keinen Grund, Schieferacker zu misstrauen. Wenn Jenny de Kooning ihnen vorhin, bevor sie ins Auto gestiegen war, diese Information serviert hätte, wäre es etwas anderes gewesen. Aber Schieferackers heimlicher, eigenmächtiger Vertrauensbruch! So etwas vorzutäuschen, das passte doch nicht zu diesem Mann. Solche Intrigen klamüserten sich irgendwelche Hinterbänkler aus, aber doch niemand, der es gewohnt war, Anordnungen auszugeben.

Auch Schwiesau und Pavlak fanden nichts Unerklärliches an Schieferackers Verrat. Als Mann vom Fach, meinten sie, könne er die Risiken, die die Aussperrung der Polizei mit sich bringe, erstens einschätzen und zweitens: nicht verantworten.

Jedenfalls stand für alle drei außer Frage, dass unter diesen Umständen das Ruder sofort herumgerissen werden musste. Statt die verdeckte Beschattung fortzusetzen und zwangsläufig als Nachzügler am Schauplatz des Geschehens zu erscheinen, bot sich ihnen auf einmal die Chance, Jenny de Kooning wie, womöglich, den Entführern zuvorzukommen.

Dr. Rubens atmete auf. Angesichts einer Operation, von der er immer noch nicht wusste, ob sie höheren Orts auf Billigung stoßen würde, handelte es sich um einen Wink des Schicksals. Wurden seine Leute nämlich entdeckt, bevor Gregor de Kooning in Sicherheit war – und wer konnte diese Möglichkeit ausschließen –, setzte er den von den de Koonings ausgehandelten Austausch unkalkulierbaren Risiken aus. Das blieb ihm jetzt erspart. Jetzt konnten die Einsatzkräfte die Akteure bereits in geeigneten Stellungen erwarten. Für ihre Unauffälligkeit wie für ihr späteres zuverlässiges Eingreifen bedeutete das einen unbezahlbaren Vorsprung.

„Das Reichsbahnausbesserungsgwerk steht leer." Lubetzki blieb skeptisch. „Wo sonst kein Mensch ist, fallen sie sofort auf. Und für einen Zugriff haben wir freie Bahn. Warum sollen sie es uns auf einmal so leicht machen wollen?"

„Vielleicht, weil sie davon ausgehen, dass die Familie Stillschweigen wahrt und wir hinterhergekleckert kommen? Dann fallen *wir* nämlich auf. Auch für sie hat das freie Feld Vorteile, Lubetzki. Auch *sie* brauchen Kontrolle."

Natürlich wäre es *noch* besser, das stellten weder Pavlak und Schwiesau noch Dr. Rubens in Abrede, wenn man *zweigleisig* fahren könnte, wie es das Lehrbuch vorsah, aus gutem Grund. Nur standen sie jetzt unter einem Zeitdruck, den strategische Prinzipien aus ebenso gutem Grund außer Acht ließen. Jenny de Kooning konnte in zehn bis zwölf Minuten im Reichsbahnausbesserungswerk eintreffen. Und da durfte kein einziger Beamter mehr aus seinem Loch gucken, sonst hatten sie ihren schönen Trumpf bereits wieder eingebüßt.

Nein, um die Kräfte zu teilen, war das Terrain, das sie unter Kontrolle zu bringen hatten, zu groß und zu unübersichtlich. Genaue Kenntnisse über die baulichen Gegebenheiten besaß niemand. Dr. Rubens, die Hände geballt, dass er seine Fingernägel spürte, ordnete an, das gesamte Personal, das im Moment in die Observation eingebunden war und ohnehin um Jenny de Kooning herumschwirrte, ins Reichsbahnausbesserungswerk abzuziehen, jeden verfügbaren Mann.

„Und an der de Kooning dran bleiben soll keiner?", hatte Lubetzki sich vergewissert.

Dr. Rubens hatte ihn hasserfüllt angesehen. Wie schön war es doch, wenn man sich eine kleine feine Skepsis leisten konnte! Und so machten das alle hier!

„Dann fahren *Sie* ihr doch hinterher, Lubetzki. Ich brauche die Leute hier! Hier!"

Und dabei hatte er mit dem Finger auf die mit Filzstift eingekreiste Stelle auf dem Stadtplan eingehackt, dass Lubetzki besorgt zu Schwiesau und Pavlak hinüberblickte. Aber die merkten das nicht.

Lubetzkis Kappe

Und Lubetzki? Lubetzki versagte es sich, zu widersprechen. Stimmte es, was Schieferacker preisgegeben hatte, war die vorbereitete Positionierung der Kräfte ein unschlagbarer Vorteil, den kein Mann von Verstand aus der Hand geben würde.

Dass ihm, Arno Lubetzki, dieser Schieferacker quer im Magen stak, stand auf einem anderen Blatt. Welchen Grund, dem Bevollmächtigten der Familie de Kooning nicht zu trauen, konnte er geltend machen, ohne sich selbst persönlicher Vorurteile, von beleidigter Eitelkeit genährt, zu überführen? Keinen einzigen.

Oder höchstens einen halben: dass Gregor de Kooning Schieferackers Ankündigung zufolge gleich an Ort und Stelle freigelassen werden sollte, war – das hätten auch die Kollegen zugeben müssen – schwer zu verstehen. Von der Sekunde an, da sie die Geisel nicht mehr in ihrer Gewalt hatten, waren die Entführer Freiwild – das mussten sie wissen. Deshalb achteten sie normalerweise darauf, sich einen möglichst komfortablen Fluchtvorsprung zu sichern. Und jetzt sollten sie, ohne Not, auf diese Vorsichtsmaßnahme verzichten?

Und dann gab es noch diese seltsame Sache mit der Kugel im Bentley, und Paula de Koonings erschrockenen Blick in die Augen ihres Sohnes, wie sie über das Pappschild hinweg in die Kamera sahen ... „Lasst mich nicht im Stich!"

Jedenfalls, als Lubetzki die geänderte Befehlslage übermittelte, damit sie an alle Einsatzwagen durchgegeben werden konnte, nahm er Olbricht beiseite und flüsterte ihm folgendes zu: „Hören Sie zu, Olbricht. Drei Wagen bleiben an ihr dran, wie gehabt. Ich nehm's auf meine Kappe. Sie kümmern sich drum."

Schadenfrohes Misstrauen, auf dem fetten Mist der Demütigungen emporgeschossen, ist ein unangenehmer Charakterzug; wer auf sich hält, versucht, ihn zu verbergen. Doch wie sich zeigen sollte, konnte er sein Gutes haben. Denn ein paar hundert Meter, bevor Jenny de Kooning von der Delitzscher Straße hätte in westliche Richtung abbiegen müssen, um zum Reichsbahnausbesserungswerk zu gelangen, meldete sich ihr Handy: mit der unmissverständlichen Order, geradeaus weiterzufahren – zuerst in Richtung Ring, dann, nach erneutem Anruf, in Richtung Bayrischer Bahnhof und schließlich zur Alten Messe.

Doppelter Einsatz

In der Einsatzleitung standen sie Kopf, als Lubetzki mit der Meldung kam und die Bewegungen des Wagens auf dem Stadtplan markierte. Keiner dachte mehr daran, ihm Eigenmächtigkeit vorzuwerfen, als der Kommissar zugab, wie die Information zustande gekommen war.

Einen Reim darauf, wo es am Ende hingehen sollte, konnte sich in Anbetracht der ständig wechselnden Richtungen niemand machen. Ganz offensichtlich zwangen die Entführer Jenny de Kooning, Haken zu schlagen, um eventuelle Observierungskräfte, die sich an sie hängen wollten, abzuschütteln oder zumindest aus der Deckung zu locken. Mit den lumpigen drei Fahrzeugen, die sie bei diesem Katz-und-Maus-Spiel im Rennen hatten, standen deren Chancen nicht schlecht.

Jeder im Raum wusste das. Zwar hatte Dr. Rubens, als die Falle, in die sie ihn hatten tappen lassen, sichtbar geworden war, seine Leute – nur noch wenige Straßen vom Reichsbahnausbesserungswerk entfernt – augenblicklich zurückgepfiffen und den Wiederaufbau einer verdeckten Eskorte veranlasst. Doch Jenny de Koonings Vorsprung war groß. Bis die ganze Staffel sie eingeholt haben würde, das konnte dauern.

Sollten die drei Posten in der Zwischenzeit dichter aufschließen? Einerseits verbesserte das die Aussichten, Jenny de Kooning trotz dünner Personaldecke im Auge zu behalten. Andererseits konnten sie eher auffliegen – zumal die Entführer es genau darauf anlegten.

Lubetzki machte eine ungeduldig fragende Geste, aber Dr. Rubens antwortete nicht. Er antwortete einfach nicht. Einerseits, andererseits – das war ihm zuviel. Blamiert hatte er sich schon, was wollten sie jetzt noch? Die Angst radierte den Vorgesetzten aus seinem Gesicht; und der Junge, der er gewesen war, kam zum Vorschein. Ein Junge aus gutem Hause, begabt, gefördert, ein klein wenig verwöhnt. Anatol Rubens, Senkrechtstarter. Wie man Misserfolge verkraftet, hatte er erst gar nicht gelernt.

Leider war Lubetzkis Triumph nicht von großer Dauer. Als der schon fast zu lange hinter ihr her zuckelnde Wagen Jenny de Kooning an die Kollegen abgab, das war in einer ausgebauten Allee, in der eigentlich nichts passieren konnte, musste er eine Querstraße übersehen haben. Jedenfalls warteten die beiden anderen Fahrzeuge vergeblich darauf, dass Frau de Koonings Tuareg vor ihnen auftauchte, damit ihn eines von ihnen für das nächste Stück übernehmen konnte.

Fluchend schaltete sich Lubetzki in den Funkverkehr ein, aber das änderte nichts. Jenny de Kooning war weg. Es war zum Haareausraufen.

Jetzt konnten die zerknirschten Verfolger nur noch die größeren Verkehrsachsen des Viertels abfahren, in der Hoffnung, dass die Entführer ihre Beute wieder dorthin zurückkommandieren mussten, weil sie sonst einfach nicht vorankam. Wenn sie Glück hatten, dann spülte ihnen der Zufall den Tuareg wieder vor die Füße.

Und wenn sie *kein* Glück hatten –

„Aber sie kann doch nicht vom Erdboden verschluckt worden sein!", stöhnte Dr. Rubens. Niemand reagierte darauf.

Lubetzki, Schwiesau und Pavlak vertieften sich in den Stadtplan. Steckte Jenny de Kooning überhaupt noch im Viertel? Hatte sie sich ungesehen in einen der Hauptverkehrsströme eingeordnet und war in einem anderen Stadtbezirk unterwegs?

„Die Tierkliniken", sagte Lubetzki plötzlich. „Die Uni-Tierkliniken stehen leer, genau wie das Reichsbahnausbesserungswerk. General-Sanierung. Wegen Finanzierungsstreitigkeiten um ein Jahr aufgeschoben. Zusammengewürfelte Gebäude, viel Hof; ein locker bebauter Campus ohne alle Begängnis."

Dr. Rubens trat zu ihnen. Es war natürlich nur eine Hypothese, wenn auch eine, für die einiges sprach. Außerdem hatten sie nicht mehr viel zu verlieren. Wieso sollte man nicht alles auf eine Karte setzen, wenn man sowieso nur noch eine einzige Karte besaß?

„Versuchen wir es", sagte er. „Ich kann die Männer sowieso nicht länger ohne Ansage in der Stadt rumkurven lassen. Wir holen die zur Tierklinik. Erstmal alle, die schon unterwegs sind; wenn nötig, stocken wir auf. Wir gehen in Stellung und warten ab. Und dann können wir nur versuchen, ganz vorsichtig zu sondieren. Also, los geht's; und ein bisschen Tempo, wenn ich bitten darf!"

Den tatsächlich vorgesehenen Übergabeort, die Universitäts-Tierkliniken, erfuhr Jenny de Kooning erst, als sie bereits darauf zu fuhr. Anweisungsgemäß passierte sie die provisorische, für Baufahrzeuge vorgesehene Einfahrt. Die Schranke stand offen, der zum Pförtnerhaus umfunktionierte Container eines Wachdienstes schien nicht besetzt zu sein.

Eine Art Hauptstraße führte sie durch das weitläufige, von Institutsgebäuden, aber auch Garagen, Magazinen und Ställen besiedelte Gelände, bis sie unter einem röhrenartigen Verbindungsgang durchkam, der den langgestreckten Hauptbau mit einem offenbar in den 80er Jahren errichteten Achtgeschosser verband und mit seinen aneinandergereihten Bullaugen an ein U-Boot erinnerte.

Sie war am Ziel.

Rechts hinter dem Neubau, der, wie sie jetzt sah, einen Winkel bildete, stellte sie den Wagen ab. Die Tasche über die Schulter gehängt, ging sie, der Aufforderung entsprechend, schräg über den Hof zum Eingang des Hauptgebäudes hinüber, und zwar zu dem, der dem Neubau am nächsten lag, auch wenn es sich eher um einen Nebeneingang handeln musste, der in irgendwelche Wirtschaftsräume führte.

Ein altes, an den Rändern überstrichenes Schild wies darauf hin, dass der Zutritt für Unbefugte verboten sei. Jenny blickte sich um. Weit und breit war keine Menschenseele zu sehen. Sie legte die Hand auf das Holz, das rissig und dessen Farbe abgeblättert war. Dann drückte sie vorsichtig dagegen. Die Tür knarrte ein wenig und ging auf.

Tatsächlich schien es eine Art Kellerflucht zu sein, in die sie jetzt trat. Jedenfalls fiel nur wenig Licht durch die hochgelegenen, schmalen Fensteröffnungen. Zögernd ging sie an einer Reihe mit Ölfarbe gestrichener Türen aus Stahlblech vorbei, die in boxenartig nebeneinander liegende Räume zu führen schienen.

War Gregor hinter einer dieser Türen eingesperrt? Sollte sie an das Metall klopfen, sollte sie sich bemerkbar machen?

Die Stille strengte sie an – wenn sie stehen blieb, hörte sie keinen Laut. Ging sie weiter, konnte sie wieder das schabende Geräusch ihrer Schritte auf dem Zementboden vernehmen, durch den sich dunkle, sich verzweigende Risse zogen, in denen sich Feuchtigkeit sammelte.

Einmal glaubte sie irgendwo über sich eine Art Türenschlagen wahrzunehmen. Doch als sie stehenblieb und lauschte, hörte sie nichts mehr. Wohin sollte sie überhaupt gehen? Das Handy, das sie hierher geleitet hatte und dessen erneutes Klingeln sie erwartete, blieb stumm. Plötzlich von Sorge erfasst, drückte sie die Display-Beleuchtung, damit sie auch im Halbdunkel alle Anzeigen kontrollieren konnte.

Es war alles in Ordnung. Die Uhr zeigte 14:42 Uhr. Offenbar war sie jetzt schon fast zehn Minuten hier unten, und die Entführer ließen sich nicht blicken. Warum überließ man sie dieser Ungewissheit?! In ihre Angst begann sich Verärgerung zu mischen.

Der Gang, in dem sie jetzt stand, schien auf eine Treppe zuzulaufen, die nach oben oder vielleicht auch nach oben und unten führte. Da es zwischen dem Eingang, durch den sie gekommen war, und dieser Treppe keinen anderen Ausgang gab, konnte das nur heißen, dass sie die Treppe nehmen sollte.

Erleichtert raffte Jenny, damit die Tasche besser saß und weniger an ihr zerrte, die Tragegriffe über die Schulter und beschleunigte ihren Schritt.

Die Treppe führte tatsächlich nach oben und mündete in eine Halle, die das Foyer sein musste, in das man trat, wenn man durch den Haupteingang kam.

Jenny sah sich um. Es war hell hier, nur die Leere, sah man von ein paar verglasten Wandkästen ab, in denen irgendwelche Zettel hingen, Plakate, Bekanntmachungen, wirkte gespenstisch.

Ohne feste Absicht, nur um nicht ratlos stehenbleiben zu müssen, ging sie zu der mittleren der drei Eingangstüren und rüttelte an der Klinke, als wolle sie sich überzeugen, dass sie sich tatsächlich nicht öffnen ließ.

„Hallo?"

Sie rief erst leise, dann lauter. Niemand antwortete, und wieder war ihr, als habe sie das schon vorher gewusst.

Wurde sie beobachtet?

Ihr fiel ein, dass die Nummer, die sie angerufen hatte, als sie im Auto saß, von ihrem Handy gespeichert sein musste, so dass sie nur auf ein paar Tasten zu drücken brauchte, um sich – statt weiter dazustehen und zu warten, bis sie den Verstand verlor – von sich aus zu erkundigen, wohin in diesem riesigen Kasten sie sich denn nun begeben solle.

Doch es nahm niemand ab. Jenny hielt das Handy noch eine Weile ans Ohr, als müsse sie denen nur Zeit geben, ihren Anruf entgegenzunehmen.

Dann hörte sie etwas. Nicht am Telefon, sondern hier, im Haus. Eine wirkliche Stimme.

Das war Gregor!

Das war Gregors Stimme!

Zuerst war sie sich nicht sicher gewesen, die Stimme war weit weg, irgendwo über ihr, im Obergeschoss, sie konnte nicht verstehen, was sie sagte, sie verstand nur Bruchstücke, die keinen Sinn ergaben – aber es war Gregors Stimme! Es war Gregors Lachen!

„Gregor!" Sie rief, so laut sie konnte. „Gregor! Wo bist du? Wo steckst du? Gregor? Gregor! Melde dich doch!"

Sie packte die Tasche fester, wie um sich zu ermahnen, dass sie wisse, warum sie hier war, und lief zur Treppe, die ins nächste Stockwerk führte. Oben angelangt, warf sie einen Blick nach rechts, einen nach links, und stürzte dann, ohne zu überlegen, in den rechter Hand abzweigenden Flur.

„Gregor? Gregor, ich bin's. Jenny."

Sie lief schnell, sie lief, als wolle sie diesen Flur und alle Flure dieses Hauses einfach ablaufen, einen nach dem anderen ... als müsse sie dann zwangsläufig irgendwo auf Gregor stoßen, als könne sie ihn gar nicht verfehlen.

Dann, mit einem Mal, verlor sich ihr Schwung. Meter um Meter wurde sie langsamer, trudelte aus, kam kaum noch vom Fleck. Die Tür ... ! An wie vielen Türen war sie schon vorüber gerannt, alle waren sie geschlossen gewesen. Aber die jetzt, die, auf die sie jetzt zu kam ... die stand offen.

Schließlich überwand sie sich. Die freie Hand am Türblatt, warf sie einen Blick in den Raum. Es war ein Hörsaal, nicht sehr groß, mit steil ansteigenden Bankreihen ... und ohne jedes menschliche Wesen.

Sie hatte sich getäuscht. Sie hatte sich von einer aus weiß der Teufel was für Gründen offenstehenden Hörsaaltür täuschen lassen!

Doch das war nicht schlimm. Sie würde gleich weiter suchen. Gregor war da, sie hatte ihn ja gehört. Aber vorher, vorher wollte sie sich eine Minute ausruhen; nur eine Minute lang.

Jenny de Kooning trat zu dem Platz gleich neben der Tür. „Erste Bank, Wandreihe" dachte sie, ein kleines Mädchen mit blondem Zopf, das wieder zur Schule ging. Mit einer letzten Anstrengung hob sie die Tasche vor sich auf das Pult. Dann klappte sie den Sitz nach unten und setzte sich hin.

Auf die Tierkliniken war Armin Sylvester durch die Zeitung gekommen, die er sich, seit er unter einem Zuviel an Freizeit litt wie andere unter Rheuma, Asthma oder Diabetes, von der ersten bis zur letzten Seite zu lesen angewöhnt hatte.

Bereits vor einem Jahr hatten die veterinärmedizinischen Institute der Universität ihr angestammtes Areal geräumt und waren mit riesigen Computer-Tomographen und einer berühmten Sammlung anatomischer Präparate, ja mit jedem Mikroskop, jedem Reagenzglas, jedem PC und noch der letzten Fachzeitschrift in angemietete Ausweichquartiere gezogen, wo sie sich für eine drei- bis vierjährige Übergangszeit arbeitsfähig einzurichten hatten. Seitdem jedoch standen all diese bis zum Auszug uneingeschränkt funktionstüchtigen Räumlichkeiten leer, ohne dass auch nur ein einziger Bauarbeiter einen einzigen Stein vom Boden aufgehoben hätte. Das hatte in der Öffentlichkeit über die Stadtgrenzen hinaus für erheblichen Wirbel gesorgt.

Der Skandal war perfekt, als sich herausstellte, dass die ungeklärte Finanzierung, die den Baubeginn verhinderte, seit langem bekannt gewesen und an dem ursprünglich geplanten Auszugstermin bloß festgehalten worden war, um die fehlerhafte Vorbereitung zu vertuschen.

Folglich waren die Universitäts-Tierkliniken häufig in der Zeitung abgebildet worden, zumeist mit einer Aufnahme aus der Vogelperspektive, da sich Größe und städtebauliches Gewicht des zur Debatte stehenden Gebäude-Komplexes so am besten ermessen ließen.

Und einmal, als Sylvester auf ein Foto des Karrees stieß, das den Bericht über die Forderung der Opposition nach einem Untersuchungsausschuss illustrierte, war ihm klar geworden, dass dieses Gelände im Hinblick auf gewisse persönliche Pläne wie nur wenige andere geeignet war.

Auf zwei Seiten waren die Tierkliniken von Straßen begrenzt: einer hundert Meter hin endenden Sackgasse und einer doppelspurigen Verkehrsachse. Auf der dritten Seite stießen sie an eine anspruchslose Grünfläche, auf der vierten an nicht mehr genutzte Gleisanlagen. Mit großen Höfen und Verbindungswegen zwischen den einzelnen Häusern waren sie ausgesprochen übersichtlich angelegt – und daher gut im Blick zu behalten, wenn man sichergehen musste, dass niemand unversehens aufkreuzte, mit dem zusammenzutreffen man nicht wünschen konnte.

Dieser Vorteil, der sich in Sylvesters minutiös ausgearbeiteten Planspielen stets bezahlt gemacht hatte, gab den Ausschlag. Vielleicht jedoch hatte ihn noch etwas ganz anderes für die Tierkliniken eingenommen; etwas, das ihm nicht bewusst war oder das er sich nicht eingestand.

Als er noch studierte, hatte an der Universität eine nie überwundene Raumnot geherrscht, besonders im Winter, wenn in irgendeinem der vielen Gebäude, in denen die Universitätsbereiche Unterschlupf gefunden hatten, die Heizungsanlage ausgefallen war. So hatten sie, künftige Maschinenbauer, einmal ein Semester lang den Russisch-Unterricht in einem Seminarraum im Hauptgebäude der Veterinärmedizin absolviert, das sie sonst nie im Leben betreten hätten.

Wie seine Kommilitonen war Sylvester durch das Gebäude marschiert und hatte den Raum mit der angegebenen Bezeichnung gesucht, als er an einer Reihe hoher, bis zur Decke reichender Vitrinenschränke vorüber gekommen war– oder richtiger, *nicht* vorüber gekommen war.

Fassungslos hatte er auf die bleichen, wächsern wirkenden Wesen gestarrt, die in den auf den Borden sich reihenden Glasgefäßen in einer durchsichtigen Flüssigkeit schwammen. Vielerlei Tiere schienen das zu sein, aber winzig, seltsam verformt, und als hätte ihnen eine geheimnisvolle

Macht zusammen mit dem Leben die Farbe entzogen. War das in dem aquariumsähnlichen Becken nicht eine Art Pferd? Ein Miniaturpferd, in Miniatursteppen, Miniaturwäldern lebend, einer Miniaturwelt unterhalb der wirklichen, einer Welt, in der alles weiß war, so weiß wie die Würmer, die man wimmeln sah, wenn man den Stein vor der Gartenpforte aus seinem Bett hebelte?

Der Schauder, den er damals gespürt hatte, hatte sich nicht verloren, auch nicht, als er erfuhr, dass das alles Föten waren, der unausgereifte, mitunter missgebildete Nachwuchs ganz normaler Rinder, Ziegen, Schafe, Schweine, Kaninchen, Hühner, Hunde, Katzen und, ja: Pferde. Er musste sich irgendwo tief in Sylvesters Innerem eingenistet haben. Und dort dämmerte er vor sich hin, bis er durch etwas aufgestört wurde, durch ein Foto in einer Zeitung zum Beispiel. Worauf er seine Flügel ausspannte und durch ihn hindurch schwebte, leicht wie ein Schatten und vollkommen weiß.

Ungebetene Gäste

Doch wie gesagt, daran dachte er nicht. Sylvester stand, nachdem er die notwendigen Vorbereitungen abgeschlossen hatte, in dem den Hof in Höhe des zweiten Stockwerks überbrückenden Verbindungsgang und sah, mit einem Feldstecher bewaffnet, durch eines der runden Fenster nach unten beziehungsweise zur Einfahrt, durch die Jenny de Kooning kommen sollte – und nach einer Weile tatsächlich auch kam.

Jetzt musste bloß noch Anja erscheinen!

Selbstverständlich hatte er, Armin Sylvester, mit *beiden* Möglichkeiten gerechnet. Es konnte sein, dass Jenny de Kooning tatsächlich *dicht hielt*; dann würden sich die Bullen auf eigene Faust und möglichst unsichtbar an sie dran-

zuhängen versuchen. Es war aber auch nicht auszuschließen, dass sie ihren Alleingang nur vortäuschte, und die Polizei von Anfang an im Bilde war.

In diesem Fall, war sich Sylvester sicher, konnte man darauf warten, dass sie noch *vor* Frau de Kooning im Reichsbahnausbesserungswerk aufkreuzen und das Gelände mit
Beamten förmlich verminen würde. Er hatte also bloß Ralle
dort postieren und das Geschehen beobachten lassen müssen, um zu wissen, ob die Dame des Hauses, trotz gegentei-
liger Beteuerungen, weiterhin mit den Bullen kooperierte
oder nicht.

Nachdem Ralle durchgeben hatte, dass alles ruhig geblieben war, hatte er sich auf Variante zwei konzentriert: das
Abschütteln der Sicherheitskräfte, die Jenny de Kooning be-
schatteten. Das war Anjas Sache, aber er hatte ihr alle in
Frage kommenden Schritte erklärt. Da die heimlichen Beobachter nicht auffallen durften, mussten sie Abstand halten. Sie konnten zwar versuchen, sie sich gegenseitig zuzuspielen, aber immer mal wieder würde der Ball ein Stück
weit einfach nur über den Rasen rollen. Und wenn sich dann
plötzlich ein Loch auftat und ihn *verschlang* –

Sylvester sah, wie Jenny de Kooning den Wagen abstellte
und samt Tasche ins Untergeschoss verschwand. Jetzt hätte
ihn Anja hier im Durchgang ablösen müssen, damit er nach
vorn zur Straßenseite wechseln und die in Frage kommenden Annäherungswege im Blick behalten konnte – für den
Fall, dass Anja einen der unsichtbaren Begleiter übersehen
hatte. Und damit Anja, wenn die Luft rein blieb, das Band
mit Gregors Gerede anstellen, Jennys Reaktion auf das ver-
meintliche Lebenszeichen testen und sie damit nach oben
locken konnte.

Nur dass sie dazu erst einmal hier sein musste!

Vielleicht war es ja nur der Verkehr, der sie irgendwo eingeklemmt hatte, versuchte sich Sylvester zu beruhigen.

Trotzdem, drüben stiefelte Jenny de Kooning durchs Haus. Und wenn die Bullen sie doch an der langen Leine gehabt hatten, dann musste er *jetzt* vorn stehen und die Augen offen halten – wenn sie erst im Gebäude waren, war es zu spät!

Als er Anjas kleinen Renault endlich in die Einfahrt einbiegen sah, hatte sich Sylvester deshalb stante pede zu seinem Fensterposten verzogen.

Der Befund war beruhigend. Auf der Straße floß der Verkehr wie immer, und in die Sackgasse war niemand abgebogen. Die am Rand abgestellten Fahrzeuge waren noch dieselben.

Es hatte also geklappt!

Womit der nächste und letzte Akt anstand: der aufgeregt durchs Haus stolpernden und unermüdlich nach ihrem Mann rufenden Dame das Geld abzuknöpfen und sie selbst – das war nicht schön, ließ sich aber nicht vermeiden – für ein, zwei Tage, gut verschnürt, doch mit dem Lebensnotwendigen versehen, in diesem zur Zeit weltabgeschiedenen Gehäuse zu deponieren.

Und dann ab durch die Mitte!

Doch die wunderbare Vorfreude, die ihn erfüllte, war in Wahrheit nur dazu gut, vom Schicksal auf grausame Art missbraucht zu werden. Wenige Augenblicke später nämlich musste Sylvester, auf geradezu kindische Art von Wut überrollt, mitansehen, wie kurz hintereinander acht Fahrzeuge in der Nähe der Tierklinik Parkpositionen bezogen; sechs davon, nachdem sie ein Stück über den Bürgersteig gerollt waren, auf der Grünfläche. Und aus keinem dieser acht Fahrzeuge stieg jemand aus!

Also doch! Statt das Geld zu kassieren und das Weite zu suchen, mussten sie jetzt alles abblasen, alles hinwerfen! Mussten durchs Haus hasten, damit sie den Recorder, die Decken, Wasserflaschen, Vorratsdosen, den ganzen verräterischen Kram, wieder an sich brachten! Mussten zusehen, dass sie damit unbemerkt aus dem Haus kamen, ins Auto, und möglichst ohne eine Schar von Verfolgern, die wie Kletten an ihnen kleben würden, zurück in die Stadt.

Es ging, aber es war knapp. Eine Zeitlang sah es so aus, als hätten sie jemanden hinter sich, doch gelang es ihnen, ihn abzuschütteln – falls er überhaupt hinter ihnen her gewesen war. Sylvester war davon überzeugt, seine Schwester bezweifelte es eher. Sie hatte ja sowieso den Ernst der Lage gar nicht erfasst. Sonst wäre sie nicht auf die Idee gekommen, ihn zu fragen, warum sie nicht wenigstens Frau de Kooning noch schnell ihre Tasche aus den Händen gerissen hätten!

So oder so, vermutlich hatten sie die Autonummer. Als sie an den drei Männern vorbeigefahren waren, die hinter dem Container standen, mussten sie sie gesehen haben. Was das hieß, darüber würde er, polterte Sylvester, nachdenken, wenn er sich wieder beruhigt habe.

Im Moment habe er sich noch *nicht* beruhigt!

Wobei er sich, noch mehr als über die Bullen und ihre Drohkulisse, noch mehr als über die de Koonings und ihre Heimtücke, darüber zu ärgern schien, dass *er*, er mit seiner Übervorsichtigkeit, sich hatte weismachen lassen, die Kuh wäre bereits, die Hörner gesenkt, die Hufe erhoben, fröhlich vom Eise getanzt.

„Die haben uns verarscht", hatte er gezischt und den Gang so mit Gewalt heruntergeschaltet, dass der Motor heulte. „Die haben uns total verarscht! Weißt du was, Anja? Weißt du, was wir sollten? Wir sollten ihnen seinen kleinen, sauber abgeschnittenen Finger schicken. Aber mach das mal, wenn der Kerl längst hin ist, und keiner darf's wissen."

Als Jan Horvath nach Hause kam, fand er Flos Zettel wie
angekündigt hinter der Wohnungstür liegen. Er bückte sich
und hob ihn auf. Es waren nur ein paar hingekritzelte Zei-
len, und er wusste, was drin stand. Er las sie trotzdem, Wort
für Wort, als könne ihm sonst etwas Wichtiges entgehen.
Dann legte er den Zettel auf den Schreibtisch.

Wie sehr ihm Flo fehlte!

Das mit Elisa, und alles was daraus folgte, hatte sich Jan
Horvath, wie er wusste, selbst zuzuschreiben; doch war er
ebenso überzeugt, dass es nie dazu gekommen wäre, wenn
Elisa es ihm leichter gemacht hätte, ihr zu widerstehen.

Der Modell-Falle war er, als er noch fotografierte, weiträumig ausgewichen; nicht ohne sich – indem die Gedanken von ihrer Freiheit Gebrauch machten, und zwar nicht
den erwünschten – über die Gefahr, die sie bedeutete, im
Klaren zu sein.

Der Praktikantinnen-Falle hatte er nicht einmal ausweichen zu müssen geglaubt: erstens, weil sie ein so billiges
Klischee darstellte, dass er es für unter seiner Würde befand. Zweitens, weil er bekanntlich glücklich verheiratet
war. Und drittens, weil er das Alter erreicht hatte, in dem
der furchterregende Trieb, welcher sich weder mit dem be-
stirnten Himmel, noch mit dem moralischen Gesetz, noch
auch bloß mit den Anforderungen des Alltagslebens überzeugend vereinbaren ließ, nachzulassen, sprich: ihn, Jan
Horvath, freizulassen schien – wenigstens allmählich.

So hatte er über die Jahre Praktikantinnen kommen und
gehen sehen, denn die städtischen Einrichtungen, zu denen
das Museum gehörte, waren naturgemäß dazu verdammt,
sich von Praktikantinnen und Praktikanten – solchen, die
noch studierten, und solchen, die längst fertig waren und
nur keine Arbeit fanden – überrennen zu lassen. Auch als

er noch nicht zum Kustos der Fotografischen Sammlung aufgestiegen war, hatte er ihnen gern kleine Einführungsvorträge gehalten; und es hatte ihm gefallen, wenn sie Kenntnisse bestaunten, die ihn selbst langweilten.

Doch interessiert hatte er sich für keine von ihnen; schon gar nicht als Mann. Mitunter befremdete ihn seine Gleichgültigkeit gegenüber den wechselnden weiblichen Wesen in seiner Umgebung; doch freute er sich der, wie er meinte, Ungestörtheit seines Lebens und bemühte sich halbherzig, sich seine Zufriedenheit nicht anmerken zu lassen.

Was seine eheliche Treue betraf, war er demzufolge sorglos gewesen; schon seit langem hatte er sie nicht mehr gegen mehr oder minder höllische Anfechtungen zu verteidigen gehabt (von denen er immerhin noch wusste, dass es sie gab). Übrigens genoss er die gleiche Sorglosigkeit, was Utes eheliche Treue anlangte. Natürlich hatte sie bedeutend mehr Publikumsverkehr zu bestehen; doch handelte es sich bei ihren Patienten zumeist um alte Leute. Und wenn doch einmal ein junger Recke in ihrem Sprechzimmer erschien, weil ihm beim Marathon-Lauf ein Sandkorn ins Auge geflogen war oder beim ehrlichen Kampf Mann gegen Mann eine Faust, so konnte er sich nicht vorstellen, dass Frau Dr. Horvath die Gelegenheit nutzte, um mit ihm anzubändeln.

Dazu hatte sie einfach zu viel zu tun.

Dann kam Elisa; Elisa Furtwängler aus Münster in Westfalen. Zunächst in Gestalt eines handschriftlichen Bewerbungsschreibens, versehen mit Lebenslauf, Zeugniskopien, einem Konvolut Beurteilungen bereits absolvierter Praktika und einem Passbild.

„Das Passbild", pflegte Leon zu sagen, „verhält sich zur Fotografie wie der Spitzelbericht zur Literatur."

Natürlich hätte Jan Horvath sie ablehnen müssen, denn was sie auf den Gedanken gebracht hatte, sich ausgerech-

212

net in Leipzig zu bewerben, zischelten einem die Unterlagen zu: Es gab nicht mehr viele Museen in Deutschland, die sich ihrer zeitweiligen Anwesenheit noch nicht hatten erfreuen dürfen. Untergekommen zu sein schien sie immer; wie, darüber zerbrach sich Jan Horvath nicht den Kopf. Offensichtlich benötigte sie das Praktikum vor allem deshalb, um ihren Eltern vor Augen zu führen, dass sie einer geregelten, zudem sich auf ihre spätere berufliche Weiterentwicklung förderlich auswirkenden Beschäftigung nachging – und sie auf diese Weise davon abzuhalten, ihre Zahlungen einzustellen; Zahlungen, mit denen, wie man annehmen musste, auszukommen war.

Warum also hatte Jan Horvath ihr einen der begehrten Praktikumsplätze zugebilligt? Aus Unachtsamkeit, die auf Überarbeitung beruhte, wie Jan Horvath später Ute zerknirscht und mutlos Glauben machen wollte?

Oder doch aus Neugier – vielleicht auf die Frau, die ihm aus dem Passbild entgegengelächelt hatte; vielleicht aber auch bloß auf eine ihm bislang noch nie untergekommene *Parasitissima* westlicher Bauart?

Dann kam sie. Das Passbild hatte nichts beschönigt; es war eher in verschleiernder Absicht angefertigt worden, oder der Fotograf hatte vor ihrer Ausstrahlung kapituliert. Sie freue sich, dass es geklappt habe, sagte sie; und Jan Horvath sah Tagungsräumlichkeiten voll eloquenter Kunsthistoriker vor sich, die sich darum rissen, ihre Doktorarbeit, nein, nicht betreuen, *schreiben* zu dürfen.

Er ging sofort auf Distanz, entmutigte sie damit jedoch nicht. Im Gegenteil, sie lächelte ihn an, als wolle sie ihm zu verstehen geben, dass das der genau richtige nächste Schritt war; und dass sie sich freue, dass er ihn auf Anhieb gefunden habe. Leicht zu entwaffnen war sie offensichtlich nicht. Noch gab sich Jan Horvath sicher, dass es dieser mit unfairen Mitteln kämpfenden, skrupellos ihre Vorteile (genaugenommen einen einzigen Vorteil) ausspielenden *Westklette* ebenso wenig gelingen würde, ihn aus der Reserve zu locken, wie ihren bescheidener ausgestatteten Vorgängerinnen. In Wahrheit baute er bereits seine Verteidigungsanlagen aus und richtete sich darauf ein, die Zugbrücke in den kommenden drei Monaten – und volle drei Monate waren es ja nicht einmal mehr – kein einziges Mal herunterlassen zu dürfen.

Dann allerdings, sie war noch keine zwei Monate im Haus, war sie auf einmal wundersamerweise keine Praktikantin mehr. Die Leiterin der Presse- und Öffentlichkeitsarbeit bekam ihr zweites Kind und verabschiedete sich in den Mutterschaftsurlaub. Eine Vertretung wurde gesucht, befristet für ein Jahr.

Jemand – nicht Jan Horvath, gewiss nicht – schlug vor, Elisa Furtwängler zu fragen. Sie kenne sich im Museum bereits ein wenig aus, sie sei wendig und könne ohne Scheu auf Leute zugehen; bestimmt hätte sie sich in das zu pflegende Netz von Kontakten schnell eingearbeitet und könne womöglich im überregionalen Bereich, („wo manchen von uns, geben wir es doch zu, immer noch Hemmschwellen zu schaffen machen"), allerhand Neues auf die Beine stellen; es sei schwer vorstellbar, dass sie sich irgendwo abschütteln ließe.

Jetzt war sie eine Kollegin. Das hatte den Vorteil, dass Jan Horvath sie nicht mehr jeden Tag vor Augen hatte und sich in sommerlicher Kleidung am Computer herumräkeln sehen musste. Aber es hatte auch Nachteile. Nachteile, die sich allerdings, so Jan Horvath, nicht hätten verhängnisvoll auswirken können ohne Utes Verrat – das jedenfalls, was er dann, als nichts mehr besser, sondern alles nur noch schlimmer gemacht werden konnte, „Utes Verrat" genannt hatte.

Ein zu hartes Wort? Vom Ringen um Selbstbeherrschung

gebeutelt, erhob Jan Horvath Anspruch auf Utes Unterstützung; was konnte natürlicher sein? Außerdem fand er, dass sie seine Standhaftigkeit würdigen könne, mit verdoppelter Zuwendung, von einem Schuss Bewunderung gewürzt; und ja, auch mit häuslichen Annehmlichkeiten, trotz Wohnungssanierung, die ihm schließlich genauso zu schaffen machte wie ihr.

Er war enttäuscht, *sehr* enttäuscht – bis ihm klar wurde, dass Ute seine märtyrerhaften Anstrengungen schon deshalb nicht belohnen konnte, weil sie gar nicht ahnte, welchen Versuchungen er tagtäglich ausgesetzt war.

Ein ganz kleines bisschen sich auf Abwege zu begeben, musste somit nichts schaden; es konnte im Gegenteil nützlich sein – zumindest um Ute zur Anerkennung dessen zu bewegen, was er, Jan Horvath, sich zum Wohle ihres ehelichen Glücks abverlangte. Er beschloss, sich einem winzigen, strikt begrenzten Flirt gegebenenfalls nicht zu verweigern – und die eben erwähnten Nachteile kamen zum Zuge.

Als da wären: Wenn sie sich jetzt trafen, konnte er sich schlecht brummig in seine Geschäfte vertiefen; sie hatten dienstliche Obliegenheiten miteinander zu klären, und außerdem hatten sie – er da, sie dort – seit sie sich das letzte Mal gesehen hatten, verschiedene Verwicklungen erlebt, die plötzlich Gesprächsstoff ergaben, der sich im täglichen Aufeinanderhocken nicht hätte ansammeln können. Auch hatte die kollegiale Beobachtung und Kontrolle nachgelassen: Wenn sie, als Elisa noch mit in der Villa saß, um etwas zu bereden, was sie ebenso gut an ihrem gemeinsamen Arbeitsplatz hätten bereden können, in ein Café aufgebrochen wären, hätte sich möglicherweise mancher gewundert. Dass sie sich jetzt in einem Café verabredeten, das auf halber Strecke zwischen beiden Häusern lag, war geradezu ein Gebot der Vernunft. Selbst die Furcht davor, wie man, nach einer etwaigen Verstrickung im privaten Bereich, bereits am nächsten Morgen wieder mit dienstlicher Miene in einem Zimmer zusammensitzen sollte, etwas Unausgesprochenes oder sogar Unaussprechliches zwischen sich, das einen an die Wand drückte – selbst diese Furcht erübrigte sich.

Außerdem hatte Elisa inzwischen eine eigene Wohnung, nicht mehr nur ein Zimmer in einer Pension. Ihre Eltern, der Sorge ledig, dass aus dem Mädchen nie etwas werden würde, hatten die komplette Einrichtung spendiert. Ohne dass in puncto Stil Abstriche nötig gewesen wären, konnte folglich binnen kürzester Zeit der Einzug gefeiert werden; natürlich mit den Kollegen.

Es war nicht dieser Abend, an dem es passierte; das Sitzfleisch einiger Gäste, die zu betrunken waren, um den Mut aufzubringen, den Heimweg anzutreten, verhinderte es. Aber es war dieser Abend, an dem Jan Horvath klar wurde, dass es passieren konnte und wohl passieren würde; es war dieser Abend, als Jan Horvath *aufgab* – und sofort schlug seine Stimmung um und eine diabolische Vorfreude machte sich in ihm breit: zusammengebraut aus sexueller Gier, Abenteuerlust und – der Lust, Ute wehzutun.

Sollte sie doch sehen, was sie davon hatte, immer als gottgegebene Selbstverständlichkeit zu nehmen, was er sich abtrotzte; abgetrotzt *hatte*, musste man sagen.

Dass Elisa im Bett leichtsinnig, fix und gelenkig war, und zwar ungeachtet ihrer (Jan Horvath, den Leidenschaft packte, verunsichernden) Neigung, erotischen Eskapaden, da sie doch nur guter Laune sowie körperlichem Wohlbefinden dienten, eine eher beiläufige Bedeutung beizumessen, hatte er nicht anders erwartet. Sie war genau so, wie er es seit ihrem denkwürdigen Antrittsbesuch geahnt und gefürchtet hatte: nicht, weil sein Gespür dafür besonders empfänglich, sondern weil die Botschaft so unmissverständlich gewesen war – Missverständlichkeiten waren überhaupt

Elisas Sache nicht. Was Jan Horvath verblüffte, waren sein eigenes Ungestüm und seine jäh erwachte Unersättlichkeit, mit der er nicht gerechnet hatte; vielmehr war die Sorge, ob er Elisas Erwartungen würde standhalten können, unter den zahlreichen Gründen, die zum Verzicht rieten, immer weit vorn zu finden gewesen.

Daran, Ute – und Flo – Elisas wegen zu verlassen, dachte er trotzdem nicht: nie. Nur wurde ihm das, ungerechterweise, später nie zu Gute gehalten. Und seine mehrfach geäußerte Bereitschaft, bei Gott oder dem Augenlicht seiner Tochter zu beschwören, dass es so gewesen war, rief nur einen abschätzigen Zug um die Mundwinkel hervor.

Da er Frau und Familie nicht verlieren wollte, quälte ihn die Angst, dass sein Geheimnis auffliegen könne; die Angst vor verweinten Augen und dem Pranger nächtelanger Aussprachen, in denen seine Missetaten vor ihm ausgebreitet werden würden, und er sich in unhaltbare Beteuerungen flüchten musste. Sobald der Rausch frevelhaften Leichtsinns und aufsässiger Unbekümmertheit abgeebbt war, sah er sein Leben in sich zusammenstürzen – bis er eines Tages einräumen musste, dass seine Angst offenkundig übertrieben war. Bislang hatte er keinen einzigen Riss entdecken können, in dem die Katastrophe sich angekündigt hätte.

Es ging, dieses Leben mit einer *Affäre*, so halsbrecherisch ihm dergleichen immer erschienen war. Ute merkte einfach nicht, dass er sie betrog. Jan Horvath, ungläubig, blieb auf der Hut; doch dann gewöhnte er sich daran. War er, ungeübt in diesen Dingen, ein Naturtalent? Oder blieb Ute so arglos, weil sie, wie Jan Horvath gekränkt annahm, ihm gar nicht mehr zutraute, dass er das *konnte*? Dass ihn jemand *wollte*? Ihn, Jan Horvath, mit Brief und Siegel beglaubigter Ehemann von Dr. Ute Horvath seit nunmehr fünfzehn Jahren?

Später musste er zugeben, dass es noch andere Erklärungen gab. Ute gefiel es, dass Jan Horvath wie ausgewechselt war: dass der verdrießliche Stubenhocker hin und wieder vergnügt und unternehmungslustig erschien, statt mit sauertöpfischer Einsilbigkeit seiner künstlerischen Karriere nachzutrauern. Dass er in der Wohnung nicht nur zähneknirschend mit anpackte, sondern sogar Initiative an den Tag und sich selber, wie er es früher öfter getan hatte, *heimwerkerisch* ins Zeug legte. Ja, dass er Flo mit Geduld und ihr mit Aufmerksamkeit entgegen kam – es gefiel ihr zu gut, als dass sie unbedingt nach den Ursachen dieses vorderhand so erfreulichen Wandels hätte fahnden wollen.

Natürlich – die Wohnung war inzwischen fertig, die Handwerker-Allergie begann abzuklingen – merkte sie es dann doch. Keine Kinokarte in der Jackentasche, kein fremder Geruch an dem Hemd, das sie gerade in die Waschmaschine stopfen wollte; in ihrem Fall nicht. Eine Patientin, keine angenehme Person, eine von denen, die immer das Gefühl hatten, ihnen bliebe etwas vorenthalten, auf das sie Anspruch hatten, meinte ihr für die neu verschriebene Brille zu danken, indem sie fragte, wer der Mann auf dem Foto sei und woher sie den kenne – Ute hatte etliche Bilder von Jan in der Praxis hängen, darunter auch ein Selbstporträt. „Mein Mann", hatte sie gemurmelt, ohne aufzublicken. „Ach nee", hatte sich die Patientin gewundert und dabei vielsagend die Augen aufgerissen, was Ute als ungehörig empfand. Die Dame spitzte beleidigt die Lippen. „Und ich hätte gewettet, der wohnt bei uns im Haus. Da sehe ich ihn nämlich immer."

Ihre Adresse stand im Krankenblatt. Ute fiel ein, wer da wohnte; als Jan zur Einweihungsfeier gegangen war, hatte er es ihr erzählt.

Ihr Magen krampfte sich zusammen. Eine Weile kämpfte sie mit sich, ob sie da hinfahren und sich zu geeigneter Stunde vor dem Haus auf die Lauer legen sollte, um den Verdacht zu bestätigen oder zu entkräften. Doch abends, als Jan nach Hause kam, hielt sie es nicht mehr aus. Sie fragte ihn nach Elisa Furtwängler, und er gab es zu. Er hatte nicht einmal den Mumm, es abzustreiten, der feige Hund!

Ute war keine zwanzig mehr, sie wusste, dass so etwas passieren konnte und *alle Nase lang* auch passierte – – – allerdings nicht ihr.

Nicht *ihnen*!

Doch das viel bewunderte Glücks-Privileg der Horvaths war auf Sand gebaut, und der rann ihr jetzt durch die Finger. Mit einer Kunstfertigkeit, über die sie staunten, gelang es beiden, bis Flo im Bett verschwand, so zu tun, als sei alles wie immer. Schweigsam hatten sie ja auch sonst schon manchmal am Abendbrottisch gesessen, wenn Krach in der Luft lag oder eine Verstimmung in stolzen Verweigerungsechos nachhallte.

Flo, der unmöglich entgangen sein konnte, dass *etwas los* war, zog sich zurück.

Dass dann derartig *die Fetzen fliegen* würden, hatte Ute nicht gedacht; es gefiel ihr auch nicht. Viel lieber wäre sie eine überlegene, gelassen wirkende Frau gewesen, die sich danach erkundigte, wie er sich vorstelle, dass es jetzt weiterginge mit ihnen. Doch das konnte sie nicht. Sie fühlte sich so belogen und betrogen, so missbraucht, so gleichgültig fallengelassen und behandelt *wie der letzte Dreck*, kurz, sie war so verletzt – dieses eine Mal jetzt wollte sie auch verletzen.

Sie wusste schon, wie.

Obwohl es hoch her ging, rannten sie nicht auseinander, sondern vereinbarten, wie es Leute ihres Schlages tun, eine Auszeit. Flo wurde sie als bei erwachsenen, beruflich eingespannten Menschen von Zeit zu Zeit unumgängliche Selbstbesinnungsphase erläutert, in der sie sich ungestört in sich selbst vergraben und die verschütteten wahren Werte ihres

Lebens wieder zu Tage fördern sollten; eine elterliche Ansprache, die Flo veranlasste, die Augen zu verdrehen, und jeden von ihnen mit einem zornigen und vielleicht auch flehenden Blick zu bedenken.

Jan Horvath zog aus. Eine Woche campierte er bei Elisa, da ihm das am Naheliegendsten erschien; dann hatte er verstanden, dass sie *das* auf keinen Fall wollte. Eine Woche ging er in ein schäbiges Hotel in einer Seitenstraße am Bahnhof, das trotz seiner Schäbigkeit teuer war. Die folgenden drei Wochen kam er bei Leon unter, der in Vietnam die bereits wieder vom Urwald überwucherten Hinterlassenschaften des Krieges fotografieren wollte: Vegetation besiegt Bunkerbeton. Danach brauchte er die wahren Werte nicht mehr länger *freizulegen*, sie hatten sich von selbst an die Oberfläche gedrängt.

Zu spät hatte er verstanden, dass Elisas faszinierende Unabhängigkeit darauf beruhte, dass sie kein Herz besaß; und was er als Freizügigkeit bestaunt hatte, war in Wahrheit Gefühlskälte gewesen. Ihre Selbständigkeit verdankte sie jahrelanger Verletztlichkeitsprophylaxe; und Sex war für sie etwas wie Autofahren: kuppeln, schalten, beschleunigen, bremsen. Einparken, ausparken.

Jan Horvath schalt sich einen *Volltrottel* und beschloss, das Ende der Auszeit zu beantragen.

Nur nahm Ute seinen Antrag nicht an.

Damit hatte Jan Horvath nicht gerechnet; übrigens auch Ute nicht. Weder hatte sie sich vorzustellen vermocht, dass sie Geschmack an einem Leben ohne Jan finden würde; noch hatte sie sich zugetraut, das So-und-nicht-Anders ihres Lebens, wie es sich im Laufe der Jahre angesammelt hatte, einfach beenden zu können.

Aber es war so.

Und es ging ihr gut dabei.

Es ging ihr so gut, dass es ihr anfänglich selber ein bisschen peinlich war. Als hätte sie eine Last abgeworfen, trabte sie beschwingt durch ihre Tage, die ihr nicht mehr als Glocken erschienen, die über sie gestülpt waren und die sie hochstemmen musste; sondern auf die sie sich freute wie auf eine Herausforderung. Alles fiel ihr leichter als vorher: die Arbeit, der Alltag, das Leben mit einem Kind. Anfälle von Übermut stellten sich ein. Selbst Flo musste ihr das gönnen. Wo kam diese Energie her, wo war sie vorher gewesen? Hatte Jan sie ihr weggefressen, hatte er sich von ihrer Lebensfreude ernährt?

Solche Fragen stellte sie sich; und das immer ungenierter, nachdem sie einmal begriffen hatte, dass in Schmach und Schande der sitzengelassenen Frau das große Los ihres Lebens gewickelt gewesen war.

Das Alleinsein war herrlich. Sie fühlte sich frei. Befreit und gut aufgelegt, bereit für alles, was da kam. Statt in ihrer mit so viel Liebe (und einer dieser Liebe in nichts nachstehenden Verbissenheit) hergerichteten Wohnung zu bleiben, die Jan bereits verlassen hatte und ihr kaum streitig machen konnte, zog sie kurzerhand aus und mietete für Flo und sich ganz weit weg, am südlichen Stadtrand, wie Jan meinte: *hinter* dem südlichen Stadtrand, ein Haus.

Jan Horvath dagegen ging es schlecht; und ehe er begriffen hatte, dass da nichts mehr *zu kitten* war, hatte er sich zahlreiche demütigende Abfuhren eingehandelt. Wie konnte Ute so herzlos sein und ein reumütig jammerndes Nervenbündel wie ihn einfach draußen stehenlassen, bis er zum Eisklotz erstarrt war? Wenn sie ihn schon nicht mehr liebte, hatte sie nicht wenigstens Mitleid?

Langsam, sehr langsam dämmerte Jan Horvath, dass Ute ihn – sicher nicht von Anfang an, aber wohl doch länger, als ihm recht sein konnte – als eine Art Schicksal hingenommen hatte; nicht gerade als einen Schicksalsschlag, aber als eine Fügung. Er, Jan, war eben ihr Mann; Anna, genannt

Flo, war eben ihre Tochter; zu dritt waren sie *eben* die Horvaths.

Ihr war gar nicht der Gedanke gekommen (und wenn er ihr gekommen wäre, dann hätte sie ihm den Zutritt verwehrt): dass ihre Ehe vielleicht doch nicht von höheren Mächten verfügt und über sie verhängt worden war. Nicht als Strafe, nein – doch vielleicht als Bewährungsprobe? Dass sie eigentlich bloß eine Entscheidung war, *ihre* Entscheidung. Eine Entscheidung, die man aufkündigen konnte.

Und er, Jan Horvath, hatte sie darauf gebracht!

Ute war ihn losgeworden und musste nicht einmal ein schlechtes Gewissen haben deswegen. Wie leicht er es ihr gemacht hatte! Wie dumm er gewesen war!

Eine Zeitlang hatte Jan Horvath allen Ernstes gehofft, die pure Augenscheinlichkeit der Idiotie, die er sich hatte zuschulden kommen lassen, müsse Ute, wenn ihre Wut verraucht sein würde, davon überzeugen, dass er im Zustand völliger Unzurechnungsfähigkeit gehandelt hatte und deshalb nur eingeschränkt belangt werden durfte.

Und vielleicht war das ja auch so. Es änderte nur nichts. Denn Ute wollte ihn gar nicht mehr anklagen, verurteilen, hängen und vierteilen: Sie wollte ihn einfach nur nicht zurück.

Das mit Elisa, und alles was daraus folgte, war jetzt fast zwei Jahre her. Inzwischen waren sie geschieden, Jan Horvath und Ute Horvath, „einvernehmlich", wie es hieß; bei gemeinsamem Sorgerecht für Flo und unter Ausschluss gegenseitiger Versorgungsansprüche. Ute wohnte in der Siedlung und hatte einen Freund, der bei ihr eingezogen, jedoch allem Anschein nach oft unterwegs war.

Als Ute Hals über Kopf die Wohnung wechselte, hatte Flo sich ausbedungen, in ihrer alten Klasse, auf ihrem alten Gymnasium bleiben zu dürfen; und ihre Mutter hatte schließlich eingewilligt. Seitdem fuhr Jan Horvath seine

Tochter jeden Morgen zur Schule. So sahen sie sich wenigstens einmal am Tag.

Doch damit war es vorbei.

Sonntags Besuch

Gregor de Kooning war ein sympathischer Mann; jedenfalls verstand er sich auf die Kunst, einen gewinnenden Eindruck zu machen. Wie er Tim Sonntag das Tor zum Park aufschloss, als sei es eine gewöhnliche Vorgartentür, wie er ihm die Hand schüttelte und ihn – „Na, dann mal rein mit Ihnen!" – willkommen hieß, wobei er auch die Kameramänner, Beleuchter, Tonleute und Techniker – „Drehen Sie eigentlich schon?" – nicht vergaß, das musste einen für ihn einnehmen.

Der Juniorchef eines deutschen Elektronik-Riesen, *des* deutschen Elektronik-Riesen, musste man sagen, gab sich in T-Shirt und kurzen Hosen beneidenswert frei von Selbstdarstellungszwängen. Ein junger Mann von achtunddreißig Jahren, der sich – die Woche über beruflich eingespannt wie er war – darüber freute, einen Sonntag lang mit Frau und Kind nach Herzenslust herumtoben zu dürfen. Und der, statt sich von der Neugier der Öffentlichkeit ins Korsett einer vermutlich mit Missgunst beäugten Rolle zwängen zu lassen, sogar ein ganzes Fernsehteam anstecken konnte mit seiner vergnügten Art, am Leben zu sein.

Gregor de Kooning hatte etwas, musste Lubetzki zugeben, was man nicht herstellen, nicht lernen und sich nicht beschaffen konnte, nicht für alles Geld der Welt: Er hatte Charme. Und er hatte noch etwas anderes, was man genauso hatte oder *nicht* hatte: nämlich Humor.

Wie er die fünfjährige Helen, an den Ellenbogen gefasst, im die Jahre durchruckelnden Zeitraffertempo in die Höhe wachsen ließ! Wie er beim Spielen im Garten, wenn der Ball in den Pool geplatscht war, hinterher hechtete, um ihn anschließend dem Töchterchen darzureichen, nass von Kopf bis Fuß – Lubetzki erkannte das Foto jetzt wieder. Wie er sich im von Gekicher unterbrochenem Duett mit Frau Jenny daran erinnerte, wie sie bei einer Fahrradtour im noch unvertrauten Leipziger Umland das erste Mal vor dem Schloss gestanden hatten, das nun ihr Zuhause geworden war!

Tim Sonntag, als Mister-SAX-TV und sowieso als Mann des freien Wortes zur Respektlosigkeit verpflichtet, hatte Mühe, seine spöttischen Schlaglichter unterzubringen. Die nämlich, hatte man den Eindruck, setzte der Hausherr doppelt so schnell und mit doppelt so leichter Hand.

Ein Rundgang durchs Haus zeigte, was die de Koonings als Bauherren von fulminanter Unbelehrbarkeit (und glücklicherweise „ohne finanzielle Interessen") geleistet hatten. Dann ging es um Kunst. Während Sonntag de Kooning zu einer Bemerkung über Sammler, privates Mäzenatentum und die klammen Kassen der öffentlichen Hand verleiten wollte, spulte Lubetzki vor, hielt aber an, als es um ein Bild ging, das er selbst schon gesehen hatte. Sehen hatte *müssen*: weil es nämlich hinter dem Tisch hing, an dem die Familie, ohne sich von einem Polizisten dabei stören zu lassen, zu frühstücken pflegte.

Nur dass es ein *Bild* war, hatte er, wie er zugeben musste, nicht bemerkt. Er hatte das Werk eines der höchstdotierten Maler der Gegenwart (Paula de Kooning hatte schon in den späten 60ern angefangen ihn zu sammeln, als er noch ein Geheimtipp war) für ein schlichtes, auf Über-Schultafelgröße aufgeblasenes Foto gehalten, was ihm die nicht zu übersehende Unschärfe zu erklären schien.

Weit gefehlt! Die Unschärfe eben war das, was das Bild vom Foto unterschied. Sie war die gemalte Reflexion über die Abbildlichkeit, die das Bild an die Wirklichkeit band, von der es sich jedoch abstieß. Sie ironisierte das Bild als Widerspiegelung, indem sie den „Spiegel" aus millionenfach missbrauchter Pflichttreue in aufsässigen Ungehorsam trieb.

„Allerdings muss ich zugeben", bat de Kooning augenzwinkernd um Entschuldigung, „dass wir dieses Bild nicht nur seiner souveränen Malerei wegen lieben, sondern auch, ganz kleinbürgerlich, wegen des Motivs. Es ist nämlich unser leider viel zu selten genutztes Refugium auf Mallorca, das Sie hier sehen können; unser kleines Sonnenparadies. Aber leider, die Arbeit geht vor, und die Arbeit ist *hier*."

Ob das als Verbindungsbrücke zu den folgenden, in der Niederlassung spielenden Passagen vorher abgesprochen war und nur ungemein natürlich *rüberkam*, oder ob sich dieser Schlenker beim Zusammenschneiden des aufgenommenen Materials angeboten hatte, hätte Lubetzki gern gewusst. Aber es war natürlich nicht wichtig genug, um sich danach zu erkundigen.

Jedenfalls funktionierte die Überleitung perfekt: Schon in der nächsten Einstellung sah man, worauf Gregor de Kooning mit seinem martialischen „hier" angespielt hatte.

Jetzt war der Arbeitstag an der Reihe. Der Zeiger der Küchenuhr springt auf 8:00 Uhr; der Bentley fährt vor; Gregor de Kooning kommt im dunklen Anzug und weißem Hemd aus dem Haus gestürmt. Er reißt die Autotür auf und ruft dem Fahrer einen Gruß zu, welcher ihn, während der Chef neben ihm Platz nimmt, seinerseits begrüßt. *Und ab geht die Post!*

Gregor de Kooning beim Durcheilen des Vestibüls; Gregor de Kooning im gläsernen Fahrstuhl; Gregor de Kooning beim Wortwechsel im Vorübergehen auf dem Etagenflur. Gregor de Kooning, als er sein Büro betritt („Guten Morgen, Frau Knöchel!"). Gregor de Kooning, der seinen Platz im Beratungszimmer einnimmt. Darunter, weil es, wie man erfährt, nun einmal sein Lieblingslied ist, „Waltzing Mathilda", in einer – gar nicht schlechten, fand Lubetzki – Cover-Version von Rod Stuart.

Dann der Weg durch die Werkhallen, bei dem Tim Sonntag einen Crash-Kurs in Fließstrecken-Technologie des 21. Jahrhunderts verpasst bekommt. Und während er und die künftigen Zuschauer Gregor de Kooning im keine Förmlichkeit aufkommen lassenden, hemdsärmlig sachbezogenen Gespräch mit seinen Arbeitern erleben dürfen, werden sie in das Erfolgsgeheimnis des Unternehmens eingeweiht: die wagemutige und inspirierte Verbindung von Tradition und Modernität, von Globalisierung und Familie, von Know-how, Arbeitsökonomie und bodenständiger Menschlichkeit.

Eine Talkshow zeigte Gregor de Kooning im übermütigen Zweifrontenkrieg gegen Linkspartei und regierende CDU-SPD-Koalition. Ganz anders dagegen die Debatte nach einer öffentlichen Lesung aus „Land am Tropf", die von niederschmetternden Lebensverläufen und anderen Gefühlsausbrüchen aufgeputscht war.

Natürlich, dieser Kerl konnte beides: Den Politikern, die ihre von PR-Beratern kreierten Physiognomien um die Publikumsgunst wetteifern ließen und dabei ihre Argumentationsfäden abspulten, trat er als Clown entgegen, der seine Aufgabe darin sah, Denkverbote zu verletzen, um durch Frechheit und ja, sogar Geschmacklosigkeit das Verlassen gewohnter Geleise zu erzwingen.

Den Glücklosen, Geschlagenen und Gestrandeten dagegen, die sich aufgerafft hatten, das Podium einer Buchvorstellung zu nutzen, um den gesammelten Frust der letzten zwanzig Jahre jemandem *vor die Füße zu kotzen*, bot er sich als aufmerksamer Zuhörer an, dem daran gelegen war, seine Thesen an erlebter, *erlittener* Realität zu überprüfen.

226

Nur das Sich-Einrichten in der Ausweglosigkeit wollte er nicht gelten lassen und führte sogleich vor, wie man der Suche nach unkonventionellen Lösungsansätzen sogar einen Schuss diebischer Freude abgewinnen konnte – auch wenn das vorläufig alles nur Sandkastenspiele waren.

Was war das, fragte sich Lubetzki, während er sich ins Gesicht dieser Gute-Laune-Lokomotive vertiefte, dieses arroganten Schnösels mit seinem Bärtchen um Mund und Kinn, mit seinem aufgekratzten Dandy-Gehabe und seinem Brillanten im Ohrläppchen, mit seinen flinken Sprüchen und einfallsreichen Bosheiten, zu denen er, wie in selbstparodistischer Absicht, sein dünnrandiges Brillengestell zwischen den Fingerspitzen zwirbelte – was war das, was einen davon abhielt, ihm all diese grauenvollen Mätzchen zu verübeln? War das bloß gerissen? Gerissen auf so unverschämte Art, dass es schon wieder etwas Entwaffnendes hatte?

Lubetzkis Interesse sprang noch einmal an, als Sonntag Madeleine Knöchel aufforderte, sich über ihren Chef zu äußern. Die Peinlichkeit der Situation schien sie ratlos zu machen. Etwas Kritisches zu sagen, verbot ihr die Loyalität; nichts Kritisches zu sagen, verbot ihr die Intelligenz. Dass sie nicht gleich wusste, wie sie sich aus der Affäre ziehen sollte, zeigte in Lubetzkis Augen nur, dass ihr der Sinn für die Unanständigkeit dieser Lage noch nicht abhanden gekommen war.

Nach einem kurzen Abwehrgefecht stotterte sie, halb in die Kamera blickend, halb deren Blick ausweichend, Folgendes zusammen:

„Na gut, also ... was mir persönlich besonders an ihm gefällt, ist: Er macht es einem leicht, ihn als Chef zu akzeptieren. Erstens, er hat Ideen und er hat dieses Durchsetzungsvermögen ... ich meine, der Mann ist ja ein Zwölfzylinder. Mindestens. Und das schafft eine natürliche Autorität. Zweitens, und das ist das Schöne daran: Er muss sie einem nicht mehr unter die Nase reiben. Sie werden nie erleben, dass er einem mit kleinlicher Besserwisserei etwas an sich Richtiges verleidet, weil er es sozusagen zu Tode reitet. Und – er hat die Gabe, sich an den Erfolgen von anderen zu freuen ... also von seinen Leuten, meine ich. Ohne Missgunst."

Das war schon alles. Gern hätte sie etwas Gescheiteres zu bemerken gehabt, das merkte man der Verlegenheit an, mit der sie Sonntag ansah, das Haar mit den Fingern zurückkämmend, als frage sie: „Geht das so, reicht Ihnen das, kommen Sie klar damit?"

Lubetzki, der ein Stück zurückspulte, um die Sequenz zu wiederholen, musste sich eingestehen, dass sie ihm gefiel – distanziert und beherrscht, wie sie wirkte. Wieso stieß ihn ihre Kühle nicht ab?

Einem wie de Kooning gönnte er sie jedenfalls nicht.

Enrico Katz, als Fahrer des Chefs ebenfalls jemand aus dessen unmittelbarer Umgebung, hatte weit weniger Skrupel, das Lied desjenigen zu singen, dessen Brot er aß. Als alteingesessener Sachse sollte er, so war anzunehmen, dem Hauptteil der heimatlichen Zuschauerschaft eine Identifikationsfigur liefern, in der er sich aufgehoben fühlen konnte. Seine Treuherzigkeit ließ ihn dafür geeignet erscheinen, seine Art, sich zu äußern, eher nicht. Damit er nicht einen ihm von fremder Hand in den Mund geschobenen Text hörbar herunterbetete, lieferte ihm Sonntag Stichworte in Form eines der allseits beliebten Fragebögen zu:

„Seine größte Stärke?"

„Dass er so'n Steher ist, würde ich sagen. Also, ich erlebe das ja mit. Früh um achte geht der Tag los, aber eisern. Und dann, nachts um eins, dann sammle ich ihn auf irgendso'nem Empfang bei ... bei was weiß ich wem wieder ein ... Nur dass *der* sich nicht mal zwischendurch irgendwo aufs Ohr gehauen hat."

„Seine größte Schwäche?"

„Schwäche, naja ... kommt drauf an, was man mit Schwäche meint. Vielleicht, dass er auch mal an *sich* denken müsste. Wenn ich aus so 'nem Wagen immer das Maximum raushole, das kann ich machen, aber dann gehts natürlich irgendwann auf Kosten der Lebensdauer, ganz klar."

„Seine für Sie angenehmste Seite?"

„Dass ich der Fahrer vom Chef bin. Dass das jeder weiß. Da sorgt er für. Für den Respekt. Und das wissen auch alle."

„Seine für Sie unangenehmste Seite?"

„Dass er nie Nein sagen kann, wenn Sie verstehen, was ich meine. Verlass dich nie auf den Terminkalender. Irgendeiner ruft an, und schon hast du noch 'ne Fahrt an der Backe, da kannst du der Frau sonstwas versprochen haben. Ist nicht immer einfach, sage ich Ihnen."

„*Was* von ihm würden Sie sich wünschen?"

„Was von ihm ... soll ich ehrlich sein? Was von der Kohle wäre nicht schlecht. Kann man immer gebrauchen." Enrico Katz grinste.

„Was würden Sie sich von *ihm* wünschen?"

„Also, was ich mir wünschen würde, dass er ... ? Eigentlich nur, dass er mal 'n bisschen Zeit für mich hat. Morgens, wenn er einsteigt ... dass er nicht gleich die Nase in seine Akten steckt, sondern erstmal guckt ... wie sieht er denn aus, der alte Katz, hat er anständig geschlafen letzte Nacht, oder macht seine Frau ihm gerade mal die Hölle heiß ... Manchmal denke ich, wenn ich mal morgens gar nicht im Wagen sitze, da sagt er trotzdem ,Morgen, Katz', zu dem, der nicht da ist."

So war er also, Enrico Katz, das spätere erste Opfer des heimtückischen Betäubungsangriffs, der ihn berühmt gemacht hatte. Oder doch hätte berühmt machen können, wenn die restriktive Nachrichtenpolitik der „De Kooning KG" ihn nicht zum Schweigen verdammt hätte.

Lubetzki fischte die DVD aus seinem PC. Auf einmal kam ihm der ganze Fall so rund vor wie diese silberne Scheibe, auf der sich das Licht seiner Schreibtischlampe brach, schön wie ein Regenbogen.

Das schwarze Loch

Die Wachtmeister Piontek und Schmitz hatten bereits am Nachmittag einen ersten Versuch gewagt, Manfred Gabriel zu Hause aufzustöbern, da ihnen der Gedanke, er könne Horvaths Aussage stützen und sie damit in ernsthafte Schwierigkeiten bringen, keine Ruhe ließ. Es war aber niemand da gewesen. Hinterher waren sie froh darüber, denn wenn sie auch wussten, was sie von ihm wollten – testen, was von Horvaths Bericht bei ihm hängengeblieben war, und ob Horvath Kontakt zu ihm aufgenommen hatte –, wie sie das anstellen sollten, ohne am Ende schlafende Hunde zu wecken, war ihnen nicht klar.

Als sie am Abend, in Zivil und mit Pionteks Wagen, zum zweiten Mal vor Gabriels Haus erschienen, sah es nicht besser aus. Ihr Vorhaben erforderte ohne Zweifel Fingerspitzengefühl. Folglich verspürten sie, als sie Gabriels Chevi vor der Tür stehen sahen, keinerlei Erleichterung. Beklommenheit machte sich in ihnen breit. Ihr Hals war wie zugeschnürt. Jetzt wurde es also ernst.

Das wurde es dann aber doch nicht – *noch* nicht jedenfalls. Denn bevor sie den Wagen geparkt und sich aus den Sitzen gehievt hatten, ging die Tür auf und das Objekt ihrer Begierde trat auf die Straße. Sollten sie ihn jetzt ansprechen, jetzt gleich?

Plötzlich waren sie sich unsicher. Piontek wartete darauf, das Schmitz den ersten Schritt tat. Schmitz beschloss, Piontek vorangehen zu lassen.

Unterdessen war Gabriel in sein Auto gestiegen und steuerte sein eierschalfarbenes Schlachtschiff gemächlich an ihnen vorbei.

„Jetzt geht er uns durch die Lappen", bemerkte Schmitz zerknirscht.

„Und wenn er zu *ihm* fährt?" Piontek sah Schmitz fragend an.

Sie hängten sich an ihn dran. Ihre Befürchtung bewahrheitete sich. Manfred Gabriel war auf dem Weg in die Lerchenfeldstraße!

Sie beobachteten, wie er den Wagen vor Horvaths Haus abstellte und hinter dem Eingang verschwand. Was sollten sie tun?! Sie quetschten sich in eine Parklücke, an einem mit Bauschutt vollgeschütteten Container vorbei. Als sie die Fassade in Augenschein nahmen, sahen sie das Licht in Horvaths Wohnung brennen.

Diesmal war es Piontek, der eine Idee hatte. Er wies auf das im Umbau befindliche Haus, dem *Horvath'schen direkt gegenüber*!

Sie brauchten an der Baustellentür aus Blech gar nicht erst zu rütteln, sie war nur angelehnt – unverschlossen aus Nachlässigkeit oder aufgebrochen, weil Diebe eingelagertes Material oder gründerzeitliche Messingtürklinken und -fensterknebel mitgehen lassen hatten.

Gleich darauf waren sie im Hausflur verschwunden.

Drinnen war es dunkel, ein schwarzes Loch, das alles verschlang, auch den Lichtschein, der von der Straße her durch die Türöffnung fiel. Nach ein paar Minuten konnten sie wenigstens schräg über sich die zum Hof gehende Fensteröffnung auf dem ersten Treppenabsatz erkennen.

„Soll ich das Handy anmachen?", fragte Piontek. Er war stolz auf das neue Modell, das er seit kurzem besaß. Es hatte sogar eine Taschenlampenfunktion.

„Und wenn jemand von draußen das Licht sieht?", fragte

Schmitz zurück. „Was sollen die denken, wer sich hier rumtreibt?"

Es roch nach feuchten Steinen. Auf dem Boden musste alles mögliche herumliegen: Putzfladen, Steine, Bretter, ein leerer Zementsack. Ein Blecheimer fiel scheppernd um, als sie gegen ihn traten. Irgendwelche Metallrohre kamen ins Rollen.

Schmitz fluchte; und er schimpfte immer noch vor sich hin, als er mit dumpfem Rumms an die unterste Stufe stieß und mit der durch die Luft rudernden Linken das Treppengeländer zu fassen bekam. Es wackelte. War die Treppe überhaupt benutzbar?

„Was meinst du, wie die Bauleute hoch kommen? Meinst du, die schweben?"

Mit einem Ruck, als müsse er sich von seiner eigenen Ängstlichkeit losreißen, drängte Piontek an Schmitz vorbei und stapfte die knarrenden Stufen nach oben, bis er auf dem Treppenabsatz haltmachte, um sich von der Wirkung seines Sturmangriffs zu überzeugen.

Schmitz sah ihn als Silhouette vor dem Nachthimmel stehen, als er ihn fragen hörte: „Kommst du nun oder willst du dir weiter in die Hose scheißen?"

In *diesem* Ton! Diesen Ton konnte er gar nicht vertragen!

Erfüllt von der Bereitschaft, sich bei einem Sturz gefährliche Verletzungen zuzuziehen, stieg er, die Hand am Geländer, bergauf in das schwarze Nichts.

„Na siehst du wohl", brummte Piontek.

Schmitz, beleidigt, blind und voll Todesverachtung, setzte seinen Aufstieg fort. Erst als sein Fuß ins Leere trat, weil er bereits auf dem Podest des ersten Stockes stand, hielt er inne. Jetzt sah er hinten am Ende der Finsternis zwei hellere Rechtecke liegen: Fensteröffnungen, durch die ein grünlicher Lichtschein von der Straße hereinfiel. Und nicht nur

Licht drang herein, auch Hundegebell, Babygeschrei, ein aufheulendes Motorrad – die gewöhnliche Lerchenfeldstraßenwelt.

Schmitz hörte am Knarren der Stufen, dass Piontek nachkam.

„Noch eins höher", verkündete er, mit keiner Silbe Schmitz' Selbstüberwindung würdigend. „Zweiter Stock. Und dann ganz rechts. Dann gucken wir ihm direkt ins Fenster."

Und wenn es Piontek war, der stürzte und sich schmerzhafte, schlecht heilende Brüche zuzog? So etwas konnte passieren.

Schmitz holte tief Luft. Dann gab er sich geschlagen und stolperte Piontek hinterher. An leeren Türdurchbrüchen vorbei tastete er sich durch den Wohnungsflur bis ins hinterste Zimmer. Es hatte nur ein Fenster, drei Flügel breit und oben gerundet.

Sehen konnte man allerdings nichts.

Schmitz war so enttäuscht, dass er nur langsam begriff, dass die Fassade eingerüstet und das Gerüst mit Planen bespannt war, die nur da, wo die einzelnen Bahnen aneinander stießen, schmale Ritzen frei ließen. Vom Luftzug bewegt, bauschten sie sich auf und schlugen ein paar Augenblicke später mit einem dumpfen Geräusch zurück.

„Mist", grummelte Piontek und schwang sich über die Brüstung nach draußen auf den Gerüststeg, auf dem er zuerst ein paar Meter nach rechts, dann nach links ging, um auszuprobieren, was man durch die Zwischenräume zwischen den Planen erkennen konnte.

„Und?", fragte Schmitz, den die Vorstellung, da draußen herumklettern zu sollen, beunruhigte.

Piontek postierte sich vor einer der Nahtstellen und knotete mehrere Schnüre los, mit denen die Planen am Gestänge festgebunden waren. Schon bald konnte er die Bahn vor ihnen ein beträchtliches Stück beiseitezerren und zusammenrollen, so dass ein offenes Dreieck den Blick freigab.

Schmitz wurde klar, dass er sich vor Piontek die Blöße, sich vor der Beplankung zu fürchten, nicht geben durfte. Die Hand am Putz, dessen Sandigkeit er jetzt spürte, machte er ein paar Schritte über die unter seinen Füßen federnden Bohlen auf Piontek zu, bis er neben ihm stand und ebenfalls durch die Öffnung sehen konnte.

Es stimmte tatsächlich, Piontek hatte recht gehabt. Horvaths Zimmer befanden sich ihnen genau gegenüber auf der anderen Straßenseite, auch das mit dem runden Tisch, das sie kannten.

Schmitz war verblüfft, wie gut sich drinnen alles erkennen ließ; abgesehen davon, dass ihnen die Fenster nur begrenzte Einblicke gewährten. Jan Horvath und Manfred Gabriel saßen vor ihnen wie auf einer Bühne. Nur hören, was sie miteinander zu bereden hatten, das konnte man nicht. Aber was sollte das schon sein! Nichts, von dem sie sich etwas erhoffen konnten, nichts Gutes jedenfalls.

Plötzlich stand Jan Horvath auf und verschwand von der Bildfläche. Was war los? Wo wollte er auf einmal hin?

Einblicke

„Wart's mal ab, der kommt gleich wieder", meinte Piontek. „Vielleicht holt er was oder ist pinkeln."

Doch ob es wirklich keinen Grund zur Beunruhigung gab? Zwar stand Horvath ein paar Augenblicke später wieder im Zimmer, doch schon beim Hereintreten benahm er sich so merkwürdig, dass sich die beiden Augenzeugen keinen Reim darauf machen konnten. Warum bewegte er sich nicht wie ein normaler Mensch? Warum zum Teufel ging er jetzt *rückwärts*?

Dann sahen sie es, ein weiterer Besucher war im Türausschnitt erschienen. Offenbar hatte er geklingelt, und Horvath war zur Wohnungstür gegangen, um ihn hereinzulassen. Es war ein untersetzter Mann mit einer Glatze. Der verbliebene Haarkranz war kurz geschoren, so dass der Schädel noch kahler wirkte. Wenn er den Kopf beim Reden bewegte, sah man seine Ohren abstehen. Und in der Hand hatte er – – – eine Pistole.

Schmitz vergaß, Luft zu holen. Piontek stieß ihn an: „Du, das ist er.“

„Wer?“

„Der aus der Zeitung. Heute früh. Den Horvath fotografiert hat. Mit seinem Handy. De Koonings Entführer.“

Er musste unter ihren Augen ins Haus gelangt sein.

Sie hatten nicht darauf geachtet!

De Koonings Entführer!

Schmitz klammerte sich an die Gerüststange. Auch wenn er es zuerst nicht glauben konnte – je länger er sich den Mann besah, desto mehr sprach für Pionteks Annahme.

Vor allem passte jetzt alles zusammen! Horvath hatte den Mann gesehen, er hatte ihn fotografiert, er hatte das Foto veröffentlicht. Für die Staatsanwaltschaft war er so gut wie ein Kronzeuge. Und jetzt kreuzte der aufgeflogene Entführer hier auf, um den Mann aus dem Verkehr zu ziehen, bevor er seine belastende Aussage loswerden konnte.

Allerdings – war es womöglich gar nicht Horvath, von dem er etwas wollte? War er wegen Gabriel hier? Es sah ganz so aus. Denn ohne vom Hausherrn weiter Notiz zu nehmen, war er auf dessen Gast zugestürzt und hielt dem wütend drein blickenden Riesen die Waffe unter die Nase – wenn sie sein Gefuchtel richtig verstanden, um ihn zum Aufstehen zu veranlassen.

Horvath versuchte, sich bemerkbar zu machen. Er streckte den Arm aus, als wolle er den Eindringling am Ärmel packen. Der Mann schleuderte ihn weg.

Jetzt hielt es Gabriel nicht mehr auf seinem Sitz. Einen Augenblick lang stand er, zu voller Größe aufgerichtet, neben dem Tisch. Dann kippte er ihn zur Seite und rammte ihn gegen den Glatzkopf. Der Mann taumelte zurück, hatte sich jedoch abgefangen, bevor sich Gabriel auf ihn stürzen konnte. Mit ruckhaften Bewegungen stieß er die Pistole seinem Angreifer entgegen. Der Riese stand still. Langsam hob er die Hände in die Luft.

Der Mann mit der Pistole schien den Fehler von eben nicht wiederholen zu wollen. Die Mündung abwechselnd auf den einen, dann auf den anderen gerichtet, dirigierte er die beiden Männer zur Wand, bis sie nebeneinander standen, Gabriel links, Horvath rechts.

„Möchte bloß wissen, wie der ihn aufgespürt hat", murmelte Schmitz.

Der Glatzkopf machte sich im Zimmer zu schaffen, wobei er kurzzeitig aus dem Blickfeld verschwand. Weit weg konnte er aber nicht sein, denn die beiden Männer wagten sich nicht zu rühren.

„Sollen wir rübergehen?"

Ganz wohl war Piontek bei diesem Gedanken nicht.

„Und dann?!" Schmitz schnaubte verächtlich. „Willst du ihn verhaften?"

„Wir könnten die Kripo anrufen. Du weißt doch, ich habe das Handy dabei."

„Und wie erklärst du denen, wieso wir das wissen? Dass der sich hier rumtreibt? Bei einem gewissen Jan Horvath? Weil wir im Haus gegenüber auf der Lauer gelegen haben? Da der bewusste Horvath uns bereits am Dienstagmorgen einen Hinweis auf den fünf Minuten vorher von eben diesem Typen da drüben entführten Bentley gegeben hat? Und

wir ihn verdammt gern daran hindern würden, das auszu-
posaunen?"

Schmitz streckte das Kinn vor, und dann holte er tief
Luft. „Mensch, Thilo!"

Doch Piontek ließ nicht locker. „Aber *die* haben de Kooning entführt! Wenn wir jetzt anrufen, können sie sich an
ihn dran hängen. Der nimmt sie mit, bis ins Versteck nimmt
der sie mit. Dann können sie ihn raushauen, der Alptraum
ist zu Ende. Slavik! De Kooning ist verletzt! Wir können
doch nicht ... wir können doch nicht so tun, als wenn wir
ihn *nicht* gesehen hätten, dort drüben, zwanzig Meter Luft-
linie von uns weg!"

Schmitz zeigte keine Regung.

„Aber niemand weiß das. Niemand *kann* das wissen.
Weil es völlig absurd ist, absurd und abwegig, dass wir hier
auf diesem Gerüst hocken. Ein blödsinniger Zufall. Weil
wir eigentlich gar nicht da sind, verstehst du das nicht!"

Drüben – man sah nur noch seinen Kopf – kniete Horvath inzwischen neben Gabriel auf dem Boden und versuchte möglicherweise, ihm Fesseln um die Beine zu
schlingen, während der Glatzkopf, die Waffe im Anschlag,
neben ihm stand und Anweisungen gab.

„Ist dir eigentlich klar, dass da ein Menschenleben dran
hängt?" Pionteks Stimme klang tonlos bis eisig. „Dass de
Kooning vielleicht drauf geht, weil du nicht den Arsch in
der Hose hast, einen Fehler zuzugeben?"

„Aber du, ja?", schnaubte Schmitz. „Das hätte ich mir
denken können!"

Unvermittelt brachen sie ihren Streit ab. Drüben schien
die Situation außer Kontrolle geraten zu sein. Auf seine
körperliche Überlegenheit vertrauend, die ihm in mancher
Schlägerei zum Sieg verholfen haben dürfte, tappte Gabriel
auf den Glatzkopf zu. Horvath versuchte, ihn zurückzuhalten, erfolglos. Die Pistole in der vorgestreckten Hand,

wich der Glatzkopf ein paar Schritte zurück. Gabriel näherte sich ihm erneut.

Wenn Schmitz und Piontek eines klar war, dann das, dass der Mann, falls der Riese jetzt nicht doch noch stehenblieb, schießen würde – in die Enge getrieben, wie er war, würde er schießen *müssen*!

Gott sei Dank kam es anders. Auf Horvaths Einschüchterung vertrauend und die Überraschung nutzend, wechselte der Glatzkopf nämlich blitzschnell die Taktik und schnellte plötzlich mit aller Kraft nach vorn, so dass er den Riesen mit der Wucht seines ganzen Gewichts in die Magengrube traf; einer Wucht, die so groß war, dass sie selbst diesen Drei-Zentner-Mann einknicken ließ.

Damit nicht genug, holte er – über den sich hochrappelnden Gabriel gebeugt, so dass Schmitz und Piontek nur den immer wieder durchs Fenster rudernden Arm sehen konnten – mit irgendetwas, was gerade zur Hand gewesen war, aus, einer Weinflasche vielleicht oder mit dem Knauf seiner Pistole, und schlug damit auf den am Boden Liegenden ein, als wolle er ihm den Schädel zertrümmern.

Und Jan Horvath? Stand vom Entsetzen festgenagelt an Ort und Stelle und rührte sich nicht.

Ein paar Minuten später erlosch in der Wohnung das Licht. Die Vorstellung war zu Ende.

Doch ehe Schmitz und Piontek ihren unerfreulichen Disput über die Vor- und Nachteile sofortigen Eingreifens, und handle es sich auch nur um einen Anruf bei ihren Kripo-Kollegen, wieder aufnehmen konnten, ging unten die Haustür, und Horvath und der Glatzkopf erschienen auf der Straße.

Hintereinander, Horvath vorweg, dicht hinter ihm sein Bewacher, gingen sie an Gabriels Chevrolet vorbei zu einem der parkenden Wagen und stiegen ein.

„Die Nummer!", rief Piontek aufgeregt, als er feststellen musste, dass er sie von hier oben unmöglich entziffern konnte. Schmitz ging es nicht besser. Der Wagen fuhr los. Ob es ein Ford gewesen war? Dunkelblau oder schwarz?

„Mach, was du willst, ich rufe jetzt einen Krankenwagen", sagte Piontek und klappte sein Handy auf. „Ich gucke mir nicht auch noch an, wie Gabriel verblutet."

„Da musst du dich aber beeilen". Schmitz klang zufrieden. „Der steigt nämlich gerade in sein Auto."

Piontek sah, wie die Scheinwerfer des Chevrolets angingen. Dann setzte sich der Wagen bereits in Bewegung, dem Ford, oder was es gewesen war, hinterher. Offenbar war Gabriel schon wieder soweit beieinander, dass er daran dachte, die Verfolgung aufzunehmen.

Als sie, von der Dunkelheit, die sie umschloss, kaum noch beunruhigt, nach unten stiegen, machte Piontek einen letzten Versuch, Schmitz umzustimmen.

„Na, dann verrate mir mal, was für Neuigkeiten du ihnen", er meinte die Kripo-Kollegen, „auftischen willst. Also? Ich höre."

Schmitz war die Ruhe selber, als er ihn abblitzen ließ.

„Nicht mal die Autonummer! Nicht mal die Automarke! Wie der Mann aussieht, weiß bereits ganz Deutschland, dazu brauchen die uns nicht." Er machte eine Pause. „Und dass die sich jetzt Horvath geschnappt haben – um den es mir, wie du dir denken kannst, nicht so wahnsinnig leid tut – das bringt die Ermittlungen auch nicht weiter voran."

„Und was werden sie mit ihm machen?", wandte Piontek ein.

„Was wohl? Wenn man sichergehen will, dass er die Klappe hält?"

„Ausgepackt hat er ja schon, mit dem Foto."

„Wer weiß, was er *noch* gesehen hat", meinte Schmitz.

„Eben!", erwiderte Piontek mit Nachdruck, doch ohne dass er hätte angeben können, worauf sich dieser bezog.

Vierter Teil. Freitag

Zu spät

„Dein Vater!"

Anna Horvath, von allen „Flo" genannt, stand in der Küche am Fenster und hörte ihre Mutter im Flur hantieren, als ihr jener wohlvertraute, mit Enttäuschung, Anklage und Drohungen gesättigte Stoßseufzer entgegengeschmettert wurde, der alle Vorwürfe einer Ex-Ehefrau gegen ihren Ex-Ehemann zusammenfasste, ohne einen einzigen auszusprechen.

Nein, er hatte nicht gut angefangen, dieser Freitagmorgen im Haus von Ute Horvath, Anna Horvath und, neuerdings, Lukas Karner. Denn es war bereits halb acht – halb acht *durch*, musste man sagen –, und von Jan, der Flo abholen und zur Schule bringen sollte, fehlte noch jede Spur.

„Er kommt bestimmt", rief Flo, um ihre Mutter zu beruhigen. „Gestern ist er doch auch gekommen."

„Gestern ist er gekommen, vorgestern ist er *nicht* gekommen, heute kommt er auch wieder nicht ... ", Ute Horvath erschien in der Küche und sah zum wer-weiß-wievielten Mal auf die Uhr über dem Kühlschrank.

„So geht das nicht weiter! Wenn ich etwas hasse, dann diese Unzuverlässigkeit. Selbst wenn er jetzt noch kommt, der Herr Horvath, seid ihr nie im Leben pünktlich da. Außerdem muss ich selber los, wenn ich nicht zu spät kommen will."

Ihre Miene verriet jetzt jene angespannte Strenge, die sich im Laufe der Jahre in ihr offenes, klares Gesicht – ausgeprägte Stirn, zierliche Kinnpartie – eingegraben hatte. Es war ein Gesicht ohne jedes Versteck. Diese Durchsichtigkeit rührte von den Augen her, die, vom gleichen hellen Braun wie das Haar, stets wie von einem unvermuteten Erstaunen aufgerissen wirkten. Wenn Ute lachte, lachte sie mit den Augen zuerst. Und wenn sie wütend war oder unzufrieden, so waren es ebenfalls die Augen, die sich verengten, und um die herum sich dann Brauen, Nase, Wangen, Mund ein Stück weit zusammenzogen, wie eine schützende Bastion.

„Dann geh doch schon mal," versuchte Flo, sie zu beruhigen.

„Und du? Nein."

„Bestimmt gibt es irgendwo einen blöden Stau."

„Stau gibt es immer, verstehst du. Dann muss man zehn Minuten eher losfahren. Und nicht die anderen warten lassen. Außerdem frage ich mich, wozu es Handys gibt, wenn nicht dazu, um in so einer Situation anzurufen und wenigstens die Ungewissheit auszuräumen. Er denkt einfach nicht an uns. Er ist – – – "

Sie hatte sagen wollen, was sie bei dieser Gelegenheit immer sagte: „der größte Egozentriker der Welt", als ihr einfiel, dass es nicht richtig war, das Kind gegen seinen Vater aufzuhetzen. Also sagte sie: „Er ist immer nur mit sich beschäftigt. Und natürlich *mit der Kunst!*"

Flo sagte dazu nichts. Sie hatte ihre Mutter schon so oft gegen ihren Vater wettern hören, dass sie merkte, wann sie bloß Dampf abließ und dafür das dank häufiger Benutzung leichtgängigste Ventil verwendete.

Allerdings war es jetzt wirklich dreiviertel acht, und Flo musste zugeben, dass es inzwischen mehr als unwahrscheinlich war, dass sie pünktlich zum Unterrichtsbeginn in der Schule erschien.

Doch das war noch nicht das Schlimmste. Es musste ihrem Vater etwas dazwischengekommen sein, etwas Ernstes. Wieder fiel ihr ein, wie seltsam er gestern Morgen gewesen war. Hatte sie doch nicht bloß Gespenster gesehen, wie ihr ihr Vater so nachdrücklich hatte weismachen wollen? Jedenfalls war sie beunruhigter, als sie es ihrer Mutter gegenüber zugeben durfte. Aber irgendetwas *musste* sie sagen!

„Vielleicht hatte er einen Unfall?"

„Einen Unfall? Hah!" Die Verbitterung ihrer Mutter schraubte sich in Gestalt eines gepressten Auflachens in die Höhe.

„Den hatte er ja bereits letzten Dienstag, mein Schatz."

„Weißt du was, ich rufe ein Taxi an."

„Ein Taxi! Na sicher. Und weißt du, wann das hier ist? Da ist die erste Stunde schon bald wieder zu Ende! Nein. Kommt nicht in Frage. Ich bringe dich jetzt hin."

„Aber – "

„Kein Aber!"

Flo hörte, wie ihre Mutter, zornbebenden Schritts, mit dem Telefon durchs Wohnzimmer marschierte und Schwester Ines anwies, die Patienten, die um diese Zeit bereits das Wartezimmer füllten, um Geduld zu bitten. Sie würde sich nachher selbst bei ihnen entschuldigen!

Flo nahm ihren Rucksack und ging zur Haustür. Auch diese Reaktion ihrer Mutter kannte sie zur Genüge, obwohl sie nicht verstehen konnte, welchen Sinn es haben sollte, eine Sache immer noch schlimmer zu machen, als sie schon war. Offenbar musste ihre Mutter sich, ihr und dem Rest der Welt beweisen, was ihr Vater wieder angerichtet hatte. Jan Horvath, der verantwortungslose Schmarotzer am Zeitbudget leidgeprüfter Augenkranker!

Als sie ins Auto stiegen, behielt Flo ihren Rucksack vor sich auf den Knien, angeblich, weil sie seine Reißverschlüsse untersuchen musste, in Wahrheit als unauffällige Barrikade um ihr Schweigen herum.

Doch den mütterlichen Ausbruch stumm an sich vorbei

laufen zu lassen und so zu tun, als wäre er für jemand anderen bestimmt, dieses Kinderversteck ließ sich nur noch schwer verteidigen. Es ging umso weniger, je mehr sich ihre Mutter – ungnädig gegen ihre Mitverkehrsteilnehmer, ungnädig gegen Lenkrad, Bremse, Schaltung ihres eigenen Wagens – in den Vorwurf hineinsteigerte, ihr Vater habe seit eh und je einen Hang zur Verantwortungslosigkeit besessen; und wenn sie ihre siebzehnjährige Erfahrung mit diesem Mann zusammenfassen solle, dann würde sie sagen, er sei der geborene Verräter.

Flo biss sich auf die Lippen und sah nach draußen, bis sie plötzlich mit leiser, nachdenklicher Stimme fragte: „Sag mal, wie habt ihr euch eigentlich kennengelernt?"

„Waas?!"

„Wie ihr euch kennengelernt habt. Ganz am Anfang. Wann habt ihr euch das erste Mal gesehen?"

„Flo, das ist nicht dein Ernst jetzt!"

Doch auch Flo konnte unerbittlich sein. „Damals, vor siebzehn Jahren. Als du noch nicht wusstest, dass er der geborene Verräter ist."

Die Straße lag schnurgerade vor ihnen, und ebenso stur geradeaus bohrte sich Utes Blick. Doch trotz dieser Anstrengung konnten die Augen die Tränen nicht zurückhalten, nicht bis zum Abend jedenfalls, und nicht alle. Zwei oder drei stahlen sich über den Lidrand und rollten, feuchte Bahnen hinterlassend, die Wangen herab, bis Ute sie wegwischte und anfing zu reden.

„Also gut, Flo. Du weißt ja, was im Herbst '89 hier los war, die Demonstrationen und so. Ich war gerade erst nach Leipzig gekommen, an die Uni, zum Studium. Ich war achtzehn! Am Anfang haben wir uns noch nicht so richtig getraut, aber dann, als es immer mehr wurden, da sind wir auch mit, vom Augustusplatz aus. Damals hieß er noch Karl-Marx-Platz, weißt du das überhaupt? Und wir liefen den Ring lang, Menschen über Menschen, bis zum Bahnhof und am Bahnhof vorbei … und ein junger Mann mit langen Haaren und fusseligem Bart hat fotografiert. So vom Rand aus. Viele haben fotografiert, meistens mit Blitzlicht, es war ja schon dunkel. Aber der – wir waren gerade am ‚Astoria' vorbei und es ging irgendwie nicht richtig weiter – der hat *mich* fotografiert, ich habe es genau gesehen. Ich habe mich weggedreht, ich wollte das nicht, ich kannte den ja gar nicht. Vielleicht hatte er den Auftrag, Beweismaterial zu sammeln. Doch dann drängelte der sich tatsächlich durch die Reihe und fragte mich ganz direkt, ob er mich fotografieren darf. ‚Na, Sie sind gut', sagte ich, ‚hätten Sie mal lieber vorher gefragt, Sie haben doch schon fotografiert, das habe ich doch gesehen.' Und dann sagte er – es war dieser Übermut, weißt du, diese Mischung aus Mut und Angst und was weiß ich, die uns alle besoffen machte – dann sagt er: ‚Das war von so weit weg, da sind Sie gar nicht richtig zu sehen drauf.' – ‚Na und', sage ich. – ‚Das ist schade', sagt er. Da musste ich grinsen, und das hat er als Einverständnis genommen und hat seine Kamera gezückt und hat mich tatsächlich geknipst. Immer wieder. Es war saublöd, ich kam mir saublöd vor, so verlegen war ich, das kannst du dir ja vorstellen, aber … Aber er, er hat gelacht und sich gefreut … Dann hat er gesagt, er schenkt mir die Bilder, und ich habe ihm gesagt, wo ich wohne, ich habe damals in einem Wohnheim gewohnt, lauter Studenten, wir waren vier in einem Zimmer, und er hatte so eine winzige Neubauwohnung in Grünau. Und dann ist er tatsächlich gekommen und hat mir die Bilder gebracht."

„Und dann?", fragte Flo, nicht weil sie ihre Mutter in Verlegenheit bringen wollte, sondern weil sie *irgendwann* etwas sagen musste und nicht wusste, was.

„Und dann?" Ute zuckte die Schultern. „Dann war es zu spät."

„Hören Sie mal, Olbricht", sagte Lubetzki und sah über den Rand des Buches, das er aufgeschlagen in der Hand hielt, zu seinem Kollegen hinüber.

„Hören Sie mal, was er schreibt. ,Der Osten, das Sorgenkind Deutschlands, wird nicht erwachsen. Niemand glaubt mehr, dass er in absehbarer Zeit auf eigenen Füßen stehen wird. Er selbst glaubt es auch nicht. Darüber klagt er. Wenn er überhaupt etwas sagt, beklagt er sich. Ich bin nicht glücklich, sagt er, kümmert euch bitte darum. Dabei hat es an Geld und guten Worten nicht gefehlt – Gott sei Dank steht sich die Familie ganz gut.

Woher also der Trübsinn? Was ist falsch gelaufen mit dem Jungen, fragen sich die Eltern. Doch den Gedanken, dass sie selbst den freudlosen Tunichtgut (der ihnen in Wahrheit dermaßen auf die Nerven geht, dass sie sich dafür schämen) in Depression und Großmannssucht getrieben haben, ersparen sie sich. Sich, ihrem Wohlstand und ihrer Wohlanständigkeit. Noch.'"

Lubetzki sah auf. „Wie finden Sie das?"

„Ist das de Kooning?"

Lubetzki nickte und hielt das Buch hoch, so dass Olbricht den Umschlag sehen konnte: „Land am Tropf".

„Wer kauft sich denn sowas!" Olbricht sah ihn ungläubig an. „Sie wollen die Schwarte doch nicht etwa durchlesen?"

„Hab ich schon."

„Aber ... ist das nicht immer dasselbe?"

„Die Wahrheit kann langweilig sein und trotzdem die Wahrheit."

„Ja, aber diese ganzen Unkereien ... die Milliarden versickern, die schlauen Mädchen wandern ab, die doofen Jungs bleiben hocken und hauen ab und zu einen Ausländer tot ... das ist doch nicht der Osten."

„Sagen wir mal: nicht der ganze."

„Und Ihnen leuchtet diese Standpauke ein?! Ihnen als Ossi?"

„Mir leuchten seine Fragen ein. Oder richtiger, mir leuchtet ein, dass ihm diese Fragen zu schaffen machen. Das machen sie mir nämlich auch. Zum Beispiel die hier", Lubetzki blätterte ein paar Seiten zurück, um die richtige Stelle zu finden:

„,Woher aber die ewig schlechte Laune, die den Westen als Undank erbost? Woher diese Unlust an der Freiheit, die als Ohnmacht ausgegeben wird? Woher die Schlaffheit, das Gelähmtsein, die Schicksalsergebenheit, die faule Duckmäuserei der Zukunft gegenüber? Woher der penetrante Hang zum Jammern auf hohem Niveau? Wo kommen sie her, all diese Erbärmlichkeiten – womöglich aus der Demütigung, sich nun schon bald zwanzig Jahre lang als Dauer-Pflegefall erleben zu müssen? Wohlversorgt von den Ärzten der Deutschen Bank und den Schwestern des Axel-Springer-Verlages?'

Und die Stelle hier", Lubetzki blätterte wieder, „ist auch nicht schlecht: ,Ein deutscher Dichter, der Deutlichkeit verpflichtet und mit womöglich feierstundenfeindlicher Grundeinstellung, hat die Wiedervereinigung einmal ,Unzucht mit Abhängigen' genannt, woraufhin dem Ministerpräsidenten in der ersten Reihe das Gesicht versteinerte. Dabei trifft diese, zugegeben, schmerzhafte Formulierung den Kern eines Tatbestandes, unter dem wir alle leiden. Die gut gemeinte Hilfe des Westens – wer will, möge von ,Liebe' sprechen statt von ,Unzucht' – die finanzielle, personelle und strukturelle Hilfe, hat Abhängigkeit ausgenutzt und Abhängigkeit geschaffen. Und hat, wie jede andere ,Unzucht mit Abhängigen', eben dieser Abhängigkeit wegen schwerwiegende seelische Verkrüppelungen hinterlassen: Unselbständigkeit, mangelndes Selbstbewusstsein,

Misstrauen in die eigenen Fähigkeiten, Subventionssucht, Interesselosigkeit gegenüber erreichbaren Zielen aller Art, Größenwahn, Realitätsfaulheit und Flucht in die computergestützte Infantilität.'

Klare Worte, oder nicht?"

„Mit Speck fängt man Mäuse", bemerkte Olbricht trocken.

„Natürlich ist er ein Populist. Bloß, statt sich bei aller Welt einzukratzen, stößt er die einen wie die anderen vor den Kopf."

„Weil er sich toll findet, wie er so austeilt. So ... mannhaft. Und dabei wird sein Konto sogar noch ein bisschen voller. Sollte man eventuell von ‚geldgestützter Souveränitätsgier' sprechen?"

„Aber Witz hat er, das können Sie nicht in Abrede stellen." Lubetzki hob den Finger. „,Schadenfroh lässt sich der Osten zugrunde gehen, das ist seine Rache. Schließlich weiß der Westen, dass er den Osten nie wieder los wird. Er weiß es und seufzt. Nur manchmal, zu später Stunde in vertrauter Runde, fragt er sich: Sag mal, wer hat den Osten eigentlich damals haben wollen? Du?'"

„Nein."

„Was: Nein?"

„Ich habe ihn nicht haben wollen. Aber ich war elf, mich hat keiner gefragt."

„Setzen Sie sich doch mal hin, Olbricht. Zehn Minuten haben wir noch."

„Zehn Minuten für einen Kaffee. Soll ich Ihnen einen mitbringen? Unter einer Bedingung – "

„Ist ja gut", winkte Lubetzki ab. „Ich bin ja schon still."

Als Olbricht verschwunden war, suchte er eine weitere Stelle, die er sich angestrichen hatte: „Jeder ist seines Glückes Schmied – ich sage nicht, dass es so ist. Doch ich sage: es macht einen glücklich, so zu leben, als wäre es so.

Denn es genügt nicht, sich zum Glücklich-gemacht-Werden zur Verfügung zu stellen. Es macht einen blass, griesgrämig und leidenschaftslos. Statt das Leben, fängt man an, sein Elend zu genießen: weil man es denen, die man zu seinen Glückszuständigen ernannt hat, irgendwann enttäuscht und beleidigt zurückzuliefern gedenkt, eine Beanstandung am Tag des Jüngsten Gerichts, eine Reklamation beim Lieben Gott."

Dann kam Olbricht zurück, mit trippelnden Schritten, um nichts zu verschütten.

„Not stimuliert!", krähte ihm Lubetzki entgegen. „Hoffen wir auf die Krise!" Schwungvoll schlug er das Buch zu und warf es auf den Tisch.

Sie schlürften ihre Kaffeebecher leer, und dann machten sie sich auf den Weg zu Dr. Rubens.

Neuigkeiten

Drei Tage, nachdem Gregor de Kooning auf dem Weg in die Leipziger Niederlassung der „De Kooning KG" entführt worden war, drohte der Druck, unter dem die Justizorgane standen, unerträglich zu werden.

Dass die Medien den Fall mit der ihnen eigenen Unerbittlichkeit ausschlachteten, war nicht mehr zu verhindern gewesen. Mit der Allgegenwart des Themas schürten sie die Erwartung, der Rechtsstaat werde sich mit gezieltem Eingreifen als Herr der Lage erweisen, am besten mit einer spektakulären Befreiungsaktion. Schon deren Ausbleiben erschien so entweder als Untätigkeit oder, was fast noch schlimmer war, als kopflose Herumwirtschafterei. Und die Bereitschaft von Leitartiklern wie Leserbriefschreibern, sich über die Vertrauenswürdigkeit der Sicherheitskräfte auszulassen, die dem Steuerzahler auf der Tasche lagen, war ohnehin groß.

Doch nicht nur der öffentliche, von der internen Administration noch verstärkte Erfolgsdruck machte Dr. Rubens und seinen Leuten zu schaffen. Auch die glücklosen Aktionen selbst saßen ihnen im Nacken.

Dass gestern die Entführer samt Geisel vor ihrer Nase herumspaziert waren und sie sich den Zugriff – und das unter den Bilderbuchbedingungen eines abgeschirmten Geländes – durch eigene Dummheit verscherzt hatten, weil sie nicht im Stande gewesen waren, die simpelsten Regeln der Tarnung zu beachten, daran durfte Dr. Rubens lieber *nicht* denken!

Schon gar nicht, seit aus der Vermutung, Gregor de Kooning könne bei der Entführung angeschossen worden sein, etwas wie Gewissheit geworden war. Die Untersuchung des im Bentley steckengebliebenen Projektils hatte tatsächlich Blutspuren ergeben. Zumindest der Blutgruppe nach konnten sie von de Kooning stammen. Und bald würde die DNA-Analyse die endgültige Bestätigung liefern.

Was, wenn der Zeitverzug, für den, darauf konnte man wetten, sie und ihre Fehlschläge verantwortlich gemacht werden würden, am Ende selbst den guten Ausgang, auf den er immer noch hoffte, zunichte machte, weil die Geisel, nicht rechtzeitig medizinisch versorgt, ihren Verletzungen erlegen war?

Der einzige Trost war, dass er Neuigkeiten beizusteuern hatte, wenn sie sich gleich zum Krisengipfel in seinem Arbeitszimmer trafen, und zwar ausnahmsweise einmal gute.

Seine Befürchtung, nach der gestrigen Panne werde die Familie de Kooning den Kontakt zu den örtlichen Behörden abbrechen und in Zukunft nur noch mit dem Minister selbst oder seinen Staatssekretären verhandeln, hatte sich zu seiner Überraschung als grundlos erwiesen. Als er gestern Abend – auf Walter de Koonings Wunsch hin – zu einer Vier- oder besser Acht-Augen-Besprechung im Schloss gewesen war, konnte er sich selber davon überzeugen, dass Jenny de Kooning nach ihrem fehlgeschlagenen Alleingang, über den sie freimütig und detailliert berichtete, die Fruchtlosigkeit eigenmächtiger Befreiungsversuche eingesehen hatte.

Auf eine Wendung wie diese hatte Dr. Rubens, wenn er ehrlich war, kaum mehr zu hoffen gewagt, auch wenn ihm zuvor schon Lubetzki Andeutungen in dieser Richtung gemacht hatte – Jenny de Kooning hatte ihn angerufen, nachdem sie von seinen Leuten in der ansonsten leeren Tierklinik aufgespürt und zu ihrem Wagen gebracht worden war.

Endlich hatten sie wieder Boden unter den Füßen!

Nur mussten sie jetzt die Konsequenz ziehen aus Jenny de Koonings Bereitschaft, wieder mit der Polizei zusammenzuarbeiten. Zwar konnten sie selbst dabei nicht aktiv werden, nach wie vor mussten sie die Forderungen der Entführer abwarten, ehe sie *loslegen* konnten. Umso wichtiger war es, sich auf die vermutlich schon in den nächsten Stunden anberaumte neuerliche Geldübergabe so gut wie möglich vorzubereiten und ihre Strategie so abzustimmen, dass sie alle in Frage kommenden Eventualitäten in Rechnung stellte. Nur dann hatten sie, wenn es nachher schnell gehen musste, die Chance, überlegt und nach Plan – einem von vornherein auf verschiedene Varianten zugeschnittenen Plan – reagieren zu können.

Allerdings riefen Dr. Rubens erfreuliche Eröffnungen bei den anderen Mitgliedern der Sonderkommission längst nicht die Begeisterung hervor, die er erwarten zu dürfen glaubte. Zum Teil mochte das daran liegen, dass Lubetzki und Olbricht, der blödelnde Schwiesau und der dicke Pavlak genauso von den Strapazen der letzten Tage zermürbt waren wie ihr Chef.

Wie auch nicht! Nachdem sie sich von idiotischen Komplikationen hatten *zum Maxen machen* lassen, waren sie unzufrieden mit sich und spürten doch zugleich lähmend ihre Unfähigkeit, Abhilfe zu schaffen. Bis jetzt waren alle mit kriminalistischer Akribie in Angriff genommenen Nachforschungen ergebnislos oder fast ergebnislos im Sande verlaufen; und selbst Umwege, vor denen sie nicht zurückscheuten, erwiesen sich schon bald wieder als Sackgassen. Rangeleien um Entscheidungsbefugnisse und Verantwortlichkeiten machten ihnen zu schaffen, und das Abwarten-Müssen und die notwendige Rücksichtnahme auf die Geisel, die ihnen die Hände band, dämpfte ihren Elan. Schwiesau und Pavlak wurden zudem von ihren Kollegen in LKA und BKA, die sie auf dem Laufenden zu halten hatten, mit besserwisserischen Ratschlägen bombardiert und mussten sich wie Trottel behandeln lassen, die nicht wussten, wie man sich die Schuhe zuband, wenn sie es nicht vorher haarklein erklärt bekamen.

Dazu kam, dass die Neuigkeit sich – leider – bereits herumgesprochen hatte. Lubetzki war im Bilde, schließlich hatte er noch gestern Abend zwecks Telefonüberwachung zwei seiner Leute ins Schloss abgestellt. Und hatte Lubetzki, den er schlecht zum Stillschweigen verpflichten konnte, nichts ausgeplaudert, war die Überraschung deswegen verpufft, weil Polizisten dazu neigten, von unerwartet günstigen Entwicklungen oder den Ermittlern in den Schoß gefallenen Ergebnissen ohne viel Aufhebens zu profitieren. Als habe man sich mit seinen Bemühungen eine Art Recht auf die Mitarbeit von „Kommissar Zufall" erwirkt!

Vor allem aber war Schwiesau daran schuld, dass die Runde zur Tagesordnung überging, ehe sie Dr. Rubens persönlichen Beitrag zur Entspannung der verfahrenen Situation gewürdigt hatte.

Ohne auf die wiedergewonnene Perspektive einzugehen, hatte er die Diskussion in ein völlig anderes Fahrwasser gelenkt, indem er die Frage aufwarf, ob es sich bei dem gestern Nacht in der Gerhart-Hauptmann-Straße aufgefundenen Toten, einem Mann, den die in seiner Lederjacke sichergestellten Papiere als Manfred Gabriel auswiesen, womöglich um jenen Aussteiger handle, von dem gestern die Rede gewesen war, als es um das anonym zugestellte Foto eines der mutmaßlichen Täter ging.

Es war Spekulation, nichts als Spekulation! Doch was blieb Dr. Rubens übrig, als mit einem pflichtgemäßen Blick in die Runde um Stellungnahmen zu bitten.

„Wenn der Mann tatsächlich absichtlich überfahren worden ist ...", Lubetzki wirkte zwar abwägend bis reserviert, schien Schwiesaus Vermutung jedoch keineswegs von der Hand weisen zu wollen.

„Schauen Sie sich die Fotos an", ließ Schwiesau nicht locker. „So sieht kein Unfallopfer aus. Der Mann ist nicht irgendwie erfasst, der ist doch regelrecht überrollt worden."

„Sollten wir diese Frage nicht aufschieben, bis sich Gerichtsmedizin und Spurensicherung geäußert haben?", fragte Dr. Rubens.

„Dazu brauche ich keine Gerichtsmedizin, dafür habe ich meine Augen." Schwiesau klang gereizt. „Außerdem deuten die Reifenspuren eher auf ein beschleunigendes als ein abbremsendes Fahrzeug hin. Es könnte sogar ein aus dem Stand anfahrendes Fahrzeug sein."

„Gegen den Unfall mit Fahrerflucht spricht, wenn ihr mich fragt", schaltete sich Pavlak ein, „dass sein Wagen in der Nähe stand, und noch dazu auf halb acht. Wer stellt denn seinen Wagen ab und spaziert anschließend wie ein völlig umnachteter Fußgänger über die Fahrbahn, der nicht mitkriegt, dass ein Auto auf ihn zurast?"

„Und wenn es ein verabredetes Treffen war? Gabriel

steigt aus und geht zu dem anderen Wagen hinüber, der ebenfalls angehalten hat oder so tut, als würde er anhalten wollen. Da gibt der andere Gas und fährt ihn über den Haufen". Für Schwiesau war der Fall klar.

„Meinetwegen! Aber selbst, wenn alles für einen Mord spricht", verlor Dr. Rubens für einen Augenblick die Geduld, „bleibt doch der Zusammenhang zur de Kooning-Entführung völlig hypothetisch. Oder gibt es irgendein Indiz – "

„Wie viele Morde passieren denn bei euch in Leipzig so die Woche, hmm?" Schwiesau war offenbar beleidigt, dass sein kühner kombinatorischer Zugriff mit nichts als pauschaler Skepsis ausgehebelt werden sollte.

„Lubetzki", stöhnte Dr. Rubens. „Was sagen *Sie* dazu?"

„Dass es sich um eine Hypothese handelt, hat Kollege Schwiesau nie bestritten. Die Frage kann doch nur sein: Lohnt es sich, diesem Verdacht nachzugehen? Und da muss ich sagen, angesichts der wenigen Anhaltspunkte, die wir haben, können wir so eine Möglichkeit nicht links liegenlassen."

„Das verlangt ja auch keiner!"

War es Lubetzkis bedächtiger Ton, der Dr. Rubens aufbrachte? War es die ihm, entgegen seiner unausgesprochenen Bitte, nicht gewährte Unterstützung?

„Übrigens wundert es mich, dass ausgerechnet Sie sich über unsere wenigen Anhaltspunkte beklagen. Wäre es nicht am ehesten Ihre Sache, die Verfolgung auch scheinbar nebensächlicher Spuren im Auge zu behalten? Was ist denn mit Mallorca, zum Beispiel? Mit den Passagierlisten? Was ist mit den Absendern der Fotos? Was ist mit dem Bentley, was ist mit dieser ehemaligen Papierfabrik, in der er versteckt worden ist? Was ist mit dem Firmen-Umfeld, was ist mit Katz' Bekanntenkreis? Was ist mit den Fahrzeugen, die in der Umgebung der Tierklinik abgestellt waren? Sind die Fahrzeughalter überprüft worden? Ich habe nichts dagegen, dass Sie auch die Umgebung von diesem Gabriel abklären; vielleicht gibt es ja tatsächlich Hinweise auf einen Zusammenhang zu de Kooning. Bitte sehr! Ich sehe nur überhaupt keinen Grund, so zu tun, als säßen wir hier die ganze Zeit auf dem Trockenen und müssten Däumchen drehen!"

Doch bevor Lubetzki die Liste der ihm an den Kopf geworfenen Fragen in Angriff nehmen konnte, legte Schwiesau nach.

„Ich habe mir erlaubt, diesen Gabriel mal in die Registratur zu tippen. Und was stellt sich raus? Der Mann ist mehrfach bei Handgreiflichkeiten aufgenommen worden, meistens im Zusammenhang mit Heavy-Metal-Schlägereien, sowie in einer Kneipe, die ‚Dart-House' heißt. Einmal hat er zehn Monate auf Bewährung wegen Körperverletzung abgefasst. Und *jetzt* wird dieses nicht ganz unbeschriebene Blatt unter dubiosen Umständen ums Leben gebracht. Natürlich *kann* das Zufall sein – "

„ – und wenn nicht, werden Sie es ohne Zweifel herausfinden", schnitt ihm Dr. Rubens das Wort ab. „Trotzdem muss ich darum bitten, dass wir nicht ganz vergessen, warum wir eigentlich hier sind.

Jenny de Kooning rechnet damit, dass die Entführer, wann, kann niemand sagen, es kann theoretisch jeden Augenblick sein, sie neuerlich zur Geldübergabe auffordern werden. Welche Vorgehensweise schlagen wir ihr vor? Und was müssen wir veranlassen, um kurzfristig und flexibel einen zuverlässigen Überwachungshintergrund aufzubauen?"

Pavlak erinnerte daran, dass die bisherigen Übergabeorte – Bahnhof und Tierklinik, mit Menschen überfüllt der eine, menschenleer der andere – erkennen ließen, dass die Täter auf kein bestimmtes Szenario festgelegt seien, und man sich daher auf beide Strategien einrichten müsse.

Auch zeige die unerwartete Umlenkung vom Reichsbahnausbesserungswerk zur Tierklinik, ergänzte Lubetzki, dass der Überbringer über längere Strecken durch die Stadt und erst in letzter Minute zum eigentlichen Übergabeort dirigiert werden könne, weshalb er vorschlage, Jenny de Koonings Wagen vorsorglich mit einem Sender auszurüsten, der auch bei abreißendem Sichtkontakt die Peilung erlaube.

Dem stimmten alle zu. Als er hinzufügte, vielleicht müsse Frau de Kooning das nicht unbedingt erfahren, riss Dr. Rubens allerdings ärgerlich die Augen auf: „Was wollen Sie damit sagen?"

„Nichts", wehrte Lubetzki ab.

Unabhängig davon entschieden sie sich, an verkehrstechnisch günstig gelegenen Punkten der Stadt mobile Einsatzkräfte bereit zu halten, so dass bei einem neuerlichen Verwirr-Spiel in kürzester Zeit umdisponiert werden konnte.

Anderthalb Stunden später kam der Alarm: Die Entführer hatten Jenny de Kooning samt ihrer kostbaren Reisetasche ins IKEA-Möbelhaus im westlich der Stadt gelegenen Gewerbegebiet Günthersdorf bestellt.

Genau das richtige für eine halbe Hundertschaft in Zivil.

Doppeltes Spiel

„Die Zielperson biegt nach rechts auf die B 6 auf und fährt weiter in Richtung Wolks." – „Die Zielperson hat sich am ‚Schwarzen Adler' nach links eingeordnet und biegt ab Richtung Wachau. Wer übernimmt?" – „Schreyer, haben Sie sie?" – „Bin dran. Sie biegt nach rechts in die Chemnitzer. Ich schätze mal, sie will über die Leine auf die B 2 Richtung Innenstadt." – „Gut, dann geht Morgenroth schon mal auf der Bornaischen in Position und hängt sich dran, wenn sie den Goethesteig nimmt." – „Alles klar, ich gehe in die Parkbuchten an der Sparkasse."

Der Funkverkehr war laut gestellt, so dass die eingehenden Meldungen von allen gehört werden konnten. Ebenso machte es ein Tischmikrophon möglich, den Einsatzkräften zu antworten, ohne den Blick vom Stadtplan zu wenden.

Bis auf Lubetzki, dem nicht einleuchten wollte, warum Jenny de Kooning sich nicht für den Autobahnring, sondern für die Fahrt durch die Stadt entschieden hatte, schienen alle die Eröffnungsphase, in der alles wie einstudiert ineinandergriff, auskosten zu wollen. Wer wusste schon, ob später noch viel zum Auskosten übrig bleiben würde!

„Der Autobahnring ist dreißig oder vierzig Kilometer länger. Und zwischen Schkeuditzer Kreuz und Großkugel ist die A 9 dicht, Baustelle. Sie wird durch die Stadt kaum länger brauchen."

Dr. Rubens ging Lubetzkis Schwarzseherei auf die Nerven. Erst hielten sie sich bedeckt, diese Bedenkenträger, und hinterher standen sie meistens auch noch gut da.

„Was ist mit den Fahrzeugen hinter ihr", wollte Schwiesau wissen. „Ist der silberne C 3 noch da?" – „Bin auf der B 2 hinter ihr", meldete sich Brendel. „Von einem C 3 ist nichts zu sehen. Lasse mich ein Stück zurückfallen. Kann sie jemand am Schleusiger Weg abholen?" – „Runge soll über die Kurt-Eisner auf Position gehen und an ihr dran bleiben bis zur Lützener." – „Alles klar. Wenn sie die Oeser-/Industriestraße und Zeigner-Allee nimmt, kommt eine Ampel nach der anderen. Ich sag's ja nur." – „Danke, Runge. – Wer kann eventuell übernehmen?" – „Mellenthin hier. Wir gehen zwischen Karl-Heine-Brücke und Kreisverkehr auf Ersatz." – „Danke."

Die Hoffnung, bei der Fahrt durch die Stadt auf einen Verfolger-Wagen aufmerksam zu werden, schien sich nicht zu erfüllen. Offenbar lag den Entführern im Moment nichts daran, sie im Auge zu behalten, um durch überraschend angesagte Richtungsänderungen Begleitfahrzeuge zu verräterischen Nachfolge-Manövern zu verleiten.

„Auf ihrem Handy tut sich nichts?", fragte Pavlak.

„Nichts", sagte Lubetzki. „Alle Anrufe laufen hier auf. Vorausgesetzt – – – ", Lubetzki sprach nicht weiter, doch Dr. Rubens verschränkte trotzdem, für jeden sichtbar, die Hände hinter dem Kopf.

„Tun Sie sich bloß keinen Zwang an, Lubetzki", spöttelte er. „Wir wissen doch, was Sie gern loswerden möchten. ‚Vorausgesetzt, sie hat kein zweites Handy. Und kein drittes. Und kein viertes.'"

„Genau das wollte ich sagen", erwiderte Lubetzki ruhig. „Vielen Dank."

Jenny de Kooning hatte inzwischen, von Schreyer übernommen, der über Westplatz und Jahnallee zu ihr gestoßen war, die Merseburger Landstraße erreicht.

„Zwischen uns tuckelt schon eine ganze Weile ein leicht modriger Saab mit dem Kennzeichen ‚L-CH 46 22', nur für den Fall, dass. – Ach schade, jetzt biegt er ab."

„Das geht jetzt bis zur A 9 so, ein Einkaufstempel nach dem andern, ein Wagen nach dem andern. Da *kann* sich gar nichts mehr umgruppieren." Dr. Rubens war vor wenigen Wochen dort lang geschlichen, als er zur Autobahn wollte.

„Trotzdem wechseln wir zwischendurch nochmal ... hier, an der Tankstelle." Lubetzki wies mit dem Finger auf die Karte. „Sicher ist sicher."

„Scheiße, sie ist rechts weg", rief ein aufgeregter Schreyer dazwischen. „Ohne zu blinken. Höhe Media-Markt. Kann wer übernehmen, wer weiß, wann ich hier zum Wenden komme."

„Meyer und Brendel über die Merseburger zum Parkplatz Media-Markt", ordnete Lubetzki an, bevor er sich aufgeregt an Olbricht wandte: „Kommt man noch irgendwie anders auf diesen Parkplatz? Von Böhlitz-Ehrenberg aus? Oder kommt sie anders von dort runter? Das dauert jetzt, bis die da sind, das ist euch doch wohl klar. – Mensch

Olbricht, wer zum Teufel könnte sich dort auskennen?"

„Aber die Karte muss doch – ", Dr. Rubens trat noch dichter heran.

„Die Karte muss gar nichts!" Lubetzki explodierte. „Was meinen Sie denn, wie oft die aktualisiert wird? Da draußen betonieren die doch jede Woche irgendwas Neues zusammen. – Was sagt der Sender?"

„Nichts. Sie steht offenbar immer noch auf dem Parkplatz", gab der Beamte an, der die Funkortung des Wagens kontrollierte.

„Na also." Pavlak lag offenbar daran, die Stimmung zu entspannen, doch ihm fiel nichts Richtiges ein.

„Und was macht sie da?! Hmm?!"

„Das wissen wir auch nicht." Auch Schwiesau klang inzwischen gereizt. „Vielleicht hat sie ein Problem mit dem Wagen."

„Ich rufe sie an", entschied Dr. Rubens. „Gleich werden wir mehr wissen."

Alle warteten. Ein Rufzeichen reihte sich an das andere.

„Meyer und Brendel, kommt ihr irgendwie voran?", fragte Lubetzki, als er die Anspannung nicht mehr aushielt.

„Geht so", gab Brendel zurück. „Aber fünf Minuten brauche ich noch."

„Und wir stecken hinter einer Straßenbahn fest." Meyer klang missmutig.

„Oh Gott", murmelte Lubetzki, bevor er verstummte.

Was hörten sie denn da jetzt?

Die Männer sahen sich an. Eine freundlich, doch distanziert klingende Frauenstimme beendete ihre Ansage auf deutsch und wiederholte sie auf englisch. „Die Person, die Sie angerufen haben, ist vorübergehend nicht erreichbar. – The person you have called is temporary not available."

„Vielleicht ein Netzproblem", bemühte sich Dr. Rubens um eine Erklärung, der er vermutlich selbst keinen Glauben schenkte. „Vielleicht ist sie im Media-Markt. Im Keller-geschoss. Manchmal sind diese Einkaufsburgen dermaßen abgeschirmt ... "

„Der Media-Markt hat kein Kellergeschoss", bemerkte Olbricht.

„Was meinen Sie denn, was sie sich Hübsches kaufen möchte? Einen Fernseher? Einen Computer? Eine Video-Kamera? Geld hat sie ja genügend dabei." Lubetzki holte tief Luft; Luftholen war besser als Losheulen.

„Wir müssen versuchen, das Handy zu orten, aber ich wette, sie hat das Ding ausgestellt."

„Dann wäre sie ja auch für die Entführer nicht erreich-bar."

„Ob Schieferacker etwas weiß?" Lubetzki sah wütend zu Dr. Rubens hinüber. „Ja genau! Etwas, das wir *nicht* wissen."

Doch Dr. Rubens kam nicht dazu, seine Verständnislo-sigkeit vor ihnen auszubreiten. Brendel meldete sich näm-lich: „Also der Wagen ist hier, auf dem Parkplatz, ich habe ihn jetzt gefunden. Aber er ist leer."

„Das gibt's doch nicht", murmelte Schwiesau.

„Wenn sie in einen anderen Wagen umgestiegen ist, dann heißt das – – – ", schmatzend zögerte Pavlak, die ein-zige Folgerung auszusprechen, die sich jetzt aufdrängte.

„Ja? Was heißt das dann?"

Lubetzkis Giftigkeit richtete sich nicht gegen Pavlak, und er hoffte, dass dem das klar war. „Das heißt dann, dass Jenny de Kooning von vornherein ein doppeltes Spiel ge-spielt hat. Um uns an der Nase herumzuführen. Um uns ab-zuhängen. Nicht zwangsläufig, aber doch sehr wahrschein-lich in Abstimmung mit den Entführern, mit denen sie an uns vorbei, auf welchem Draht auch immer, Kontakt hält. Und jetzt kurvt sie irgendwo dort draußen rum, wir wissen nicht, wo, wir wissen nicht, wohin, um den Entführern end-lich das Geld in die Hand zu drücken, ohne dass die Polizei ihre Spur aufnehmen kann. Weil es nämlich weit und breit keine Polizei gibt! Weil die nämlich auf dem Parkplatz vom Media-Markt steht und Löcher in die Luft starrt!

Hoffen wir bloß, dass sie sich nicht auch noch *sie* schnappen."

„Das glaube ich nicht", würgte Dr. Rubens mühsam heraus.

„Eben", gab Lubetzki zurück. „Genau das ist das Problem."

„Das Handy ist nicht am Netz", gab Olbricht bekannt, als er zurückkkam; angesichts des Schweigens, das in der Einsatzleitung herrschte, auf weitere Angaben verzichtend.

Lubetzki zuckte nur noch die Achseln, konnte sich aber nicht verkneifen, doch noch etwas zu sagen: „Ein Gutes hat die Sache. Wir können unsere Leute abziehen, und IKEA kann weiter seine ‚Billys' verkaufen."

„Und ‚Klippans'", rief Olbricht.

„Und ‚Ivars'", kreischte Schwiesau.

„Und ‚Leksviks'", stöhnte Pavlak.

„Und ‚Lidingös'", schloss sich Dr. Rubens an, so vorsichtig, dass ihn keiner verstand.

Nie im Leben

Dass Schieferacker recht gehabt hatte: Dass die Polizei sich nie zurückhalten würde, dass sie sich gar nicht zurückhalten *konnte*, einfach, weil sie die Polizei war – das war Jenny de Kooning gestern klar geworden; vielleicht als Lubetzkis Leute vor ihr standen, während sie im leeren Hörsaal saß und den Traum zusammenzustückeln versuchte, aus dem sie soeben gerissen worden war.

Und die Hoffnung, dass die Leute, die Gregor in ihre Gewalt gebracht hatten, irgendwann auf die großartigen Täuschungsmanöver der Polizei hereinfallen würden, war genauso Augenwischerei! Nicht einmal die Tasche voller Geld konnte sie ködern. Sie würden eine Geldübergabe nach der anderen platzen lassen, und sie ganz allein war am Ende schuld, dass Gregor nun schon den vierten Tag in irgendeinem grauenvollen Versteck die Hölle auf Erden durchmachte.

Nein, sie musste dafür sorgen, dass ihr niemand länger in die Quere kommen konnte. Also hatte sie sie in die Irre geführt, alle. Auch Schieferacker. Auch ihre Schwiegereltern. Auch Lubetzki und all die rührigen und besorgten Beamten, die ihr Bestes gaben. Auch Dr. Rubens. Er war so erleichtert gewesen gestern Abend! Er hatte ihr leidgetan, und gleichzeitig hatte sie sich über ihre Heimtücke gefreut.

Das Auto hatte, wie angekündigt, unverschlossen auf dem Parkplatz gestanden, Reihe C, Platz 26. Nur ein paar Fahrzeuge weiter war eine Lücke, in der sie ihren Wagen abstellen konnte. Der Schlüssel des Golfs, in den sie jetzt umstieg, lag unter der Abdeckmatte im Kofferraum. Sie klappte das Handschuhfach auf. Es war leer, ein Handy war das einzige, was drin war. Sie legte es griffbereit neben sich auf den Beifahrersitz. Dann schaltete sie ihr eigenes Handy aus, schob die Verriegelung zurück und nahm den Akku heraus. Alles, wie es der Mann – es war der von vorgestern, der vom Bahnhof – von ihr verlangt hatte.

Jetzt musste sie um das Gebäude herum und dann rechts abbiegen – nicht nach links zur Merseburger Landstraße, von der sie gekommen war.

Die Straße, durch die sie jetzt fuhr, kannte sie nicht. Nur wenige hundert Meter nach dem Gewerbepark war sie bereits nicht mehr betoniert, sondern ging in eine schadhafte Pflasterstraße über. An ein paar nichtssagenden Siedlungshäusern vorbei, führte sie schon bald durch einen ehemaligen Dorfkern, mit einer Kirche in der Mitte, um die herum sie sich teilte.

Jenny wurde unruhig. Welchen Weg sollte sie jetzt nehmen? Sie hielt an einer demolierten Bushaltestelle, an der die sonst schmale Fahrbahn mit Betonplatten verbreitert worden war. Zwischen ihnen sprießte das erste Unkraut des Frühjahrs, grün und unverschmutzt.

In was für einer Ödnis war sie hier gelandet! Während sie darauf wartete, dass das Telefon sich bemerkbar machte, fraß sich die Reglosigkeit in sie hinein. Die Zeit trat auf der Stelle, sie trampelte die Augenblicke fest, sie stampfte sie zu einer farblosen, grauen Platte zusammen, unter der sich die Menschen nur mit Mühe vorwärts bewegen konnten. Deshalb war die Straße so leer, deshalb hörte man nicht einmal einen Hund bellen oder das Gedudel eines Radios, das aus einem offenen Fenster drang!

Als das Handy klingelte, fuhr sie benommen auf, als wäre sie weit weg gewesen mit ihren Gedanken. Ihr Herz klopfte. Gleichzeitig fühlte sie sich wach und konzentriert, als sie die Stimme – barsch und einschüchternd wie immer – neue Anweisungen geben hörte. Dabei hatte sie sich nie im Leben derartig anschnauzen lassen! Bloß war es immer noch besser, herumkommandiert als hier abgestellt und vergessen zu werden.

Der Weg aus dem Dorf heraus führte zuerst durch eine alte Allee. Die mächtigen Linden trugen aus Holzlatten zusammengenagelte Manschetten, zum Schutz vor Baufahrzeugen. Nach zwei, drei Kilometern mündete sie in eine Landstraße, die bereits erneuert worden war. Laut Wegweiser führte sie links nach Schkeuditz und rechts nach Leipzig. Jenny ließ einen leeren, scheppernden Tieflader vorbeidonnern, bog dann rechts ab und fuhr, wie angegeben, stadteinwärts weiter, an einer verwahrlost wirkenden Erdbeerplantage vorbei.

Zuerst hatte sie gestutzt, dass es wieder in die Stadt zurückgehen sollte, doch dann leuchtete es ihr ein. Wahrscheinlich war es viel leichter, jemanden in der Stadt zu verstecken, wenn man nicht auffallen wollte, als irgendwo hier draußen.

Folgte ihr eigentlich jemand? Auch wenn sie bis jetzt kein Fahrzeug bemerkt hatte, von dem aus man sie im Blick behalten konnte, war Jenny davon ausgegangen, dass sie die ganze Zeit beobachtet wurde. Wozu wurde sie von einer Ecke zur anderen und durch abgelegene, leicht überschaubare Gegenden dirigiert, wenn nicht, damit sich die Entführer davon überzeugen konnten, dass sich diesmal *wirklich* niemand an ihre Fersen geheftet hatte.

Ein Stück hinter der Plantage klingelte das Handy erneut. Leider ging es jetzt doch nicht in Richtung Zentrum weiter. Stattdessen sollte sie – sie musste auf die Bremse treten, um die Einmündung nicht zu verpassen – nach links auf eine Art Feldweg abbiegen.

Der Weg war jämmerlich und führte im Grunde genommen quer über den Acker. Wahrscheinlich war er für Landmaschinen gedacht. Zum Glück war die Fahrspur mit mehr oder weniger dicht aneinanderstoßenden, oft tief in die Erde gesunkenen Betonplatten ausgelegt, sonst wäre bei dem aufgeweichten Boden kein Durchkommen gewesen, jedenfalls nicht für den Wagen, den sie jetzt fuhr. Dafür holperte er an jeder Plattenkante, und das laute, kurzatmige Rumpeln machte sie nervös.

Nach einer Weile führte der Weg unter einer Eisenbahnbrücke hindurch. Dann, später, der Bahndamm war in der Ferne noch zu erkennen, unter einer breiten Brücke, über die offenbar die Autobahn verlief. Nachdem er auf eine Art Kanal gestoßen war, folgte der Weg diesem Graben, bis er ihn überquerte, um anschließend auf der anderen Seite weiter neben ihm her zu trotten.

Und so war das alles, dieses flache Land! Da, wo sie herkam, dachte Jenny de Kooning, hatte es Berge gegeben und Täler, eine Gipfelkulisse im Hintergrund, wenn das Wetter danach war, eine Kette von Seen. Eine sich durch die Weite schwingende Landschaftsmusik!

Dann kam die nächste Brücke in Sicht. Doch bevor Jenny sie unterqueren konnte, klingelte das Handy.

„Halten Sie unter der Brücke. Steigen Sie aus und stellen Sie die Tasche hinter Ihren Wagen."

„Moment – ", schrie Jenny, „und wo ist Gregor?!"

„Stellen Sie die Tasche hinter Ihren Wagen."

Dann war die Leitung tot, wie immer.

Direkt unter der Brücke, hier war der Weg mit zusätzlichen Platten verbreitert, hielt Jenny an. Ihre Hand umklammerte noch immer das reglose Handy, als sie vor sich in der Ferne, auf dem immer noch parallel zum Graben verlaufenden Weg, ein Fahrzeug entdeckte.

Es näherte sich ein Stück, dann hielt es an; viel zu weit weg, als dass sie auch nur Marke oder Farbe hätte erkennen können.

Sie legte das Handy zur Seite, stieg aus und holte die Tasche von der Rückbank. Dann stellte sie sie weisungsgemäß ein paar Schritte hinter ihrem Wagen ab, jedoch – ob aus Unachtsamkeit, ob aus Mutwillen – nicht auf eine der beiden Betonplattenstreifen, sondern mitten zwischen sie, auf die nasse Erde.

Auge in Auge

Das Handy im Wagen schlug wieder an. Als Jenny nach vorn lief, um es zu holen, sah sie, dass der andere Wagen sich jetzt in Bewegung gesetzt hatte und auf sie zukam.

Aber warum so langsam? War er vorhin nicht schneller gefahren?

Und jetzt – blieb er jetzt wieder stehen?

Über die Eisenbahnbrücke hinter ihr fuhr ein Zug, man hörte das gleichförmige Rattern der Waggons bis hierher.

Der Wagen, sie sah es jetzt, stand tatsächlich still.

Auch gut, dann würde sie eben zu ihm hingehen, was machte das schon. Vielleicht wollte er, bevor er Gregor aussteigen ließ, den Inhalt der Tasche überprüfen lassen? Als sie hinter sich etwas zu hören meinte, blieb sie stehen und drehte sich um. Doch ihr Wagen stand unter der Brücke, in ihrem Schatten war es zu schummrig, um viel erkennen zu können. Bewegte sich dort jemand? Egal. Sie durfte sich jetzt nicht ablenken lassen!

Sie ging weiter auf den Wagen zu, der vor ihr auf dem Plattenweg hielt. Plötzlich wusste sie, was nicht stimmte.

Das Auto vor ihr stand verkehrt herum da.

Sie sah es von hinten. In der Heck-, nicht in der Frontscheibe hatte sich die Sonne gespiegelt, so dass sie nicht ins Wageninnere spähen konnte. Deshalb war es so langsam gefahren vorhin, weil es *rückwärts* gefahren war!

Ihr Puls jagte, ihre Gedanken überschlugen sich. *Warum* war es rückwärts gefahren? Warum, wenn nicht, um unvermittelt anfahren und davonbrausen zu können, während sie ihm schreiend hinterher rannte und nicht die geringste Chance es einzuholen besaß!

Sie beschleunigte ihren Gang, doch gleichzeitig versuchte sie, mit linkischen, steifen Schritten ihre Eile hinter vorgeschützter Unbeweglichkeit zu verbergen.

Das Auto rührte sich nicht. Sie kam näher. Dann blieb ihr Schuh an einer hochstehenden Plattenkante, auf die sie nicht geachtet hatte, hängen. Sie stolperte, versuchte sich abzufangen und fiel der Länge nach auf den durchnässten Boden. Es tat kaum weh, höchstens am Becken etwas und an der Schulter, doch der kalte Brei aus Wasser und Erde, in dem ihre Hände wegrutschten, spritzte ihr ins Gesicht.

„Jetzt!", durchzuckte es sie, noch bevor sie wusste, was mit ihr passiert war. „Jetzt! Jetzt! Jetzt! Jetzt!"

So sicher war sie sich, dass das der Moment war, in dem ihr alles, wonach sie die Hand ausgestreckt hatte, unter den zitternden Fingern zerrann und nur Leere zurückließ: eine Leere ohne den Wagen, ohne Gregor, ohne Plattenweg und Kanal und die Brücken und das Märzlicht und die Frau, die unsinnigerweise darin herumstapfte. So sicher war sie sich, dass jetzt alles zu Ende war, dass sie weder die Autotür klappen noch den Mann aussteigen und näher kommen hörte.

„Sie haben sich doch hoffentlich nicht weh getan", sagte er.

„Wo ist Gregor?"

Während sie, ohne dass sie nach dem Arm gegriffen hätte, den er ihr hinhielt, zuerst ihren Oberkörper hochstemmte und dann, aus dem Knien in die Hocke gehend, ächzend wieder auf die Beine kam, wiederholte sie die Frage, abgehackt und drohend.

„Wo – ist – Gregor?"

„Es tut mir leid, dass wir Ihnen diese Umstände machen mussten. Aber die Polizei ..." Er zuckte bedauernd die Schultern.

Jenny starrte den Mann an. Er sah seltsam aus – nicht nur anders, als sie ihn sich der Stimme nach vorgestellt hatte, nein ... wirklich seltsam. Sie schätzte ihn auf Mitte, Ende sechzig, und obwohl er sich auffällig gerade hielt, erschien er ihr uralt und greisenhaft. An den grauen, fast weißen Haaren, dem ergrauten Schnauzer lag es bestimmt nicht, die kamen auch bei viel jüngeren Männern vor. Woran dann? Mit seinem schmal geschnittenen schwarzen Mantel wirkte er auf altmodische Art vornehm, wie mit seinem Gebaren und seiner verbindlichen Ausdrucksweise. Wie vom Mond gefallen sah er aus! Und dann trug er auch noch diesen Hut, diesen ... Jenny überlegte, wie der Hut hieß, der kein Zylinder war, sondern abgerundet wie eine Halbkugel. Eine Melone, jetzt fiel es ihr ein. Und dann trug er auch noch diese Melone!

Was sollte dieser Aufzug überhaupt? Was sollte dieser ganze Mummenschanz?

„Wo ist mein Mann? Wieso ist er nicht hier? Sie wollten das Geld, und Sie haben es bekommen. Und ich will meinen Mann."

„Das Geld habe ich, ja." Er nickte. „Vielen Dank."

„Ich habe mich an alles gehalten, was Sie verlangt haben! Ich habe Ihnen vertraut!"

„Nicht zu Unrecht, meine Dame! Aber wie, wenn ich fragen darf, konnten Sie erwarten, ihn hier vorzufinden? Bedenken Sie doch, wie ungewiss es war, ob wir, Sie und ich, die Polizei würden abschütteln können. Und bedenken Sie die Umstände, mit denen wir rechnen mussten, auch wenn sie glücklicherweise nicht eingetreten sind. Auch wir haben unsere Interessen im Auge zu behalten."

„Ich will zu meinem Mann. Hören Sie? *Ich will zu meinem Mann.*"

„Es geht ihm gut, und er lässt Sie grüßen." Der Mann senkte die Stimme. „Er ist sehr stolz auf Sie."

„Verstehen Sie mich nicht", fuhr Jenny ihn an, ohne daran zu denken, dass sie nichts in der Hand hatte, um ihren Worten Nachdruck zu verleihen – nicht einmal mehr das Geld. „Ich will zu meinem Mann! Sofort! Sie haben versprochen, ihn freizulassen, sobald Sie das Geld haben. Sie haben es versprochen!"

„Bitte beruhigen Sie sich. Natürlich wollen Sie zu Ihrem Mann." Er lächelte ihr verständnisvoll zu. „Steigen Sie in Ihren Wagen und fahren Sie mir hinterher. Ich bringe Sie zu ihm. Auch er erwartet Sie."

Jenny überlegte einen Augenblick, dann schüttelte sie den Kopf. „Damit Sie irgendwo verschwinden, und ich stehe dann da. Nein."

Bekümmert runzelte der Mann die Stirn. „Wenn ich hätte verschwinden wollen, meine Dame, sagen Sie selber: Hätte ich dann nicht schon längst verschwinden können?"

Jenny musste zugeben, dass er recht hatte.

„Aber wenn Sie mir nicht trauen, steigen Sie mit in meinen Wagen. Dann kann ich Ihnen schwerlich entwischen."

Das stimmte. Jenny sah ein, dass es vielleicht nicht verkehrt war, auf sein Angebot einzugehen. Gleichzeitig spürte sie einen fast würgenden Widerwillen bei der Vorstellung, sich neben diesen Mann auf den Beifahrersitz zu quetschen.

„Aber meinen Wagen", sie drehte sich halb zurück und zeigte zur Brücke, „den kann ich doch nicht einfach hier draußen stehen lassen."

„Oh, es ist nicht *Ihr* Wagen, wenn ich mich recht entsinne. Ich würde mich selbstverständlich darum kümmern. Übrigens", fuhr er fort, indem er ihr fordernd die offene Hand entgegenstreckte, „es ist auch nicht Ihr Handy, nicht wahr? Dürfte ich wohl um die Rückgabe bitten?"

Jenny holte es aus der Jackentasche und warf einen Blick darauf, wie um nachzusehen, ob es bei ihrem Sturz Schaden genommen hatte. „Bitte." Sie legte es in seine offene Hand, und er steckte es ein.

„Also, fahren wir?"

„Ich habe es mir überlegt", sagte Jenny. „Es ist vielleicht doch besser, wenn ich hinter Ihnen her fahre. Allerdings möchte ich, für den Fall, dass wir uns verlieren, dass Sie mir sagen, wo es ist. Das Versteck. Wo ich Gregor finde. Die Adresse."

„Sehen Sie, das eben ist das Problem, meine Dame." Er schüttelte traurig den Kopf. „Die Adresse kann ich Ihnen nicht sagen. Sie wissen vermutlich, warum. Sie könnte Sie in Versuchung bringen, sie jemand anderem zu verraten. Und wer von uns Menschen ist schon gegen Versuchungen gefeit."

„Sie meinen: der Polizei."

„Sie sagen es."

„Haben Sie kein Vertrauen zu mir?"

„Oh ... sagen wir: nicht genug."

„Aber ich soll Ihnen vertrauen, ja? Warum?"

Er atmete schwer, so leid tat es ihm, sich halsstarrig zeigen zu müssen. Dann sagte er leise: „Sie sollen es nicht. Sie müssen."

Er wandte sich um und stolzierte zum Wagen zurück. Die Hand am Griff, um die Tür ins Schloss zu ziehen, drehte er den Kopf über die Schulter zu Jenny zurück und warf ihr einen fragenden Blick zu.

Jenny nickte kaum merklich, dann lief sie schnell zurück zur Brücke, wo ihr Auto stand. Vielleicht hatte sie jetzt doch wieder Angst, dass er losfuhr, bevor sie zu ihm aufschließen konnte.

Sie wollte einsteigen, als sie einen Blick nach hinten warf. Die Tasche mit dem Geld war nicht mehr da, aber den Abdruck, den sie im morastigen Grund hinterlassen hatte, konnte man noch sehen. Und die Fußspuren, zuerst im Boden und dann, als schlammige Stempelabdrücke, auf dem glatten Beton.

Gefälschte Gesichter

Es war dieses Bild, das Jan Horvath sah, wenn er die Augen schloss und wenn er sie wieder aufmachte: immer dasselbe Bild.

Vorm dunklen Hintergrund, von den Scheinwerfern angestrahlt, ein großer, massiger Mann, mit nach hinten wehenden Haaren, Jeans, einer Jacke mit Fransen und einem weißen, sehr weißen Gesicht.

Immer weißer wurde dieses Gesicht, und immer größer, denn der Mann kam näher. Er drängte sich gegen die gleißende Helle, die ihm entgegenschoss, auf sie zu. Deshalb konnte man ihn so deutlich sehen, während er geblendet die Augen zusammenkniff und vermutlich kaum etwas erkennen konnte. Jede Einzelheit sah man … sogar den blinkenden Ring in seinem Ohrläppchen.

Und man sah noch etwas anderes, man sah, dass er etwas rief; dass er etwas sagen, sich verständlich machen wollte; dass er die Stirn runzelte und die Lippen bewegte und mit herumfuchtelnden Händen Zeichen gab. Und man sah das Blut, zu schwarzen Flechten und Rinnsalen erstarrtes Blut, auf der Haut, in der Augenbraue, im Schläfenhaar.

Und dann, auf einmal, ging alles ganz schnell. Dann raste das Gesicht auf sie zu, Mund und Augen weit aufgerissen, weil der Mann schrie, weil er noch lauter schreien wollte als der aufheulende Motor …

Und dann prallte der Mann gegen den Wagen, und er flog nach hinten weg; in einer Art Bogen flog er durch das Scheinwerferlicht und drehte sich dabei um sich selbst, ganz hell, ganz weiß – bis er ihm zu schwer geworden war, bis das Licht ihn nicht mehr halten konnte, bis er zu Boden fiel.

Und sogleich erfasste ihn das Dunkel, das überall lauerte; das ihn verschlang und mit einem dumpfen Rumpeln herunterwürgte, bevor es die unverdaulichen Reste auf die Straße spie. Ein verklumptes, verklebtes Etwas, und schwarz wie die Nacht, von der es jetzt ein Teil geworden war; ein Teil, das versank.

Ja, Jan Horvath hatte Angst. Natürlich hatte er Angst. Seit das Segelohr, kaum dass er die Tür geöffnet hatte, bei ihm eingedrungen war, gerade als Gabriel bei ihm saß und sich dafür entschuldigte, ihm nicht geglaubt zu haben, bereit, seinen Fehler gutzumachen – – – seitdem hatte die Welt für Jan Horvath eine unbegreifliche Schieflage angenommen. Die Verunsicherung schnürte ihm Herz und Magen, Lungen, Kehle und sämtliche Eingeweide zusammen.

Hatte es überhaupt noch die Pistole gebraucht, um ihn davon zu überzeugen, dass dieser Mann vor nichts zurückschreckte? Wie er Gabriel, der ihm bloß durch einen dummen Zufall in den Weg geschneit war und sich von seinem Einschüchterungsgehabe nicht beeindrucken ließ, ohne Vorankündigung zusammengeschlagen hatte! Nein, man durfte die Gefährlichkeit dieses Mannes nicht unterschätzen, dessen auf den ersten Blick leutselige Ausstrahlung einen Abgrund an Skrupellosigkeit verbarg.

Und dabei sollte sich dessen wahre Tiefe erst noch herausstellen! In der Gerhart-Hauptmann-Straße hatten sie auf einmal den Altrocker vor sich gehabt; er versperrte ihnen den Weg und zwang sie, anzuhalten. Das Segelohr hatte ihn erst – minutenlang – finster angestarrt und dann unvermittelt Gas gegeben. Gas gegeben und den Wagen auf ihn zu, auf ihn drauf, über ihn drüber gelenkt: die Hände gegen das Lenkrad gestemmt und den Kopf gesenkt wie ein Stier, der sich mit seiner ganzen Masse dem Mann entgegen warf. *Und zwar, um ihn umzubringen!*

Jan Horvath machte sich nichts vor: Es war nur eine Frage der Zeit, bis sie sich den Augenzeugen auch dieser Untat vorknöpfen würden. Vielleicht brauchten sie ihn im Moment noch als Geisel – als lebendige Geisel in dem Fall – und würden ihn erst unschädlich machen, wenn er ihnen nichts mehr nützte. Oder das Segelohr wartete nur auf einen Anlass, damit er neuerlich ausrasten und sich in Sekundenschnelle in ein Monster verwandeln konnte, dem es auf einen Mord mehr oder weniger nicht ankam.

Das jetzt war nur eine Galgenfrist. Er hatte die beiden

Männer weggehen sehen – das Segelohr und seinen Chef, der auch in puncto Verkleidung den Ton angab: Der Mann entblödete sich nicht, seine abenteuerliche Kostümierung mit einer altertümlichen Melone zu krönen! Offenbar waren sie *anderweitig* beschäftigt.

Nur die Frau war dageblieben, um ihn zu bewachen.

Die Frau *vor* seinen Augen.

Und das Bild *hinter* seinen Augen.

Und der Tote im Bad, in der Badewanne, unter einem Deckel aus Polystrolplatten, unter durchsichtigen, bläulich schimmernden Plastikbeuteln mit kleinen Kugeln aus Eis. Einen von denen hatte er angehoben, als er morgens, das wenigstens hatten sie erlaubt, pinkeln gewesen war.

Würde er auch so enden wie Gregor de Kooning? Bloß, weil er einmal, zur falschen Zeit, am falschen Ort, sich einen zu langen Blick in den Rückspiegel seines Autos gegönnt hatte?

Stilleben mit Frau und Männern

Eigentlich musste die Frau ihn gar nicht bewachen. Bevor sie weggegangen waren, hatten sie ihn – wie schon in der Nacht – an Händen und Füßen gefesselt, und über seine Lippen hatten sie ein Heftpflaster geklebt. Hoffentlich würde es beim Wiederabreißen nicht so höllisch wehtun wie das Klebeband, das sie zuerst benutzt hatten.

Was hätte er also ausrichten können?

Während er den Anschein erweckte, eingenickt zu sein, weil sie sich dann unbefangener bewegte, beobachtete er die Frau durch die nur einen Spalt weit geöffneten Augen.

Zumeist saß sie auf dem Sofa ihm gerade gegenüber, hatte die Knie angezogen, so dass die Füße halb unter ihrem Hintern steckten und las – entweder in Illustrierten oder in einem Buch, dessen Titel Jan Horvath noch nicht hatte erspähen können.

In die Lektüre vertieft, drehte sie sich die Haare zu Zöpfchen, löste sie auf und verkringelte sie erneut. Dann und wann hob sie den Blick und sah zu ihm hin. Dann und wann rauchte sie eine Zigarette oder trank einen Schluck Kaffee, der, so lange wie er auf dem Couchtisch stand, längst kalt geworden sein musste.

Wie er geduftet hatte!

Irgendwo im Haus übte ein Kind Flöte.

Sie mochte Mitte bis Ende dreißig sein. Bestimmt war sie als junges Mädchen sehr hübsch gewesen – keine ehrfurchtgebietende Schönheit, sondern hübsch auf eine unkomplizierte, direkte Art, die keine Ansprüche stellte und vielleicht deshalb so reizvoll war. An Männern dagegen fand sie Verwegenheit, Originalität und jede Art einfallsreicher Leidenschaft anziehend. Freigiebig verschenkte sie ihre Bewunderung, und sich mit dazu – Jan Horvath hatte genaue Vorstellungen, wie die ideale Muse beschaffen sein musste.

Inzwischen war sie nicht bloß älter geworden. Seit ein paar Jahren neigte sie zu Fülligkeit und Schwere. Ihre Weiblichkeit focht das nicht an. Der schadete erst das Bemühen, ihrer vermeintlich nachlassenden Attraktivität auf die Sprünge zu helfen. Blondierte Strähnen, gezupfte Brauen, im Sonnenstudio gebräunte Haut – warum tat sie sich das an? Hatte sie etwas zu verbergen? Eine beunruhigende Krankheit? Das schleichende Gift der Vernachlässigung? Der abgestandene Geschmack verschwiegener, unter der Zunge vor sich hin faulender Unzufriedenheit?

Jan Horvath wusste es nicht.

Zu welchem der beiden Männer sie gehörte, hatte Jan Horvath bis jetzt ebenfalls nicht herausfinden können. Gehörte sie überhaupt mit dazu? Er kaufte diesem Trio seinen ausgestellten Zusammenhalt jedenfalls nicht ab. Diese Frau passte doch nicht zu den beiden aufgeblasenen Schlagetots, die sich für die ausgekochtesten Ganoven der Welt hielten – bloß, weil sie hinterhältig genug waren, arglose, wehrlose Männer zu überfallen und kurzerhand umzubringen!

Nein, Jan Horvath konnte sich nicht vorstellen, dass sie mehr als eine Mitläuferin war. Eine Mitläuferin, die entweder von dem segelohrigen Mann fürs Grobe oder seinem stolz die Fäden ziehenden Blutsbruder in den Schlamassel hineingeritten worden war.

Sie hatte vorhin sogar vorgeschlagen, auf Fesselung und Knebelung zu verzichten, mit der nicht sehr stichhaltigen Begründung, dass sie „im Falle eines Falles" schon mit ihm fertig werden würde. Was die „Jungs" – sie nannte sie „Jungs", alle beide – natürlich nicht davon abhielt, ihn zu einem hilflosen Paket zu verschnüren.

Wieso ließ sie sich von den beiden Einfaltspinseln auf dem Kopf herumtrampeln, deren Überlebensvorteil einzig und allein in ihrer Gewissenlosigkeit bestand? Womit setzten sie sie unter Druck? Womit *ließ* sie sich unter Druck setzen?

Jan Horvath wurde einfach nicht schlau aus ihr.

Und sie? Zerbrach sie sich ihrerseits den Kopf – über ihn?

Jan Horvath war nicht entgangen, dass sie ihn ebenfalls beobachtete, und zwar ohne einen Hehl daraus zu machen. Warum auch? Wahrscheinlich hielt sie ihn immer noch für eingeschlafen, als sie vorsichtig aufstand, auf nackten Füßen zu ihm herüberkam und neben ihm – oder fast neben ihm – in die Hocke ging.

Natürlich konnte er jetzt nicht weiter durch die Wimpern zu ihr hinlinsen. Er konnte aber auch nicht einfach die Augen geschlossen halten, weil das Zittern seiner Lider ihn verraten hätte. Er musste so tun, als würde er aufwachen.

Er musste die Augen aufschlagen – und vollkommen überrascht davon sein, sie so dicht in seiner Nähe zu sehen.

Es ging besser, als er gedacht hatte; wahrscheinlich, weil *sie* ja tatsächlich überrascht und erschrocken war. Einen Moment lang sahen sie sich nur an. Und dann fragte sie, und ihre Stimme klang ein wenig besorgt:

„Soll ich Ihnen das Pflaster abmachen?"

Leidensgefährten

Jan Horvath nickte. Behutsam, was die Sache allerdings nicht besser machte, ein beherzter Ruck wäre vermutlich erträglicher gewesen, zog die Frau den Pflasterstreifen ab.

Jan Horvath stöhnte.

„Tut es sehr weh?", erkundigte sie sich, getrieben von Mitgefühl.

„Es geht", sagte Jan Horvath und versuchte, zu lächeln. „Danke."

„Wollen Sie was trinken?"

„Ja, gern."

„Ich hole Ihnen was, warten Sie."

Sie verschwand aus dem Zimmer, war aber gleich zurück. Sie goß Wasser aus der Flasche in ein Glas, das sie ihm zwischen die an den Gelenken zusammengebundenen Hände schob. Er trank, in kleinen Schlucken, und sie sah zu wie eine Krankenschwester, die darauf achtgab, dass der Patient alle seine Pillen in der richtigen Reihenfolge in den Mund steckte.

Als er ihr die Hände entgegen hob, nahm sie ihm das Glas wieder ab.

„Danke", sagte Jan Horvath.

Sie lächelte; schuldbewusst, wie ihm schien.

„Es ging nicht anders", sagte sie und hob bedauernd die

Schultern. „Sie hätten uns verraten."

„*Was* hätte ich verraten?", fragte Jan Horvath.

„Wenn die wissen, dass de Kooning tot ist, rücken sie keinen Pfennig mehr raus." Sie machte eine Pause und fügte dann hinzu: „Ohne das Geld kommen wir hier nicht weg. Deshalb."

Sie nickte stumm, als sei damit alles gesagt, bevor sie sich zu der entscheidenden Ergänzung durchrang: „Ihnen passiert nichts, glauben Sie mir. Sie können sich drauf verlassen. Die Jungs holen jetzt das Geld, und dann lassen wir Sie laufen. Heute Abend sind Sie wieder zu Hause."

„Versprechen Sie mir das?", fragte Jan Horvath und verzog seinen schmerzenden Mund. Doch sie überhörte die Ironie. „Ja, das verspreche ich Ihnen", sagte sie, und ihre Stimme klang ein wenig heiser vor Feierlichkeit und Ernst.

„Dann sollte ich Ihnen wohl glauben."

Sie sah ihn an, verlegen mit den Zähnen über die Lippen kratzend, als überlegte sie etwas und käme nicht auf die richtige Idee. Dann wies sie mit dem Finger auf die Fessel um seine Handgelenke.

„Soll ich Ihnen das irgendwie ... lockerer machen? Oder ... ganz ab?"

Jan Horvath wusste nicht, wie er dieses überraschende Angebot deuten sollte – das merkte man seinem Blick offenbar an.

„Sie werden doch keinen Blödsinn anstellen, oder?", fragte sie.

„Und wenn doch, werden Sie schon mit mir fertig", sagte er.

„Ja, dann werde ich schon mit Ihnen fertig", wiederholte sie, und ihre Stimme klang wiederum sehr ernst. Der bedrohliche Unterton war nicht zu überhören, auch wenn Jan Horvath sich fragte, wie das vonstattengehen sollte. Hatte sie eine Waffe oder so etwas? War sie eine Kampfsportlerin?

Hielt sie ihn für so ein Fliegengewicht, dass ein körperlicher Angriff seinerseits sich von selber verbot?

Sie ging wieder hinaus und kam mit einem Messer zurück, einem Küchenmesser mit einer Klinge, die so lang war, dass ihre Spitze hinten herausgucken würde, falls sie sie vorn bis zum Heft in ihn hineinstieß. Sie schnitt aber nur die Riemen damit durch, mit denen er gefesselt war. Dass sie sich dabei anstrengen musste, deutete nicht darauf hin, dass sie vor Kraft barst. Vielleicht war sie aber auch nur vorsichtig beim Herumfuhrwerken mit solch einem Gerät, dicht vor seiner Brust zumal, und bremste sich ab, statt in die Vollen zu gehen.

Dann waren sie durch, die Riemen. Sie ging hinaus und brachte das Messer weg. Jan Horvath rieb sich ungläubig die Handgelenke, die weniger rot verstriemt waren, als er angenommen hatte. Mit zuckenden Fingern imaginäre Schwämme auspressend, saß er noch immer auf dem Boden, als sie sagte: „Sie können den Sessel nehmen, Herr Horvath."

War das eine Falle? Mit winzigen Schritten – die Fußfesseln ließen nur wenige Zentimeter Spielraum – bugsierte sich Jan Horvath zum Sofa hinüber, auf dem sie wieder Platz genommen und sofort die Beine untergeschlagen hatte. Natürlich hätte er auch versuchen können, in ein paar großen Sätzen zu ihr hinüber zu hüpfen. Aber auf die Idee kam er nicht. (Oder doch? Vielleicht, dachte er später, wäre alles anders gekommen, bloß wenn er, statt zu trippeln, gehüpft wäre, bevor er sich in den Sessel fallen ließ.)

„Darf ich auch wissen, wie *Sie* heißen?"

„Ich?" Es sah aus, als überlegte sie kurz, ob sie irgendwelche Gebote der Konspiration verletzte, und dann sagte sie: „Anja. Nein, eigentlich Anita. Aber alle sagen Anja zu mir. Sie können auch Anja sagen."

Sie griff nach der Zigarettenschachtel, hielt aber inne, als sie im Begriff war, das Feuerzeug anzuknipsen. „Stört es

Sie, wenn ich rauche?"

„Nein", sagte Jan Horvath, und ausnahmsweise stimmte es sogar. „Wenn ich Anja sage, müssen Sie aber Jan sagen, sonst wirkt es irgendwie komisch."

„Auf wen?", fragte sie.

„Auf mich", sagte er.

„Aha", sagte sie und blies nachdenklich den Rauch aus. „Darf man wissen, was Sie von Beruf sind, Herr Jan?" Es klang, als säßen sie sich im Eisenbahnabteil gegenüber und hätten zum Zeitvertreib ein Gespräch angefangen.

„Ich arbeite in einem Museum, Frau Anja. Im Museum für Stadtgeschichte, wenn Sie es genau wissen wollen. Es gibt da eine Sammlung von alten Fotografien. Stadtansichten, aber auch von berühmten Fotografen, die in der Stadt gearbeitet haben. Oder Nachlässe von Leipziger Sammlern. Jede Menge Bilder, jedenfalls. Auf die passe ich auf, sozusagen. Aber eigentlich – "

„Eigentlich?"

„Eigentlich bin ich selbst Fotograf."

„Daher das Bild", sagte sie und reckte aufmerkend den Kopf hoch. „Das von Ralf."

Er hieß also Ralf, das Segelohr.

„Es ist aber nicht besonders. Als Bild jetzt. Wenn ich das sagen darf."

„Wahrscheinlich, weil ich ein schlechter Fotograf bin. Obwohl ich mir zutraue, unter günstigeren Umständen ein aussagekräftigeres Porträt von ihm aufzunehmen. Wenn ich das sagen darf."

Jetzt schmunzelte sie ein bisschen, und er schmunzelte auch.

„Und was fotografieren Sie sonst so?"

„Alles mögliche. Straßen. Leute. Wie es gerade kommt."

„Frauen?"

„Wenn sie hübsch sind." Jan Horvath überlegte, was ihre

nächste Frage sein würde, und ob er ihr zuvorkommen sollte. „Und was machen *Sie* beruflich? Oder ... was *haben* Sie gemacht?"

„Bevor ich Entführerin geworden bin, meinen Sie? Ich bin Friseuse. Oder ‚Stylistin', falls Sie gerade dazu ansetzen wollen, mich zu bedauern."

„Oh, dann können wir ja miteinander ins Geschäft kommen", sagte Jan Horvath; eine blöde Bemerkung, aber ihm war nichts Besseres eingefallen.

„Zeigst du mir deins, zeig ich dir meins?", erkundigte sie sich kichernd.

Jan Horvath, ob er wollte oder nicht, wurde rot. Was zum Teufel ging in dieser Frau vor. In dieser – Anja?

„Oh nein", schlug sie sich erschrocken die Hand vor den Mund. „Sie meinten natürlich, Sie könnten mich fotografieren, und ich soll Ihnen dafür die Haare schneiden. Aber da machen Sie Miese." Wieder kicherte sie. „Ankleben kann ich sie nämlich auch nicht."

„Höchstens mit einer Perücke, nicht wahr?"

„Das ja." Sie schien kurz zu zögern, überwand sich aber. „Eigentlich gibt's nämlich bei mir auch ein Eigentlich."

„Ah ja? Und welches?"

„Ich war früher am Theater", sagte sie. „Maskenbildnerin. Maskenbild-Assistentin, genauer gesagt. Aber es hat nicht sollen sein."

„Schade", sagte Jan Horvath, obwohl ihm nicht wohl war bei dieser Mitleidsbekundung, die leicht dahergesagt wirken konnte. „Dann sind wir ja sozusagen ... Leidensgefährten."

„Leidensgefährten?"

„Das sagt man doch so. Wenn zwei das gleiche durchmachen müssen."

„Schon, ja. Ein schönes Wort."

Jan Horvath schwieg. Anja wirkte auf einmal versonnen

oder mit den Gedanken woanders, als dürfe man sie nicht stören. Oder nur mit etwas, was wirklich wichtig war.

„Darf ich Sie was fragen?", fragte Jan Horvath leise.

„Na?"

„Wie sind Sie ... wie sind Sie da reingeraten?"

„In das mit de Kooning?"

„Ja."

„Warum wollen Sie das wissen?"

„Weil ... Sie sind doch ... Sie sind doch niemand, der jemanden umbringt."

„Es war ein Unfall. Ein Unfall, verstehen Sie!"

Sie war laut geworden, merkte es aber und zwang sich zur Ruhe. „Er hat sich gewehrt, er hat um sich geschlagen ... Ralle wollte ihn nicht erschießen, er wollte ihm nur drohen, er wollte ihm die Pistole unter die Nase halten, damit er endlich still sitzen bleibt ... Mein Gott, das müssen *Sie* doch gesehen haben!"

Sie hatte Tränen in den Augen und steckte sich mit flatternden Händen eine neue Zigarette an. Ein paar Züge lang rauchte sie stumm. Dann sagte sie: „Bitte entschuldigen Sie." Und dann: „Er wollte ihn wirklich nicht umbringen. So einer ist er nicht. Wir hätten ihm kein Härchen gekrümmt."

Jan Horvath guckte betreten; vermutlich hatte es keinen Sinn, ihr widersprechen zu wollen. Dann fragte er: „Hat er Sie da reingezogen?"

„Wer? Ralle?"

„Anja, wenn Sie mit der ganzen Geschichte eigentlich gar nichts zu tun haben, wenn Sie bloß durch Ihren Mann in die Sache verwickelt worden sind – ", Jan Horvath war erst am Anfang des Satzes, von dem er noch nicht wusste, wie er ihn zu Ende bringen würde. Ihr verwunderter oder belustigter oder verwunderter und belustigter Blick brachte ihn ganz aus dem Konzept.

„Durch *wen*?"

„Durch Ihren Mann", wiederholte Jan Horvath verunsichert.

„Ralle *ist* nicht mein Mann", widersprach sie entrüstet, und es klang nicht nur wie eine Richtigstellung.

„Und Armin ist auch nicht mein Mann. Armin ist mein Bruder. Mein großer Bruder. Neun Jahre älter – nein, sagen Sie jetzt bitte nicht, ich hätte mich gut gehalten oder so was; es stimmt nämlich nicht. Und Ralle, Ralle ist ... für so einen dicken Freund, da gibt's gar kein Wort für. Ralle ist sein Schatten. Wo Armin hingeht, da muss er auch hingehen. Und umgekehrt, aber nicht ganz."

Jan Horvath war einigermaßen verblüfft, und ihr gefiel es anscheinend, ihn so *geplättet* zu sehen. „Um aber auf Ihre Frage zurückzukommen – ", wollte sie gerade ansetzen, als Jan Horvath sie unterbrach.

„Und Sie hängen an Ihrem Bruder?"

„Ich nehme an, ja. Warum? Haben Sie Geschwister?"

„Nein." Und wie um sie versöhnlicher zu stimmen, fügte er schnell ein „Leider!" hinzu.

„Was aber Ihre Frage anbelangt – "

„Aber, auch wenn Sie an Ihrem Bruder hängen, so heißt das nicht, dass Sie mit allem einverstanden sind, was er anstellt."

Sie sah ihn misstrauisch an.

„Das zum Beispiel, dass Sie mich freigelassen haben, würde ihm vermutlich gar nicht gefallen. Oder?"

Sie zuckte die Schultern. „Er weiß es ja nicht."

„Anja – "

„Ja?"

„Darf ich Sie noch etwas fragen?"

„Und was?"

„Warum tun Sie das für mich, hmm?" Jan Horvath sah sie an.

Sie lächelte und sagte: „Das sage ich Ihnen nicht."

Die Sache war nämlich die, dass ihr Jan Horvath gefiel. Nie hatte sie, schien es ihr, mit Männern wie ihm zu tun gehabt; immer nur mit den anderen, den Kerlen. Zuerst waren es Armins Freunde gewesen, die ihr nachstellten – die, mit denen er sich traf, wenn er über die Wochenenden aus Leipzig kam, um seine Wäsche ins Bad zu kippen, die Füße unter den gedeckten Tisch zu stecken und sich bedienen zu lassen. Sie waren allesamt deutlich älter als sie; und Anja war stolz, dass ihr ewig neunmalkluger Bruder es zuließ, dass sie manchmal mitkam, wenn im Saal der „Frohen Zukunft" eine Band spielte, oder wenn sie im Sommer an den Baggersee auf der anderen Seite der Autobahn fuhren, mit ihren Motorrädern. Mit dreien von ihnen hatte sie etwas gehabt, bis sie mit der Lehre fertig war und selber wegging. Einer von ihnen, der letzte in der Reihenfolge des Auftretens, war Ralle gewesen. Inzwischen hatte er begriffen, dass sich da *nichts mehr deichseln* ließ.

Zugegeben, es hatte ihr gefallen, dass die Mädchen aus ihrer Klasse, die sich mit ahnungslosen Gleichaltrigen abgeben mussten, sie darum beneideten; so wie es ihr gefallen hatte, dass auch die anderen aus Armins Gang, die nicht zum Zuge gekommen waren, scharf gewesen waren auf sie – eigentlich alle. Lächelnd hatte sie den Kopf ein Stück höher getragen als sonst, das war schön.

Allerdings konnten sich die Herrschaften an nichts so leicht *gewöhnen*, wie daran, *verwöhnt* zu werden. Und am Theater war es nicht anders gewesen. Es war angenehm, jemanden zu erobern und sich in seinen dankbaren Blicken zu sonnen; aber es war keine Freude, ihn anschließend auf der Pelle zu haben. Der immer gleichen Enttäuschung müde, hatte sie nach etwas Festem gesucht und war dabei ausgerechnet an Ernesto Thieme geraten. Ernesto Thieme, der natürlich ebenso wenig Ernesto hieß, wie er südländisches Temperament geltend machen konnte. Einfach bloß ein Schauspieler war er gewesen!

Wie eine dumme Gans war sie der größten Lusche von allen auf den Leim gegangen; in der fehlerhaften Annahme, wer sich so lange ihren allabendlichen Avancen vor dem Schminkspiegel widersetzen könne, müsse nicht nur über eine bemerkenswerte Selbstbeherrschung, sondern auch über einen ebenso bemerkenswerten Kern an innerer Festigkeit, Unabhängigkeit und geistiger Eigenständigkeit verfügen. Dabei war er einfach nur faul! Nicht zu faul für Sex natürlich, aber zu faul für Gefühle. Für Schweißausbrüche, Verwicklungen, Ansprüche, Verantwortung. Wenigstens hatte sie sich kein Kind anhängen lassen von diesem selbstverliebten Ausbund an Bequemlichkeit.

Doch andersherum betrachtet – was hatte es ihr eingebracht? Sie hatte ihren schönen Namen hergegeben und dieses grässliche „Thieme" dafür eingetauscht; und das war schon alles. Das heißt – alles war es natürlich nicht. Geblieben war ihr eine, je nachdem, heilsame oder tückische Illusionslosigkeit, was das andere Geschlecht anbetraf.

Sie hinderte sie zwar nicht daran, sich ab und an einer Affäre zu ergeben, doch verringerte sie den Kreis der in Frage kommenden Kandidaten: Erstens, indem sie ausschied, wen sie bereits durchschaut hatte, bevor es zu einer Annäherung hatte kommen können. Zweitens, indem sie jene abspringen ließ, die sie nicht mehr attraktiv genug fanden, um sich Verbitterung einzuhandeln, wo Bewunderung erwünscht war.

Es fing an, ein Dilemma zu werden. Und da brachte Ralle diesen völlig verschüchterten Herrn Horvath angeschleppt, in dessen brunnentiefen Augen sie sogleich entdeckt hatte, dass er anders war als die anderen, *ganz* anders.

Aber wie gesagt, das sagte sie ihm nicht.

Stattdessen sagte sie ihm etwas anderes. „Übrigens, Sie haben mich vorhin gefragt", sie räusperte sich, und Jan Horvath meinte herauszuhören, dass sie zu einer längeren Beichte anhob, „Sie haben mich gefragt, ob ich da ‚mit hineingezogen' worden bin, in die Entführung. Das ist nett, aber ich fürchte ... ich fürchte, in Wahrheit war es genau anders herum.

Es fing an vor ... jetzt im Sommer sind es zwei Jahre. Ich hatte, stellen Sie sich vor, in einem dieser Werbe-Preisausschreiben gewonnen: zwei Wochen Mallorca für zwei Personen, alles inclusive. Armin hat sich zuerst geziert und das Arbeitsamt vorgeschützt, aber dann ist er mitgekommen. Unter der Bedingung, dass auch Ralle mitkommt. Wie das, werden Sie sich fragen, wenn der Preis doch nun einmal für zwei Personen war – Doppelzimmer, klar. Das habe ich mich auch gefragt. Aber der Mensch hat alle Hebel in Bewegung gesetzt und für genau denselben Zeitraum in genau demselben Hotel – Paguera, schöner Strand, aber das Hotel war ein Neubaukasten, genau wie der hier, bloß zehn Jahre älter – – – waren Sie schon mal auf Mallorca?"

„Nein", sagte Jan Horvath.

„Es ist schön da."

Sie seufzte, und ihr Blick verlor sich zwischen Fenster und Fernseher in hitzeflirrenden Weiten, von heranrollender Brandung durchrauscht.

„Und dann ist Ralle also mitgekommen", versuchte Jan Horvath, das Gespräch wieder in Gang zu bringen, ohne sie aus ihren Erinnerungen zu reißen.

„Es ist wirklich schön. Auch für jemanden mit einer Ballermann-Phobie." Sie spitzte die Lippen zu einer genau bemessenen, winzigen Dosis Spott – Spott, gemischt mit verständnisvollem Respekt.

„Jedenfalls hat er tatsächlich noch ein Zimmer gekriegt, natürlich gegen Bezahlung, und wir sind da hin. Die Jungs in das eine Zimmer, und ich in das andere; es war ja mein Preis, schließlich. Naja, es kam, wie es kommen musste; die beiden haben sich am späten Vormittag verkatert zum Pool gequält und dann – es gab da keine Bedienung, man musste sich sein Zeug an der Bar holen, sonst wären sie gar nicht aufgestanden – auf ihren Pritschen so zielstrebig einen gezwitschert, dass sie mittags dringend den Landesbräuchen folgen und eine Siesta einlegen mussten, damit sie zum abendlichen Umtrunk wieder fit waren. Ich bin alleine zum Strand, und mittags, mit der Sonne ist nicht zu spaßen, trotz der Sonnenhüte da, also eigentlich Sonnen*schirme*, aber sie sehen wie Hüte aus, Strohhüte, einfache flache Kegel, wie sie die vietnamesischen Reisbauern in der Zeitung immer trugen – sind Sie eigentlich *von hier*?“

„Ja“, sagte Jan Horvath. „Das hört man doch.“

„Ach, gar nicht. Ich auch. Aber bei mir hört man's, ich weiß. – Also, mittags habe ich oft im Schatten auf meinem Balkon gesessen und einfach in die Runde geguckt, über die Bucht, die sich vor mir ausbreitete, über das Meer ... die reinste Postkarte, ich weiß. Bloß, dass das eben kein Bild war, sondern ... Wirklichkeit. Die Bäume. Die Felsen. Die Gischt, die an ihnen hochspritzt. Der Streifen Strand mit den Strohhüten und den Liegen, in exakten Reihen, längs wie quer, wie mit dem Lineal gezogen. Eine winzige Insel, natürlich mit einem Restaurant drauf, da kam man über einen Steg hin. Und ganz rechts, weit ins Meer vorspringend, eine riesige, hohe Felswand, rötlicher Stein, besonders abends, wenn die Sonne drauf fällt. Und darüber, viel sanfter jetzt, ein weiter Hang. Viele Häuser, bunt zusammengewürfelt, herrliche Häuser, eins schöner als das andere. Und ganz oben, oben vorn auf der Spitze dieses grünen Buckels, ein Leuchtturm.

Ich war ganz vernarrt in dieses Bild. Ich habe mir, es gibt ungefähr zehn Geschäfte pro Einwohner in diesem Ort, und zwei pro Urlauber, ich habe mir sogar ein Fernglas gekauft. Zuerst war ich enttäuscht, weil ... man sieht immer nur so einen winzigen Ausschnitt. Das, was man eigentlich sehen wollte, verschwindet unter lauter winzigen Ausschnitten, die man nicht zusammengesetzt kriegt oder nur schwer ... Aber dann, dann habe ich die Villa gefunden. *Meine Villa*. Das habe ich immer so gesagt. Als ich mit meinem Fernglas diesen Hang abfuhr, da lag sie plötzlich da, auf einem kleinen Plateau ... vorher ist sie mir gar nicht so ins Auge gefallen. Warum nun gerade die und keine andere, es gibt wirklich viele Villen auf Mallorca, die Dukatenscheißer müssen dort Dünnpfiff gekriegt haben ... "

Sie erschrak, weil sie das Gefühl hatte, sich verhaspelt zu haben. Doch Jan Horvath wartete bloß darauf, dass es weiterging.

„Jedenfalls habe ich später oft darüber nachgedacht, das können Sie mir glauben. Warum die? Warum nicht die drei Häuser weiter oder zehn Häuser weiter? Weil sie so weiß schimmerte? Weil sie so majestätisch dalag, über dem Meer? Weil sie dieses viele Grün um sich herum hatte – sonst sind die Gärten davor eher klein, jeder Quadratmeter Wiese könnte auch ein Quadratmeter Haus sein. Wegen der riesigen Terrasse, eigentlich zwei Terrassen, mit einer breiten Treppe verbunden, deren Geländer aus Palmen bestand? Ich weiß es nicht. Ich hatte mich eben einfach verliebt. In aller Unschuld. Dachte ich. Und ich versuchte mir auszumalen, wie die Menschen leben in diesem Haus ... die Kühle abgedunkelter Räume mit Jalousien vor den Fenstern und einem Sonnenlichtmuster auf dem Boden, und man liegt auf einem breiten Bett und studiert, wie es sich langsam verändert ... Und wenn man aufsteht, die Fliesen unter nackten Füßen. Und Stille ... Stille, durch die sich Musik schwingt, eine Oper, was Barockes, Händel, Albinoni, ,Orpheus und Eurydike', was weiß ich; eine feierliche, dunkle, von Kandelabern voller Kerzen erhellte Musik ...

Den Jungs war das natürlich völlig egal, das heißt, es war ihnen nicht egal, ich erzählte es ihnen gar nicht; ich wusste, dass es ihnen egal sein würde ... weil auch ich ihnen egal war. Doch, doch. In der Luft gelegen hatte es ja schon lange, von Anfang an eigentlich, doch eines Tages, genaugenommen am vorletzten Tag, kriegten wir Streit. Ernsthaften Streit. Ich war daran leider nicht ganz unschuldig, weil ... manchmal bin ich etwas unbeherrscht. Ich habe ihnen allerhand an den Kopf geworfen, und es gibt Ausdrücke, die sagt man einfach nicht zu seinem großen Bruder. Und zu dessen allerältestem Freund auch nicht. Jedenfalls konnten sie nun auch endlich mal die Sau rauslassen, die Guten; immer auf Anstand achten ist auch eine Qual. Ich hatte so die Wut ... ich bin einfach auf und davon. Raus aus dem Zimmer, raus aus dem Hotel ... Zuerst bin ich am Strand lang, das hatte ich schon öfters gemacht, bis die Felsen anfingen.

Aber diesmal bin ich nicht umgekehrt. Ich bin immer weiter gegangen. Der Weg hörte dann ziemlich schnell auf beziehungsweise führte auf eine Straße, und die Straße schwenkte bald in Richtung Landesinnere ab, und das auch noch bergauf ... egal. Autos die Menge, aber kein Mensch zu Fuß. Egal. Einmal hielt einer an und rief mir etwas zu; ich habe bloß den Kopf geschüttelt, wahrscheinlich wollte er mich mitnehmen, aber ich wollte nicht. Ich bin gegangen und gegangen, wahrscheinlich war es immer noch der Trotz, der mich vorwärts trieb. Sollen sie mich doch suchen, dachte ich, sollen sie doch denken, dass ich verlorengegangen bin; sollen sie sich doch ihre verdammten Hacken ablaufen und die Seele aus der Brust schreien – – – denken Sie, die hat das irgendwie geschert? Dass ich weg war? Die haben das gar nicht mitbekommen; und wenn doch, dann wa-

ren sie sich sicher, dass sie irgendwann schon wieder ange-
dackelt kommen würde, die kleine Anja ... Kam sie ja dann
auch. Aber vorher – – – "

Jan Horvath nickte ihr zu.

„Als die Straße es endlich geschafft hatte, den Berg hoch,
und es auf der anderen Seite wieder runterging, da sah man
wieder das Meer. Eine schmale Bucht, und hinter dieser
Bucht die Landzunge mit dem Leuchtturm, bloß viel näher
jetzt. Und mit der Villa. Das hatte man von meinem Balkon
gar nicht gesehen, dass da noch diese Bucht dazwischen
war. Aber trotzdem, Bucht hin oder her, als ich da stand und
über die Bucht guckte und die Villa da liegen sah, nicht so,
wie durchs Fernglas, aber doch so, dass ich sie erkannte, da
stand mein Entschluss fest. Dass ich da hingehe! Wo ich
jetzt schon mal hier bin. Dass ich da hingehe und sie mir
aus der Nähe ansehe, im Vorbeigehen. Kein Gedanke an die
Frage, ob ich sie finde, in diesem Gewirr von Häusern; kein
Gedanke an die Frage, wie weit das noch sein mag, wenn
man nicht geradewegs übers Wasser spazieren kann, sondern die Straße nehmen muss, um die Bucht herum.

Und es *war* weit! Ich hätte nie gedacht, dass diese scheinbar harmlose, schmale Bucht so tief ins Land reichen, und
dass die Straße, die sich um diese Bucht kringelte, sich dermaßen hinziehen würde. Aber sollte ich jetzt umkehren?
Um es kurz zu machen, ich habe sie gefunden, meine Villa.
Ich war fix und fertig, aber ich habe sie gefunden. Bloß viel
sehen konnte man nicht, die Einfahrt von der Straße lief
seitlich auf das Haus zu, und um das ganze Grundstück zog
sich eine Mauer. Wenn man ganz dicht an das Gitter des To-
res trat und dann den Blick so weit wie möglich nach links
drehte, dann konnte man die Terrasse gerade so ahnen.

Mir war klar, dass ich da nicht lange stehen konnte, am
Tor; dass man mich bemerken würde, bestimmt gab es da
eine Kamera oder so was, und es konnte leicht eine peinli-

che Situation entstehen. Aber ein bisschen gucken wollte ich doch ...

Und dann ... dann kam ein kleines Mädchen. Auf einem Dreirad. Es kam den Weg vom Haus zur Einfahrt entlang gefahren, bis vor zum Tor – ich weiß nicht, ob es zum Tor kam, weil es mich da stehen sah, oder ob es den Weg einfach fahren wollte, bis es nicht mehr weiterging. Und als es am Tor war und mich ansah, durch die Stäbe durch, da fragte es plötzlich: ‚Wer bist du denn?‘ Auf Deutsch! Können Sie sich das vorstellen?! Und ich sage: ‚Ach, du sprichst deutsch? Wie heißt du denn?‘ – ‚Helen‘, sagt sie. ‚Und du?‘ – ‚Anja‘, sage ich. ‚Und wo bist du her?‘ – Und da sagt sie: ‚Aus Leipzig.‘ – Aus Leipzig ... das ist schon komisch, nicht?

Aber es kommt noch komischer, warten Sie's ab. – Wir haben noch ein paar Worte gewechselt, das Mädchen und ich; ich habe gesagt, dass ich auch aus Leipzig bin, und was das für ein Zufall ist. Dann wurden wir bemerkt. Jemand hat das Mädchen gerufen, eine Frau, und sie ist auch gleich aufs Tor zugelaufen gekommen, und das Mädchen, Helen, hat ‚Tschüss!‘ gerufen und hat sein Dreirad rumgedreht und ist zurückgefahren, bis es die Frau erreicht hatte, die ihr entgegen kam; vielleicht ihre Mutter, vielleicht eine Kinderfrau.

Und ich bin gegangen.

Fragen Sie mich jetzt nicht, wie ich zurückgekommen bin, es war ganz leicht; ich habe mir nämlich dort in dem Ort ein Taxi genommen und habe mich zum Hotel kutschieren lassen. Die Jungs saßen an der Bar, ein bisschen Sorgen hatten sie sich vielleicht doch gemacht; jedenfalls schwenkten sie sofort auf Versöhnung um und verzichteten auf eine Entschuldigung oder wenigstens ein klitzekleines Opfer. Aber ich habe ihnen nichts erzählt. Nicht von meinem Erlebnis. Nur ganz allgemein, dass ich herumspaziert bin und mir das Leben der reichen Leute angesehen habe. Bevor wir zurückmüssen.

Von Helen aus Leipzig habe ich ihnen erst eine ganze Weile später berichtet. Da hatte ich eine Sendung über de Kooning gesehen, in so einer Reihe, die ,Sonntags Besuch' heißt; erstens kommt sie immer sonntags, auf SAX-TV, und der Moderator, der, der die Promis besuchen geht, heißt auch Sonntag, Tim Sonntag. Ein paar aus der Reihe waren schon bei uns im Salon oder kommen immer noch. Diesmal hätte ich sie allerdings fast verpasst, ich konnte nämlich nicht an dem Tag. Wir haben Kundinnen, die lassen sich ihren Friseur lieber ins Haus kommen, und gern auch am Wochenende.

Aber der gute Armin hat sie mir aufgenommen. Und so habe ich sie dann doch noch gesehen. Und jetzt kommt's – irgendwann, als sie durch das Haus gehen, de Kooning und Sonntag, da zeigt er auf ein Bild an der Wand, ziemlich groß, und die Kamera geht nah ran ... und mich trifft fast der Schlag. Wissen Sie, was da drauf war? *Meine Villa.* Das Haus von den de Koonings auf Mallorca. Ihr ,kleines Paradies'. So hat er es genannt. Ihr ,kleines Paradies'.

Und da ist es passiert, glaube ich. Fünf Minuten vorher, als ich de Kooning mit Helen habe rumtoben sehen, da war es eigentlich auch schon klar, das mit dem Haus, dass es ihnen gehört. Aber die Gier, diese schreckliche Gier, war trotzdem noch nicht erwacht. Die kam, als ich das Haus wiedersah. Die weißen Mauern im Grün, die Terassen, die Treppe. Wie damals, durchs Fernglas. Ganz genauso.

Danach war nichts mehr wie vorher. Ich habe den Jungs alles erzählt. Ich habe gesagt, dass ich so ein Haus haben will; am besten dieses. Halb im Spaß natürlich, aber eben bloß halb. Ich wollte wissen, was so ein Haus kostet, dort auf Mallorca, aber wie wollen Sie das rauskriegen. Ich habe im Internet auf den Seiten der Makler recherchiert. Ein Haus war in etwa vergleichbar, auch von der Lage her; vielleicht war das Grundstück kleiner, das kann ich nicht abschätzen. Es hatte natürlich seinen Preis. 2,3 Millionen Euro. Wer's hat, nicht?

Wir haben es jetzt bald. Wenn die Jungs zurückkommen, dann haben sie es dabei. Was sollten wir denn machen, freiwillig geben sie einem ja nichts ab. Wir dachten, so ist es am einfachsten ... so geht am wenigsten kaputt. Das Dumme ist nur, das Dumme ist nur – "

Sie wollte weiterreden, gegen das Schluchzen, das in ihr aufstieg, aber sie brachte nichts mehr heraus. Dann heulte sie los.

„ – dass de Kooning jetzt tot ist", vervollständigte Jan Horvath mit leiser Stimme den angefangenen Satz. Sie nickte, unter Tränen.

Als sie wieder sprechen konnte, sagte sie, was sie die ganze Zeit hatte sagen wollen und nur vor sich hergeschoben hatte, aus Angst oder um sich zu bestrafen mit einem von Minute zu Minute schwerer wiegenden Verdammungsurteil: „Und ich bin schuld." Und dann noch einmal, mit Pausen zwischen jedem einzelnen Wort: „Ich – bin – schuld."

Bilder, Bilder

War ihr Vorwurf unberechtigt? Nach allem, was Anja geschildert hatte, konnte man das kaum behaupten. Trotzdem versuchte Jan Horvath, sie zu beruhigen. Er konnte nicht anders, in Scham und Reue gebadet, wie sie vor ihm saß.

„Selbst wenn das stimmt", sagte er, „dass Sie die Idee hatten ... Wer hat noch nie mit dem Gedanken gespielt, sich auf eine, sagen wir mal: illegale Weise Geld zu beschaffen. Richtig viel Geld. Einmal im Leben richtig viel Geld, statt sich immer nur durchzuwursteln. Aber das ist erstmal nur Phantasie. Und Phantasien schaden noch nichts."

Sie langte nach einer Zigarette. Jan Horvath, der noch nicht wusste, was er als nächstes ins Feld führen sollte, gab ihr Feuer.

„Danke", sagte sie und zog den Rauch ein, dass die Tabakspitze aufglühte. „Sie rauchen wohl nicht?"

„Eigentlich nicht."

„Ein bisschen ein Herr Eigentlich sind Sie aber." Eine Spur scherzhafter Missbilligung im Mundwinkel, lächelte sie schon wieder. Sie konnte kaum glauben, dass jemand sich die Mühe machte, sie zu trösten – konnte aber nicht verhehlen, dass es ihr gefiel.

Jan Horvath fuhr fort. „Wenn Ihr großer Bruder, wie es sich für einen großen Bruder gehört, gesagt hätte: ‚Mädchen, ich kann dich so gut verstehen, aber schlag dir die Flausen aus dem Kopf', dann wäre vermutlich nicht das Geringste passiert. Offenbar *hat* er das aber nicht gesagt."

„Nein", sagte Anja, die merkte, dass er auf eine Antwort wartete.

„Sondern?"

„Sondern ... das weiß ich jetzt auch nicht mehr. De Kooning ist sowieso ein rotes Tuch für ihn, diese ganze Selbst-ist-der-Mann-Nummer. Und außerdem hatte er gerade nichts zu tun."

Dass Jan Horvath ihr in ihrer Gewissensnot beistehen wollte, bestätigte auf wunderbare Weise den Eindruck, den sie von ihm hatte. Trotzdem stand ihr der Sinn nicht danach, in einem behutsamen Vier-Augen-Gespräch zu erforschen, wie das Verhängnis in ihr Leben gefahren war.

Nicht jetzt jedenfalls.

„Wenn Sie Fotograf sind", sagte sie, „könnten Sie mich doch eigentlich mal fotografieren. Oder sehe ich noch verheult aus?"

„Dieses ‚eigentlich' geht aber auf Sie", erwiderte Jan Horvath, dem es recht war, dass sie auf andere Gedanken kam, wenn er sich ihren Stimmungsumschwung auch nicht erklären konnte.

„Dummerweise bin ich ohne Apparat aus dem Haus."

„Oh", lächelte Anja, die den sarkastischen Unterton nicht bemerkt hatte oder nicht bemerken wollte, „das macht nichts. Ich habe ein Handy, mit dem man knipsen kann."

„Ah ja?" Jan Horvath sah, wie sie aufstand, um es aus der Hosentasche zu holen. „Na, dann zeigen Sie mal her."

Mit einer Vorfreude, der man sich schwer verschließen konnte, hielt sie es ihm hin und wies auf die Tasten, die er drücken musste.

„Ich weiß", nickte Jan Horvath, nachdem er einen Blick darauf geworfen hatte. „Ich kenne das. Das ist ganz gut."

„Haben Sie auch so eins?", wollte Anja wissen.

„Hatte."

Jan Horvath hielt, die Linse auf Anja gerichtet, das zierliche Gerät in die Höhe und begann, sich in das Display zu vertiefen.

„Um Gottes willen, noch nicht!", schrie sie entgeistert und wischte mit den Fingerspitzen beider Hände unter ihren Augen herum.

„Das Licht ist sowieso nicht gut", sagte Jan Horvath unzufrieden. „Am besten, Sie setzen sich in den Sessel, und ich ruckle mich ans Fenster."

„Hat das Ding keinen Blitz?", erkundigte sich Anja.

„Das ist ein Handy, kein Fotoapparat", murmelte Jan Horvath durch die Zähne, ohne sich vom Display – beziehungsweise dem Bild *im* Display – ablenken zu lassen. „Außerdem, Porträt mit Blitz, das geht gar nicht."

Anja setzte sich in den Sessel, fuhr sich durch ihre kunstvoll verzipfelten Haare, um sie noch zwangloser in die Luft stehen zu lassen, und presste in reibender Bewegung die Lippen aufeinander. Jan Horvath, das Display am ausgestreckten Arm durch die Luft schwenkend, probierte verschiedene Blickwinkel aus.

„Wofür brauchen Sie das Bild?"

„Für ... für gar nichts."

„Ich meinte, wie wollen Sie aussehen? Seriös oder lustig?"

„Schön natürlich."

Jan Horvath ließ das Handy sinken und starrte sie an. Für einen Augenblick stahl sich die alte Unbefangenheit in ihr trotz verschmierter Schminke erwartungsfroh leuchtendes – wie ihm schien: auf einmal vollkommen unangestrengtes – Gesicht. Dann fotografierte er sie, mehrfach, kurz hintereinander, fast ohne abzusetzen.

Doch Anja, von Angst vor dem Ausgang des Unterfangens durchzuckt, das jetzt nicht mehr abzubiegen war, fing an, Fratzen zu ziehen.

„Wie viele Bilder gehen drauf?", fragte Jan Horvath, und da er sich selbst die Antwort geben konnte, fragte er weiter: „Was für eine Auflösung haben Sie eingestellt?"

„Keine Ahnung", sagte sie, „das hat Armin gemacht. Kann man das irgendwo sehen?"

„Sicher", sagte Jan Horvath, der das Menue bereits aufgerufen hatte. „Die höchste, na klar. Es geht doch nichts über Qualität. Da dürfte der Chip schon fast voll sein."

Jan Horvath reichte ihr das Handy zurück.

„Das war's schon?", fragte Anja enttäuscht.

„Sehen Sie sich die Bilder an, welches Sie aufheben und welches Sie löschen wollen."

„Das bin ich?" Anja tippte sich folgsam durch die Galerie. Ihrem Grienen zufolge, das man sogar trotz des gesenkten Blicks erkennen konnte, nicht ohne Vergnügen.

„Welche würden *Sie* denn löschen?"

„Alle."

Sie zuckte zusammen. Jan Horvath ärgerte sich, er hatte

sie nicht verletzen wollen. Schrittchen für Schrittchen schob er sich zu ihr hinüber und hockte sich neben sie hin:

„Blättern Sie nochmal durch."

Sie tat es, doch ohne ein Wort zu sagen.

„Das erste ist meistens das beste", suchte Jan Horvath nach einem Anknüpfungspunkt. „Oder das zweihundertste, wenn das arme Opfer von der Herstellung eines eindrucksvollen Gesichts so erschöpft ist, dass es die Zügel schießen lässt."

„Ich finde *das* gut", sagte Anja, als ein Bild an der Reihe war, auf dem sie furchterregend ihre beneidenswert gut erhaltenen Zähne fletschte.

„Dass Sie sich durchs Leben beißen, glaubt man Ihnen auch so."

„Dann das hier." Das Bild zeigte, wie sie ihre Augen zu Schlitzen zog.

„Da weiß man immer nicht, wo man das Geld reinwerfen soll, rechts oder links."

„Das zeigt die Zunge an", erwiderte sie und hielt ihm die nächsten beiden Bilder hin; auf dem ersten machte sie „Bäääh!", auf dem zweiten rollte sie die Lippen nach innen, dass nur noch eine Art Hautfalte zu sehen war. „Wenn sie draußen ist, links, wenn sie drinnen ist, rechts. Leicht zu merken eigentlich."

„Eigentlich", sagte Jan Horvath.

„Eigentlich", sagte Anja. Und dann prustete sie los, dass sogar Jan Horvath anfangen musste, zu lachen. Mit einem Ruck entriss er ihr das Handy, drückte die notwendigen Tasten und fotografierte sie erneut; so lange, bis die Meldung „Speicher belegt" erschien.

„So was nennt man Überraschungsangriff", sagte Anja, als sie wieder zu Atem gekommen war. „Und das gehört sich nicht ... bei einer Frau."

„Nein", sagte Jan Horvath.

Sie sahen sich an. Und Jan Horvath merkte, dass es ihn Mühe kostete, zu verbergen, was ihm durch den Kopf ging – seit er Anja das Handy weggenommen hatte.

Wenn er es darauf anlegte, musste es möglich sein, sie zu überwältigen. Er war stärker als sie. Wenn er sich auf sie stürzte, würde sie sich nur schwer wehren können. Und das umso weniger, als sie nichts derartiges von ihm befürchtete. In der Ecke lagen noch die Riemen, die sie ihm abgeschnitten hatte. Manche Stücke waren zu kurz; andere lang genug, um ihr Hände und Füße zusammenzubinden.

Er würde das Handy nehmen und die Polizei anrufen. Er konnte ihr sogar Straße und Hausnummer nennen: Als sie gestern Abend hier ankamen, hatte das Segelohr – verstört, wie Jan Horvath zu seinen Gunsten annehmen wollte, vom durchs Scheinwerferlicht fliegenden Gabriel – nicht darauf geachtet, dass der Gefangene nicht wissen durfte, wo er sich befand.

Um nachdenken zu können, tippte Jan Horvath, auf dem Boden kniend, auf dem Handy herum. Anja fuhr ihm mit der Hand übers Haar.

„Was machst du da?", fragte sie leise.

„Ich lösche nur ein paar Aufnahmen. Sonst kann ich keine neuen machen. Der Speicher ist voll. So, jetzt geht's wieder."

„Gibst du's mir?", fragte sie.

„Es ist deins", sagte er.

Sie sah sich die Bilder an, die dazugekommen waren. „Beim Lachen entgleist das Gesicht", sagte sie, „aber das ist nicht schlimm." Anders als vorhin wirkte sie jetzt nicht amüsiert, nicht einmal gespannt. Sie betrachtete sich nachdenklich, als verwundere sie etwas an ihrem eigenen Gesicht. „Es ist nicht wie im Spiegel", sagte sie. „Ein anderer Blick."

Wenn er aber über sie herfallen würde, dachte Jan Horvath, würde es ein grauenvolles Missverständnis geben. Sie würde glauben, er wolle sich an sie herandrängen, wie sich ein Mann an eine Frau drängt. Statt sich zu verteidigen, würde sie sich – von Voraussetzungen ausgehend, die ihr im Nachhinein als Falle erscheinen mussten – ihm ergeben.

Wünschte er sich das womöglich sogar?

Er schrak auf. „Heh, guck nicht so ernst", rief Anja ihm zu, das Handy vor sich in der Luft. „Jetzt fotografiere ich dich!"

Betrug

Jemandem auf dem Plattenweg hinterher zu zuckeln, war leicht; abgesehen von den holprigen Kanten, wirkten die beiden Betonstreifen wie Schienen, deren eiserner Führung man sich nur überlassen musste. Nachher in der Stadt, dachte Jenny de Kooning, würde es schwieriger werden, an dem vor ihr her fahrenden Wagen dran zu bleiben. Allerdings – lag die Stadt nicht *hinter* ihnen, hinter den Brücken, unter denen sie vorhin hindurch gemusst hatte? Fuhren sie also von der Stadt weg, statt sich ihr zu nähern?

Als der Wagen vor ihr blinkte, merkte Jenny auf. Überrascht sah sie, wie der Mann mit der Melone, nachdem er sehr langsam geworden war, den Plattenweg verließ und auf einen im spitzen Winkel abgehenden, fast in entgegengesetzter Richtung verlaufenden Weg einbog; offenbar eine Art Abkürzung.

Wenn man es denn einen Weg nennen konnte! Irgendein Traktoren-Ungetüm hatte sich mit seinen riesenhaften Rädern hier entlang gequält; teils feste Rinnen in den Untergrund pressend, teils sich in die aufgeweichte Erde wühlend, bis es sich mit geschickten Drehmanövern heraushieven konnte. Davon waren zwei unregelmäßige Spuren zurückgeblieben; von hellen, spiegelnden Pfützen übersät.

Es war hanebüchener Unsinn, hier lang fahren zu wollen. Wenn man nicht in einer der Pfützen wegsank, würde man mit dem Fahrzeugboden auf dem von beiden Seiten hochgepressten Damm aufsitzen, so dass die Räder hilflos in der Luft hingen.

Das, sah Jenny, war auch dem Mann vor ihr klar. Er wühlte sich jetzt bloß noch im Schritttempo vorwärts und war sichtlich darauf bedacht, *neben* der Traktorspur zu bleiben: die linken Räder auf dem Mittelwall, die rechten auf dem Acker, die eine der Traktorrinnen in der Mitte unter seinem Bauch.

So musste sie es auch versuchen, anders ging es gar nicht. Jenny steuerte ihren gebeutelten Golf, entsetzt über den Aberwitz, doch verbissen konzentriert. Die Wut schliff ihre Sinne. Wenn dieser Idiot meinte, mit seinem Wagen unbedingt durch diesen Dreck schlittern zu müssen, konnte sie das schon lange!

Unfug war es natürlich trotzdem. Was den Mann veranlasst haben konnte, sich auf eine derart halsbrecherische Strecke einzulassen, war Jenny nicht klar. Hatte er sich, von einer nahen Straße verführt, verkalkuliert? Wollte er ihr beweisen, was für ein großartiger, von Gelände-Unwegsamkeiten nicht einzuschüchternder Autofahrer er war?

Wenn es nicht um Gregor ginge, hätte sie mit Vergnügen zugesehen, wie der Kerl in den Graben rutschte, und anschließend aus seiner Kiste geklettert und durch den Schlamm gerobbt kam.

Ersatzweise verlegte sie sich darauf, die Lichthupe zu betätigen.

Ein paar hundert Meter weiter hielt er an, auf einer leichten Erhöhung; der Boden schien dort etwas fester zu sein.

Sie hielt ebenfalls, vielleicht vier oder fünf Meter hinter

ihm; leider noch fast in der Senke, da, wo die Bodenwelle sich aufzuwerfen begann.

Er stieg aus und kam auf sie zu gestakst. Offenbar hatte er nicht daran gedacht, dass er hier unten durch den Morast stolzieren musste, und war jetzt hilflos darum bemüht, sich so wenig wie möglich vollzuspritzen.

Jenny kurbelte die Scheibe herunter.

„Tolle Piste!" Sie reckte anerkennend den Daumen in die Höhe. „Drauf und durch, was? Bestimmt haben Sie als Kind immer mit Panzern gespielt!"

Doch der Mann überhörte den Spott. Er sah ernsthaft bekümmert aus und erklärte, als er neben ihrem Fenster angelangt war: „Ich habe den Weg nicht so schlecht in Erinnerung gehabt, tut mir leid. Sah anfangs auch nicht so aus. Der Regen in den letzten Tagen! Und dann dieser Traktor!"

„Ach der", winkte Jenny großmütig ab. „Hat sich bestimmt bloß hier durchgeackert, um einen steckengebliebenen PKW rauszuziehen."

„Fahren Sie vorsichtig", sagte der Mann.

„Du auch, Arschloch", dachte Jenny und sagte, verbindlich lächelnd: „Danke für den Tipp."

Der Mann grinste verlegen, drehte sich um und ging wieder zu seinem Wagen. Er stieg ein; und Jenny sah, wie er anfuhr. Dann fuhr sie ebenfalls an – besser: dann *wollte* sie ebenfalls anfahren. Doch der Wagen machte nur einen winzigen Ruck, dann drehten die Räder durch.

„Mist, verdammter", schimpfte sie, „nicht so schnell, Jenny!"

Da sie die, wenn auch harmlose, Steigung vor sich liegen sah, hatte sie sich verleiten lassen, zu viel Schwung zu holen – Jenny ärgerte sich über ihre Dummheit, ein Anfängerfehler.

Beim zweiten Versuch gab sie weniger Gas und ließ die

Kupplung so langsam wie möglich kommen. Der Wagen hob sich vielversprechend aus den Kuhlen, die die Räder ausgefräst hatten – doch bevor er die Höhe erreichte, erlahmte die Kraft, und er rutschte zurück an die alte Stelle.

Sie versuchte es rückwärts; der Schweiß brach ihr aus. Wieder ging es ein Stück; dann hörte sie, die Ohren angstvoll gespitzt, dass etwas nicht stimmte, ein zu hoher Ton – und schon glitten die Räder wieder in die inzwischen passgerecht ausgeschliffenen Mulden.

Gang raus, abbremsen, nachdenken!

Sie musste etwas unterlegen, ganz klar.

Jenny stieg aus und schob, im Matsch kniend, ihren Mantel vor die vorderen Reifen. Ob der Mann inzwischen mitbekommen hatte, dass sie nicht nachkam? Ob er hielt und auf sie wartete?

Sie stieg ein und fuhr behutsam an. Die Reifenprofile pressten sich durch das Gewebe, die Räder fanden Halt und zogen an, der Wagen bewegte sich – sie merkte, wie er sich über die Schwelle hob – vorwärts. Ein Meter, zwei Meter, drei, vier. Dann, mit einem Ruck, war der Motor aus. Jenny sah die Ladekontrollleuchte aufglimmen, als sie instinktiv die Handbremse hochriss.

Jenny stieg aus und stapfte, auf den Acker ausweichend, nach oben. Als ihre Schuhe einsanken, zog sie die Füße heraus und ging auf Strümpfen weiter – erleichtert, die Nässe zu spüren, die Kälte.

Von der Anhöhe aus war die andere Seite weit einzusehen, doch der Wagen vor ihr war nirgends zu entdecken. Das hatte sie befürchtet. Mit ihrer Hysterie, ihrem Ungeschick hatte sie den Mann einfach davonfahren lassen!

Sie ging zurück zum Wagen, um das Telefon zu holen und Schieferacker anzurufen. Das war das einzige, was ihr einfiel. Oder sollte sie lieber die Polizei verständigen? Das sollte Schieferacker entscheiden. Und er sollte versuchen, mit dem Mann Kontakt aufzunehmen. Und er sollte jemanden schicken, der sie hier weghole. Vielleicht, dachte sie, hatten sie ja Gregor unterdessen schon laufen lassen. Vielleicht hatte er sich zu Hause gemeldet.

Schieferacker würde es wissen.

Das Telefon lag auf dem Beifahrersitz; nur der Akku, den sie vorhin ausgeklinkt hatte, war nicht da. War er bei dem Geruckel und Geschaukel heruntergefallen? Sie tastete den Boden ab, schob die Sitze vor und zurück, von dem kleinen schwarzen Mistding keine Spur. Sie nahm die Fußmatten weg – sie warf sie einfach nach draußen.

Nichts.

Hatte sie ihn vielleicht eingesteckt? Vielleicht – in die Manteltasche?

Ihr Herz klopfte. Den Mantel unter den Rädern hervorzuzerren, war unmöglich.

Jenny setzte sich wieder hinter das Lenkrad, willens, den Wagen vom Mantel herunterzubekommen. Jetzt hätte sie die Zündung einschalten müssen, doch ihr Blick klebte am Boden fest. Da, wo die beiseite geworfenen Fußmatten gelegen hatten, war der Teppichbelag, der den Bodenraum auskleidete, noch unverschabt und sauber. Und dieses schwarze jungfräuliche Geviert verunzierten jetzt ein paar Fußabdrücke: die Abdrücke ihrer eigenen lehmverschmierten Füße.

Sie erinnerte sich: an andere Abdrücke, die sie heute gesehen hatte. Abdrücke von Schuhen, im Erdboden und auf dem Beton. Sie hatten zu ihrer Reisetasche geführt. Aber nicht bloß zur Reisetasche, sondern auch zu ihrem Wagen. In Sorge, ob sie den Mann vor ihr rechtzeitig einholen würde, hatte sie ihnen keine Beachtung geschenkt.

Nein – der Akku war nicht heruntergefallen. Sie hatte ihn auch nicht verlegt. Der Komplize, der die Tasche abgeholt hatte, hatte den Akku verschwinden lassen: damit sie später nicht telefonieren konnte. So einfach war das.

Jenny de Kooning hockte noch immer reglos hinter dem Lenkrad.

Wie weit war ihre Planung gegangen? Hatte er diesen Weg ausgesucht, damit sie sich in einem Schlammloch festfraß, während er auf Nimmerwiedersehen entschwand? Oder sogar diese Stelle? Die leichte Erhebung, auf der er oben wartete, damit sie unten anhalten und dann im Schlamm und gegen die Schräge anfahren musste? Hatte sie schon in den Golf umsteigen sollen, damit sie nicht mit ihrem Geländewagen angerückt kam?

Er hatte sie betrogen. Er hatte sie betrügen wollen, und der Betrug war ihm geglückt. Und auf einmal wusste sie es. Auf einmal wusste sie, dass dieser Betrug noch gar nicht das Schlimmste war. Dass er nur einen anderen Betrug deckte – einen Betrug, der grausamer und endgültiger war.

Nur eine Frau

„Oh Gott, das Eis!"

Anja fuhr auf. Zu ihren Aufgaben, während „die Jungs" die Kohle ranschafften, gehörte es nicht bloß, ein Auge auf Jan Horvath zu haben; sie musste auch die Eisbeutel erneuern, die de Kooning bedeckten. Alle zwei, drei Stunden mussten sie ausgetauscht werden. Die beiden Tiefkühlfächer schafften es gerade so, für Nachschub zu sorgen.

Als sie ins Bad verschwunden war, hatte Anja, der Eisbeutel wegen, die sie in Händen hatte, die Tür offen stehen lassen. Durch die gleichfalls offene Wohnzimmertür sah Jan Horvath sie in den Flur ragen. Und er sah noch etwas. Er sah, dass der Schlüssel im Schloss steckte – von außen.

Zuerst stutzte er: Badezimmerschlüssel pflegen aus naheliegenden Gründen innen zu stecken, nicht außen. Doch dann fiel ihm ein, wie Armin – jetzt wusste er sogar den Namen –, den Schlüssel abgezogen hatte, als er ihn im Bad allein ließ; und da er nicht wusste, wohin damit, hatte er ihn vorübergehend von außen ins Schloss gesteckt.

Jan Horvath hörte das quietschende Schaben, wenn die Schaumstoff-Platten übereinander rieben; und er wusste, dass er, wenn überhaupt, jetzt sehr schnell handeln musste. Lautlos bis zur Tür trippeln, dann zwei, drei hastige Sätze durch den Flur springen. Die Tür zuschlagen. Den Schlüssel herumdrehen.

Dann musste er nur noch zum Handy greifen.

Eine Gelegenheit wie diese würde sich nicht wieder ergeben. Er brauchte Anja nicht einmal anzufassen. Bald würden „die Jungs" zurückkommen. Anja würde nichts ausrichten gegen sie. Was dann mit ihm geschah, stand in den Sternen.

Ebenso natürlich, was passieren würde, wenn sie hier aufkreuzten, bevor die Polizei da war. Überraschungsvorteil hin oder her; es mit beiden aufnehmen, konnte er nicht.

Wieder quietschte das Polystrol.

Und da *machte* er es.

Blitzartig, skrupellos, brutal. Ein Kurzschluss. Ihm brannten die Sicherungen durch. Hinterher staunte er selbst über sich.

Das Handy in der Hand, lauschte er in Anjas Richtung – vergebens. Hatte er etwas übersehen? Würde sie gleich neben ihm stehen und nun vielleicht doch mit ihm „fertigwerden"?

Auf jede Ziffer achtend, tippte er die Eins-Eins-Null ein. Um für die größtmögliche Beschleunigung zu sorgen, meldete er sich als „de Kooning". Die erforderlichen Angaben ratterten aus ihm heraus.

„Nur eine Frau?", wiederholte der Beamte fragend, und Jan Horvath korrigierte aufgeregt: „Die anderen kommen jeden Moment zurück!"

Er legte sein Ohr an die Tür. Dann hörte er sie:

„Das kannst du nicht machen, Jan."

Jan Horvath schluckte. Er überlegte, was er ihr sagen konnte, aber ihm fiel nur dummes Zeug ein. Das dümmste davon sagte er wirklich: „Glaub mir, es ist das Beste so." Anja erwiderte, ruhig und abschließend, als erwähne sie das nur der Vollständigkeit halber: „Du Arsch."

Wenig später stürmte ein Dutzend stahlgepanzerter Polizisten in Sekundenschnelle die Wohnung und besetzte die mickrigen zwei Zimmer und Küche, als gälte es, ein Nest schwer bewaffneter Terroristen auszuheben.

Natürlich konnten sie nicht ausschließen, dass die Entführer in den zwanzig Minuten, die zwischen Jan Horvaths Anruf und ihrem Erscheinen lagen, zurückgekommen waren, und mussten sich auf Schusswechsel einstellen.

Jan Horvath wurde gepackt, beiseite gezerrt, herumgedreht und bäuchlings gegen die Wand geschmettert, während ihm die Arme auf den Rücken gebogen wurden.

Er schrie wie am Spieß; teils vor Schmerz, teils um den Irrtum aufzuklären. Niemand nahm davon Notiz. Erst als Beamte in Zivil erschienen, lockerten die Rammböcke, die ihn festhielten, ihren Griff. Einer der Hinzugekommenen – es war Lubetzki – warf ihm in einem Atemzug zwei Fragen an den Kopf: „Wer sind Sie, und wo ist de Kooning?"

„Jan Horvath", bekannte Jan Horvath, schnaufend und zitternd. „Ich habe Sie angerufen. Und de Kooning – – – " Er riss die Augen auf, doch Lubetzki stand nicht der Sinn danach, Gesichtsausdrücke zu deuten.

„Ist er da drin?", fragte er, mit dem Kopf zur Badezimmertür deutend, die als einzige nicht offen stand.

Jan Horvath nickte.

„Die Frau auch?".

Jan Horvath nickte erneut, händeringend, während sich seine Miene mit unentzifferbaren Botschaften füllte.

„Aber – – – "

„Ist sie bewaffnet?"

„Nein", sagte Jan Horvath, „aber – – – "

Zu einem weiteren Anlauf fehlte ihm die Kraft.

Es war sowieso zu spät. „Geben Sie auf und kommen Sie raus!", schreiend war Lubetzki, kaum dass er die Tür aufgeschlossen und aufgerissen hatte, mit einem Satz im Bad. Mehrere Männer drängten ihm nach. Sie verkeilten sich im Türrahmen.

„Ist ja gut, Mann", vernahm Jan Horvath Anjas Stimme. Dann kamen die ersten wieder heraus.

Dann Anja, die Hände in Handschellen, so lächerlich das war. Sie wurde ins Wohnzimmer geführt. Jan Horvath trat zur Seite, damit sie vorbei kam. Sie übersah ihn trotzdem. Was hätte er ihrem Blick auch entgegenzusetzen gehabt?

Das leise Qietschen erinnerte Jan Horvath daran, was drinnen geschah. Die Männer verstummten. Ein Uniformierter erschien in der Tür und fragte in die Runde, wo Olbricht sei – der Chef brauche ihn. Einer meinte, vielleicht wäre er noch unten. „Dann holt ihn hoch, verdammt", gab der Uniformierte zurück und verschwand wieder.

Ein paar Minuten später betrat ein jüngerer Mann in Zivil die Wohnung, vermutlich der Gesuchte. Als er sich fragend umsah, wies jemand mit dem Kinn zum Bad. Kurz darauf kamen er und Lubetzki, ein paar Worte wechselnd, die Jan Horvath nicht verstand, wieder heraus.

„Den Herrn hier bitte raus aus der Schusslinie", zeigte Lubetzki im Vorbeigehen auf Jan Horvath, „am besten ins Schlafzimmer."

Eilig gab er seinen Leuten weitere Anweisungen. „Die Frau ins Wohnzimmer, mit der muss ich reden. Drei Mann bleiben hier, alle anderen gehen unten im Eingangsbereich auf Position. Aber ich will keine einzige Locke irgendwo rausgucken sehen, ist das klar?!"

Dann schnappte er sich seinen jüngeren Kollegen. „Olbricht, wenn Sie Rubens erreicht haben, informieren Sie die Hausbewohner und sperren den Treppenaufgang und den Fahrstuhl ab. Keller nicht vergessen! Außer uns hat keiner was im Treppenhaus zu suchen; keiner, verstehen Sie! Ich weiß nicht, wie lange es dauert, aber bis wir Entwarnung geben, geht hier kein Knirps sein Rad holen und keine Omi die Post. Und Fingerspitzengefühl bitte! Wir brauchen auch keinen Rabatz!"

„Und wenn wir hier oben warten?"

„Hier oben, wo sie gleich erstmal die kaputte Tür sehen?! – Nein, wir müssen es unten machen, es nützt nichts. Und Sie übernehmen das Kommando, Olbricht. Ich habe absolut keine Lust, dass die uns wieder irgendwas versauen. Ich verlasse mich auf Sie."

Er verschwand im Wohnzimmer, und Jan Horvath wurde nach nebenan geschoben.

„Hören Sie zu", sagte Lubetzki übergangslos zu Anja, indem er sich vor sie auf die Tischkante setzte, „ich muss mich kurz fassen. Falls Ihre beiden Komplizen – der Horvath hat vorhin von zweien gesprochen, ich hoffe, das stimmt?" Lubetzki warf ihr einen prüfenden Blick zu. „Also – falls ihre beiden Komplizen nicht vorhaben, Sie mit diesem Mann – mit diesen *beiden* Männern", verbesserte sich der Kommissar grimmig – „hier sitzen zu lassen, sind sie vermutlich mit der Beute unterwegs hierher. Um Sie abzuholen. Ich nehme an, sie planen eine größere Reise, alle drei?

Wir werden also einfach hier warten, bis sie uns in die Arme laufen. Das heißt, hochziehen werden wir sie sowieso. Die Frage ist nur, wie der Empfang über die Bühne geht – und *das* liegt einzig und allein an Ihnen. Ich denke, es ist schon genug Blut geflossen, oder?"

Er machte eine Pause, um ihr ins Gesicht zu sehen, und wiederholte dabei das „Oder?" so scharf, dass sie, wenn auch gequält, den Mund verzog, was man als Zustimmung deuten konnte.

„Schön; mit einem Begeisterungsausbruch habe ich nicht gerechnet. Offenbar verbietet Ihnen Ihr Abscheu im Moment noch, mit mir zu reden. Also – machen Sie kein Theater. Melden Sie sich an der Wechselsprechanlage, falls sie klingeln; drücken Sie den Summer; lassen Sie die Männer rein, wenn sie kommen – wickeln Sie das alles ab wie sonst auch. *Lassen Sie sie keinen Verdacht schöpfen.* Ich denke, Sie verstehen ganz genau, was ich meine. Wenn wir etwas *nicht* brauchen, dann eine wilde Schießerei im Treppenhaus oder unten auf dem Parkplatz. Oder?"

Lubetzki sah sie aufmerksam an.

„Es ist klar, dass Ihre Mitarbeit", obwohl er es nicht wollte, haftete dem Wort eine süffisante Note an, „sich zu Ihrem Vorteil auswirken würde. Und es ist ebenfalls klar, dass wir Ihre Sicherheit garantieren. Also?"

Lubetzki fing an, ungeduldig zu werden.

„Es tut mir leid, aber auf einem kleinen bisschen Text würde ich in diesem Fall bestehen wollen. Zwei Buchstaben würden reichen."

Er stand auf, ging zum Fenster und sah nach unten. Dann kam er zurück, nahm seinen Platz auf der Tischkante wieder ein, als käme ein anderer gar nicht in Frage für ihn, und verschränkte die Arme.

„Okay. Unter einer Bedingung", überwand sich Anja. „Ich hätte mit Herrn Horvath noch etwas zu besprechen. Etwas Persönliches. Geben Sie mir fünf Minuten?"

„Tut mir leid", sagte Lubetzki. „Das kann ich nicht. Auch keine drei."

Sie nickte abwesend, als habe sie nichts anderes erwartet. „Dann wenigstens das Handy. Das Handy, mit dem er Sie angerufen hat. Es ist meins. Er soll es mir wiedergeben. Gleich."

„Auch das kann ich nicht."

„Sie können ihm das Handy nicht wegnehmen?!"

„Wegnehmen schon, aber – "

„Dann sagen Sie ihm einfach, dass ich es wiederhaben will. Machen Sie das?"

„Aber ich kann es Ihnen nicht geben."

„Dann behalten Sie es."

Getrennte Wege

Diesmal klappte alles. Ralf Gurski wurde bereits beobachtet, als er auf den Parkplatz einbog. Nachdem er den Wagen abgestellt hatte und, ohne dass ihm etwas Ungewöhnliches aufgefallen wäre, zum Hauseingang gegangen war, klingelte er.

„Ja?", fragte Anja durch die Wechselsprechanlage.

„Ich bin's", brummte Gurski.

Der Summer ertönte, und Gurski konnte die Tür aufdrücken. Dann ließen sie ihn den Aufzug rufen.

Es war still im Haus, wie meistens.

Als der alte Kasten sich nach unten durchgerumpelt hatte und die Tür aufsurrte, standen zwei Männer drin. Gurski trat zur Seite, um sie aussteigen zu lassen. Im selben Moment wurde er in den Fahrstuhl gezogen und an die Wand gepresst. Während die Kabine sich wieder in Bewegung setzte, rasteten die Handschellen ein.

Doch so erfreulich *glatt gegangen* Gurskis Verhaftung war – was Jenny de Kooning anlangte, sollten sich Lubetzkis Befürchtungen bestätigen. Gurski stand nach seiner Überrumplung unter Schock und schien nicht zu merken, dass er jede Frage beantwortete. Sie hatten Jenny de Kooning auf eine abgelegene Militärpiste gelotst, die früher eine auf keiner Landkarte verzeichnete Funküberwachungsstation ans Straßennetz angebunden hatte. Dort hatten sie ihr das Geld abgeknöpft und sie abgehängt. Ihr Wagen war steckengeblieben. Vermutlich irrte die Frau noch immer dort draußen herum. Lubetzki, schuldlos schuldbewusst, veranlasste alles Notwendige, um sie aufzuspüren.

Was die beiden anderen Hauptfragen anlangte, blieben Gurskis Auskünfte jedoch unklar. Erstens, wo war der zweite Mann? Zweitens, wo war das Geld? Gondelten sie noch miteinander durch die Stadt oder waren sie bereits miteinander auf der Flucht?

Jedenfalls sträubte sich etwas in Lubetzki zu glauben, dass der Dritte im Bunde sich auf die gleiche wohlvorbereitete Art *einkassieren* lassen würde wie sein Kompagnon. Dass sie getrennte Wege nahmen, mochte ja noch einleuchten. Doch warum sollte er – ein gewisser Armin Sylvester, wie Gurski kleinlaut eingestand – die Tasche mit dem Geld, die Gurski an sich genommen hatte, in seinen Wagen herübergeholt haben – wenn sie sich doch eine Viertelstunde später, wie Gurski beschwor, ohnehin wieder treffen wollten, und zwar hier?

Auch die Frau, Anita Thieme, konnte sich die Verlagerung der Beute von einem Auto ins andere nicht erklären. Falls ihre Miene, halb angewidert, halb gelangweilt, nicht *doch* eine Erklärung war!

Lubetzki informierte Dr. Rubens und ließ die Fahndung auslösen. Bilder des Flüchtigen fanden sich in der Wohnung genug. Trotzdem schreckte Lubetzki davor zurück, seine Männer aus ihren Verstecken zu rufen und die Täter, den Zeugen und das Opfer ins Präsidium beziehungsweise die Gerichtsmedizin zu überstellen. Was, wenn Gurski sich doch nicht übers Ohr hauen lassen hatte und Sylvester tatsächlich dort unten vorfuhr, die gutgelaunten Mannschaften beim Verladen oder Abrücken sah und, wie es so treffend hieß, *die Kurve kratzte*?

Zehn Minuten, eine Viertelstunde gab sich Lubetzki noch. Ohnehin war es klug, sich weiterhin Gurskis stehengebliebenen Verstand zu Nutze zu machen, um abzuschöpfen, womit er vielleicht später nicht mehr würde herausrücken wollen.

Um ihn von den anderen zu trennen, dirigierte er ihn in die Küche; das war der einzige Raum, der noch frei war. Als Gurski den Kühlschrank erblickte, fragte er, ob er sich ein Bier nehmen könne.

Das lehnte Lubetzki ab; und Gurski runzelte die Stirn, als habe er schon so etwas geahnt.

„Und Wasser?"

„Wasser ja."

Lubetzki bedeutete einem Beamten, Gurski die Handschellen abzunehmen, und der revanchierte sich, indem er dem Kommissar auch ein Glas eingoss und es wortlos über den Tisch schob.

Dass er de Koonings Fahrer am Dienstagmorgen betäubt, dann seinen Platz eingenommen und de Kooning im Schloss abgeholt, ihn anschließend mit einer Pistole bedroht und zum Zweck der Erpressung von Lösegeld entführt habe, stellte er nicht in Abrede. Ebensowenig bestritt er, de Koonings – tödliche – Schussverletzung verursacht zu haben. Allerdings beharrte er darauf, dass es entweder ein Unfall oder Notwehr gewesen sei, hervorgerufen durch unzulängliche Betäubung und de Koonings wüste Handgreiflichkeiten sowie seine Versuche, ihn am Fahren zu hindern. Ein Unfall oder Notwehr, Notwehr oder ein Unfall – am besten beides.

„Das werden wir ja sehen", meinte Lubetzki, während er überlegte, ob er Olbricht hochrufen und weitermachen lassen sollte.

„Ja, genau", nickte Gurski erfreut. Als er Lubetzkis missbilligenden Blick bemerkte, fügte er ein reuevolles Stöhnen hinzu.

Auch die Schuld am Tod von Manfred Gabriel gab Gurski zu, als Lubetzki ihn danach fragte, um in die Affäre mit dem vermeintlichen Aussteiger endlich Licht zu bringen.

Allerdings habe es sich auch hier um einen Unfall gehandelt! Mit bösem Ausgang, was er bedauere. Nur habe sich der Mann unnötigerweise in fremde Angelegenheiten gemischt und auch sonst in grob fahrlässiger Weise verhalten. Er habe ihn mehr als einmal gewarnt. Doch sei der Mann durch vernünftige Worte nicht zu beeindrucken gewesen. Wie er auf ihn losgegangen sei! Wahrscheinlich habe er gedacht, dass er seinen Wagen anhalten und zurück an den Straßenrand schieben könne, als er sich ihm vor die Räder gehechtet habe – eine andere Erklärung für so ein *selbstmörderisches* Verhalten gäbe es kaum.

„Außer, dass er sich wirklich umbringen wollte. Aber das weiß ich natürlich nicht. Da müssen Sie schon jemand anders fragen."

„So? Wen denn?"

„Das weiß *ich* doch nicht! Jemanden, der ihn kennt eben."

„Wie", fragte Lubetzki erstaunt, „Sie kennen den gar nicht?"

„Nee", sagte Gurski. „Horvath kennt den."

Und er setzte an, den gestrigen Abend vom Besuch bei Horvath – und leider auch Gabriel – bis zum Augenblick des schrecklichen, von seiner Seite nicht verhinderbaren Unfalls auseinanderzuklamüsern. Lubetzki, der Gurskis von der Ungunst des Schicksals beeinträchtigte Rechtschaffenheit nicht mehr ertragen konnte, blies zum Rückzug – nun doch.

Als Gurski in den Flur geführt wurde, trat Jan Horvath gerade aus dem Schlafzimmer. Aufgeregt packte Gurski den Kommissar am Arm.

„Da ist er doch! Der Horvath! Fragen Sie den! Der hat alles gesehen! Mit de Kooning, und mit dem Gabriel."

Jan Horvath wich zurück. Gurski ließ den Kommissar los und streckte die Hände nach ihm aus: „Stimmt doch, oder?"

Von Lubetzkis Leuten geschoben, drängte sich Jan Horvath an ihm vorbei ins Treppenhaus.

„Ich meine ... Sie haben das doch gesehen."

Hilfesuchend blickte Gurski sich um; und als sein Blick auf Anja fiel, die von zwei Sicherheitskräften aus dem Wohnzimmer geleitet wurde, fragte er mit weinerlicher Stimme:

„Warum ich, Anja? Warum immer ich?"

Und ehe die Beamten sie zurückreißen konnten, trat sie einen Schritt vor, auf ihn zu, so dass sie ganz dicht neben ihm stand; so dicht, dass sie ihm etwas ins Ohr flüstern konnte.

„Weil du ein Idiot bist, Ralle."

Auf der Flucht

Um bei der Wahrheit zu bleiben: Nachdem Sylvester Ralle das Geld abgeknöpft hatte – sein Zutrauen in die Zurechnungsfähigkeit seines Freundes war nach den Vorfällen der letzten Tage dahin, und ihn plagte die Furcht, dass er erneut irgendwelchen Unsinn anstellen würde –, hatte er tatsächlich mit dem Gedanken gespielt, das Geld einzusacken und sich still und heimlich zu *verdünnisieren*.

Hätte nicht *jeder* mit diesem Gedanken gespielt, der, in den Fußraum der Beifahrerseite gequetscht, eine Tasche neben sich stehen hatte, die exakt 2,3 Millionen Euro enthielt?

Er hatte sogar nicht nur mit dem Gedanken gespielt. Er war schon auf dem Weg zum Flughafen gewesen. Doch als er von der Autobahn ab- und auf den riesigen Riegel des

Flughafengebäudes zugefahren war, genauer, als er vor der Schranke des Parkhauses stand und auf sein Ticket wartete, dessen Herstellung heute offenbar so viel Zeit in Anspruch nahm, weil der Liebe Gott einen Blick darauf werfen wollte, da war er umgekehrt.

Eine Runde durchs Parkhaus, das war alles, was er sich geleistet hatte – de facto. Er konnte Anja nicht dort sitzen lassen, mit Ralle, mit Horvath, mit einem Toten in der Badewanne und einem zweiten im Kühlschrank der Gerichtsmedizin. Es ging einfach nicht. Nicht einmal Ralle konnte er dort sitzen lassen: das Oberarschloch, dessen einzige Begabung darin bestand, unter beliebigen Umständen und in beliebiger Menge Komplikationen hervorrufen zu können.

Er war eben nicht *so einer*.

Freilich wäre er ohne diesen überflüssigen Abstecher bedeutend früher in der Mainzer Straße aufgetaucht, und nicht erst, als bereits der Abzug ins Präsidium angeordnet worden war.

Man musste also nicht bestraft werden, wenn man zu spät kam. Im Gegenteil, man konnte auch belohnt werden!

Doch war das wirklich eine Belohnung? Hilflos hatte er mitansehen müssen, wie Anja und Ralle abgeführt und – noch vor Horvath und, in einem Blechsarg, de Koooning – in Fahrzeuge verladen worden waren. Und ihn selbst hatten sie bloß deshalb nicht erwischt, weil der Parkplatz vorm Haus ungewohnt belegt gewirkt hatte, so dass er gar nicht erst abgebogen, sondern gleich ein paar Blöcke weitergerollt war, bevor er den Wagen abstellte und zur Ecke des Nachbarhochhauses schlich, von der aus er zu seinem Eingang hinüberspähen konnte.

Wie das hatte passieren, wie sie sie hatten ausfindig machen können, wusste er nicht. Er musste etwas übersehen haben, Anhaltspunkte, eine Spur. Es musste eine Lücke in seinen Überlegungen geben, die ihm trotz sorgfältiger Prüfung entgangen war – vielleicht sogar, weil er sich zu sehr auf Details konzentriert und dabei etwas ganz Offensichtliches übersehen hatte. Ein grober, verhängnisvoller, alles zunichte machender Schnitzer!

Ja, er hatte daran gedacht, aufzugeben: sein Versteck zu verlassen und sich denen – wie würden sie die Augen aufreißen, die Bullen – auf dem Silbertablett zu servieren.

Aber er konnte es nicht.

Er *durfte* es nicht.

Vor dem Beifahrersitz stand eine Reisetasche voller Geld – das musste er in Sicherheit bringen. Nicht, um sich ein schönes Leben damit zu machen. Sondern um Anjas willen. Um Ralles willen. Um ihrer gemeinsamen Sache willen. *Passen*, das war die einfachste Lösung. Sollte Anja sagen, was sie immer sagte bei derartigen Gelegenheiten?

„Bist du bescheuert, oder was?"

Von den gebuchten Flügen Gebrauch zu machen, verbot sich nach Lage der Dinge von selbst. Die Flughäfen nahmen sie als erstes unter Kontrolle, und falsche Papiere hatte er nicht.

Die Frage war höchstens, wie weit sie die Kontrolle ausgedehnt hatten: Würde tatsächlich jeder verdammte Check-in-Computer zwischen Petersburg und Lissabon, zwischen Bergen und Istanbul Alarm schlagen, sobald der Name Armin Sylvester eingegeben wurde? Möglich war es. Der derzeitige Stand der Technik war ihm nicht vertraut. Er hatte dieser Frage zu wenig Aufmerksamkeit geschenkt.

Ins Ausland musste er, doch von wo aus? Und wie kam er dahin, ohne Spuren zu hinterlassen? Mit der Bahn? Mit dem Wagen? Diesem oder einem, den er unterwegs stehlen musste?

Was für Fragen!

Er entschloss sich – vorbehaltlich einer fundierteren Entscheidung – Richtung Westen zu fahren. Ob eher nördlich –

Holland oder Belgien – oder mehr südlich – Frankreich, die Schweiz – würde er unterwegs klären.

Das hatte einen einfachen Grund. Die offenen Grenzen – das, was sie dort „Grenzen" nannten – ließen noch immer sein Herz stocken. Vor Urzeiten, gleich nach dem Abitur, hatte er seinen Grundwehrdienst bei den Grenztruppen ableisten müssen. Seitdem dachte er bei „Grenze" an unpassierbare Absperranlagen mit Zaun und Stacheldraht, Minen und Grenzposten, die ihre Maschinenpistolen nicht nur spazieren trugen.

Und dort? *Dort war gar nichts!*

Ein Schild am Straßenrand verabschiedete einen aus Deutschland, ein anderes hieß einen in Frankreich willkommen. Man wurde auf die ab sofort geltenden Geschwindigkeitsbegrenzungen aufmerksam gemacht. An der Autobahn erinnerten die leerstehenden Kontrollpunkte daran, dass es einmal Kontrollpunkte gegeben haben musste. Aber die kleineren Straßen, die Bundesstraßen und Landstraßen, die Straßen von einem Nachbardorf ins andere, da war nichts. *Null.*

Konnten an all diesen Straßen, die die Länder aneinander befestigten wie eine Nähmaschinennaht, plötzlich Polizisten aus dem Boden wachsen und jedes Fahrzeug daraufhin in Augenschein nehmen, ob der flüchtige, wegen erpresserischen Menschenraubes gesuchte Armin Sylvester darin saß? Kaum. Sonst standen sie ja auch nicht da! Und irgendein *schlimmer Finger* war doch tagtäglich unterwegs!

Offensichtlich *ging* das eben nicht, die Grenzen auf einmal wieder dicht zu machen, oder war zumindest sehr schwer. *Zu* schwer, dachte Sylvester, für einen vielleicht nicht ganz kleinen, doch bestimmt auch nicht *ganz großen Fisch* wie ihn.

Da das Telefon, an Zeiten erinnernd, als es von Ute, Flo und ihm benutzt worden war, im Flur stand, sah Jan Horvath, noch bevor er in der Wohnung das Licht angemacht hatte, das rote Lämpchen des Anrufbeantworters blinken. „Anrufbeantworter", schon der Name war ein Witz! Er beantwortete die Anrufe ja gar nicht, im Gegenteil! Er bewahrte sie auf, damit er, Jan Horvath, sie beantworten musste!

Zuerst hatte Leon eine Nachricht hinterlassen: Er war wieder im Lande und hatte den Autoschlüssel wohlbehalten vorgefunden. Dann meldete sich Ute: mit der Frage, ob er sich eigentlich im Klaren darüber sei, was er ihr mit seinem heutigen – kommentarlosen – Nicht-Erscheinen aufgehalst habe. Im selben Atemzug forderte sie ihn auf, morgen gegen vierzehn Uhr bei ihnen zu erscheinen. Da sie sich ihre Abhängigkeit von seiner Fahrbereitschaft oder Nichtbereitschaft nicht länger gefallen lasse, müsse, was Flos Schulbesuch anlange, eine neue Lösung gefunden werden. Falls er Wert darauf lege, an dieser Entscheidung beteiligt zu sein, müsse er sich einfinden; falls nicht, nicht.

Sollte er gleich noch anrufen?

Nein. Im Augenblick fehlte ihm die Kraft, die ganze Geschichte vor Ute auszubreiten – und wie sollte er, was gestern abend passiert war, halbwegs glaubhaft berichten, ohne die *ganze* Geschichte zu erzählen? Eins zog das andre nach sich, alles hing an einem einzigen Faden, und der schlang sich einem, ehe man sichs versah, um den Hals.

Hatte er es nicht selber gerade erlebt?

Nach den vielen Stunden, die er vor dem glimpflichen Ausgang seiner unfreiwilligen Expedition in die Unterwelt in der Gewalt der Entführer – sowie in quälender Ungewissheit – hatte zubringen müssen, hatte man ihm nicht einmal eine Verschnaufpause gegönnt. Angeblich würde es nicht lange dauern auf dem Präsidium! In Wahrheit saß er am Abend noch da.

Nach dem grässlichen Fund, der ihr als Misserfolg angekreidet werden würde, war die Stimmung in der Polizeidirektion denkbar schlecht. War es nicht bitter genug, dass sie um ihrer Mühen Lohn geprellt worden waren? Dass das Ende der Geiselnahme auch das Ende der Hoffnung bedeutete, Gregor de Kooning heil und gesund nach Hause zu bringen? Musste das auch noch als einziges übrigbleiben unterm Strich: dass Gregor de Kooning tot war? Dass sie ihn nicht gerettet hatten? Obwohl zu keinem Zeitpunkt auch nur die geringste Chance bestand, ihn unversehrt zu befreien, auch wenn die pietätlose Inszenierung der Entführer das Gegenteil suggerierte!

Wenigstens wollte man möglichst schnell mit möglichst vielen Ermittlungsergebnissen aufwarten: am besten schon auf der für den Abend angesetzten Pressekonferenz, die ein Desaster zu werden drohte.

Also hatten sie Jan Horvath *ausgequetscht*. Besonders dieser Kommissar, Lubetzki, hatte in jedem noch so unverfänglichen Wort eine Öse gefunden, in die er einhaken konnte. Gott sei Dank wurde er zwischendurch abkommandiert, um der Familie de Kooning ein ganzes Bouquet fürchterlicher Neuigkeiten zu überbringen, vom Beileid zusammengebunden. Jan Horvath war froh, er hatte die Pause dringend nötig gehabt.

Anfangs hatte er geglaubt, Piontek und Schmitz heraushalten zu können. Nicht den Unfall natürlich, ohne den ließ sich weder der Besuch des Segelohrs, noch der von Gabriel erklären. Aber dass er die beiden Polizisten auf das, was im Wagen hinter ihm passiert war, aufmerksam gemacht hatte, meinte er, für sich behalten zu sollen. Nicht, weil er immer noch hoffte, sich mit den beiden zu arrangieren, und Verhandlungsmasse behalten wollte. Sondern weil es ihm, nach allem, was seither geschehen war, billig und unwürdig erschien, sie anzuschwärzen.

Auf alle Fälle hätte er nicht von sich aus angefangen damit. Allerdings brachte er es auch nicht fertig, Nein zu sagen, als ihn der Kommissar fragte, ob er denn den beiden Wachtmeistern nichts von seinen Beobachtungen anvertraut hätte. Anschließend hatte er auch den Restalkohol und den Fahrerlaubnisentzug gebeichtet. Ihm war klar, dass sie das Vergehen ohnehin binnen kürzester Frist in den Unterlagen entdeckt haben würden. Wie sollte er erklären, warum er das verschwiegen habe?

Oder witterten sie den geplanten Deal bereits? Warum hackten sie auf der anonymen Versendung des Fotos herum und wollten sich mit der immer wieder angeführten „persönlichen Scheu vor der Polizei" nicht abspeisen lassen?

Ein heikler Punkt blieb das, das war Jan Horvath klar. Wie sollte man plausibel machen, dass man zwar genügend Verantwortungsbewusstsein besaß, das Foto der Polizei zuzuspielen; andererseits aber, irgendwelcher unnennbarer Unannehmlichkeiten wegen, sich selbst und seine Beobachtungen – dass auf de Kooning geschossen worden war beispielsweise – derselben Polizei mit Bedacht vorenthielt?

Richtig zusammen passte das alles nicht, umso weniger, je länger man daran herumwackelte! Jan Horvath war nichts weiter übriggeblieben, als sich nach Kräften als Trottel hinzustellen, der zwei und zwei nicht zusammenzählen konnte. Der Kommissar nahm ihm seine verdrucksten Verwirrtheiten trotzdem nicht ab. Nicht mal ein bisschen!

Genau das hatte er sagen wollen mit seinem „Auf Wiedersehen!"

Jan Horvath ging in die Küche, um sich ein Bier zu holen, dann trat er ins Wohnzimmer. Ein umgekippter Bücherstapel zeugte noch von dem gestrigen Überfall. Es hätte alles schlimmer ausgehen können, weiß Gott. Doch seine Zerknirschung – dass er sich von der Polizei derartig durch die Mangel hatte drehen lassen – ließ keine Erleichterung aufkommen.

Mechanisch schichtete er die auf dem Boden verstreuten Bücher wieder auf. Nur was Anja anlangte, war er froh, ihre heimlichen Wohltaten und ihre Abhängigkeit von ihrem sie drangsalierenden kriminellen Bruder und seinem Kumpan gebührend herausgestellt zu haben. Vielleicht, hoffte er, wirkte sich das *strafmildernd* aus.

Das Bier in der Hand, trat Jan Horvath ans Fenster und sah hinaus. Ein Wagen, Jan Horvath konnte nur die Scheinwerfer erkennen, bog gerade in die Lerchenfeldstraße ein und bewegte sich auf ihn zu. Als er nur noch ein kurzes Stück von seinem Haus entfernt war, hielt er an und schob sich dann rückwärts in eine Parklücke.

Jetzt war die Straße leer, wie ausgestorben. Nur etwas bewegte sich: Am Haus gegenüber hatte der Wind – was sollte es sonst gewesen sein – eine der Planen, die vor das Gerüst gespannt waren, aus ihrer Befestigung gerissen; und dieses lose Ende schlappte jetzt hin und her.

Jan Horvath sah zu, wie es sich zuweilen aufblähte wie ein Segel, und wie es dann, plötzlich zurückgeschlagen, mit einem dumpfen, knatternden Geräusch wieder an das Gestänge klatschte, bis ein nächster Windstoß sich unter ihm verfing und es erneut aufblies und wegflattern ließ – wie ihm schien, genau im erschlafften, schleppenden Takt seiner Verzweiflung.

Fünfter Teil. Sonnabend

Ein gebrochener Mann

Damals, als die DDR binnen weniger Wochen in sich zusammenrutschte, war Armin Sylvester fröhlich mit den Zehntausenden Gleichgesinnter über den Ring marschiert, der die Leipziger Innenstadt umschloss. Er war sich sicher gewesen, dass jetzt bessere Zeiten anbrachen, für ihn und für alle – vielleicht nicht wirklich für alle, aber ganz sicher für ihn.

Er war gerade vierunddreißig, das war noch nicht zu alt für einen Neuanfang. Zumal, wenn man sich auf ihn freute: weil es vorbei war mit dem Grau des Alltags, mit den Erstickungsanfällen, den Lähmungserscheinungen; und mit den bürokratischen Verbohrtheiten und der wirtschaftlichen Unvernunft sowieso, die sich in der langwierigen Verwaltung von Engpässen zu Tode erschöpft hatte.

Dass sie Umstellungsschwierigkeiten haben würden, wenn sie jetzt aus ihren Gehegen krochen und ab sofort in freier Wildbahn für ihr Überleben sorgen mussten, war ihm klar. Er gehörte nicht zu denen, die sich vom Westen die lebenslange Fortzahlung des Begrüßungsgeldes versprachen. Kapitalismus war Kampf – der Schlauen gegen die Dummen, wie er dachte; und der Welt zu zeigen, dass er *mehr auf dem Kasten* hatte, als sie bis jetzt ahnte, hatte er schon lange Lust.

So sah er früher als andere, dass der „VEB Pumpenwerke", dessen Entwicklungsabteilung er leitete, vom Moment der Währungsunion an nur noch eine Altlast war, die Kosten verursachte, statt Gewinn abzuwerfen. Mehr noch, dass dem ostdeutschen Maschinenbau nicht die Zukunft gehörte, der ganzen Branche nicht. Er musste umsatteln, je früher, je besser – dahin, wo es boomte.

Nur *wo* boomte es? Im Bau? In der Mikroelektronik? Transport und Logistik? Für eine zuverlässige Prognose fehlten ihm Kenntnisse. Ernüchtert stellte er fest, dass es nicht genügte, allabendlich Westfernsehen gesehen zu haben. Während er sich mit Feuereifer daran machte, sein Englisch aufzupolieren, dachte er darüber nach, ob es nicht das Gescheiteste war, nach drüben zu gehen, sich Arbeit zu suchen und die Lage zu sondieren.

Und genau das hätte er auch tun sollen, sagte er sich später; eigentlich jedesmal, wenn er sein verpfuschtes Leben an sich vorüberziehen ließ. Auch jetzt, während er auf einem Landstraßen-Rastplatz mitten im Bergischen Land nach kurzem Wegnicken durchgefroren zu sich kam und nicht den geringsten Antrieb verspürte, seine Lehne gerade zu stellen und die Fahrt fortzusetzen.

Mit seiner verfluchten Gründlichkeit hatte er wieder einmal zu lange überlegt – so lange, bis es zu spät war. Denn bevor er die Ausarbeitung seiner neuen Lebensstrategie hatte abschließen können, war er ihnen schon in die Arme gelaufen, den beiden Halunken, die nie etwas anderes im Sinn gehabt hatten, als *abzusahnen*, solange es noch ging.

Nur hatten sie ihm das nicht gesagt.

Und er, Armin Sylvester, hatte es auch nicht gemerkt!

Im Spätherbst 1990 war das gewesen; wenige Wochen, nachdem der Einigungsvertrag in Kraft getreten war und der feierliche Beitritt von fünf aus dem Dunkel der Geschichte auferstandenen Bundesländern zur Bundesrepublik Deutschland offiziell jene „Stunde der Investoren" eingeläutet hatte, die den „wilden Osten" berühmt machen sollte.

Auch Knut Herburger und Sebastian Haag, zwei aus dem Mittelstand stammende Jungunternehmer aus dem Badischen – den Namen Rastatt hatte Sylvester, wie er zugeben musste, noch nie gehört – fanden es aufregend, ein paar Jahre lang Geld zu verdienen, wie es sonst leider nicht mehr ging in Mitteleuropa. Nämlich so:

In der Gemeinde Schmergesleben, ziemlich an der Grenze zwischen Sachsen und Sachsen-Anhalt und inmitten einer durch Braunkohletagebau fast flächendeckend entsiedelten Abraumhalden-Brache, unbeleckt von Rekultivierungsmaßnahmen, gab es einen alten Luftwaffen-Übungsplatz, der von den sowjetischen Luftstreitkräften übernommen worden war.

Schon als die Russen ihn noch nutzten, hatten sie sich um die voranschreitende Verwahrlosung des Geländes nicht geschert. Der Beton war marode, der Erdboden von Treib- und Schmierstoffen verseucht.

Nach ihrem Abzug aus Deutschland schien das Gelände der Verödung preisgegeben. Die Bundeswehr hob die Zähne. Und die Gemeinde wollte es nicht geschenkt. Nicht einmal einen lumpigen Gewerbepark wollte sie draufstellen, wie sich jedes anständige Dorf einen zulegte.

Doch dann, auf einmal, besaß es dank der Herren Herburger & Haag wieder eine Zukunft. Nämlich als Luftfracht-Umschlagplatz für Transatlantikflüge!

Alles an diesem Projekt war riesenhaft. Die Warenmengen, die vor und erst recht nach der Jahrtausendwende um den Erdball geflogen werden mussten, waren riesenhaft. Die Maschinen, die dieses Transportvolumen bewältigen konnten, waren riesenhaft. Die Start- und Landepisten, die Flughafen-Logistik, die Be- und Entlade-, die Umverteilungs- und Zwischenlagerungs-Infrastruktur würden riesenhaft sein.

Und die Kredite, die Herburger & Haag dafür benötigten, auch.

Zwei Argumente ließen sich nicht von der Hand weisen,

von niemandem. Erstens, es gab sehr viel Platz; das internationale Drehkreuz war, bei wachsendem Bedarf, nahezu unbegrenzt ausbaufähig. Zweitens, es gab sehr wenige Menschen. Die Genehmigungsverfahren würden folglich kaum durch Einsprüche lärmbelästigter Anwohner behindert werden, die sich mit dem Wertverfall ihrer Einfamilienhäuschen nicht abfinden konnten, kein Interesse an neugeschaffenen Arbeitsplätzen zeigten und von Nachtflugverboten träumten.

Nicht einmal Wald musste der Rodung zum Opfer fallen. Wald gab es hier sowieso keinen mehr.

Das Projekt brauchte kaum mehr als eine Skizze, um Anklang zu finden. Zwar hatte sich die Hausbank der Herren Herburger & Haag im ersten Moment geziert, doch als sogar die *Trantüten* von der regionalen Sparkasse mit einem 80-Millionen-Kredit vorführten, wie man *Nägel mit Köpfen* macht, waren sie im Geschäft. Die verbleibende Finanzierungslücke schlossen ein paar ehemals *volkseigene*, zwecks Ankurbelung des Aufschwungs gerade mit beiden Händen ausgereichte Förder-Millionen der „Treuhandanstalt".

Schmergesleben war schwer im Kommen!

Bedauerlicherweise konnte das viele Geld nicht direkt verschenkt werden, sondern blieb an Auflagen gebunden und Fristen. *Nur* auf dem Papier ihren Welthandels-Airport ins Leben zu rufen, davon hielt die Herren Herburger & Haag außerdem ihre Vorstellung von Ehrbarkeit ab. Sie selbst sahen sich ja nicht als Kapital-Verbrecher, sondern lediglich als wendige Schlaufüchse mit mutigen Einfällen und gewinnbringender Entschlusskraft.

Die Sache musste also tatsächlich aufgezogen werden; ein bisschen jedenfalls. Dafür brauchten sie jemanden, der sich darum kümmerte. Am besten jemanden, der daran *glaubte*, und sich darum kümmerte, *weil* er daran glaubte.

Und dann fanden sie ihn, ihren geborenen Geschäftsführer. Sie fanden ihn in Leipzigs berühmtestem, dazumal jedoch noch darniederliegenden Lokal, in „Auerbachs Keller".

Er saß an ihrem Tisch, war Ingenieur, gierte danach, sich beweisen zu können, und hieß Armin Sylvester. Sie schilderten ihm die Aufgabenfelder, um die es ging; sie nannten ihre Erwartungen. Er nickte verständnisvoll, wiegte den Kopf hin und her und versuchte, bedächtig zu wirken. Doch das Leuchten in seinen Augen verriet ihn. Er würde *anbeißen*. Er hatte schon angebissen.

Tags darauf hatte Sylvester gekündigt, richtiger: um einen Aufhebungsvertrag zum Jahresende gebeten, da er die Zeit bis zum Ende der Kündigungsfrist nicht sinnlos versitzen wollte.

Die Kollegen, die das Gespenst der Arbeitslosigkeit am Horizont auftauchen und mit jovialer Unverfrorenheit auf sich zu tänzeln sahen, sich einstweilen aber daran hielten, dass sie nicht an Gespenster glaubten, wussten nicht, ob sie ihn bewundern oder bemitleiden sollten. Die Kaderleiterin – damals gab es sie alle noch, die Kaderleiter, BGL-Vorsitzenden und Parteisekretäre – fragte ihn mit sorgenvoller Miene, ob er sich das nicht lieber noch ein paar Tage überlegen wolle.

„Das habe ich mir schon ein paar *Jahre* überlegt", sagte Sylvester und ging.

Der Markt rief, und Sylvester *hörte die Signale*. Noch stand der Schritt in die Selbständigkeit aus; noch war er nicht Unternehmer, sondern bloß bestallter Geschäftsführer, der Gehalt bezog (kein schlechtes Gehalt übrigens, für die Verhältnisse damals und einen *Zoni* wie ihn). Doch der Geist, der ihn umtrieb, der ihn auf Hochtouren laufen und sich dabei noch an seinem Leistungsvermögen und seiner täglich auf die Probe gestellten Belastbarkeit erquicken ließ, das war bereits der Geist der Gründerväter, der Pioniere, der rasanten Aufsteiger, für die ihre erste Million auch die schwerste gewesen war – genau wie für ihn.

Vier Jahre lang galoppierte er allen davon. Die Autos, die Anzüge, die Lokale, in denen er verkehrte, schienen es zu bezeugen. Als Anja vom Geraer Theater entlassen wurde und nirgends unterkam, gab er ihr Geld, damit sie sich in ihren Friseur-Salon einkaufen konnte. Als Ralle auf der Straße saß, stellte er ihn bei sich ein: als seinen Fahrer. Das durfte er. Da waren sie nicht so, die Herren Herburger & Haag.

Doch da hatte er sie schon längst gespürt, die kalte Kralle des Zweifels; sie schloss sich um sein Herz, als wolle sie es am Weiterschlagen hindern. Das Projekt, aktenordnerdick, humpelte immer noch durch die bundesdeutsche Verwaltungsbürokratie und verbrauchte Papier für Berechnungen, Anträge, Begründungen und Einsprüche – Papier, aber bis jetzt noch keinen einzigen Kubikmeter Beton.

Und das sollte, wie aus Rastatt jedes Mal zu vernehmen war, wenn er unruhig zu werden drohte, wirklich kein Anlass zur Sorge sein?

Das Aus kam ebenso wenig förmlich, wie es der vielversprechende Beginn einst gewesen war: im Zeichen einer Tischplatte, die man nur anzubohren brauchte, und schon sprudelte Wein aus ihr hervor. Das Firmenvermögen sank unter das Kreditvolumen, die Deckung schwand, der Konkurs kam. Die Liquidation enthielt, nicht ganz legal, in Anerkennung seiner Verdienste eine kleine Abfindung für den Geschäftsführer. Ansonsten hatte der Markt es zwar in bewährter Weise gerichtet, aber leider anders als erhofft. Da wischte man sich die Tränen aus den Augen und orientierte sich um. Kein Problem für ein helles Köpfchen wie ihn!

Leider doch. Noch machte ihm der soziale Abstieg nicht zu schaffen, noch drückte er erst sachte durch die Polster hindurch – doch Sylvester war ein gebrochener Mann.

Hätte er Frau und Familie gehabt, und es hätte sich herausgestellt, dass ihn die Frau in seinem Bett seit Jahren mit seinem besten Freund und darüber hinaus mit allem, was einen Schwanz zwischen den Beinen hatte, betrog, und dass seine beiden Kinder andere Väter hatten, jeder einen anderen, keiner von beiden aber ihn, hätte die Enttäuschung nicht größer sein können.

Nicht wegen den beiden niederträchtigen „Aufbau Ost"-Abstaubern, deren Müllverbrennungsanlagenbau-Bude im heimatlichen Rastatt endlich expandieren konnte, nein. Wer ihn *verraten* hatte, ihn, ihren treuesten Anhänger, das war die *freie Wirtschaft*.

Sie hatte ihn fallenlassen. Sie hatte ihn fallenlassen, wie man sich einen Krümel von der Fingerkuppe schnipste, nachdem er von einem beiläufigen Blick bemerkt worden war.

Die Depression, die Sylvester krank machte, dauerte mehr als ein Jahr. Dann ging es halbwegs wieder. Er fühlte sich zehn Jahre älter, doch in Wahrheit war er erst vierzig. Bis zur Rente hatte er noch fünfundzwanzig Jahre zu überstehen.

Unglücklicherweise waren in der zweiten Hälfte der 90er Jahre die ostdeutschen Ingenieure noch weniger gefragt, als sie es in der ersten Hälfte gewesen waren: Die Entindustrialisierung bewies Nachhaltigkeit. Er bekam keine Arbeit, machte eine Umschulung, bekam trotzdem keine Arbeit. Zweimal ein Jahr ABM; eins davon als Hausmeister in einem ökopädagogischen Zentrum der Evangelischen Kirche. Fast hätte er Hoffnung geschöpft. Aber eine reguläre Stelle hatte die Diakonie nicht zu bieten.

Er zog in die Mainzer Straße, zwei Zimmer im Hochhaus. Er machte sich klein: klein genug, damit er in die Abstellkammer passte. Die Vorräte waren erschöpft, die Einkünfte auf dem Minimum angelangt. Er studierte die Zeitung und leistete sich einen schnellen Internetzugang, sein einziger Luxus. Fast jeden Tag spielte er Schach, gegen den Computer oder mit sich selbst. Wenn er betrunken war, erzählte er Anja und Ralle manchmal von seiner großen Zeit, als er noch auf die Flugzeuge wartete, die sich als schwere Schatten auf die lichtergesäumte Landebahn senken, ihre Hecks aufklappen und Kühlcontainer mit norwegischem Lachs ausspucken würden, der wenige Stunden später auf dem Weg in die Supermärkte und Seafood-Ketten Nordamerikas war. Und die kleine Schwester und der älteste Freund lauschten andächtig, als hörten sie das alles zum ersten Mal.

Immerhin war ihm noch einmal ein Lichtblick vergönnt. Seit Anja die Idee aufgebracht hatte, den *stinkereichsten* Mann der Umgebung kurzzeitig aus dem Verkehr zu ziehen, um ihn auf diese Weise zu bewegen, ihnen von seinem vielen Geld etwas abzugeben, hatte er tatsächlich noch einmal *ein Projekt auf dem Reißbrett.*

Ein etwas anrüchiges Projekt natürlich, wie Sylvester fand. Doch hielt er sich vor Augen, dass es eigentlich ein Geschäft war, das sie vorhatten; ein Geschäft zum beiderseitigen Vorteil. Für die *Peanuts,* die er ihnen vermachen sollte, würde Gregor de Kooning nämlich eine eigentlich unbezahlbare Erfahrung erwerben: die, dass der Osten längst nicht so gedemütigt, ohnmächtig, kastriert und ungefährlich war, wie de Kooning glaubte und die Welt glauben machen wollte.

Ein reichliches Jahr hatte sich Sylvester für die Vorbereitungen gegönnt. Bis in alle Einzelheiten hatte er sich vorgestellt, wie alles ablief; so genau, dass es ihm manchmal vorkam, als habe er es bereits erlebt und erinnere sich nur daran, wie es gewesen war. Und das war ohne Zweifel das Beste daran; das Beste, was er gehabt hatte.

Wie sie ihn hatten aufspüren können, am frühen Sonnabendmorgen und mitten im Bergischen Land, konnte er sich nicht erklären. Doch als der dunkelblaue Passat, der schon eine Weile hinter ihm fuhr, ihm auch nach mehreren Abbiegemanövern noch folgte, wusste er, dass sie ihm auf den Fersen waren.

Er fuhr so schnell, wie es die Bodenverhältnisse erlaubten; es nieselte wieder. Der Passat folgte ihm gleichmütig, ohne dass er Anstalten gemacht hätte, ihn zu stellen. Vielleicht war es ja doch ein Zufall?

Sylvester sah die Straße entlang, die auf halber Höhe einem langgestreckten Hang folgte. Er sah sie als grau schimmerndes Asphaltband vor sich liegen, glänzend vor Nässe, als in der noch weit entfernten Kurve ein Wagen auftauchte, sich quer stellte und die Fahrbahn blockierte. Er bremste scharf, hielt an, zerrte die Tasche über den Beifahrersitz zu sich hoch und verließ den Wagen. Er sprang in den Graben und zog sich, an Grasbüscheln Halt suchend, auf der anderen Seite die Böschung empor. Dann lief er über die Wiese, bergab, die Tasche an seine Brust gepresst.

Vier Polizisten rannten hinter ihm her.

Wo der Hang flacher wurde, begann ein Acker, den weiter unten ein Wald begrenzte. Die Nässe hing über der Erde wie Dampf. An manchen Stellen stand Wasser. Sylvester stolperte über die Schollen, auf das Wäldchen zu. An seinen Sohlen klebte der Untergrund fest, große Batzen, die immer größer wurden. Zur Seite austretend, schlenkerte er die Beine, so gut er konnte, ohne stehenzubleiben. Doch wenn sich auch ab und zu ein festgebackener Fladen löste und durch die Luft flog, hatte er nach wenigen Schritten bereits wieder einen Klumpen Matsch unter dem Schuh, schmierig, zäh und schwer wie Blei.

Sylvester blieb schwer atmend stehen. Den Polizisten ging es nicht anders, auch ihnen wuchsen Kothurne aus Lehm unter den Füßen; und einer von ihnen rutschte aus und fiel in den Matsch. Er hörte ihn fluchen; und als er an sich hinuntersah und seine Schuhe inspizierte, dachte er: Was für ein Witz!

Darauf lief nun alles hinaus. De Koonings Entführung, seine Flucht, das Ausbügeln der Pannen. Dass er hier, vierzig oder fünfzig Kilometer vor Köln, auf einem Acker stand und sich die Schuhe einsaute!

Er wandte sich wieder den Polizisten zu und beobachtete, wie sie näher kamen. Der Regen lief ihm übers Gesicht und am Hals zum Kragen herein. Ob auch das Geld in der Tasche schon nass war? Die Vier nahmen Aufstellung, als gälte es, sein Entkommen auf *Gedeih und Verderb* zu verhindern. Dabei bewegte er sich doch gar nicht mehr!

Zufrieden hörte er ihren Atem, der schnell ging, und beobachtete vor ihren Mündern die hellen, zerflatternden Wölkchen aus Luft.

„Armin Sylvester?", keuchte der, der vorhin hingefallen war.

„Ja?"

„Ich verhafte Sie wegen des Verdachts – "

„Ich weiß", winkte Sylvester ab.

Er nickte still und stellte die Tasche auf den Boden. Dann legte er die Hände an den Gelenken zusammen und hob sie dem Uniformierten entgegen. Doch da sich der Federhaken nicht wie vorgesehen aufdrücken ließ, es musste sich bei dem Sturz etwas verklemmt haben, bekam der Beamte die Handschellen nicht vom Gürtel gelöst. Ärgerlich ruckte er an ihnen herum, bis ein Kollege hinter ihn trat, sich bückte und ihm half.

Sylvester wollte nicht ungeduldig werden, doch die ausgestreckten Arme wurden ihm schwer. Als er sie sinken ließ, packten ihn die beiden anderen Männer und rissen sie wieder hoch.

Zuerst begegnet, daran erinnerten sich beide, waren sich Jenny de Kooning, damals noch Jenny Aichinger, und Gregor de Kooning auf einer studentischen Jeder-bringt-etwas-zu-essen-mit-Party, wie sie in jenen Jahren praktisch jeden Abend irgendwo stattfand. Mitten im Gewühl hatte sie ein Lachen herumfahren lassen. Auch sie selbst lachte viel, und es war leicht, sie zum Lachen zu bringen – nur bei derartigen Gelegenheiten nicht, wenn sie sich fremd fühlte und aufpassen musste, dass sie nicht den ganzen Abend, zu viele Zigaretten rauchend, herumstand.

Der Junge hinter ihr kannte solche Hemmungen offensichtlich nicht. Alle um ihn herum lachten, die ganze Gruppe, aber keiner sonst ließ sich so *durchschütteln* von seinen Lachsalven, bis er nach Luft rang und die Hände auf die Rippen presste – ob es nun peinlich wirkte oder nicht.

Jenny beobachtete ihn mit einem Anflug von Neid. Gern hätte sie gewusst, worüber da drüben so gelacht wurde. Später dann, Stunden später, hatte sie das Gefühl, er habe zu ihr herübergesehen. Hatte sie ihn angestarrt, vorhin? War sie ihm deshalb aufgefallen? Die Vorstellung war ihr unangenehm, und als sich ihre Blicke kreuzten, sah sie schnell weg.

Auch als die – ziemlich *angeschickerte* – Ira sie nachher unbedingt einander vorstellen musste, hätte sie am liebsten weggesehen; und nur die Angst, jetzt auch noch als arrogante Ziege dazustehen, hielt sie davon ab.

„Gregor", sagte er.

„Jenny", sagte sie.

„Ein Freund von Stefan", fügte er hinzu, um noch etwas zu sagen.

„Eine Freundin von Ira".

Zwei Wochen später sahen sie sich wieder, zufällig. Gregor begleitete auf Wunsch seines Vaters mehrere japanische Manager in die Alte Pinakothek. Begeistert von derartigen Aufträgen war er nicht, beugte sich aber der Einsicht, dass die Japaner, eine ganze Konzernspitze, die familiäre Betreuung zu schätzen wussten. Gelangweilt schritt er mit ihnen durch die Hallen: acht freundlich lächelnde Herren – alle in den gleichen dunkelblauen Anzügen, alle die Lautsprecherbox mit dem Museumsführer am Ohr.

Im Saal mit der deutschen Renaissance-Malerei trafen sie auf eine zweite Gruppe. Sie hatte vor Dürers Selbstporträt Aufstellung genommen und lauschte den Ausführungen einer Museumspädagogin, die neben dem Bild stand und auf die angesprochenen Details zeigte: die Mittelachse, den Zeigefinger, die Signatur.

Irgendetwas ließ Gregor näher treten – vielleicht hatte er sich an ihre Stimme erinnert. Er reckte den Hals, dann erkannte er sie.

Es war das Mädchen von neulich Abend. Es war *Jenny*.

Er sah sich nach den Japanern um, doch die waren beschäftigt. Geduldig absolvierten sie Bild um Bild, in kunsthistorische Erläuterungen verstrickt und in der Reihenfolge, die der Audioguide vorsah.

Dass sie hübsch war, diese Jenny, mit ihren runden Augen, dem flachen, aufgeräumten Gesicht unter unaufwendig gescheiteltem Haar, hatte er letztens schon gesehen. Aber jetzt fiel ihm noch etwas anderes auf … etwas, was man Lebhaftigkeit nennen konnte, Esprit, Herzenswärme oder Charme. Ein schalkhafter Zug um die Mundwinkel, ein durchtriebener Blick. Wieso in Gottes Namen war sie ihm „ein bisschen mütterlich" vorgekommen?!

Er schob sich ein Stück vor, um sie besser sehen zu können. Oder wollte er sich bemerkbar machen?

Eine Dame, eine, die ihren Platz um sich brauchte, fühlte sich jedenfalls durch sein Gedrängel gestört und wies ihn zurecht. Von der Unruhe irritiert, sah Jenny nach, was da hinten los war. Da entdeckte sie ihn. Sie schluckte und hoffte inständig, nicht rot zu werden, wurde es aber doch.

Dass Dürers Selbstporträt zu jeder Führung gehörte und sie das Bild schon öfter, als ihr lieb war, wildfremden Leuten ans Herz hatte legen müssen, erwies sich jetzt als Vorteil. Sie fand ihren Faden und hielt sich daran fest. Gleichzeitig war es ihr lästig, dass er, Gregor, zuhörte, wenn sie ihre vorfabrizierten Sätze vom Stapel ließ, als habe er sie bei etwas ertappt, was sie lieber vor ihm verborgen hätte.

Inzwischen waren auch die Japaner bei Dürers „Selbstbildnis im Pelzrock" angelangt. Höflich hielten sie sich im Hintergrund, doch Gregor sah sich genötigt, seinen mühsam eroberten Platz aufzugeben und zu den Gästen aus Fernost zu treten. Da setzte sich der Trupp, der das Bild verstellt hatte, in Bewegung. Als habe *er* die Räumung veranlasst, lud er seine Gefolgschaft mit ausholenden Armbewegungen ein, näherzukommen – während er gleichzeitig Jenny, die an ihm vorbei wollte, den Weg vertrat.

„Kennst du mich noch?"

„Klar."

Und diesmal, es ging gar nicht anders, verknoteten sich ihre Blicke, bevor Jenny etwas verlegen auf ihre Gruppe, er auf seine Japaner zeigte.

„Und in einer Stunde? In der Cafeteria?"

„Okay."

Und schon stolperte Jenny ihrer führerlos gewordenen Schar hinterher. Gregor aber, aufgeregt wie vor dem ersten Rendezvous seines Lebens, sah Albrecht Dürer in die den unbekannten Betrachter starr und undeutbar anblickenden Augen. Sie kamen ihm auf einmal sehr hell vor, sehr blau; und er wusste nicht, warum ihm das noch nie aufgefallen war.

In der Cafeteria hatten sie nicht viel Zeit, beide nicht. Es

332

reichte für einen Kaffee; für die Richtigstellung, dass sie keine Museumsangestellte war, sondern Kunstgeschichte studierte und diesen Job ihrem Professor verdankte, um sich etwas dazuverdienen zu können. Es reichte auch für eine Verabredung zum Essen, in die Jenny einwilligte, weil Gregor nicht locker ließ und seine Wissenslücken – Dürer, die Renaissance und die restliche bildende Kunst betreffend – so zerknirscht beichtete, dass man sich diesem bösen, bösen Nachholbedarf schlecht verweigern konnte.

Da erfuhr sie dann auch, wer er war. Als sie seinen Namen hörte, hatte sie gestutzt: „De Kooning? Wie dieser Elektronik-Fritze?" Und Gregor hatte, um Erbarmen bettelnd, mit den Schultern gezuckt und den Mund breit gezogen, während ihr ein unwillkürliches „O Scheiße" entfuhr.

„Schlimm?", hatte Gregor gefragt.

„Geht so", hatte sie gesagt, und so tief Luft geholt, wie sie konnte.

Dass sie dabei war, in eine Welt unvorstellbaren Reichtums zu treten, war ihr nicht gleich klar geworden. Nicht, als sie Gregors Eltern vorgestellt wurde, obschon es, aus anderen Gründen, ein denkwürdiger Abend war. Das war in einem Restaurant, natürlich in einem, in das sie sich sonst bestimmt nicht verirrt hätte, ohne diese Einladung, die sich nicht ausschlagen ließ.

Dafür waren ihr Paula und Walter de Kooning dann überraschend irdisch vorgekommen. Dankbar registrierte sie, dass sie achtgaben, es ihr leicht zu machen mit ihnen. Jedenfalls war die Anspannung des Anfangs schnell gewichen, und sie alle hätten die unerwartete Unbefangenheit bis zum Ende ausgekostet, wenn Walter de Kooning zu fortgeschrittener Stunde nicht ans Telefon gebeten worden wäre.

Als er zum Tisch zurückkam, sah man ihm die Entgeisterung an.

„Wisst ihr, was in Berlin los ist?", hatte er in die Runde gefragt. „Die Mauer ist auf."

Lange geblieben waren sie dann nicht mehr. Alle wollten nach Hause, vor die Fernseher. Und Champagner getrunken hatten sie auch vorher schon.

Walter de Kooning, der als erster die Fassung wiedererlangt hatte, sah auch als erster die Dimension der Veränderung, die jetzt einsetzen würde. „Das ist die Wiedervereinigung!" Er legte Gregor die Hand auf den Arm. „Und siebzehn Millionen wollen endlich Westradios und Westfernseher kaufen."

„Nur brauchen sie dafür leider Westgeld."

„Das werden sie kriegen, mein Sohn."

„Und woher?"

„Woher wohl. Von uns."

„Aber vielleicht will die Bundesrepublik das gar nicht. Oder kann es nicht."

„Ja, wahrscheinlich kann sie es nicht. Aber", er zuckte die Schultern, ganz wie sein Sohn es oft tat, „aber sie muss."

Nicht einmal, als sie das erste Mal die de Koonings zu Hause besuchte, hatte Jenny begriffen, worauf sie sich einließ; überrascht von der Grünwalder Villa, die sich als kubisch verschachtelter Mario-Botta-Bau aus den späten siebziger Jahren entpuppte. Nie hätte sie mit so viel Moderne und so wenig Bayern gerechnet – zur Freude ihrer Schwiegermutter in spe, die es genau so hatte haben wollen. Und Walter, der sich für Architektur nicht interessierte, hatte es ihr gegönnt.

Wohin sie geraten war, Tochter von Eltern, die mit ihrer Wein- und Delikatessenhandlung einen Ruf hatten in Bad Tölz und Umgebung, wurde ihr erst ein paar Monate später bewusst – hier in diesem Haus. Am Abend zuvor war sie mit Gregor in der Philharmonie gewesen, Yehudi Menuhin dirigierte die „Brandenburgischen Konzerte", die sie so liebte. Sie hatte Mühe gehabt, nicht zu zerfließen, als sie den weißhaarigen Herrn mit den dunklen, verträumt lächelnden Augen die Musik herauswinken sah aus den Geigen und Flöten, dem einen hell jubelnden Horn.

Und dann, vierundzwanzig Stunden später, sollte es auch bei den de Koonings Musik geben: mit der Tochter von Freunden, fünfzehn und eine Ausnahmebegabung. Jenny, spät dran, stürmte ins Haus … und als sie sich in der Eingangshalle nach Gregor umsah, ging neben ihr die Toilettentür auf und ein Mann trat heraus, den sie sofort erkannte und den sich nur nicht glauben konnte.

Aber er war es.

Er wirkte älter jetzt, zierlicher. Aber es waren seine Augen, es war sein Lächeln, auch wenn er statt Frack jetzt einen Rollkragenpullover trug und ein Manchesterjackett.

Sie musste ihn angestarrt haben wie einen Geist. Als Gregor sie an ihren Platz zog, weil es losgehen sollte, saß er schon da, Sir Yehudi, zwei Reihen vor ihr, ein Stück zum Fenster hin.

Später beobachtete sie ihn und das Mädchen, wie sie miteinander fachsimpelten, ohne sich stören zu lassen, auch nicht von einem Ministerpräsidenten. Wenn sie seine Miene, seinen zum Singen aufgerissenen Mund richtig deutete, dann erklärte er ihr etwas. Lenkte ihre Aufmerksamkeit auf eine bestimmte Stelle, verriet ihr eine Art Kniff.

Ein reichliches Jahr später hatten sie dann geheiratet, Gregor und sie. Aus Jenny Aichinger war Jenny de Kooning geworden. Einige Zeit danach, er hatte sein Studium abgeschlossen und *war jetzt so weit*, trat Gregor offiziell seine Position in der Firma an. Da war sie schon schwanger. Dann wurde ihre Tochter geboren.

Zwei Monate vor Helens zweitem Geburtstag gingen sie nach Leipzig, wie sie es geplant hatten, als Gregor den Aufbau der Niederlassung durchsetzen konnte. Hätten sich die Restaurierungsarbeiten an dem Schlösschen nicht so lange hingezogen, wären sie schon eher gegangen.

Bereut hatten sie es nie, bis jetzt.

Jetzt war Helen sechs, und Gregor war tot.

Glückes Geschick

Jan Horvath fuhr mit dem Bus in die Siedlung. Zum ersten Mal kam er zu Fuß um die Ecke, an der er sonst manchmal unwillkürlich verweilte und die Straße entlang sah, abgestoßen und angezogen, mit verächtlichem Befremden und wehmütigem Neid.

Heute, am frühen Sonnabendnachmittag, waren die Häuser und Gärten belebter als sonst. Die Leute ließen sich nach draußen locken und bereiteten sich auf den Frühling vor. Am Himmel dickleibige Wolkenungetüme, doch trieb sie der Wind schnell weiter. Durch die Löcher, die zwischen ihnen aufrissen, fiel manchmal Sonne.

Wo sie einen traf, wärmte sie bereits.

Ein Gespräch wie das, zu dem sich die ehemalige Familie Horvath zusammengesetzt hatte, fand seinen Weg nicht von selbst. Schon gar nicht, wenn es als Geplauder bei Kaffee und Kuchen begann, um nicht gleich alles unter Krampf und Förmlichkeit zu ersticken. Jan Horvath hatte sich gerade gefragt, wo eigentlich dieser Lukas steckte – ob er sich auch am Wochenende in den deutschen Bundesländern herumtrieb, um armen Ärzten pharmazeutische Produkte aufzuschwatzen, oder ob er angewiesen worden war, sich unsichtbar zu machen, und still versteckt in den oberen Räumen hockte –, als Ute ihre Tasse zurechtrückte und ankündigte, zur Sache kommen zu wollen.

„Kann ich vorher noch etwas sagen?", fragte Jan Horvath.

„Sicher", erwiderte Ute und rief ihre Ungeduld zur Räson.

Jan Horvath berichtete, was geschehen war; angefangen vom Dienstagmorgen und dem verhängnisvollen Blick in den Rückspiegel. Er kam auf den Unfall. „Jan", mahnte Ute, „das ist uns alles klar. Worum es geht, ist, dass ich auch dann, wenn dein Auto wieder instandgesetzt ist – "

„Lass ihn doch erstmal ausreden", sagte Flo.

„Selbstverständlich". Ute presste die Lippen aufeinander.

Jan Horvath näherte sich ein wenig umständlich dem Alkoholtest. Dann jedoch gestand er ohne Umschweife dessen Ergebnis, sowie den dem betrüblichen Befund auf dem Fuße folgenden Führerscheinentzug – um anschließend Ute mit einem schnellen „Es ist aber nicht so, wie du jetzt denkst" zuvorzukommen.

„Ach nein?", fragte sie, während sie sich in ihrer Meinung über Jan Horvath bestätigt sah.

„Nein", sagte er tapfer. „Ich hatte die begründete Hoffnung, den Führerschein ganz schnell wieder zurückzubekommen."

„Deshalb das Taxi am Mittwoch", hakte Flo ein.

„Deshalb das Taxi, ja", bestätigte Jan Horvath.

„Darf man auch wissen, *worauf* deine Hoffnung gegründet war?", erkundigte sich Ute.

„Ihr dürft es aber niemandem erzählen", hob Jan Horvath beschwörend die Stimme, „darauf verlasse ich mich."

Er berichtete von dem Angebot der beiden Polizisten und von der Bedingung, die daran geknüpft war. Eine Bedingung, die er nach reiflicher Überlegung nicht habe annehmen können – „Sonst wäre ja genau ich es gewesen, der de Kooning im Stich gelassen hat".

„Das heißt, du hast die Fahrerlaubnis auch nicht wiedergekriegt", schlussfolgerte Ute.

„Nein."

„Das heißt, du hast keine, und du kriegst auch keine, bis sie dir irgendwann erlauben, den Idiotentest zu machen – ich frage nur, ob ich alles richtig verstanden habe."

„Scheiße", entfuhr es Flo.

„Flo!", ermahnte sie ihr Vater, aber es klang sehr hilflos.

„Auch gut ... das vereinfacht vieles", ergriff Ute das Wort, nachdem sie einen Moment lang nachgedacht hatte. „In diesem Fall bin nämlich gar nicht ich es, die diese elende Fahrerei satt hat und sie abschaffen will, sondern du *hast* sie bereits abgeschafft. *Die Weichen sind gestellt.* Täusche ich mich, oder kennen wir so etwas schon? – Flo, es wird dir nicht gefallen, aber ich möchte dich doch bitten, das zur Kenntnis zu nehmen."

„Es tut mir leid, Flo", sagte Jan Horvath. „Es tut mir wahnsinnig leid."

Flo sah zu Boden.

Er hätte sie gern in den Arm genommen, aber das wagte er nicht.

„Eine Frage hätte ich allerdings noch", sagte Ute, „bevor wir auf die nächsten praktischen Schritte kommen. Wenn ich jetzt nicht irgendetwas verpasst habe, dann hast du seit Dienstag keine Fahrerlaubnis mehr. Wie, frage ich mich, bis du dann am Donnerstag hergekommen, um Flo abzuholen?"

„Wie wohl", fing Jan Horvath an, laut zu werden, obwohl er sich sofort dafür schämte. „Ich bin einfach gefahren."

„Ohne Fahrerlaubnis?"

„Jaaa." Jan Horvath fand sie unbarmherzig, so unbarmherzig, wie die alte Ute nie gewesen war.

„Du bist verrückt", stellte Ute fest.

„Vielleicht willst du mich ja anzeigen."

„Du bist einfach verrückt."

„Was sollte ich denn machen?! Sag mir das!"

„Weniger trinken zum Beispiel. Ich frage mich sowieso,

wie viel man sich abends einhelfen muss, um am nächsten Tag früh um neun immer noch ein halbes Promille im Blut zu haben."

„Das tut doch jetzt nichts zur Sache."

„Ich finde doch. Und ich finde, dass es verdammt unverantwortlich von dir war, mit unserer Tochter durch die Gegend zu kutschen, wenn du noch derartig einen in der Rübe hast."

Jetzt wurde auch Ute laut; allerdings nur so viel, dass niemand den Eindruck haben konnte, sie verlöre die Fassung. „Ich bin wirklich froh, dass das jetzt vorbei ist. Wahrscheinlich hätte ich mich nie darauf einlassen dürfen. Es sind diese Inkonsequenzen – " Weiter kam sie nicht, denn Flo hatte den Kopf gehoben und sah sie mit einem Blick an, der sie aus dem Tritt brachte.

„Du hast es versprochen", sagte Flo, mit trockenem Hals.

„*Was* habe ich versprochen?", fragte Ute.

„Dass ich in meiner Schule bleiben kann."

„Ja, das habe ich versprochen. Aber inzwischen ... es geht nicht. Du hast doch gehört, dass es nicht geht. Flo! Dein Vater – "

Flo kamen die Tränen. „Wenn ich das gewusst hätte, wäre ich nie mitgezogen mit dir. Nie!"

„Aber Flo, was soll *das* denn jetzt." Ute bemühte sich um einen beruhigenden Tonfall, konnte indessen schlecht verhehlen, dass sie das ganze Theater unpassend fand. „Bei Papa wolltest du doch wohl nicht bleiben."

„Du!", schrie Flo. „Du wolltest bei Papa nicht bleiben!"

„Flo, bitte", sagte Ute scharf, entschuldigte sich aber sofort. Sie legte ihr den Arm um die Schulter, doch Flo schüttelte ihn weg. Manchmal zitterte noch ein Schluchzen durch ihre Kehle, doch ihre Stimme klang trotzig und fest. „Mach, was du willst. Aber ich bleibe in meiner Schule. So, wie es ausgemacht war."

Ute holte tief Luft. „Meinetwegen. Wenn du eine Lösung weißt, wie das gehen soll. *Ich* kann dich jedenfalls nicht fahren."

Flo zuckte die Schultern. „Dann ziehe ich eben zu Papa."

Alle drei saßen in ihren Sesseln, ohne sich anzusehen. Es war still. Sie hörten sich nicht einmal atmen.

„Aha", zog Ute die Nase hoch, nachdem sie es geschafft hatte, sich dazu durchzuringen, das Ganze als Spaß zu nehmen oder als leere Drohung. „Na, der wird sich freuen."

„In der Wohnung ist doch ganz viel Platz", wandte sich Flo an ihren Vater. „So viel brauchst du doch gar nicht, Papa. Ich gehe einfach in mein altes Zimmer. Und viel kümmern musst du dich auch nicht um mich, ich bin sehr selbständig. Und am Wochenende ... am Wochenende kann ich ja hierher kommen, zu Mama."

„Flo", fing Ute an, und ihre Stimme verriet, wie ernst es ihr war. „Flo, das ist nicht fair jetzt."

„Papa?"

Jan Horvath schluckte, er wusste nicht, was er sagen sollte; nicht einmal ansehen konnte er Flo.

„Kann ich nicht zu dir ziehen? Bitte – !"

„Natürlich ...", sagte Jan Horvath. „Natürlich kannst du zu mir ziehen, Flo, aber Mama ... du weißt ja ... Wir müssen das mit ihr klären. Sie muss damit einverstanden sein."

„Hast du gehört, Mama?"

„Was?", fragte Ute, die steif und abwesend in ihrem Sessel saß. „Was habe ich gehört?"

Flo verdrehte die Augen. „Dass du einverstanden sein sollst."

„Ach, dass ich einverstanden sein soll ... Und womit? *Womit* soll ich einverstanden sein?" Die Farbe, die aus ihrem Gesicht gewichen war, kehrte mit einem Schlage zurück. „Damit, dass dein Vater, der immer nur zugesehen hat, wo er selbst bleibt, er und sein ‚kreatives Potential' natürlich, der uns sitzengelassen hat, weil er diese Zicke ... dem sie wichtiger war als seine Familie, der mit seinem Leben nicht zurecht kommt, der betrunken Auto fährt, mit dir, dass der jetzt mir nichts, dir nichts hier aufkreuzt und dich wegholen will von mir, damit soll ich einverstanden sein? Schlag dir das aus dem Kopf, Flo! Schlag dir das ein für alle Mal aus dem Kopf!"

Ein Weinkrampf schüttelte sie.

Flo und ihr Vater schwiegen betreten.

Schließlich ging Flo zu ihr, hockte sich vor sie hin und nahm ihr Gesicht in beide Hände. Leise sagte sie: „Aber ich bin nicht dein Eigentum, Mama."

„Aber mein Kind!", schrie Ute, packte Flos Kopf und zog ihn an ihre Schulter. „Mein Kind bist du!"

„Klar doch", sagte Flo. „Das bin ich. Und das bleibe ich. Überall und immer."

Jan Horvath fragte sich, ob er die beiden einen Moment allein lassen sollte, überlegte es sich dann aber anders.

„Ute ... eigentlich ist doch Flos Vorschlag gar nicht so dumm."

„Sei du bitte still, ja!"

Jan Horvath sah zu Ute, die ihn zornig anfunkelte, doch statt zurückzufunkeln, legte er die Hände aneinander und sagte mit einer Festigkeit, die er selber nicht kannte an sich:

„Nein, Ute, das bin ich nicht. Und das muss ich auch nicht sein.

Ob ich der Versager bin, als den du mich hinstellst, oder vielleicht nur schwach und nachgiebig und wenig überzeugt von mir; ob ich ein guter Mensch bin oder ein schlechter, ein guter Vater oder ein schlechter – das alles kann ich nicht sagen. Wer weiß so etwas schon.

Aber eins weiß ich – ich weiß, das ich Flo lieb habe, genau wie du. Und genau wie du will ich, dass sie es gut hat. Und ich glaube sogar, eigentlich weißt du das auch.

Also hör bitte auf, mit deinen tiefen, tiefen Gefühlen allen ein schlechtes Gewissen machen zu wollen; zuerst mir und jetzt auch noch Flo. Sie tut dir nichts Böses an, wenn sie zu mir zieht, weil sie dann zu Fuß in ihre Schule gehen kann. Warum also stellst du dich hin, als müsstest du dir jetzt den Strick nehmen? Um sie damit zu erpressen?

Flo wird es bei mir nicht weniger gut haben als bei dir. Und außerdem können wir ja erst mal bis zum Sommer gucken, wie das geht. Mit Flo und mir, mit Flo und dir, und überhaupt."

Alle drei starrten vor sich hin.

„Bis zu den Ferien, meint ihr?", fragte Ute nach einer Weile.

„Warum nicht?", sagte Jan Horvath.

„Das sind noch drei Monate."

„Ein guter Zeitraum für einen Probelauf, finde ich."

„Und du, Flo, fändest du das okay? Mit dem Test?"

„Aber zwei Wochen mit Papa in die Ferien fahren kann ich doch trotzdem?"

„Sicher."

„Also gut", sagte Flo.

„Also gut", sagte ihre Mutter.

„Also gut", sagte ihr Vater. „Und wann dachtest du?"

„Montag ist Schule", dachte Flo nach. „Das beste wäre morgen."

„Morgen?!"

Jan und Ute Horvath brauchten beide einen Moment, um ihre Zustimmung zu erklären – überstürzt, wie alles über sie hereingebrochen war.

„Wie sieht's denn möbelmäßig bei dir aus?", fragte Flo ihren Vater; und Jan Horvath, der trotz des Durcheinanders in seinem Kopf begriff, dass es klug war, die sogenannten praktischen Schwierigkeiten zu vernachlässigen, behauptete stolz: „Kein Problem!"

Es stimmte ja auch. Natürlich würde sich eine Lösung finden lassen. Scheitern würde es an einem Bett oder einem Schrank jedenfalls nicht, so wenig wie am Wäschewaschen. Vielleicht würde es überhaupt nicht scheitern, dachte Jan Horvath, und staunte über sich selbst.

Was für Gedanken!

Zwei Männer, auf den Frühling wartend

Die Woche war furchtbar gewesen. Und jetzt zerschlug sich auch noch die Hoffnung auf einen ruhigen Bereitschaftsdienst: Kurz nach eins wurden die Wachtmeister Piontek und Schmitz zur Autobahn zitiert. Zwischen der Abfahrt Schkeuditz, die zum Flughafen führte, und dem Schkeuditzer Kreuz, das die A 14 mit der A 9 verband, war ein „Frischedienst"-Laster ins Schleudern geraten und umgestürzt; wobei er seine Ladung so weiträumig über die Fahrbahn verteilte, dass sie gesperrt werden musste.

Für die Umleitung ab Abfahrt Radefeld, und vor allem, um den Räumfahrzeugen, schwerem Gerät, trotz kilometerlanger Autoschlangen das Durchkommen zur Unfallstelle zu ermöglichen, wurden zusätzliche Kräfte angefordert. Piontek und Schmitz stiegen in ihren Wagen und machten sich auf den Weg.

Das Durchkommen auf dem Randstreifen war kein Problem; auch wenn es, wie immer, ein seltsames Gefühl war, an all den stehenden Fahrzeugen vorbei zu brettern, deren Insassen mitunter trotz kühler Witterung nervös neben ihren Autos auf und ab stapften oder wild gestikulierend etwas in ihre Handys riefen.

Doch sowohl an der letzten Abfahrt vor der Vollsperrung – die Kollegen hatten ihren Wagen quer auf die Mittelspur gestellt –, als auch oben, wo die Abfahrt in die Landstraße mündete und der Abfluss reguliert werden musste, tummelten sich bereits zahlreiche Einsatzkräfte, in ihren gelbgrünen Westen, auf denen das Wort „Polizei" zu lesen stand.

Vorn an der Unfallstelle war es nicht anders. Die Aufnahme der Spuren, die Befragung des Fahrers und der Zeugen – alles lief bereits. Kopfschüttelnd sahen sie den Laster im Hintergrund liegen, alle Viere von sich gestreckt. Davor war der Asphalt mit Stiegen und Kisten übersät, in denen Obst gelegen hatte, bevor es auf die Straße geschleudert worden war. Ein bunt getüpfeltes Durcheinander aus Orangen, Zitronen, Äpfeln, Kiwis, Erdbeeren, Weintrauben, Nektarinen und was die Erde sonst noch hergab, hatte sich über den Boden ergossen – in den Augen eines Verkehrspolizisten eine *unglaubliche Sauerei*, deren Beseitigung Stunden in Anspruch nehmen würde.

Davor Schaulustige. Manche fotografierten sogar.

Nach einem Schwatz mit den Kollegen kehrten Piontek und Schmitz in ihren Wagen zurück.

„Hättest du dir das vorstellen können? Vor zwanzig Jahren? Ich nicht." Piontek verschränkte die Hände im Nacken und drückte seinen Rücken durch.

„Was?"

„Na das hier ... den ganzen Obstkram. Südfrüchte. Und Erdbeeren, Ende März."

„Erdbeeren hab ich im Garten."

Schmitz hatte die Rumsteherei endgültig die Laune verdorben; so sehr, dass es ihn drängte, das alle anderen spüren zu lassen, ob sie nun etwas dafür konnten oder nicht.

„Genau wie Apfelsinen", murrte Piontek.

„Apfelsinen nicht", brummte Schmitz.

„Wundert mich aber."

Schmitz schwieg. Auf so etwas antwortete er nicht, grundsätzlich nicht. Und heute schon gar nicht.

Ein Flugzeug kam. Von Sekunde zu Sekunde tiefer sinkend, flog es auf die Autobahn zu; als es sie endlich überquerte, um sich kurz darauf auf die Rollbahn abzusenken, war es so niedrig, dass es gerade noch so über die Brücken zu kommen schien.

Piontek, dem die ungemütliche Stille zu schaffen machte, bemerkte: „Die haben's gut."

„Möchte wissen, wieso", stänkerte Schmitz weiter.

„Verreisen ... muss doch herrlich sein."

„Die verreisen doch nicht. Die kommen zurück."

„Ja, aber ich meine die, die verreisen."

„Die da, die verreisen", sagte Schmitz und wies auf eine Maschine, die gerade beschleunigte, abhob und sehr schnell Höhe gewann.

„Und was meinst du, wohin?"

„Wohin! Weiß ich doch nicht."

„Das weiß ich, dass du das nicht weißt. Aber was stellst du dir vor?"

Schmitz stöhnte genießerisch, bevor er sagte: „Auf alle Fälle, wo es warm ist. Kanaren. Tunesien. Dominikanische Republik."

„Malediven", ergänzte Piontek.

„Oder wo der Tsunami gewesen ist. Ceylon und so."

„Das heißt nicht mehr Ceylon, glaube ich."

„Ich weiß, dass das nicht mehr Ceylon heißt, aber ich weiß nicht, *wie* es heißt. Deshalb sage ich Ceylon. Früher hieß das Ceylon."

„Im Erdkundeunterricht."

„Na und?"

„Gar nichts ‚na und'. Ein bisschen Sonne könnte ich auch vertragen."

„Das ist der März. Wenn man den Winter endlich rum hat, haben die meisten keine Geduld mehr. Dann soll am liebsten gleich Sommer sein, am liebsten gleich übermorgen."

„Hätte ich nichts gegen."

„Weil du kein Gärtner bist. Als Gärtner brauchst du das Frühjahr. Da hast du zu tun."

„Du weißt, was ich meine. Manchmal könnte die Zeit ruhig ein Schrittchen zulegen. Statt sich endlos so langsam dahin zu schleppen."

„Wenn ich hier rumstehen muss vor allem."

Schmitz beugte sich vor und stellte das Radio an. Eine Weile hörten sie sich durch die aktuellen Hits, von Verkehrsmeldungen unterbrochen, in denen inzwischen auch vor „ihrem" Stau gewarnt wurde, und sahen versonnen den Flugzeugen beim Starten und Landen zu.

Dann kamen die Nachrichten. Die Entführung Gregor de Koonings wurde nicht mehr erwähnt. Gestern, nachdem der Tod des Industriellen bekannt geworden war, hatte noch ein Politiker nach dem anderen seine Betroffenheit zum Ausdruck gebracht und die Leistungen des Verstorbenen gewürdigt.

Schmitz schaltete das Radio wieder aus.

„Hast du gedacht, die bringen noch was?", erkundigte sich Piontek – nicht ganz ohne Schadenfreude.

„Nein", blockte Schmitz ab.

„Ach so." Piontek nickte bedeutsam.

„Dass sie jetzt auch den Dritten geschnappt haben, kam den ganzen Vormittag lang. Die können ja nicht immer dasselbe sagen."

„Aber versuchen tun sie es."

„Die gehen mir auf den Wecker damit."

„Meinst du, mir nicht, Slavik?"

Sie sahen sich an – ein verzanktes Ehepaar, das nach tagelangem Grabenkrieg einen verstohlenen Blick wagt, ob es wirklich unumgänglich war, weiter zu machen.

„Wir haben nichts zu befürchten, Thilo. Ich hab's dir schon hundert Mal gesagt, und ich sag's dir noch tausend

Mal. Wenn de Kooning am Dienstag schon tot war, bevor wir den Unfall aufgenommen haben, was hätten wir dann verhindern können? Gar nichts."

„Wenn du da so sicher bist, warum ist dir dann mulmig, hmm?"

„Mir ist nicht mulmig."

„Ach so."

„Wenn Horvath ausgepackt hätte, dann hätten sie uns jetzt schon am Arsch."

„Was nicht ist, kann noch werden."

„Er hat nichts gesagt! Und er sagt auch nichts. Und ich weiß auch, warum. Weil wir alles abstreiten! Das ist ihm vollkommen klar. Wir sind zu zweit, und er steht allein auf weiter Flur. Seinen einzigen Zeugen hat er ja nun eingebüßt."

„Erinnere mich nicht daran."

„Aber wir konnten nichts *machen*, Thilo. Außerdem kommst du ja nicht drauf, dass dieser durchgeknallte Heinz ihn gleich übern Haufen fährt." Ohne sich ablenken zu lassen, zeigte Schmitz auf ein Flugzeug, eine kleine Maschine, die Anlauf nahm und sich dann, als wäre nicht das geringste dabei, in den Himmel schwang.

„Das einzig Blöde ist das Handy. Das vom Horvath. Entweder wir lassen es ganz verschwinden, oder wir geben es ihm zurück. Bloß, wenn wir's ihm bringen, und er hat die vielleicht doch misstrauisch gemacht – "

„Ich denke, er sagt nichts!" Pionteks Stimme schepperte in bitterem Triumph.

„Er sagt auch nichts. Ich sage ja nur ‚falls'. Rein theoretisch, verstehst du. Nur um auszuschließen, dass wir nicht in irgendeine blöde Falle laufen. Man weiß nie, am Ende finden sie das zufällig in unserem Kram. Wir sollten es weghauen, Thilo. Ab in die ⌐lster, und Schluss."

„Ab in die Elster, meinst du?" Piontek massierte sich das

Kinn, als versuche er, sich über die Vor- und Nachteile dieses Vorschlags Klarheit zu verschaffen. „Hauptsache, sie haben es nicht schon gefunden."

„Quatsch." Schmitz beugte sich nach hinten und zerrte seine Aktentasche zwischen den Rückenlehnen durch. „Das habe ich hier." Piontek nickte und verzog den Mund – anerkennend, wie es schien.

„Bloß wo, verdammt ... " Schmitz kramte in seiner Tasche herum und wurde von Sekunde zu Sekunde fuchtiger. „Ich weiß doch genau ... " Plötzlich stellte er die Aktentasche auf seinen Knien ab und tastete eilig seine Hosen- und Brusttaschen ab, als sei ihm gerade eingefallen, dass das verdammte Ding doch woanders stecken konnte.

Nichts!

Er wurde blass.

„Ist was, Slavik?"

„Entschuldige mal."

Schmitz schnappte die Aktentasche, sprang aus dem Wagen, riss die hintere Tür auf und schüttete den gesamten Tascheninhalt auf die Rückbank. Eine zusammengefaltete Zeitung, ein Brillenetui, eine Tüte Halsbonbons, ein halbvolles Paket Zellstofftaschentücher, ein Apfel, ein Feuerzeug, eine Schachtel Zigaretten, noch ein Feuerzeug, eine Schachtel Aspirin, zwei Kugelschreiber, ein Schlüsselbund, eine Brieftasche sowie eine Schachtel Streichhölzer verteilten sich auf dem Polster.

Horvaths Handy war nicht dabei.

Schmitz schüttelte noch einmal die mit der Öffnung nach unten hochgehaltene Tasche, als könne das Telefon am Boden festgeklebt sein; dann ließ er sie fallen und wühlte, mal dies, mal jenes beiseite schiebend, in seinen Utensilien herum.

Nichts! Das Handy war und blieb verschwunden. „Scheiße", murmelte er halblaut, bevor er endgültig verstummte.

Als Miroslav Schmitz wieder vorn auf dem Beifahrersitz Platz nahm, sah er fahl und rotfleckig aus; Schweißtröpfchen standen auf seiner Stirn.

„Mensch Slavik, mit dir ist doch was ... Ist dir nicht gut?"

Piontek wirkte beunruhigt und teilnahmsvoll.

„Doch, doch ... Es ist bloß ... "

„Ja?"

„Das Handy ... von Horvath ... Ich weiß nicht, wo das steckt."

„Ach?" Piontek staunte, die Augen weit aufgerissen. „Du weißt nicht, wo das ist?" Das schiere Entsetzen breitete sich in seiner Miene aus – bevor es schlagartig einem unverschämten und geschmacklosen Grinsen Platz machte. „Aber *ich* weiß es."

Schmitzs Gesichtsausdruck verriet eine unschöne, tölpelhafte Begriffsstutzigkeit, aus der ihn Piontek erst nach ein paar sehr langen – wunderbar langen – Sekunden erlöste. „Ich habe es nämlich aus deiner Tasche genommen und bei ihm in den Briefkasten gesteckt."

„Wann – ?", fragte Schmitz, dem vor Überraschung der Unterkiefer herunterklappte.

„Aus der Tasche genommen gestern, in den Briefkasten gesteckt heute, auf dem Weg zum Dienst. Gut eingewickelt natürlich, damit es nicht kaputt geht. Und abgewischt, wegen Fingerabdrücken, habe ich es auch."

Piontek zögerte nicht, die gewünschte Auskunft zu geben. Trotzdem starrte ihn Schmitz an – das Misstrauen aufgepflanzt wie ein Bajonett. Zugleich kochte die Wut in ihm hoch; eine Wut, die offenbar leichtgläubiger war als er selbst.

„Wie?! Ohne ein Wort zu sagen?!"

„Wenn ich dich gefragt hätte, und du hättest Nein gesagt ... das war mir zu riskant." In Anbetracht ihrer langjährigen Freundschaft schickte er ein versöhnliches „Es ging nicht anders, Slavik. Tut mir leid" hinterher.

„Es ging nicht anders ... So ... Und warum lässt du mich dann", nachdem die Vollsperrung, wenn auch nicht auf der Autobahn, so doch in seiner Kehle beseitigt war, kam es aus Miroslav Schmitz nur so herausgestürzt und -gestolpert, „warum lässt du mich dann hier rumsuchen, und guckst dabei zu wie jemand, der ... und dabei weißt du genau – "

„Das war ja nur", gab Piontek zu, und seine Stimme klang jetzt wieder kleinlaut und betreten wie eh und je, „das war ja nur, weil *ich* immer diese Befürchtungen habe. Und *du* immer nicht. Ich kam mir schon selber wie ein Waschlappen vor ... Aber jetzt weiß ich, dass das gar nicht stimmt. Du tust nur so. Von wegen: dir kann keiner was. Wenn's drauf ankommt, hast du genau so eine Scheiß-Angst wie ich."

„Aha", stellte Schmitz fest. „Das hast du also rausge-kriegt." Er spitzte die Lippen. „Und? Bist du jetzt zufrieden?"

„Ja", sagte Piontek.

„Na toll." Schmitz schmollte.

„Hoffen wir das Beste", sagte Piontek und schob den Kopf dicht an die Windschutzscheibe, um weiter das Flugzeug beobachten zu können, das sich soeben in die Lüfte erhoben hatte. „Air Berlin, wahrscheinlich die 15:00-Uhr-Maschine nach Mallorca. Nicht mehr lange, dann blühen da die Mandelbäume. Oder vielleicht blühen sie jetzt schon."

„Noch ein paar Tage ... wenn bis dahin nichts gekommen ist, kommt auch nichts mehr. Dann vergessen wir das alles. Du wirst sehen – ", Schmitz hatte ein weiteres Mal verkünden wollen, dass ihnen gar nichts passieren könne, ließ es jedoch bleiben, indem er seine angefangene Vorhersage in ein unverfängliches „Du wirst sehen, hier lässt der Frühling auch nicht mehr lange auf sich warten" abänderte.

„Bestimmt", bestätigte Piontek.

„Bestimmt", bekräftigte Schmitz.

Was die beiden, mit begreiflicher Ungeduld dem Frühling
entgegen harrenden Wachtmeister nicht wissen konnten:
In einer der Maschinen, denen sie beim Start zusahen, während
sie auf der Autobahn standen und die Zeit totschlu-
gen, befanden sich die vier de Koonings – Walter, Paula,
Jenny und Helen –, sowie Hanns Schieferacker. Sie waren
auf dem Heimflug nach München.

Der Vollsperrung hatten sie gerade noch entschlüpfen
können; Katz fuhr die letzten paar hundert Meter kurzerhand über die Standspur. Als sie von oben die Blechlawine
sahen, die farbverschmierte Fahrbahn und dahinter den Betonstreifen, bis zum Kreuz leergefegt, waren sie erst recht
froh, dieser Misslichkeit entgangen zu sein.

„Das hätte Stunden gedauert." Walter de Kooning sah
aus dem Fenster, abgestoßen und fasziniert.

„Anzunehmen", stimmte Schieferacker zu.

Dann schwiegen sie wieder. Nur Jenny las Helen halblaut
aus einem Kinderbuch vor. Es ging um eine quirlige Schar
von Hexenschwestern und Zaubererbrüdern, die äußerst
ungezogen, jedoch auch hilfreich und selbstlos waren. Helen konnte sich nicht entscheiden, was sie mehr an ihnen
entzückte, ihre Frechheit oder ihre Wohltätigkeit. Das einzige, was in der Geschichte fehlte, war ein Rauhaardackel.

Am Vormittag hatten sie Abschied von Gregor genommen, alle bis auf Helen und Schieferacker, die miteinander
im Schloss geblieben waren. Katz hatte sie in die Gerichtsmedizin gefahren; Dr. Rubens sie, fröstelnd im Anzug ohne
Mantel, am Eingang zum Institut erwartet.

Unter Plastikplanen an die Wand gerückte Malerutensi-
lien im Gang, so dass sie hintereinander gehen mussten.
Sanierungsarbeiten, für die sich Dr. Rubens entschuldigte,
obwohl das unnötig war.

Neonröhren und Licht, das sich in den Fliesen spiegelte.

Eine Schwingtür, die mehrfach hart umschlug, bevor sie ausgependelt war; in der Stille ein aufdringliches, beinahe penetrantes Geräusch, doch wollte niemand zurückgehen, um sie anzuhalten.

Dann, in zwei Reihen, mehrere leere Edelstahltische.

Und drei, die *nicht* leer waren.

Auf einem von ihnen, sie sahen es, als das Tuch, das den Körper bedeckte, zurückgeschlagen wurde, lag Gregor: bläulichweiß, reglos, mit geschlossenen Augen im – wie es Jenny schien – nach hinten gesunkenen Gesicht. Das Kinn in die Höhe gereckt, der Bügel des Unterkiefers unter der Haut vortretend, der Hals überstreckt, so dass der Kehlkopf sich vorwölbte, schutzlos und verletzlich.

„Darf ich ihn ... anfassen?", hatte Jenny gefragt, es dann aber, obschon es ihr nicht verweigert wurde, unterlassen. Sie hatte sich umgedreht und Paula und Walter, zwei schwarze Säulen, hinter sich stehen sehen – Schulter an Schulter, und sich an der Hand haltend wie ein junges Paar.

Dann hatte sie sich wieder dem Toten zugewandt, hatte sich über ihn gebeugt und das weiße Tuch über ihn gezogen, bis er ganz darunter verschwunden war.

Mit nach München zu kommen, war Jenny lieb gewesen; die Vorstellung, allein mit Helen im Schloss zurückbleiben zu müssen, machte ihr Angst.

Darüber, wie lange sie bleiben würde, war nicht gesprochen worden. Sie dachte an ein paar Tage. Daran, dass sie vielleicht nie wieder in ihr Zuhause zurückkehren würde, jedenfalls nicht, um dort zu leben, dachte sie nicht.

Erst nach und nach stellte sich heraus, dass sie jedes Mal, wenn sie nach Leipzig kam, um irgendwelche Angelegenheiten zu regeln, so schnell wie möglich zurück wollte, und das Schloss nur aufsuchte, um Sachen zu holen oder, wenn ihre Anwesenheit auch am Folgetag erforderlich war, dort zu übernachten. Sie schlief dann im Kinderzimmer, in Helens Bett.

Für eine endgültige Entscheidung schien die Zeit noch nicht reif. Noch ließ Jenny in Sachen Personal alles beim Alten, so dass das Schloss und alles, was dazu gehörte, in Ordnung gehalten wurde, als müsse man jeden Tag damit rechnen, dass die Hausherrin wieder einziehen wolle.

Ebenso zögerte sie, sich nach einem neuen Domizil im Münchner Umland umzusehen. Kam es ihr wie ein später Verrat an Gregor vor, wenn sie das Schloss aufgab? Vielleicht. Das Glück, das sie dort erlebt hatten, stand ihr jederzeit vor Augen. Doch dann war es zerstört worden; besudelt, zerfetzt, in Stücke gerissen. Konnte es wirklich Gregors Wunsch und Wille sein, sie dort festzuhalten, wo sie, ohne ihn, keine Wurzeln besaß – so weit weg von da, wo sie her waren, und ebenso weit weg von da, wo, im Schatten hoher, tiefdunkelgrüner Tannen, jetzt sein Grab war?

Jenny schwankte und sah sich außerstande, mit sich ins Reine zu kommen. Erst recht an diesem Sonnabendnachmittag, als sie im Flugzeug saß, dicht neben einer ihr geläufigen, und doch fremden Person. Die nicht nachdachte, kein Für und Wider abwog, nach keinem Grund und keiner Folge fragte. Die nur das Naheliegende tat, indem sie ihrem Kind ein Märchen vorlas; ein Märchen mit Hexen und Zauberern, Geheimnissen und Wundern, so lange, bis es eingeschlafen war.

Im Stau

Weniger Glück mit der Autobahn-Vollsperrung hatte Madeleine Knöchel gehabt, als sie ihrerseits zum Flughafen unterwegs war. „Das ist sie", hob sie ihren Blick zum Himmel, die Stirn in Falten gelegt. Nach einer Stunde im Stau und einer zähflüssigen Fahrt von Autos überschwemmte Landstraßen entlang, fuhren sie wieder aufs Schkeuditzer Kreuz zu, als sie zur vorgesehenen Zeit eine Maschine aufsteigen sahen.

„Das *war* sie, besser gesagt."

Ihr Mund verzog sich zu einem zur Seite gequetschten Lächeln; und ihr Ton, statt stumme Vorwürfe zu verbreiten, zog mit grimmigem Achselzucken einen Schlussstrich unter das soeben abgeschlossene Kapitel, das mit Unruhe, Bangen, Hoffnung, Wut, wiederholten Restzeitberechnungen, verzweifelten Anrufen und Ohnmachtsgefühlen aller Art reichlich gefüllt gewesen war.

„Es tut mir leid", versicherte Lubetzki, der niedergeschmettert hinter dem Lenkrad hockte, zum wer-weiß-wievielten-Mal. „Wenn ich das geahnt hätte! Sie hätten den Zug nehmen können, und nichts wäre passiert. Sie säßen jetzt da oben drin und wären in einer Stunde zu Hause. Zu blöd, wirklich!"

„Sie konnten das nicht wissen, und ich konnte es auch nicht wissen. Es ist trotzdem nett, dass Sie mich fahren wollten. Und außerdem", sie schluckte, „es hat gut getan, mit jemandem zu reden. Über de Kooning ... und all das Schreckliche, was in den letzten Tagen passiert ist."

„Ich hätte Ihnen Ihr Buch bloß gestern zurückbringen müssen! Aber es war schon spät, und – – – Oder ich hätte Sie, statt hier raus zu kutschen, am Bahnhof abgesetzt, und eine Viertelstunde später – – – Nicht einmal den Verkehrsfunk habe ich angestellt!"

„Jetzt machen Sie mal einen Punkt, Herr Lubetzki. Es ist doch sonnenklar, dass Sie nichts dafür können. Niemand kann was dafür. Verkehr ist Schicksal; und wenn ich's nicht angenehm gefunden hätte, mich von Ihnen fahren zu lassen, hätte ich doch wohl Ihr Angebot ausschlagen können."

Ein paar Minuten schwiegen sie. Sie, weil sie fürchtete,

zu harsch gewesen zu sein; er, weil er sich ertappt fühlte.

Vorsichtig erkundigte er sich, wann die nächste Maschine ging.

„Um sechs."

Lubetzki stöhnte auf.

„Ja, leider. Eigentlich könnte ich gleich mit dem Zug fahren. Aber ich denke, die buchen mich um, schließlich bin ich deren bester Kunde. Oder sagen wir mal: der zweitbeste."

„Gut, dann leiste ich Ihnen Gesellschaft", sagte Lubetzki, gerade als sie – auf der Gegenfahrbahn – an der Unfallstelle vorbeizischten, an der die Bergung des umgestürzten LKWs inzwischen im Gange war. „Haben Sie das ganze Obstzeug gesehen? Hallelujah!"

Kurz entschlossen drehte er den Kopf zur Seite und sah sie an.

„Darf ich Sie vielleicht zu einem Kaffee einladen? Oder einem Glas Wein?"

„Das brauchen Sie nicht", sagte Madeleine Knöchel.

„Natürlich nur, wenn Sie nicht lieber allein sein wollen", sagte Lubetzki. „Das kann ich verstehen."

„Ich meine, Sie müssen sich kein Wiedergutmachungspensum auferlegen, Herr Lubetzki. Es gibt nichts wiedergutzumachen."

„Ehrlich?"

„Klar."

„Ja, dann bleibt mir wohl nichts anderes übrig. Ich kapituliere. Angesichts von Hochherzigkeit ist es doch nicht schlimm, wenn man kapituliert, oder?" Madeleine Knöchel lachte.

„Überhaupt nicht", versicherte Arno Lubetzki, so bestimmt er konnte; und Madeleine Knöchel fügte, kaum weniger bestimmt hinzu: „Gut. In diesem Fall ist Wein das Getränk der Wahl. Weiß oder rot?"

„Was halten Sie von einem Kompromiss?"

„Rosé?", fragte Madeleine Knöchel, wenig begeistert.

„Ich dachte eher an Champagner. Aus Wiedergutmachungsgründen."

„Ahja ... angenommen", sagte Madeleine Knöchel.

„Angekommen", versetzte Arno Lubetzki, ließ die Scheibe herunter und drückte auf den Knopf des Parkautomaten. Das Kärtchen erschien, und die Schranke hob sich und gab die Durchfahrt frei.

Gute Nacht

Jan Horvath kam spät nach Hause. Als er im Bus saß, zurück in die Stadt, war ihm klar geworden, dass die unvermutete Veränderung, die ihm der Himmel – stolz auf seinen unerforschlichen Ratschluss – in den Schoß geworfen hatte, eine Reihe von Anschaffungen erforderlich machte, die in den Stunden bis Ladenschluss abgewickelt werden mussten. Für das fällige Be-, Auf- und Umräumen seiner Wohnung hatte er dann immer noch Zeit. Zur Not bis morgen Nachmittag um fünf, wenn Ute Flo samt ihren Schul- und sonstigen Sachen in ihren Wagen stecken und zu ihm fahren wollte.

Dass ihn die Einkäufe so lange mit Beschlag belegen würden, hatte er allerdings nicht gedacht. Außerdem musste er sich für die Rückfahrt ein Taxi leisten, denn bepackt, wie er war, hätte er es sonst gar nicht bis nach Hause geschafft.

Nachdem er Gardinen, Spannseil, Deckenlampe, Schreibtischlampe, Kissen, Steppdecke, Bettwäsche und – am unverzichtbarsten von allem – ein zusammengerolltes Bündel, aus dem sich nach seiner Befreiung aus der Plastikfolie innerhalb von 24 Stunden eine funktionstüchtige Matratze entwickeln sollte, die Treppe hoch bugsiert hatte, fühlte er sich jedenfalls einigermaßen erschöpft – erschöpft, jedoch auch erleichtert.

Ein letztes Mal trabte er nach unten, um den Briefkasten zu leeren. Außer der wochenendlichen Großmarkt-Werbung fiel ihm ein rätselhaftes Päckchen in die Hand, aus dem er nach kurzem Innehalten sein Handy wickelte. Was hatte *das* zu bedeuten? Er war zu perplex, um sich zu einer Meinung durchzuringen, und beschloss, später darüber nachzudenken.

Beschwingt kam er in die Küche, um sich ein weidlich verdientes Bier zu genehmigen, als sein Blick auf die angesammelten leeren Flaschen fiel. Sofort erregten sie sein Missfallen. Zur Uhr blickend, stellte er fest, dass es noch möglich war, die einen zur Kaufhalle, die anderen zum Altglas-Container zu bringen, der sich auf dem Parkplatz neben dem Einkaufszentrum befand. Was nicht im Kasten Platz fand, verstaute er in mehreren Plastikbeuteln und machte sich auf den Weg – auf Schritt und Tritt von anstößigem Klirren begleitet.

Eine halbe Stunde später kehrte er fröhlich, fast aufgekratzt heim und postierte zwei Flaschen Cola, zwei Flaschen Sprudel und eine Flasche Apfelsaft im Kühlschrank. Ihm war, als habe er sich mit den stummen Zeugen dunkler, ruhmloser Stunden auch von einem lästigen Stück seiner Vergangenheit befreit.

Und das war erst der Anfang! Eine Art Reinigungsrausch fegte durch ihn hindurch, der die klebengebliebenen Reste abgelebter Tage entfernte; eine wahrhaftige Bürstenkur. Ja, er würde Ordnung in sein Leben bringen – und dieses Mal würde ihm nicht nach einem vielversprechenden Anlauf der Boden unter den Füßen wegbröckeln!

Noch viel mehr musste beseitigt werden!

Zeitschriften, durch die er mit gierigen Blicken gestreift war; in denen er herumstreunte wie ein Verlorener in einer

Stadt, in der er kein Zuhause besaß. Filme, die ihn ebenso anzogen wie abstießen; denen er zu entkommen versuchte und immer wieder verfiel – dem so kalten wie überhitzten Treiben zusehend mit einer ihm selbst nicht geheuren, nie geheuer gewesenen Mischung aus Neugier, Lust, Unrast und Qual. Phantasien, die der unaufhörliche Herzschlag durch das Adernnetz schwemmte, so entzündet, dass man ihr Puckern im ganzen Körper spürte.

Weg damit!

Draußen war es längst dunkel, doch in Jan Horvath brannte mit hellem Schein das Feuer eines verheißungsvollen Aufbruchs, den er jetzt als Teil oder Folge seiner ebenso wundersamen Errettung empfand.

Natürlich würde nicht alles, was jetzt getan werden musste, bis morgen Nachmittag schon erledigt sein können. Er musste sich auf das wichtigste beschränken, um seiner Junggesellen-Höhle auszutreiben, was sie – mit Utes Augen betrachtet, die sich Flos künftige Umgebung nicht bloß auf ihre Wohnlichkeit hin besah – über ihn und sein unstetes, haltloses, sich in Provisorien durchmogelndes Leben verriet.

Die Aufteilung der Räume war klar: Das rechte der drei nach vorn liegenden Zimmer, da, wo im Moment noch sein Arbeitstisch mit dem Rechner stand, bezog Flo, das linke er. Das Zimmer in der Mitte, nach beiden Seiten mit Doppeltüren verbunden, die man, je nachdem, schließen oder offen stehen lassen konnte, würde ihr gemeinsames Wohnzimmer sein. Flos altes Zimmer, neben der Küche auf der nach hinten gehenden Seite gelegen, würde sein Atelier und Arbeitszimmer werden.

Jan Horvath machte sich ans Umräumen. Er schleppte Stühle, Tische und ein Bücherregal, das sich ausgezeichnet eignete, einen bei Tageslicht verworfenen Anstrichversuch zu verdecken, hin und her. Anschließend manövrierte er, teils ziehend, teils schiebend und besorgt, das Parkett nicht zu zerschrammen, einen gründerzeitlichen Schrank – Nussbaum furniert – zentimeterweise in Flos neues Reich hinüber. Außer mit zwei um gründliche Auswertung betrogenen Jahrgängen der „Zeit" war er nur mit *Klamotten* gefüllt gewesen, die er seit einer Ewigkeit nicht mehr angehabt hatte.

Das Gardinenseil und die Lampe konnte er erst morgen anbringen; das Gardinenseil, weil er so spät unmöglich Löcher in die Wände bohren konnte, die Lampe, weil er kein Licht hatte, wenn er die Glühbirne abnahm, die als zeitweiliger Lampenersatz von der Decke herabhing.

Die Bücher allerdings ließen sich auch jetzt noch zurück ins Regal stellen; wobei ihn der zurückkehrende Verstand anhielt, seinen Traum von einer so unzweideutigen wie elastischen Systematik auf später zu vertagen.

Widerspruchlos folgte er seinem Rat.

Nachdem er den Flo zugedachten, zuvor von ihm nur als zusätzliche Ablagefläche missbrauchten Schreibtisch abgewischt und die Federzuglampe montiert hatte, bezog er die sich ausgesprochen unmerklich aufblasende Matratze sowie Decke und Kissen.

Im Anschluss daran holte er das Radio aus der Küche und stellte es neben das Bett. Vor den CDs stehend, überlegte er, welche Musik Flo gefallen könnte, doch es fiel ihm stets nur welche ein, die *ihm* gefiel. Es endete damit, dass er – während er sich im kerzendämmrigen Schein der Schreibtischlampe in der Zimmermitte drehte – Eric Clapton „Tears in Heaven" singen ließ; drei Mal hintereinander.

Beim dritten Mal sang er mit.

Dabei kam ihm ein Gedanke, den er so einleuchtend fand, dass er sich fragte, warum er ihm nicht längst eingefallen war. Sollte er Flo, als Willkommensgruß, nicht eines seiner Bilder an die nackten Wände hängen?

Doch wenn ja – welches?

Er zog Schubladen auf und öffnete Pappkartons, blätterte

sich durch den Inhalt von Mappen, die von Gummizügen über Eck zusammengehalten wurden, und wuchtete einen Stapel großformatiger Abzüge auf den Schreibtisch, die einmal für eine Ausstellung angefertigt worden waren. Keiner von ihnen überstand das Wiedersehen, ohne Widerwillen zu erregen.

Jan Horvath warf den Rechner an. Nur scheinbar geduldig, in Wahrheit an einem Problem knabbernd, das sich gut als unlösbar herausstellen konnte, sah er ihm beim Hochfahren zu; und als er es endlich geschafft hatte, klickte sich Jan Horvath mürrisch durch die Dateien, in denen er seine Schätze aufbewahrte.

Würde Flo irgendetwas von dem hier gefallen?

Ein einziges Mal hielt er inne – als er die Porträts durchging, die er von seiner Tochter gesammelt hatte. Sofort fiel ihm ein, wie die Aufnahme entstanden war, damals, in den Sanierungsmonaten.

Ihr neues Badezimmer war fertig geworden, nun doch. Alles in Weiß, zum Verdruss des Vermieters, der zähneknirschend kapituliert hatte. Feierlich hatte Flo die Badewanne eingeweiht. Damit beim stundenlangen Herumsuhlen ihre Haare nicht nass wurden, hatte sie die Badekappe ihrer Mutter aufsetzen sollen – sie war zu groß und sah wie eine Kochmütze aus. Ihr vom heißen Wasser gerötetes Gesicht guckte gerade über den Wannenrand, als Ute und er den Kopf hereinsteckten, um sich an dem noch ungewohnten Anblick zu freuen.

Dann hatte er die Kamera geholt.

Ob sich Flo wohl noch daran erinnern konnte? An die Flo, die sie war?

Er druckte das Bild aus. An der leeren Wand kam es ihm winzig vor. Er nahm eine Reißzwecke und zweckte es an die Tür ihres Zimmers. Wenn es ihr gefiel, konnte er einen größeren Abzug machen lassen.

Als Jan Horvath in die Küche kam – an einem Bier vor dem Schlafengehen gab es doch wohl nichts auszusetzen –, fiel sein Blick auf die Uhr: In wenigen Minuten war es Mitternacht. Ihm fiel ein, dass in dieser Nacht die Zeit vorgestellt wurde; und er nahm die Uhr ab und drehte den Zeiger eine Stunde weiter.

Jetzt ging es bereits auf eins, und auf einmal war Sonntag.

„Gute Nacht, Flo", dachte er, obwohl sie sicher schon schlief.

Gute Nacht, Jan.

Antje Babendererde
STARLIGHT BLUES
In der Kälte der Nacht
Roman, 344 S., Ln.
ISBN 978-3-87536-271-8

*Warum musste der junge Indianer Daniel Blueboy den Käl-
tetod sterben?* Auch Jahre danach glaubt sein Bruder Robert
nicht an einen tragischen Unfall. Nicht ganz uneigennützig
erklärt sich der Privatdetektiv Adam Cameron bereit, den Fall
noch einmal aufzurollen. Bei seinen Ermittlungen stößt er auf
übellaunige Polizisten, kurzsichtige Pathologen und eine ei-
sige Mauer des Schweigens. Und plötzlich befindet er sich
selbst in größter Gefahr. Nach einer wahren Begebenheit.

Nun vertreibe ein Buch die Sorgen!
MERLINS SCHMÖKERECKE

MERLIN VERLAG, 21397 Gifkendorf Nr. 38

Boualem Sansal
DAS DORF DES DEUTSCHEN
Roman, Deutsch von Ulrich Zieger
280 S., engl. brosch., ISBN 978-3-87536-281-7

Die Brüder Rachel und Malrich Schiller werden nach der grau-
samen Ermordung ihrer Eltern mit der Vergangenheit ihres
deutschen Vaters konfrontiert. Der ältere der beiden, Rachel,
zerbricht daran, Malrichs Versuch zu verstehen, führt ihn von
der Vergangenheit des Vaters in die Abgründe der Gegenwart.

„Boualem Sansal schreckt nicht davor zurück,
in seinem tollkühnen Roman zu fragen, was
die islamistischen Fundamentalisten unserer Tage
mit den Judenmördern von einst verbindet.
Man muss Angst um ihn haben."
Hannes Stein, DIE WELT

MERLIN VERLAG, 21397 Gifkendorf Nr. 38

Claire Dowie
CHAOS
Roman, Deutsch von Michael Raab
324 S., engl. brosch., ISBN 978-3-87536-255-8

Was passiert mit Revolutionären, wenn sich das Establishment mit ihnen fotografieren lässt?
Claire Dowie macht sich in ihrem ersten Roman auf die Suche nach einer Antwort und findet: Chaos, den Sohn einer wilden Hippie-Kommune, die in den 70er Jahren aufs Land gezogen ist, um fortan die Welt zu verbessern mit Rock'n' Roll, freier Liebe, Drogen, politischen Diskussionen und dem Anbau von Bio-Gemüse.
Chaos wächst mit seiner Band, den Frogs, zu einer Kultfigur heran. Für seine Fans ist er ein Guru, der sich erfolgreich gegen den Ausverkauf seiner Ideale wehren kann. Bis eines Tages Tony Blair neben ihm auf der Bühne auftaucht ...

MERLIN VERLAG, 21397 Gifkendorf Nr. 38

Janosch
SANDSTRAND
Roman
184 S., Ln., ISBN 3-87536-218-7

In seinem besten Roman (für Erwachsene) erzählt Janosch
die Geschichte eines alten Mannes, der noch einmal eine
große Liebe erlebt. Er fährt mit einem jungen Mädchen
nach Italien. Aber während er sich nach Ruhe und Erfül-
lung sehnt, sucht sie einen Sandstrand ...

„Wunderbarer Roman." Südkurier
*„Ein Buch, das glücklich macht, traurig,
dann wieder ganz selig."* TLZ

Nun vertreibe ein Buch die Sorgen!
MERLINS SCHMÖKERECKE

MERLIN VERLAG, 21397 Gifkendorf Nr. 38

Jens Bjørneboe
HAIE
Roman, Deutsch von Henning Boëtius
312 S., Ln., ISBN 978-3-87536-237-4

Von Anfang an herrschen gefährliche Spannungen unter der bunt gemischten Besatzung der *Neptun* auf der Reise von Manila nach Marseille. Erst kommt es zu blutigen Schlägereien unter der Mannschaft, dann zur offenen Meuterei gegen Kapitän und Offiziere. Mitten im Chaos bricht ein Taifun über das Schiff herein. Nur gemeinsames Handeln kann Schiff und Besatzung jetzt noch vor der Katastrophe retten.
„Ein äußerst spannender Abenteuerroman."
MARE

Nun vertreibe ein Buch die Sorgen!
MERLINS SCHMÖKERECKE

MERLIN VERLAG, 21397 Gifkendorf Nr. 38

© MERLIN VERLAG Andreas Meyer VerlagsGmbH & Co KG
Umschlag unter Verwendung einer Fotographie von Hendrik Kerstens:
© Hendrik Kerstens. Courtesy Witzenhausen Gallery Amsterdam/New York
Umschlagdesign: Designbüro Möhlenkamp, Marlis Schuldt &
Jörg Möhlenkamp, Bremen
Satz: Merlin Verlag, Gifkendorf
Druck und Einband: freiburger graphische betriebe, Freiburg

1. Auflage, Gifkendorf 2010
im 53. Jahr des Merlin Verlags
ISBN 978-3-87536-282-4
www.merlin-verlag.de